데뷔 못 하면 죽는 병 걸림

데뷔 못 하면 죽는 병 걸림
7

1판 1쇄 발행 | 2024년 12월 08일

펴낸이 | 권태완 우천제
펴낸곳 | (주)케이더블유북스
편집자 | 한준만, 이다혜, 박원호, 이고은

출판등록 | 2015-5-4 제25100-2015-43호
KFN | 제3-29호

주소 | 서울시 구로구 디지털로31길 62 에이스아티스포럼 201호, KW북스
E-mail | paperbook@kwbooks.co.kr

ⓒ백덕수, 2021

ISBN 979-11-415-1203-3 04810
      979-11-415-1202-6 (set)

데뷔 못 하면
죽는 병 걸림

⑦

백덕수

안녕하세요. 백덕수압니다.

퇴고를 하며 문대와 친구들을 다시 만나 무척 즐거웠습니다.
이 친구는 어떤 마음으로 이런 이야기를 했는지, 이런 행동을 했는지
다시 한번 알아가는 기분이라고 할까요.

단행본을 통해 처음으로 이 이야기를 만나시는 분들도, 다시 만나시는 분들도
문대와 친구들과 함께 즐거운 경험을 하셨으면 좋겠습니다.

신나고 만족스러운 탐독이길 바랍니다!

CONTENTS

데뷔 못 하면
죽는 병 걸림

데뷔 못 하면
죽는 병 걸림

CHAPTER 17

2년 반 전 퀴퀴한 모텔 방에서 박문대의 몸으로 정신을 차렸던 것처럼, 나는 지금 류건우의 몸으로 깨어났다. 교통사고 후에 모든 게 끝나고 처음으로 되돌아가기라도 한 것처럼.

하지만 아니다.

아닐 것이다.

이 상황을… 교통사고 후 코마로 결론을 내린 몇 가지 이유가 있다.

첫 번째는 부상 정도다.

'파편이 가슴에 적어도 5cm는 들어갔다.'

직전에 내 눈으로 직접 본 것이고, 혹시 과장이 없는지 몇 번 더 되새김질했으나 확실했다. 무조건 치명상일 것이다. 내 기억으론… 출혈도 심했다. 파편을 뽑은 것도 아니고 꽂힐 때 그 정도면 예후가 좋을 것 같진 않다.

하지만 즉사는 아닐 것이다.

'심장에 직통으로 박힌 것도 아니잖아.'

심야의 도로지만 서울 한복판이다. 배세진이 신고했으니 경찰이 확인이라도 했다면 구급차가 왔을 테고… 그럼 적어도 사경을 헤매는 정도는 됐을 것이다.

'바로 죽어서 다시 시작할 리가… 없어.'

……그럴 리가 없다.

두 번째는 거울로 확인한 내 얼굴 때문이다.

"…29살이 아니잖아."

'류건우'의 얼굴이라 당황한 탓에 바로 파악하지 못했으나, 다시 천천히 보니 알겠다. 너무 어렸다.

이건… 적어도 대학 졸업보다 한참 전이다. 그러나 여기는 내가 '박문대'로 처음 깨어났던 모텔이고, 당시 확인했던 달력과도 같은 날짜였다.

[202× 12월]

즉, 시간대가 맞지 않는다. 혹시 몰라서 화장대의 지갑도 확인했다. 주민등록번호 뒷자리 시작만 3으로 바뀐 '류건우'의 번호였다.

등골이, 서늘해졌다.

[류건우 0×1208 - 3×××××]

20살의 류건우.

"이게 무슨…."

다만 침대 위에 음독자살용 약과 유서는 없었다. …마치, 박문대의 상황만 따와서 류건우에 적당히 맞춘 것 같은 꼴 아닌가.

'앞뒤가 맞지 않는 수준이 아니다….'

깔끔히 떨어지지가 않는다.

여기까지 오면, 상태창에 떴던 문구를 다시 생각해 보게 되는 것이다.

[이름 : 류건우 (박문대)]

-Enjoy your daydream :)-

'daydream'은 백일몽이란 뜻이지. 그리고 그냥 '류건우'가 아니라 괄호로 '박문대'가 같이 표기된 건… 이런 가능성을 생각해 보게 된다.

'아직 내가 박문대의 몸에 있기 때문이라면?'

내가 혼수상태로 얼토당토않은 꿈을 꾸는 중은 아닌가, 하는 의심으로 연결되는 것이다.

게다가 여기 시스템이 개입했다.

"…그 코인."

내가 무의식 속에서 본 그게 직전 상태이상을 클리어하고 받은 코인이 맞다면, 이 상황은 그 코인 때문에 발생한 것이다. 지금까지는 클리셰를 고려해서 상점에 쓰는 게 아닌가 짐작했으나 이젠 다른 추측이 든다.

'…오락실 게임처럼 여벌 목숨이 아닐까.'

이쪽도… 게임 시스템에 어울리긴 하군. 나는 어처구니가 없어 의미 없이 스스로 비웃었다.

"하."

아무튼, 그러니까, 이 모든 것을 종합하면….

나는 양손을 움켜쥐었다.

"…돌아갈 방법이 있을 거다."

코마에서 깨어날 수 있는 방편으로 이 상황이 주어진 거라면, 깨어나면 된다. 그리고 보통 꿈에서 깨는 가장 좋은 방법은….

"뛰어내려야 하나."

이 모텔이 특별히 고층은 아니라 여기서 떨어져도 죽진 않을 거라 그 정도로 충분할지 모르겠다. 게다가 진짜 박문대의 몸이 죽을 수도 있으니 일단 기각.

다음은… 소스라치게 놀라는 것인데, 솔직히 지금 어지간한 걸로는 충분한 충격을 받을 것 같지 않다. 이미 누적된 게 많아서 말이다.

'또 뭐가 있을까.'

나는 손가락으로 무릎을 두드렸다. 가장 정석적인 방법이 남아 있긴 했다.

'…몸이 회복될 때까지 기다리기.'

외부의 회복. 다만 얼마나 시간이 걸릴지 모른다. 회복할 수 있을지도, 알 수 없고.

"……."

나는 주어진 상황을 조합해서 가장 온건한 방법을 우선 뽑았다.

먼저 힌트를 찾는다. 이게 시스템의 개입이라면 이 꿈을 파악하는 동안 깨어날 힌트가 나올 수도 있겠지. 상태창이 반응할 수도 있고.

나는 침대 밑에서 비틀거리며 일어났다. 그리고 지갑을 챙겨서 모텔 방을 나섰다.

일단 이 코마 속에서 '류건우'가 어떤 상황인지 확인하자.

"……."

나는 새로 개통한 휴대폰을 들고 나오며 이를 악물었다.

'똑같다.'

내 20살 적과 금전 상황이 똑같았다. 다른 점이라곤 박문대처럼 대학에 진학하지 않았다는 것 정도. 게다가 친척들과 연락은 닿지 않는다는 게 철저히 편리한 대로 구성됐다는 느낌이 들었다. 모순점이 나타나지 않도록 말이다.

게다가 결정적인 점을 깨달았다.

'노래를 잘해.'

이 몸은 현실 '박문대'의 능력치를 고스란히 가지고 있다.

처음 '박문대'로 깼을 때처럼 노래방에 가서 노래 한 곡 부르고 깨달은 사실이다. 내가 박문대의 몸으로 겪었던 모든 무대의 감각이 그대로 이 몸에도 남아 있었다.

'부추기는 건가.'

현실에서 '박문대'가 갔던 길을 그대로 가라고 말이다. 그래서 그 모든 걸 진짜 '류건우'의 것으로 소화하는 것처럼….

"……."

쓸데없는 생각 집어치우고, 그렇다면 꿈을 진행해 보자.

'다음에 내가 했던 일이… 〈아주사〉 참가지.'

류서린 작가에게 섭외되기 위해 근처 노래방에 죽치고 있는 것 말이다. 어려운 일은 아니다. 정말 참가하게 된다면 어떻게 할지는… 골 아픈 일이긴 하나, 시도 자체는 어렵지 않았다.

'원래 내 얼굴도 보기 나쁜 편은 아니니까.'

일단 노래가 S급이니 가능성은 나쁘지 않았다. 다른 옵션이 떠오르지 않았기에, 나는 이걸 다시 시도해 보는 것으로 결정하고 즉시 노래방으로 향했다.

그러나 실패했다.

"……."

날짜가 어긋난 건지, 꿈이라 무슨 차이가 생긴 건지는 모르겠으나…

며칠 동안 류서린 작가가 노래방을 찾아오지 않았다.

'X발.'

그리고 난 알고 있었다.

오디션은 이미 끝난 시점이었다. 다른 방법은 없다.

내가 그사이를 비집고 들어갈 방법은… 현실적으로 아무것도 없다.

"……하."

다시 힌트 없이 제자리에 봉착했다.

'뭘 어쩌라는 거냐.'

미친 척하고 어디 옥상이라도 올라가야 하나 싶었으나, 안 그래도 몸이 정상이 아닐 텐데 너무 과한 리스크라는 판단은 변하지 않았다.

'그럼, 할 수 있는 건…'

내가 데뷔할 만한 방법은…….

있다.

"…!"

나는 확실한 방법을 하나 알고 있었다. 다만 위험했다.

'…잘못하면 이 안에서도 뒈질 수 있겠는데.'

그래도 어차피 할 수 있는 게 없다면, 시도해도 손해는 아니다. 다짜고짜 옥상에서 뛰어내릴 생각까지 했는데 이 정도야 뭐.

나는 휴대폰을 꺼내서, 하도 문자로만 본 탓에 눈에 익은 연락처를 쳤다. 한두 자리 헷갈리는 번호도 있긴 한데 그냥 전부 다 보내 버리면 그만이다.

[매번 견종을 바꿔 기르더니 이번에는 안 기르네 지난번에 조현병 루머로 망해서 그런가]

이 문구에 반응할 놈은 정해져 있으니까.

오로지 당사자만이 스팸이라고 무시할 수는 없을 것이다. 미래니, 과거니, 재시작 같은 소리를 할 것도 없었다. 그런 뻔한 소리에 동요해서 연락할 놈도 아니다. 이 정도로 구체적이어야 동요한다.

"……"

나는 문자들을 보낸 후, 확인 여부가 뜨기를 기다리며 잠시 시간을 보냈다.

그리고 잠시 뒤.

드르르륵.

ㅡ너 뭐야.

바로 전화가 왔다.

다짜고짜 나온 고저 없는 질문에, 나는 담담히 대답했다.

"너 같은 사람."

이 정도면 이해했겠지.

그리고 짧고 살벌한 통화 뒤, 나는 LeTi 소속사 내부의 회의실에서 놈을 보게 되었다.

"……."

"왔네."

마침 휴식기였는지 야밤이나 새벽이 아닌데도 용케 만날 시간을 냈군. 하기야 활동 첫 주라도 이 상황이면 무조건 신상 명세부터 파악했을 놈이다. 지금도 실마리를 잡으려 연락은 했으나 내 번호 뒷조사라도 맡겨뒀을 게 분명했다.

나는 캡을 쓰고 앉은 놈에게 고개를 까닥했다.

"말씀드렸다시피… 재시작 중입니다."

"……."

놈은 표정 없이 나를 쳐다보더니, 툭 말을 던졌다.

"몇 번째."

"세 번째요."

그러자 분위기가 일변했다.

"얼마 못 갔겠네요."

청려는 온화하게 대꾸하더니, 팔을 풀어 탁자에 올렸다.

'…계산 끝냈군.'

아직 몇 번 안 한 놈이니 털어먹을 수 있겠다는 생각. 그리고 3번째인데도 자신이 놈을 모르는 걸 보니… 과거로 함께 돌아올 수는 없겠다는 생각.

'오해하게 내버려둔다.'

코마니 뭐니 하는 쓸데없는 소리는 할 필요도 없고 해서도 안 된다. 이 새끼가 내 머릿속의 지식으로 재구성된 것이든, 시스템이 개입해서 진짜와 똑같든, 이 시점의 놈은 리셋 증후군의 미친 새끼다.

나는 얌전히 말을 꺼냈다.

"일단 문자로 무례한 소리 한 점 사과드립니다. 웬만한 말로는 반응 안 할 테니, 그 정도는 하라고 하셔서."

"아, 나랑 그런 말도 했어요?"

"예. 어쩌다 보니."

물론 거짓말이다, 새끼야.

"음… 몇 년 후에서 왔을까."

"3년 뒤입니다."

"아, 3년이라…. 난 어떻게 살고 있나요?"

"잘 살고 계십니다. VTIC은 올해도 대상이라는 게 전반적 여론이었고."

"그렇구나."

본인이 돌린 기간만큼은 아니겠지만, 3년이면 제법 쓸 만한 수치다. 눈 돌아갈 정도는 되지.

'…솔로 이야기는 하지 말자.'

지금 이놈이 고려할 패가 아니다. 의아하게 생각하기 시작하면 끝도 없다.

청려가 빙그레 웃었다.

"우리가 제법 잘 지냈나 봐요."

"제가 재시작해 봤자 본인은 돌아가지 않는다는 걸 깨달으신 뒤로도 그럭저럭."

"그럴싸하네요."

청려는 고개를 끄덕였다. 그리고 동요 없이 미소 지은 그대로 물었다.

"그래서 나한테 연락한 이유가?"

"제안을 하러 왔습니다."

나는 이미 한번 해본 것처럼, 최대한 자연스럽게 말을 꺼냈다.

"여기서 데뷔하고 싶습니다. 최대한 빨리."

"아, 그게 미션이구나."

"……."

청려가 웃는 표정 그대로 대꾸했다.

"그리고 그쪽은… 후배님이라고 하면 되나?"

"예."

"그래요. 후배님은 나에게 미래에 관한 정보를 제공해 주겠다는 말이겠네요."

"그렇습니다."

당장 '널 어떻게 믿고' 같은 대사는 안 나올 줄 알았다. 어떻게든 손에 두고 감시할 놈이 저절로 왔는데 기꺼운 상황 아닌가.

그러나 곧바로 긍정이 나오지도 않았다.

"그런데… 어떻게 데뷔하게요?"

"…!"

"LeTi는 솔로 활동은 지원 안 하는데. 지금 연습생들은… 데뷔할 놈들도 없고."

"……."

"아, 이미 알고 있겠구나. 미래에서 돌아왔다면서요."

네가 솔로나 신인 데뷔를 막고 있는 것 같은데. 전자는 그룹 활동에 소홀할까 봐, 후자는 그룹 활동에 방해될까 봐 말이지.

나는 그렇게 말하는 대신 생각했던 방안을 말했다.

"…생각해 둔 멤버들이 있습니다. 지난번에 같이 데뷔했었고."

"아. 어떤?"

"곧 시작하는 오디션 프로그램이 있는데, 거기 출연진입니다."

나는 잠깐, 떠오르는 놈들을 생각했다.

"…프로그램 중, 타 소속사로 공식 섭외될 기회가 있는데…… 데려 왔으면 합니다."

〈캐스팅 콜〉 말이다.

…여기서도, 뭐로 가도 그놈들과 데뷔만… 하면 되는 것 아닌가. 나는 침을 삼켰다.

"그래서 내 도움이 필요한 거구나."

그리고 눈앞의 이 새끼는 위협이 될 싹을 자르려고 어느 순간 내 뒤통수를 후려갈길 테니 되도록 그 전에 깨어나자.

류청우가 처음 들은 것은 기기에서 울리는 알림음이었다.

"……."

그리고 눈을 뜨자 보인 것은 병원 천장이었다.

"…!"

당장 몸을 일으켰다. 그러자 주변에서 부축하며 다시 눕히려는 손길이 느껴졌다.

"…번 의식 돌아왔습니다!"

"움직이시면 안 됩니다. 누우실게요."

긴 운동선수 시절로 인해 의료진의 말을 신뢰하는 것이 버릇이 된 그는 반사적으로 몸에 힘을 풀었다. 그리고 누워서 자신의 상태를 확인했다. 발이 고정되어 있었다. 아마 금이 가거나 부러지진 않은 것 같았다.

'…팔이 아니라, 다행……'

아니다. 자신은 더 이상 팔만을 최고 우선순위로 신경 쓸 필요가 없었다. 다만, 상처가 심하지 않다는 것에는 감사해야겠다.

"…후."

류청우는 긴 한숨을 쉬며 정신을 똑바로 차리려 노력했다. 주변이 요란하고 시끄러웠다.

그는 상황을 이어 붙였다.

'…사고가 났지.'

그 전 매니저.

일단 탑승자들은 무사히 응급실로 이송된 것 같다. 유명인이라 어느 정도 프라이버시를 배려해 준 것 같긴 했는데, 그래도 소리는 들렸다.

"…괜찮……"

"보호자분 여기……"

다들 놀랐을 것이다. 그래도 다행이었다.

'…내가 제일 뒤였으니까, 다들 나보단 괜찮겠지.'

부모님이 오시기도 전에 정신을 차린 것 같으니까. 아마 다들….

그 순간이었다.

정신 잃기 전에 일어났던 일이 섬광처럼 그의 시야에 떠올랐다. 자신을 밀치던 어깨와, 그 아래 살로 꽂히던 거대한 파편….

"…선생님!"

"예?"

"문대…, 문대 혹시 어때요."

"……."

"문대, 박문대. 아시죠?"

"……그 부분은 저도 확인해 봐야 할 것 같습니다. 우선 환자분 안심하시고 쉬고 계세요."

류청우도 알았다. ……거짓말이다.

달칵.

문이 닫혔다. 류청우는 순간 형용할 수 없는 감정에 휩싸였다.

응급실은 아직 본목적으로만 분주했다. 기자들한테까지 소식이 들어가지 않은 덕이다.

이세진은 바닥을 보며 묵묵히 생각했다.

'회사에 연락했으니 그것도 이젠 끝이겠지.'

마음을 가다듬고 침착하게 하지 못할망정 자신도 소리를 질렀으니,

곧 상황 파악한 관계자들로 온갖 말이 다 나올 것이다.

그래도 안 할 수는 없었다. …이 상황에서, 의식을 잃은 류청우를 제외하면 회사에 연락할 만한 사람은 자신뿐이었는데. 도저히 침착할 수가 없었다.

"……후읍."

이세진은 스마트폰을 쥐고 숨을 골랐다.

손이 떨렸다.

대부분의 멤버는 괜찮았다. 관절을 접질리거나 골절상을 입은 정도. 시간이 지난 뒤 후유증은 확인해야겠지만, 지금의 이세진도 가벼운 찰과상만 입은 상태였다.

이 모든 일을 일으킨 당사자는 안전벨트를 하지 않은 탓에 튕겨 나와 기절했다. 하지만 그것마저도 누군가에 비하면 자비로울 지경이었다.

'죽었어야 했는데.'

그러나 이세진은 전 매니저에 대한 분노보다 압도적인 감정에 숨을 참았다.

공포였다.

-다들 괜찮……!

그가 사고 직후에 상태를 체크하고 멤버들을 확인할 때. 맨 뒤, 류청우 옆에서 본 건….

'…아냐, 괜찮을 거야.'

자신이… 너무 당황한 탓에 상처를 현실보다 충격적으로 받아들인

게 틀림없었다……. 다들 가벼운 부상인데, 뒤차가 박은 곳과 제일 가깝던 류청우도 다리에 금만 가고 끝인데, 박문대만… 그럴 리가 없다.

출혈 때문에 그랬던 거지. 수혈받고, 수술도 들어갔으니 괜찮아질 것이다. 이세진은 답지 않게 잘 알지도 못하는 분야를 지레짐작하며 머리를 가라앉히려 애썼다.

직전에 박문대의 수술 동의서에 사인할 뻔했기 때문이다.

-현재 환자분 상태가… …래서 위험…… 당장 관 삽입 들어가야…….

최대한 들어보려 애썼지만, 도저히 집중되지 않았다. 현실감이 없었다.

'우리… 방금까지, 2주년 공연했는데.'

아무리 사고가 예고 없이 찾아온다지만, 이렇게 대비할 수도 없이 온단 말인가? 이렇게 무력하게?

그래, 이건 말도 안 되는 일이었다.

'한창 잘되는 중이었잖아.'

너무 억울하지 않은가. 박문대가 뭘 잘못했다고….

재능도 있고, 성실하고, 기를 쓰고 열심히 하는 사람이 그렇게 흔한 업계도 아닌 곳인데 왜 하필 박문대란 말인가.

사는 것도 순탄치 않던 놈이.

-보호자 동의 필요합니다.
-보호자가…….

없었다. 이세진은 피가 식었다.

−저, 제가 그냥 사인할 수 없을까요? 그냥….
−잠시만요.

빠르게 신호가 오가는 것 같더니 의료진은 이세진의 사인을 받는 대신 환자 재확인 후 회의를 진행해 바로 수술에 들어갔다. 응급상황이라 가능한 일이었으나, 어쨌든 이세진은 망연히 앉아서 결과를 기다리게 되었다.

"……."

그리고 생각했다.

이제 안 그래도 패닉 상태던 다른 멤버들도 처치를 다 받았을 테니, 상황을 알았을 것이다. 울고불고 난리가 났을 그 꼴을 이세진은 바로 떠올릴 수 있었다.

'곧 목격담이 뜨고… 기사가 뜨면 루머가….'

아니, 그런 게 다 무슨 소용이란 말인가. 일단 멤버가 다 멀쩡해야지. 이세진은 이를 악물고 손을 쥐었다.

'괜찮겠지.'

그래도 수술이 된다는 건 회복할 여지가 있다는 뜻이다. 그러니까 박문대가 곧 정신을 차리면…….

−그러다 30대에 돌연사하는 거야!

'X발, 괜히 그런 소리를 해서….'

이세진은 무릎을 주먹으로 쳤다. 눈앞이 허옇다.

'깨어나겠지.'

그래야 했다.

"…류건우입니다."

"아~ 넵. 반갑습니다. 앞으로 잘 부탁드립니다! 이세진입니다."

나는 싹싹하게 인사하는 놈을 오묘한 기분으로 쳐다보았다. 코마 속에서 봐도 여전히 뺀질뺀질한 놈이었으나 하나가 달랐다.

'이 새끼 눈이….'

맛이 갔다. 어떻게든 기회를 잡아보겠답시고 싱글벙글 웃으며 넉살 좋게 구는데, 눈에 의심과 경계를 못 지운다.

…루머로 하차한 게 치명타였나. 게다가 학폭 루머로 하차한 자기를 굳이 LeTi가 데려온 이유도 모르겠고, 해명까지 세심히 가능했던 이유는 더더욱 모르겠다 이거지.

"혹시 나이가 어떻게 되세요? 전 21살인데~"

"저도 21살입니다."

"오, 저희 동갑이네요."

일단 고참인 내가 서열이 더 위라고 판단했는지 함부로 말 놓자는 이야기도 안 한다. 〈아주사〉로 쌓은 인지도를 고려하지 못할 정도로 루머 때문에 멘탈이 박살 났단 뜻이다. 나는 한숨을 참으며 말했다.

"말 놓을까요."

"아, 그럴까? 좋지~"

이후 이세진은 정보를 캐기 위한 형식적인 이야기를 나눈 뒤에 소속사 관계자를 만나러 떠났다.

"……."

이게 맞나. 〈캐스팅 콜〉 전에 긁어모을 수 있는 놈들을 데려오려고 한 짓인데 이상하게 입맛이 썼다. 게다가 선아현 측은… 소속사에 응답도 아직 주지 않는 상태다.

…〈아주사〉 방송분을 보니, 왜 그러는지 알겠다.

'X발.'

머리가 지끈거렸다. 무슨 억지를 써서라도 〈아주사〉에 참가할 걸 그랬나. 사실 LeTi 정도면 이딴 망한 프로그램, 참가자 하나 튕겨내고 자기 연습생 꽂는 건 일도 아닐 것이다.

문제는 소속사가 강경히 거부했다는 점이다.

-〈아이돌 주식회사〉? 거길 왜….

'…이득 될 게 전혀 없다 이거지.'

두세 놈 연습생으로 추가해 주는 정도는 데뷔도 아니니 청려 입김으로 가능했다. 그러나 이 소속사의 이름표 달고 검증도 안 된 연습생이 저질 프로그램에 나갈 순 없다는 것이다. 이땐 다들 아주사 시즌 3도 화려하게 망할 줄 알았으니까.

'설득이 안 먹혔어.'

미래 지식 미끼로 청려를 좀 더 부추겨 볼 순 있을 것 같았으나, 아주사 첫 촬영이 코앞이라 시간상 도저히 불가능했다.

'X 같다.'

그나마 긍정적으로 볼 점은, 이 소속사에서 내 대우를 상당히 잘해 준다는 점이다.

—건우 씨 따로 레슨받아 본 적 정말 없어요? 정말?

지난 두세 달 연습생 생활을 했는데, 초반 보름쯤 내 기량을 파악하더니 태도가 더없이 사근사근해졌다. 그럴 만도 했다. 데뷔 3년 차 메인보컬 짬이 어디 가진 않았더라고.

데뷔조에 합류시킬 계획까지 짜는 중인 것 같던데. 그 데뷔조, 3년 뒤에도 데뷔 소식 없으니 집어치우라고 하고 싶군.

"……후."

나는 연습실 거울을 보고 앉았다. 29년간 본 익숙한 내 얼굴이 거울에 비쳤다.

…솔직히 말하겠다, 진행 자체는 훨씬 편하다. 이미 내 능력치는 거의 완성형이고, 회사가 영리하며 대우가 좋다. 게다가 난 어떤 곡, 어떤 컨셉으로 데뷔해야 할지도 이미 알고 있다.

능력치가 검증된 멤버만 모으면 분명 데뷔 후 승승장구할 것이다. 그리고 상태창을 못 보는 이상, 기존에 합 맞춰본 놈들 데려오는 게 가장 좋을 것이고.

'…선아현이 연락되는 것도 시간문제일 것 같은데.'

〈캐스팅 콜〉로 몇 놈 더 잡아와서 데뷔하면 딱일 것이다. 여의치 않으면 기존 연습생 하나 정도는 넣어도 된다. 그러니 원래 〈아주사〉로 별 지랄 맞은 일 다 겪은 현실보다 훨씬 수월한데도….

이상하게, 내키지 않았다.

"…현실이 아니라 그렇지."

깨어나는 게 목적이라 어쩔 수 없는 거라며, 나는 생각을 끝냈다.

"현실이 아니라니?"

"…!"

고개를 돌리자, 연습실 뒤편 문을 열고 걸어 들어오는 청려가 보였다.

'저 새끼는 노크도 못 배워먹었나.'

나는 떨떠름하게 대꾸했다.

"그냥 해본 말입니다."

"음, 슬슬 그런 생각할 때도 되긴 했지."

"……."

"근데 현실이니까, 그런 생각 마요. 시간 낭비라서."

안됐지만 꿈 맞다, 새끼야.

나는 말없이 그냥 고개만 끄덕였다. 청려는 웃으며 말을 이었다.

"아, 〈캐스팅 콜〉 따라올 거라면서요. 그거 사흘 뒤 촬영이던데."

"……."

"방송에 출연은 안 돼요. 그냥 내가 데려가는 거라."

"그거면 됐습니다."

설마 출연하고 싶었겠냐.

어쨌든 미래 지식이 몇 번 검증된 이후로 소름 끼치게 친절해진 놈은 흔쾌히 〈캐스팅 콜〉 조작까지 승낙했다.

"음… 이 문항이 나온다는 거죠?"

"예."

'주어진 문항에 대한 답변이 제일 비슷한 소속사에게 이적 제안을 받는다'는 방식을 역이용하는 것이다.

김래빈은 어차피 그대로 가도 LeTi에게 권유받을 걸 안다. 그리고 차유진과 류청우는… 무슨 짓을 해도 이런 작업 때문에 넘어올 만한 놈들이 아니란 것도 알고.

그러니 남은 한 놈을 잡아 올 생각이다.

"알려줬으니 아마 그대로 할 겁니다."

배세진.

제대로만 한다면, 이 시점에서 제일 낚기 쉬운 놈이다.

그리고 며칠 뒤 〈아주사〉 촬영장.

"이거부터 옮겨요!"

나는 스탭 사이에서 비슷한 복장으로 LeTi 쪽 심부름을 하며 상황을 확인했다.

…확률은 높다. 일단 소속사에서 〈캐스팅 콜〉 전에 두 멤버와 접촉해서 이야기를 나눴던 것을 확인했다.

'김래빈과 배세진.'

내 사주를 받은 청려의 조언을 통해서였다. 〈아주사〉가 워낙 흥행한 타이밍이라 이 정도 꼼수는 기껍게 해주더라. 둘 다 가장 혹할 만한 방향으로 딜을 조언했다.

'김래빈에게는 작업 지원 중심.'

─국내 엔터테인먼트사 중 프로듀싱 관련 설비에 예산을 가장 많이 투자하고 있습니다.

이 소속사 A&R 작업이 대단히 체계적이더라고. 게다가 김래빈은 VTIC이 쓰는 녹음 프로그램을 궁금해하던 놈이니 제법 가능성이 있다. 그리고 놈의 도덕적인 성향을 고려해서 문항 유출 이야기는 언급도 하지 않았다.

단지 이 모든 게 '공식적인 방법'이라는 점만 강조했다.

─프로그램에서의 공식적인 이적 방식을 통해 만남을 가질 수 있다면 대단히 기쁜 일이겠습니다.

다만 여차하면 차유진과 함께 와도 좋다는 정도는 덧붙였고.

차유진은 필요할 땐 눈치를 보는 놈이다. 본인이 이 제안이 내킨다면, 지금 돌아가는 판을 눈치채고 알아서 눈치껏 김래빈이 할 법한 답변을 찍을 것이다. 가능성은 몹시 낮지만.

'그리고 배세진은… 안전.'

─법무팀 인력이 완비되어 있으며, 아티스트 보호를 위한 대형 로펌과의 작업도 활발히 진행하고 있습니다.

소속사 분쟁 등에 강하다는 은근한 뉘앙스를 담아, 대놓고 문항 답안과 함께 컨택했다. 안 그래도 혹할 놈인데 이 정도면 충분하겠지. 그리고 이 과정에서 청려는 의외로 나 대신 대외적으로 소속사에게 바람 넣는 역할을 제법 성실히 수행했다.

'작곡가를 미끼로 거래하길 잘했군.'

그래서 이제 결과를 볼 순간이다.

나는 스탭 행세를 계속하며 촬영장을 확인했다. 일단… 김래빈.

[그… 음, 죄송합니다. 출연한 이상 최선을 다하여 제 일에 임하고 싶습니다.]

현실에서보다 더 고민하긴 했으나, 결국 거절은 했다.

'그럴 줄 알았다.'

그러나 중요한 점은 그 이후다.

[여기요.]

[아, 예! 감사합니다.]

명함을 받아 갔거든. 즉, 불우한 사고로… 이 프로그램이 풍비박산 나거나 본인이 하차할 시 LeTi와 컨택하겠단 뜻이다.

그리고 세상사 어떻게 될지 모르는 것 아닌가.

'이 정도면 됐다.'

나름대로 3년 동안 이 제작진을 봐왔는데, 〈아주사〉 박살 나는 방법이야 지금부터 짜내도 서너 가지는 나올 것이다. 게다가 촬영이 끝난 후에 류청우까지 혼란을 틈타 슬쩍 접근한 LeTi 관계자의 명함을 받아 갔다.

상상 이상으로 성과가 좋았다. 차유진만 어떻게 하면… 전원 다 모아서 그대로 데뷔할 수도 있겠다고 생각하자, 갑자기 머리끝이 짜릿했다. 나는 침을 삼켰다.

하지만 모든 일이 예상대로 흘러갈 수는 없는 법이었다.

[…아뇨. 괜찮습니다.]

"…!"

배세진이… 거절했다. 심지어 명함도 받지 않았다.

'미쳤나.'

왜 동아줄을 걷어차고 있단 말인가. 현실에서도 이때 더럽게 고민했던 걸 뻔히 알고 있는데.

[예. 건승하시길 바랍니다.]

그러나 결과는 변하지 않았다.

배세진은 〈아주사〉에 잔류가 확정되었다.

"……."

나는 입 다문 채로 발걸음을 옮겼다. 뺨이라도 후려 맞은 것 같다. 어차피 대충 안 되는 놈은 거르고 갈 생각이었는데, 왜 이러는지 모르겠다.

벌컥.

나는 냉수라도 끼얹을 생각으로 거칠게 관계자용 화장실에 들어갔다.

"…!!"

"…!"

그리고 배세진과 눈이 마주쳤다. 물 틀어놓고 질질 짜고 있었는지, 당황한 기색이 역력하다.

'그럴 거면 뭐 하러 거절해.'

나는 짜증을 참지 못하고 충동적으로 말을 걸었다.

"지금이라도 승낙하는 게 어떨까요."

"뭐?"

배세진은 멍하니 대꾸했다.

"LeTi 괜찮은 소속사거든요."

"……."

배세진은 얼굴이 시퍼레졌다가, 다시 시뻘게졌다가, 마지막으로 허옇게 질렸다. 너무 직접적으로 찔렀나.

"뭐… 너, LeTi…."

"네. 거기 스탭입니다."

배세진은 망연한 얼굴로 나를 보다가, 갑자기 극도로 방어적인 얼굴이 되었다. 그리고 날카롭게 대꾸했다.

"너희는… 연예인 빼가려고 이런 짓까지 해?"

"…!"

"나한테, 미리 연락하고… 문항 빼돌리고."

'X발.'

여기서 뒤틀렸나.

이놈은 겁을 집어먹은 것이다. 문항을 보내고, 사전에 법무팀 이야기까지 꺼낸 것. 배세진이 느끼기에 원래 본인 소속사에서 하는 짓과 비슷하게 느껴졌을 법도 했다.

"……."

쾅.

배세진은 도망치듯이 화장실을 나갔다. 그리고 나는 실책을 인정할 수밖에 없었다.

돌아가는 차 안, 나는 머릿속을 정리하려 애쓰며 팔짱을 꼈다.

'없던 일 치자.'

그래도 기분이 더러웠다. 맞은편의 청려가 옆자리의 멤버가 숙면 중인 것을 체크하더니, 입을 열었다.

"후배님?"

"예."

"아니, 나는 이해가 안 가서. 어차피 합류 안 했으니 물어보는 건데요."

"……."

"마지막 그 배우 출신은 잘하는 참가자도 아니던데, 왜 굳이 데려가려고 했어요? 나라면 이 기회에 잘랐을 텐데."

"……뭐?"

"협조적인 것도 아니고, 별 쓸모없어 보여서요."

"…!!"

머리를 한 대 얻어맞은 것 같다. 왜 데려오려고 했냐고?

'그거야…'

내가 무의식중에 의식했기 때문이다. 여기서 그대로 데뷔하면, 배세진은 마약 루머를 쓰고 커리어가 끝장난다는 것을.

'그놈 인생이…, X발.'

나는 이를 악물었다.

사실 나도 안다. 현실도 아닌데 여기서 배세진이 마약 루머를 덮어쓰든 죽든 무슨 상관이란 말인가. 대체 왜 내가 이 지랄을 하며 신경을 쓰는 건지 모르겠다, 망할.

"괜히 지난 관계 신경 쓰지 마요. 손해니까."

"……."

"어차피 다 명함만 받아 가서 인원도 확정 아닌데, 그러지 말고 이런 건 어때요."

"뭐요."

청려가 미소 지었다.

"음, VTIC에 합류하는 것?"

"…!!"

이건 또 무슨 정신 나간 소리냐.

'함정인가.'

재계약 시즌까지 지난 탑티어 그룹에 새 멤버 합류라니, 자살하라는 걸 색다르게 말하는 재주가 있다.

"아니, 잘 들어봐요."

그리고 놈은, 놀랍게도 제법 그럴싸한 루트를 말하기 시작했다.

VTIC에 새 멤버를 합류시킨다는 말도 안 되는 계획은 신선한 개소리로 시작했다.

"우선 후배님은 프리 데뷔를 해요. 혼자."

"……."

갑자기 솔로 이야기가 나와?

"올해 특별한 불상사가 없으면… 남자 솔로 부문으로 신인상은 오히려 쉽겠죠. 경쟁자가 없을 테니까."

천연덕스럽게도 말하는군.

"이 소속사는 솔로 활동 지원 안 한다고 하시지 않았습니까."

"프리 데뷔 정도야 설득해 볼 만할 것 같아서."

청려는 태연하게 긍정적인 답변을 내놓았다. 아무리 정식 데뷔 전 맛보기 활동이라도 저렇게 확신하다니, 역시 이 소속사가 솔로를 극단적일 수준으로 배제하는 건 이놈 입김이 있던 것이다.

나는 팔짱을 꼈다.

"그렇게 데뷔해도 성적 난다는 보장이 어디 있습니까, 남자 솔로로."

소속 그룹 없는 남자 아이돌이 솔로로 성적 낸 게 언젠지 까마득할 지경이다. 그러나 청려는 하하 웃었다.

"아, 퍼포먼스 중심 아이돌 말고, 보컬 중심 가수로요."

"…!"

"VTIC 이후 LeTi에서 나오는 첫 후배잖아요. 화제성은 확실하겠죠? 분야가 다르니 견제도 좀 피해 갈 테고."

그 말대로다.

게다가 아이돌처럼 댄스형 솔로 가수가 아닌 음원을 노리는 타입의 전통적인 남자 솔로, 발라드나 인디는… 타율이 괜찮다. 곡만 좋다면.

"그리고 내년 초에 VTIC 유닛이랑 콜라보곡을 내요. 퍼포먼스를 좀 보여주는 종류면 좋겠고."

"……"

퍼포먼스가 가능하다는 것을 어필하며, 날 VTIC과 엮는다 이건가.

"같은 소속사 콜라보곡은 사례가 많으니 반발이 있어도 넘어갈 수준이겠죠. 성적이 좋고 후배님 역할이 확실하면 팬들 반발심도 누그러들 테고요."

이쯤 되면 무슨 말을 하는지 알겠다. 나는 입을 열었다.

"…그리고 그쪽 메인보컬 사건이 터지면, '차라리 류건우를 넣어라' 같은 개소리를 진짜 수용해서 절 그룹에 합류시키겠다는 말입니까?"

"똑똑하네. 맞아요."

류건우를 최대한 자연스럽게 VTIC 메인보컬 대체재로 투입하겠다는 뜻이군.

'미친 소리다.'

당연했다. 메인보컬 사건을 내가 말해준 건 그게 가장 놈이 목맬 비싼 정보였기 때문이다.

'게다가 1~2년 후에 터지는 사건이지만, 발생은 딱 이 시기다.'

즉, 검증이 편했다. 내가 미래에서 왔다는 것을 증명하며 신뢰를 쌓기 용이할 거라 판단했던 것이다. 그런데 이 새끼는 논란을 방지해 그 놈의 폼을 유지할 생각 대신 나로 갈아 끼울 생각을 하는 중인 듯했다.

나는 눈썹을 찌푸렸다.

"일 터지는 걸 막을 수 있는데, 왜 그런 제안을 하시는지 모르겠는데요."

놈의 표정이 사라졌다.

"사람은 고쳐 쓸 수 있는 게 아니라서."

"……."

"기억해 둬요. 앞으로 유용하게 쓰일 사실이니까."

순 부품 취급이군.

'확실히 미친놈이긴 한데….'

일단 넘어가자.

어쨌든 풀어 말하자면 그룹에 타격이 갈 것을 감수해도 본인이 제어 못 할 분란 종자를 남겨두지 않겠다는 것이다. 그리고 대신 말 잘 듣고 절박한 놈, 더불어 쓸 만해서 감시해야 할 놈을 겸사겸사 넣겠다는 거고.

"그래서, 해볼 거죠?"

나 말이다.

이런 일도 겪는군. 이 새끼랑 같은 그룹을 할 기회가 생길 줄이야.

나는 입을 열었다.

"아뇨. 사양하겠습니다."

"……."

아무리 생각해도 그 계획은 까딱하면 X 된다. 그리고 칼자루를 놈에게 완전히 넘겨주는 꼴 아닌가. 이 새끼가 감언이설 처발라 놓고 상황이 변하면 프리 데뷔 이후로 날 처박아놓을 수도 있다.

게다가 그냥 꿈이면 모를까, 지금 내 행동은 전부 혼수상태에서 일어날 힌트를 찾으려는 것이다. 괜히 모험하지 말자.

'최대한 현실과 비슷하게 간다.'

…못 잡은 배세진도 〈아주사〉 프로그램이 무너지면 한 번 더 섭외 기회가 있겠지. 나는 손을 틀어쥐었다. 그러나 이놈과 척질 필요도 없기에, 나는 매우 그럴싸한 변명부터 들이댔다.

"솔로 신인상 부분이 미션에 들어맞을지 확신을 못 하겠습니다. 아이돌 그룹 신인상만 쳐주면 전 그대로 죽는 건데요."

"아하."

이건 먹힐 줄 알았다. 청려는 팔짱을 끼며 쾌활하게 웃었다.

"하하, 그럼 다음에는 다른 방법 써보면 되는데. 아직 도전 의식이 부족하네."

"……."

이 새끼와… 길게 이야기하지 말자.

이후, 청려는 '한 달은 여유를 주겠다'며 제안을 당장 철회하지 않고 여지를 둔 채 떠났다. 꼭 내가 한 달 내로 포기할 거라고 확신하는 것 같은데, 기분 나쁜 새끼였다. 차라리 심심하면 개 사진이나 뿌리는 현실의 놈이 나을 지경이다.

나는 한숨을 참으며 몸을 일으켰다.

'다음 일이나 하자.'

밑밥은 다 깔아뒀으니, 슬슬 은둔 생활하는 놈을 끌어내야겠다.

…이 꿈의 선아현 말이다.

병실은 조용했다.

의료 기계와 복도 저 너머에서 사람들이 움직이며 내는 화이트노이즈만 부드럽게 1인 병실을 감았다. 공인이란 신분만을 고려하여 개인실을 잡은 것은 아니었다. 이 개인실을 이용하는 환자가 아직도 깨어나지 못하고 있기 때문이다.

"……."

선아현은 조용히 간병인용 의자에 앉았다.

박문대는 친인척이 없었다. 하다못해 테스타가 대단히 성공한 후에도 먼 친척이라고 주장하는 사람 하나 나타나지 않았을 정도다. 그래서 이 병실에는 고용된 간병인 외에는 오로지 그가 연예계 생활을 시작한 이후의 인연들만이 드나들었다.

정신 차린 멤버들을 중심으로, 회사 사람들도 가끔 문을 열었다. 하지만 팬들이 보낸 수많은 선물은 아직 검사를 거치고 있었다. 덕분에 병실은 휑하도록 비어 있었다.

"……."

선아현은 탁자 위에 뜨개질로 뜬 복슬복슬한 인형을 하나 올렸다. 직접 뜬 것이었다. 인형에서 떨어지는 손이 떨렸다.

'정신 차리자….'

선아현은 숨을 꾹 참았다. 그가 멤버 중에 가장 이 병실에 자주 방문해 간병하는 시늉이라도 할 수 있었다.

왜냐하면 선아현은… 거의 다치지 않았으니까. 골절 등의 사유로 조치가 필요했던 멤버들이나 회사와 싸우느라 바쁜 멤버들과 달리 초기부터 운신이 가능하던 것이다. 그리고 전혀 그럴 필요가 없는데도, 그 사실에 타는 듯한 죄책감을 느끼고 있었다.

'한마디도 못 했어….'

다른 멤버들이 어떻게든 전 매니저를 설득하거나 신고할 때, 그는 차마 말을 얹지 못했으니까.

공포에 질려 말문이 막혔던 것이 아니었다. 말도 제대로 못 하는 자신이 괜히 나섰다가 방해가 될까 걱정했기 때문이었다.

"……."

선아현은 조용히 두 손을 모아 무릎 위에 올리고, 의자 위에서 굳었다.

동생들은 괜찮다. 동생이니까. 하지만 동갑인 두 사람이 전 매니저를 설득하는 동안, 자신이 아무것도 하지 못한 것은 분명 문제가 있었다.

사고 이후에도 마찬가지였다. 기발하거나 용감한 발상을 하더라도, 말솜씨가 없다는 것은 여론과 회사를 상대하려면 누군가의 커버가 필요하다는 것을 뜻했다.

'회사에 화를 내도, 제대로 통한 것 같지가 않아….'

반편이가 따로 없었다. 그렇다고 자신에게 갑자기 의료적 지식이 생겨서 박문대의 치료에 도움을 줄 수 있는 것도 아니었다. 자신이 한 것은, 신고를 받고 출동한 구급차에 멤버들을 인도한 것뿐이었다. 몸은 멀쩡했으니까.

하지만 그것도 정신이 반쯤 나간 채였다.

선아현은 주먹을 꾹 쥐었다.

'한심해.'

그래서 그는 정말 쓸모가 없었다. 적어도 본인이 느끼기에는, 그랬다. 하지만 그보다 더 큰 현실의 걱정 탓에 자기혐오는 우선순위에서 밀렸다.

박문대가… 닷새째 의식이 없다. 수술이 제법 성공적이었다는 말을 들었는데도, 워낙 충격이 크고 출혈량이 많았던 탓인 것 같았다.

'그때 내가 뒷자리에 앉았어야 했는데….'

그편이 훨씬 좋은 결과였을 것이다. 문대도 덜 다치고….

"……."

선아현은 얼굴을 닦아냈다. 이런 일로 염치없게 울 수는 없었다. 그럴 시간에 기도라도 해야 했다.

'건강하게… 아무 일 없이, 후유증 없이.'

얼른 돌아왔으면.

"와, 이렇게 또 보네요~ 반갑습니다!"

"아, 아, 안녕하… 세요…."

"……."

인위적일 만치 서글서글한 이세진과 차마 고개도 들지 못하는 선아현이 인사를 한다.

나는 입 다물고 그 꼴을 보았다. 골치가 지근거렸다.

'…말도 안 놓았나.'

같은 골드니 놓았을 확률이 높다고 생각했는데 말이지.

이건 이세진 쪽에서 선아현과 억지로 친해질 필요도 느끼지 못했다는 뜻이다. 저 얼굴이면 이세진이 한번 인맥용으로 찔러볼 법도 한데, 시도도 안 했단 건 그 정도로 선아현의 퍼포먼스 질과 방송 편집에 이상이 생겼다는 의미기도 했다.

사실 나도 방송을 봤으니 무슨 짓이 일어났는지 안다.

'…견제를 너무 심하게 당했어.'

첫 팀전에서 다른 놈들이 안 어울리는 파트를 억지로 들이밀고 애를 X같이 구박해 놓은 덕이다. 하다못해 편집도 이 짓을 당한 선아현에게 썩 호의적이지 않았다.

-선아현 진짜 개발암;

-말 더듬는다고 의견전달 못 하는 거 아니잖아 ㅅㅂ나라도 답답해서 욕 박았음

선아현의 팀원들도 온갖 욕을 다 얻어먹었으나, '구박당할 만했다'는

여론도 만만치 않았기 때문이다. 덕분에 '저런 애는 서바이벌 나오면 안 되지' 같은 댓글이 최다 추천을 받고 올라오며 지랄이 났다.

그리고 이곳의 선아현은… 마이너스 투표의 영향을 직통으로 받아 아슬아슬 탈락하게 된 것이다.

"……."

나는 관자놀이를 눌렀다.

'일단 빼내 오긴 했는데….'

이놈 집은 이미 알고 있으니, 가서 이야기하는 건 어렵지 않았다. 다행히 방 빼려 정리하던 중에 방문해서 부모님을 'LeTi 연습생'이란 신분으로 설득해서 이놈을 챙겨 왔다. 워낙 선아현의 상태를 걱정해서 아티스트 케어로 이미지 관리 잘한 소속사 이름값에 넘어오시더라.

물론 본인 설득이 조건으로 붙긴 했지만.

―당장 데뷔는 아니고, 연습하면서 같이 지내면 좋지 않을까 해서요.

―학생 말은 고마워요. 하지만, 아현이가 싫다고 하면 더 권하진 않을 거예요.

―…한번 설득해 봐도 괜찮을까요.

나는 그 길로 방에서 선아현과 독대해 설득을 진행했다.

―소속사에서… 네가 꼭 포함되어야 그룹 데뷔가 가능하다는데.

―…….

―혹시 연습이라도 나와볼 생각은 없는지 궁금해서. 너 잘할 것 같거든.

선아현은 반응이 없거나 고개를 푹 숙이고 있었으나, 결국 마지막엔 고개를 끄덕였다.

몰골이 영 아파 보였으나… 밥 좀 잘 먹고 잘 재우면 한결 나아지겠지. 연습해서 데뷔만 제대로 가능하면 멘탈도 괜찮아질 거다. 선아현은 이럴 땐 멘탈이 터진 두부같이 보여도 회복탄력성이 좋은 놈이기 때문이다.

'…여러 번 봤지.'

잘… 다독이기만 하면 될 것이다. 나는 객관적으로 판단을 내렸다.

그리고 잠시 뒤.

"아현 씨, 잠시만요."

"……."

선아현은 고개를 푹 숙인 채로 부모님과 함께 소속사 관계자들을 만나러 떠났다. 그리고 이세진은 은근한 어조로 내게 물었다.

"저 친구도 이쪽 그룹으로 넣는대?"

"그런 것 같은데."

"음~ 그렇구나. 아까 들어보니까 네가 직접 설득했다더라, 진짜야?"

"……."

"이야, 너 솜씨 좋다~"

이세진이 옆에 척 앉았다. 나는 코웃음을 참았다. 그래도 멘탈이 좀 돌아왔나, 대충 《아주사》에서 처음 만났던 때 정도는 되는가 싶은 순간.

옆에 앉은 이세진은 사회성 넘치는 말투로 지나가듯 말했다.

"음… 회사에서 생각해 둔 다른 친구는 없대?"

"…그건 왜."

혹시 다른 멤버가 궁금한 건가 싶었다. 그러나 이세진은 손을 내저으며 가볍게 대꾸했다.

"어? 아니, 저 친구 나갈 수도 있잖아~ 혹시 해서!"

"…!"

나갈 거라고 확신하는…… 묘한 뉘앙스가 느껴졌다. 나는 즉시 물었다.

"왜 그렇게 생각하는데."

"어? 쟤 너 무서워서 여기까지 온 거잖아."

"…!!"

"척 봐도 그런데… 아, 일부러 약간 겁주고, 동기 부여하는 그런 거 아니었어? 하하, 미안~"

"……."

내가… 그렇게 보였다고? 그럴 리가 없었다. 나는 최대한 온건한 방법으로 설득했다. 강요하거나 윽박지른 적 없다.

'그냥 선아현이 필요하다는 말을….'

그 순간, 선아현의 상태가 떠올랐다. 자존감이 바닥을 치고 멘탈이 박살 난 상태.

그리고 내가 사용한 말.

─소속사에서… 네가 꼭 포함되어야 그룹 데뷔가 가능하다는데.

…네가 안 와서 내가 데뷔를 못 하면, 네 탓이라는 식으로 들렸을

수도…… 있다.

그래서 선아현은 대꾸도 못 하고 같이 와줬다고.

"음, 아무튼 누가 올진 너도 잘 모른다는 거지? 오케이~"

"……."

이세진은 적당히 대화를 마무리한 뒤, 스마트폰을 만지작거리며 연습실에서 걸어 나갔다.

나는 생각했다.

내가 알던 선아현은 그런 놈이었나.

내가 알던 이세진이, 이런 말을 하던 놈이었나?

'…아니.'

아니었다.

그 순간, 갑자기 사고가 박살 나기 시작했다. 나는 우두커니 선 채로, 내 행동 경로를… 다시 돌아보았다. 앞뒤가 안 맞았다.

내가 무슨 소리를 하면서 현실과 똑같이 데뷔하려는 이 짓을 하기 시작했지?

코마에서 깨어날 힌트를 찾는다? 찾는다는 보장은 어디 있으며, 그게 현실과 똑같이 가야 할 확실한 이유는 더더욱 없다. 그냥 내 추측일 뿐이지. 그렇다면 내가, 이 추측을 어떻게든 확신하면서 해 먹으려고 한 이유는…… X발.

그냥, 그러고 싶었기 때문이다. 내가 박문대로 살았던 삶을 그대로 구현하고 싶어서.

"하."

나는 숨을 몰아쉬며 연습실에 주저앉았다. 그리고 떠올렸다, 상태창의 메시지를.

-Enjoy your daydream :)-

'이래서 백일몽이었나.'

백일몽의 뜻은 헛된 공상이다. ⋯그러니까, 이게 내 욕망이던 것이다. 박문대로 살았던 그 삶을 그대로 가져가고 싶었나 보다. 내 것으로.

그러나 나는 이미 답을 알고 있다. 내가 청려에게 직접 내 입으로 했던 말이다.

-다시 시작해서 똑같은 팀을 꾸려도 절대 지금과 같을 수는 없겠죠. 공유한 사건과 이야기가 달라질 테니까.

그건 불가능한 일이다. 절대 같을 수가 없었다⋯⋯.

그런데도 내가 이 지랄을 합리화해 온 이유는 또 무엇인가.

"⋯⋯."

나는 거대한 거울에 머리를 박은 채 생각했다. 그리고 결국 인정했다.

'박문대로 지난 2년 반도 내 삶이었기 때문이겠지.'

박문대의 몸으로 겪은 것이긴 하나, 모든 선택과 사고, 경험은 나의 것이기 때문이다. 내 정신이 직접 겪은 것이니까 그건 변할 수 없었다. 이 모든 지랄이 끝나고 혹시 원래 내 몸, 류건우로 돌아간다고 해도⋯ 그것이 내 경험인 건 변하지 않을 것이다.

이제 알겠다.

"후."

나는 거울에 박은 머리를 들어 올렸다. 거울에 뿌옇게 김이 껴 내 얼굴이 보이지 않았다.

"……."

비록 저기 보여야 할 것이 '류건우'의 얼굴이지만, 그래도 이 꿈이 내 삶이 아니었다.

'그만.'

너무 여기 오래 있었다. 이제 현실로 돌아가고 싶었다.

내가 사는 '내 현실'로.

그 순간이었다.

띠링.

"…!!"

[기능이 해금되었습니다!]

[기능 : 뽑기 (소모형)]

팝업이… 떴다.

그리고 하나 더.

내가 현실에서 남겨뒀던 것이.

[잔여 뽑기 : 1]

[보물 특성 뽑기 ☞ Click!]

나는 손을 들어 그것을 연타했다.

김래빈은 한 손에 든 상자를 고쳐 잡으며 병실 복도를 걸었다. 다른 쪽 팔은 아직 반깁스 중이라 자유롭게 움직일 수 없었기 때문에, 더욱 신중히 움직여야만 했다.

그는 입을 꾹 다물었다.

'상자를 놓치는 등의 불상사가 일어나면 안 돼!'

그래도 사고 이후 병원 주변에서 바글바글 대기 중이던 수많은 언론 관계자들의 수가 제법 줄었기에, 여기까진 수월히 진입할 수 있었다.

충격적이던 교통사고 보도 이후 시간이 제법 흘렀기 때문이다. '혼수 상태에서 수술 회복 중'이라는 타이틀이 열흘 이상 지속되자 그들은 다른 먹잇감을 찾아 떠났다. 하루걸러 하루꼴로 사건이 터지는 연예계다운 일이었다.

하지만 온갖 비관적인 추측 기사, 칼럼, 팬들의 걱정과 분노가 소용돌이치며 인터넷은 아직도 아비규환이었다.

[테스타 박문대... 뇌사 위험 있나]
['5월의 신랑'이 당한 사고 <그날의 재구성>]
[수술 이후 7일, 박문대의 회복을 위한 기도]

그리고 김래빈은 이런 것을 어쩌다 가끔 검색엔진 메인에서만 확인할 뿐, 세세한 반응을 자세히 살펴볼 지식도 여유도 없었다. 그렇기에 팬들이 공식계정에 다는 댓글을 토대로 간단한 사실관계만을 이해했다.

'다들 문대 형이 깨어나는지에 대해 지대한 관심을 쏟고 있어.'

기본적으로는 맞는 말이었다.

그때였다.

"김래빈!"

"…! 병원이잖아, 조용히 해!"

옆 병실에서 뛰쳐나온 차유진이 목발을 현란히 사용하며 무서운 속도로 김래빈을 좇아왔다. 그는 김래빈보다 더 큰 뼈를 다쳐 부상이 심해 아직 입원 중이었다.

"문대 형 보러 가?"

"…응."

"나도 갈래."

차유진은 꿋꿋이 대답하며 김래빈을 따라 속도를 맞춰 걸었다. 수술 당시에 펑펑 울며 스페인어로 알아들을 수 없는 빠른 기도를 올렸던 사람이라곤 생각할 수 없는 평정심이었다.

'차유진은 멍청해서 좋겠다.'

김래빈은 짧게 차유진을 부러워하다가, 다시 묵묵히 발걸음을 옮겼다. 박문대의 병실은 바로 근처였다.

"형."

"저희 왔습니다."

"으응, 어, 어서 와…."

병실 안, 석상처럼 조용히 앉아 있던 선아현이 얼른 일어나더니 작게 대답했다.

"문대 형 편안해요?"

"…응, 불편한 곳은, 어, 없을 거라고 그러셨어."

"알았어요!"

차유진은 씩씩하게 침대 옆에 앉더니, 의식 없는 박문대에게 한국어와 영어를 섞어서 열심히 근황을 설명하기 시작했다.

"팬들이 종이 확? 새 보낸다 해요. *신기해요. 어느 나라든 비슷한 이야기가 있나 봐요. 어쨌든, 형의 완쾌를 바란다니까 좋죠?*"

'듣고 있을지도 모른다'는 게 그의 중론이었으나, 묘하게 희망을 주는 것은 사실이었기에 멤버들은 차유진을 말리지 않았다.

"다른 형들께서는 이미 왔다 가신 모양입니다."

"…아, 아까, 회사에 갔어."

"그렇군요."

김래빈은 고개를 끄덕이며 차유진의 차례가 끝나기를 기다렸다. 자신이 가져온 것은 무척 중요한 소식이었기 때문에, 차유진의 말소리와 물리면 안 되었기 때문이다. 그리고 끈질기게 오래 떠들어대는 차유진을 보며 '면회 시간을 중복된 이야기로 낭비하지 마!'라고 외치고 싶은 마음을 참았다.

'병실에선 정숙해야 하니까!'

그 대단한 문대 형 앞에서 양식 있는 모습을 보여 드리겠다며 김래빈은 자신을 타일렀다. 그리고 결국 차유진과 투닥거리는 일 없이 조용히 바통을 이어받을 수 있었다.

"형, 안녕하십니까……."

물론 누워 있는 박문대에게선 대답은 없었다. 김래빈은 어쩐지 눈물이 날 것 같았다. 할머니 때가 생각났기 때문일지도 몰랐으나, 어쨌든 본인은 그냥 꾹 참았다.

"제, 제가 준비해 온 것이 있습니다."

그는 침착하려 애쓰며 상자를 들어 열었다.

상자 안은 꽉 차 있었다. 온갖 선과 음표가 그려진 종이 여러 장과 아이코닉한 소품들, 그리고… 노트북. 조용히 서 있던 선아현의 눈이 커졌다.

"이, 이건…."

"…다음 앨범 컨셉 자료입니다."

김래빈이 씩씩하게 대답했다.

"열심히 준비하고 있으니, 앞으로의 일정에 대해서는 전혀 고민하지 마시고 편하게 일어나 주시면 됩니다!"

그가, 퇴원하자마자 한 일이었다.

"……."

차유진까지 할 말을 잃고 김래빈을 보았다.

사실, 매우 비합리적인 행동이다. 박문대가 당장 깨어난다고 해도 재활과 복귀가 당장 이루어질 수 있을지는 아무도 몰랐다. 게다가 박문대가 의식을 되찾지 못한 뒤로 예상보다 오랜 시간이 흘렀다. 의료진들 사이에서는 본격적인 재검사를 해야 한다는 이야기까지 나오고 있다고 한다.

그런데도 김래빈은 마치 당장에라도 가능한 것처럼 다음 활동을 구체적으로 '준비'해 온 것이다. 잠들어서 보지도 못하는 박문대에게 보고하기 위해.

'알아.'

김래빈은 생각했다. 불투명한 미래를 무조건 긍정적으로 예상하며, 이런 말도 안 되는 시간 소비를 했다는 게 믿기지 않을 지경이었다.

'하지만⋯ 내가 경험했어.'

할머니도 깨어났으니, 분명 문대 형도 곧 깨어날 것이다.

"준비하면서⋯ 기다리겠습니다!"

김래빈은 논리적이지 않은 확신을 되새기며 상자를 들고 씩씩하게 침대 옆 의자에 앉았다. 그러자 옆에서 큰 소리가 터져 나왔다.

"맞아요!"

"⋯!"

"형 일어나서 우리 또 콘서트 해요! 많이 해요!"

"그, 그래! 문대야, 준비할게⋯!"

차유진에 이어, 풀이 죽어 있던 선아현까지 자극을 받았는지 뜨던 털실을 꾹 부여잡고 외쳤다. 다른 누군가가 여기 있었다면 이게 무슨 청승인가 싶어 혀를 찼거나 안쓰럽게 보았을지도 몰랐다. 그래도 그들은 꿋꿋했다.

"⋯⋯."

물론, 여전히 박문대는 대답이 없었다.

현실은 만화가 아니었기에 혼수상태에 빠진 이가 동료의 부름으로 깨어날 리 없었다. 하지만 그들은 기다려 보기로 했다. 박문대가 없는 미래 계획을 세우는 대신, 그렇게 선택했다.

그리고 잠든 박문대에게도 선택의 순간이 오고 있었다.

내가 연타한 상태창의 'Click' 문구는 현실에서처럼 번쩍 빛나며 새로운 팝업을 불러왔다. 이제 익숙해진 슬롯머신 그림이다.
레버를 당기자… 칸이 돌아가기 시작했다. 금빛으로 빛나는 칸들 사이사이 간혹 보이는 백금빛 칸들. 그러나 그 칸들은 현실에서처럼 온갖 낯부끄러운 문구들로 채워지지 않았다.
모든 칸은 비어 있었다.
"……."
하지만 나는 그냥 칸이 멈추길 기다렸다. 턱 끝에서 식은땀이 떨어졌다.
천천히 돌아가던 슬롯이, 정지하는 순간.
파팡!

[슬롯머신 대성공!]
: 전설 특성을 뽑습니다!

백금빛 빈칸에 도착했다.

[특성 : ＿＿＿＿＿＿＿ 획득!]

팝업의 공란이 적나라했다. 마치 아무거나 채울 수 있다는 듯이. 꿈이라서 그런 건가, 알 수 없었다. 하지만 하나는 확실했다.

백금빛, 전설 특성.

'A등급이다.'

내가 아는 A등급은…. 거기까지 생각했을 때 갑자기 머리를 얻어맞은 것처럼 번뜩이는 예감이 스쳐 지나갔다. 그리고 나도 모르게 입을 열었다.

"바쿠스… 1000으로."

[바쿠스1000(A)을 입력합니까?]

[예 / 아니오]

나는 손을 들어 예를 쳤다. A등급으로 올라간 바쿠스1000에 붙은 추가 효과는….

–모든 피로 회복 속도 +100%

그렇다면, S등급으로 올라간다면?

[동일 특성 확인!]

'바쿠스1000(A)'을 합성하시겠습니까?

그래.

그 순간 눈앞에서 폭죽처럼 색색의 빛이 터졌다. 그리고 팝업이 번 뜩이는 무지갯빛으로 갱신되었다.

[합성 성공!]
[특성 : '넥타르(S)' 획득!]
– 감미로운 삶의 맛.
: 생명력 완전 회복 (1회용)

"…!"

이거다. 나는 바닥에 주저앉았다.

'해냈다.'

맞는 선택지를 고른 것이다.

어느새 일어서 있었던 몸이 휴식을 달게 빨아먹는다. 긴장이 풀리며 사지가 후들거리는데, 풀리지 않은 의문들 때문에 머릿속까지 진탕이 었다. 하지만 하나는 알겠다.

'돌아갈 수 있다.'

저걸 활성화하는 순간, 내 몸이 완전 회복을 진행하며 깨어난다는 건 딱 틀이 맞아 들었다. 현실 대신 이 꿈속 '류건우' 몸이 회복될지 모 르는 가능성… 아니, 닥쳐. 그럴 일은 없다.

여긴 상태창이 애초에 안 먹혔다. 게다가 원래 내가 '박문대'의 몸으 로 현실에서 가지고 있던 특성과 합성되었지 않은가. 이건 무조건 현실

몸 대상이다.

머릿속이 짜릿해졌다. 그리고 동시에… 초조해졌다.

'상태창이 다시 비활성화되기 전에 얼른 해야 해.'

이 망할 꿈에서 또 무슨 일이 일어날지 몰랐다. 나는 팝업에 떠 있는 특성, '넥타르(S)'를 곧바로 활성화하려 했다. 그리고 나도 모르게 중얼거렸다.

"돌아가자."

"벌써?"

"…!!"

…고개를 돌리자, 스케줄이 있다며 돌아갔던 놈이 연습실에 얼굴을 들이밀고 있었다.

청려다. 나는 본능적으로 위기 태세를 갖추었다. 변명은 많았다.

"더 연습이 될 것 같지도 않으니 돌아가겠다는 뜻이었습니다."

"거짓말."

놈이 연습실로 성큼성큼 걸어 들어왔다.

'지금 바로 누르면….'

잠깐, 허공을 누르는 동작에서 위화감이 들면 이 미친 새끼가 공격할 수도 있나? 내가 빠르게 손익을 따지는 사이, 청려는 내 맞은편에 섰다. 그리고… 시큰둥한 얼굴로 입을 연다.

"음, 생각보다 근성이 없는데."

"뭐라고?"

"3번째라면서요? 이 시기에 겨우 이런 일로 재시작하려는 건 다소 섣부른 선택 아닌가 해서요."

"……."

아, 그 이야기였나.

하긴 이 새끼가 이게 내가 혼수상태에서 꾸는 꿈이라는 걸 알 턱이 없다. 아무래도 '처음으로 돌아간다'는 식으로 이해한 모양이었다. 나는 한결 수위를 낮추어 대꾸했다.

"재시작 안 합니다. 잠깐 생각 좀 하느라 말이 심각하게 나왔는데, 진짜 숙소 돌아간다는 말입니다."

"그래요. 그럼 들어요."

씨알도 안 먹히는군. 놈은 내가 재시작을 마음먹었다고 확신하는 얼굴로 아무렇지 않게 말을 이었다.

"일단 지금 후배님이 모은 둘은… 다루기 애매한 상태던데. 매번 협조적이진 않을걸요. 이번에도 봤죠?"

"……."

"앞으로는 한 달 정도 두고 본 후에 합류를 결정하는 게 좋겠어요. 이번엔 좀 성급했던 것 같아요. 직전에 제법 좋았나."

"맞아요."

나는 웃었다.

"그냥 같이하고 싶어서 고른 겁니다."

"…!"

청려는… 오묘한 얼굴이 되었다. 까마득한 과거가 불쑥 치고 나오기라도 했다는 표정이다.

그리고 중얼거렸다.

"…뭐, 초반이니까 한두 번은 그래도 상관없나."

"……"

나는 굳이 대꾸하지 않았다. 대신 잠시 뒤, 일부러 가볍게 말을 던졌다.

"그래도 만일 제가 재시작하면, 애들 데뷔는 시켜주시죠. 좋은 정보 여럿 드리고 가겠습니다."

"음, 저 둘을요?"

"영 별로라면서요. VTIC에 위협이 되진 않을 것 같은데."

청려는 어깨를 으쓱했다. 이해는 되지 않지만, 긍정이란 뜻이군.

이러면 별문제 없을 시 내키면 해줄 확률이 꽤 된다. 나는 차분해진 놈을 내보내다시피 하며 배웅했다. 그리고 놈에게 몇 가지 예약 메일을 걸었다.

[202×년 8월.txt]

2주 간격으로 도착할 미래 지식.

그리고… 배세진의 아버지가 운영하던 도박장을 검찰에 찔렀다.

-마약을 대량으로 거래하는 불법 도박장입니다. 반드시 확인 부탁드립니다.

어차피 여기 더 있을 것도 아니니, 신고자가 나로 밝혀져도 상관없으니까.

'…이걸로 조금은 나아지겠지.'

마지막으로는 선아현 부모님께 현실에서 선아현의 현재 담당일 상담사의 병원 연락처를 검색해 보냈다.

[제가 상담받았던 선생님인데, 크게 도움받았습니다.]

탁.

다 끝낸 뒤 스마트폰을 닫으니, 어쩐지 개운했다.

'…남은 건 없나.'

그때였다.

"오~ 청려 선배님이랑 친해?"

고개를 돌리니, 스마트폰 보며 나갔던 녀석이 도로 연습실에 돌아오고 있었다. 나는 팝업을 잠깐 돌아보다가, 이세진에게 대꾸했다.

"친분이…… 없진 않지."

"그래?"

"어, 근데 널 소개해 줄 일은 없어."

"…!"

"저 새끼 미친놈이거든. 앞으로 조심해라."

"…뭐?"

놈은 자신이 뭘 잘못 들었나 싶은 표정이었다. 간만에 보는 인간적인 얼굴이다.

"……."

아마 내가 나가는 순간 이 망할 꿈은 다 사라질 것이다. 그러니 다 자기만족일 뿐이지만, 뭐 어떤가.

나는 닫았던 스마트폰을 다시 열고, 놈에게 빠르게 말했다.

"그 새끼 대신 작곡가 소개해 줄 테니까, 잘 들어라. 데뷔하면 유용하게 쓰고."

"뭐라고?"

나는 다짜고짜 놈에게 문자를 보냈다. 아직 무명일 한 작곡가의 연락처였다. 지이이잉! 진동이 요란했으나, 이세진은 얼빠진 얼굴이다.

"자, 여기로 연락해서… 샘플을 쭉 들어본 뒤에, 3번이나 7번을 골라. 그게 잘 될 테니까."

"…갑자기 무슨."

나는 피식 웃었다.

"사실 그냥 들어도 너도 그걸 고를 것 같긴 한데. 한번 말해본 거야."

"…!"

현실의 네가 그랬으니까.

이세진의 눈은 당황이 역력했다. 그리고 말을 고르듯이 얼굴을 한 손으로 문지르다가 겨우 입을 열었다.

"어, 고맙긴 한데, 지금 무슨 소리 하는지 모르겠거든. 좀 진정한 다음에 이야기하지? 아니, 선배님은 왜 미친놈이고…."

한 꺼풀 벗겨진 꼴을 보니, 문득 그런 생각이 들었다.

'…조금 더 시간이 있었으면, 풀어졌을지도 모르겠군.'

어쩐지 좀 유쾌했다. 나는 놈을 잠깐 보다가, 등을 돌려 문을 향했다.

"저기, 잠깐."

"또 보자."

현실에서.

여기서 할 일은 이제 없다. 나는 한 손을 뒤로 흔든 뒤, 거침없이 연습실을 돌아 나왔다. 팝업은 여전히 내 시야에 떠 있다.

['넥타르(S)'를 활성화하시겠습니까? (※경고※ : 소모형 특성 / 1회용)]

"그래."

그리고, 시야가 새하얗게 타올랐다.

배세진은 퀭한 눈으로 스마트폰을 들여다보았다.

일부러 불안을 부추기는 기사들은 대부분 회사에 의해 내려갔다. 아니, 적어도 회사는 그렇게 주장 중이었으나, 배세진의 생각은 달랐다.

'그냥… 이미 올라올 만큼 올라와서 그런 거 아니야?'

회사에서 사고의 내막을 아예 막아버렸으니 더 우려먹을 게 없어서 기사도 시들해졌다는 말이다. 그렇다. 회사는 전 매니저와 관련된 이야기를 언론에 필사적으로 막고 있는 상태였다. 결국 기사에는 그냥 '퇴직이 얼마 남지 않은 전 매니저의 운전 소홀로 인한 사고'로 보도되었다.

'이건 말도 안 돼.'

배세진은 손을 꽉 쥐었다. 일부 멤버들이 이를 악물고 집요하게 실무진들을 추궁한 결과, 그들도 전 매니저가 침입한 경로를 알았다.

―공연 업체 쪽에서 매니저 바뀐 이야기를 제대로 못 들어서… 낮에 다른 일 보고 온 줄 알고, 통과시킨 거래요.

―…!!

그러니까 이 사고는… 전 매니저를 해고했다는 사실을 관계자들에게 제대로 고지 못 한 회사의 탓도 있던 것이다! 본인들도 그걸 아니까, 본사에까지 요청해 필사적으로 언론 입단속 중이라는 걸 배세진은 직감적으로 알았다.

지금도 회사는 관리인력 소홀이라며 전방위로 비난을 받는 중이었다. 그런데 사실관계가 더 명확해지면 어마어마한 타격을 입게 될 테니, 최대한 사건이 가라앉을 때까지 시간을 끄는 것이다.

'그럴 시간에… 박문대 회복에나 신경 쓰라고.'

물론 기대도 없었다. 만일 몇몇 멤버들이 회사에 강력히 반발하지 않았다면, 슬금슬금 6인 체제 활동이나 언급했을 테니까.

'역겨워….'

배세진은 입을 틀어막았다.

어쩔 수 없다는 걸 알지만, 배세진은 그룹을 사업 밑천으로만 보는 천민자본주의적 시선에 완전히 질렸다. 자기들 일이 아니니 소속 연예인의 일정에 대해 안전불감증처럼 구는 것도… 어릴 때부터 너무 많이 봐서 질릴 지경이다.

'이 업계에서 이런 사고가 하루 이틀 일도 아닌데…!'

왜 매번 똑같은 일이 반복된단 말인가. 이래서야, 제도권 안에 있다는 허울 좋은 명분을 빼면…… 전 소속사와 다를 게 없다. 배세진은 입을 막은 손이 허옇게 되도록 힘을 주었다.

'…더 제대로 된 소속사를 찾아야 해.'

분명 괜찮은 사람들이 운영하는, 인륜을 지키는 소속사도 있을 것이다. 그래야 했다.

'3년만 버티면….'

배세진은 그대로 끝도 없는 의식의 흐름에 빠져들 뻔했다. 하지만 겨우 빠져나올 수 있었다. 박문대를 생각했기 때문이다.

…아직도 깨어나지 못한.

"……."

배세진은 힘없이 스마트폰을 든 손을 떨구었다. 어차피 무슨 계획을 세우든, 이런 일에서는 박문대가 있어야 제대로 돌아갈 거란 사실도 안다.

'무슨… 한평생 그것만 하고 산 것처럼 처리하니까.'

배세진은 그런 초인적인 또래는 처음 보았다.

그 빛나는 재능, 자신감, 담대함. 그것만으로도 하늘이 내린 엔터테이너로 보이는데… 심지어 사회생활까지 능숙했다. 아이돌 오디션 프로그램 당시에는 상대적 박탈감을 느꼈던 적도 있으나, 데뷔 후에는 그럴 것도 없었다. 비교할 마음도 들지 않았기 때문이다.

'워낙… 도움을 많이 받기도 했고.'

반드시 갚아주겠다고 큰소리친 적도 있으나, 아득했던 것도 사실이다. 박문대가 자신의 도움이 필요할 때가 오기나 할까 싶었다. 실제로 배세진이 도와주기 위해 했던 일도 마음만 앞서서 어설프기 그지없었다고, 본인은 스스로 냉정히 평가 내렸다.

하지만 이번에는 정말 그가 움직여야 했다. 뭔가를 해내야 했다. 박문대는 깨어나지 못하고, 다른 멤버들은 다쳤거나 심신이 지쳐서 평소와 같은 기량을 내지 못했다.

'하지만… 난 언제나 그랬어.'

그는 과거, 언제나 심신이 고단하고 예민한 상태로 살았기 때문이다. 그러니까 이런 상황에서 더 적극적으로 움직여야 하는 건…….

배세진, 자신이었다.

"……."

배세진은 입을 막던 손을 뗐다. 눈이 번뜩이고 있었다.

'하자.'

스마트폰을 들어서 어딘가의 연락처를 확인했다. 그리고 심호흡을 한 뒤, 메일을 작성하기 시작했다.

"……."

손이 덜덜 떨렸다.

'그래도 할 사람은 나밖에 없어!'

그는 이를 악물고 전송을 꾹 눌렀다. 이게 효과적인 선택일지는 그도 몰랐다. 하지만 자신이 생각할 때는, 옳았다.

"……후우."

배세진은 자리에 도로 앉았다. 그리고 팬이 선물한 햄스터 무늬 케이스를 만지작거리며, 침착하려 애썼다.

그때였다.

[♬♩ ~ ♬♬♩♪]

"…!"

전화가 왔다. 배세진은 허겁지겁 스마트폰 화면을 확인했다.

[선아현 동생]

배세진은 숨도 쉬지 않고 전화를 받았다.
"어, 무슨 일⋯⋯."
전화기 너머에서 흥분한 목소리 여럿이 울렸다.
"⋯⋯."
침착하게 기다리던 배세진은, 결국 완성된 문장에 아연실색했다.
"⋯! 자, 잠깐, 잠깐! 금방⋯!"
배세진은 더듬거리다가, 문장을 끝마치지도 못하고 회의실을 뛰쳐나
갔다. 심장이 뛰었다.

넥타르(S)를 활성화한 후.
갑자기 시야가 하얗게 변하더니, 어느새 정신이 아무것도 없는 허연
허공을 부유하고 있다. 아니, 이건 부유라기보단⋯ 어딘가로 빨려들어
가는 느낌이다.
꿈으로 들어올 때와 정반대인가. 그때는 온통 시커멓게 변하더니.
대충 속 편히 생각하자면 깨어나는 중이라고 짐작하고 싶다. 나는
팔짱을 끼려다가, 딱히 몸의 형태가 느껴지지 않는 것을 깨달았다. 그
리고 그게 꽤 오래되었다.
'언제까지 기다려야 하나.'

그 순간, 새하얀 공간에 색이 들어왔다.

'…!'

아니, 색이라기보단 파동이다.

저 멀리서부터.

마치 감정이나 생각처럼 추상적인 것들을 감각화한 것 같은, 묘한 충격들은 다가와서 내 위를 덮쳐왔다.

피이잉—

'…!!'

전신이 울리는 듯, 강렬한 경험이 스쳐 지나간다. 그리고.

처음 인지한 것은 스마트폰을 보고 있는 박문대의 홈마스터였다.

데뷔 전 프로그램 시절부터 박문대의 사진을 찍어온 사람이다. 그녀는 박문대의 교통사고에 대한 소식을 들은 순간부터 거의 제정신이 아닌 상태로 스마트폰만 계속 붙들고 있었다.

울지도 못했다.

그리고 새벽 3시. 스마트폰에 뜬 박문대의 수술 기사를 확인한 뒤에 자신의 *SNS*에 글을 올리고 있었다.

–많이 기도해 주세요 제발

액정에 떨리는 손톱이 부딪혔다.

이게 대체 뭐지.

다음으로 나타난 것은 남매였다.

이미 눈이 시뻘겋게 퉁퉁 부은 누나 쪽은 인터넷에서 테스타의 교통사고를 두고 왈가왈부하는 사람들과 살벌하게 싸우고 있었다. 동생은 평소처럼 시비를 걸거나 장난을 치는 대신 누나의 옆에 앉아서 맞장구를 쳐주고 있다. 그리고 턱도 없는 인터넷발 의학지식을 주워섬기며, 박문대가 괜찮을 확률이 훨씬 높다는 이야기를 슬쩍 던졌다….

파동이 뜨거웠다.

속보를 본 대학원생은 랩실 한쪽에서 커피를 뽑다가 커피를 엎질렀다. 그리고 바닥이 엉망이 된 것은 신경도 쓰지 않고 목 놓아 엉엉 울었다.

주변에서 달려온 랩실 동료들은 당황했지만, 곧 상황을 이해하고 함께 걱정해 주었다. 내심 한심하다고 생각했던 사람도 있었으나, 뒷담을 할지언정 지금은 무심코 위로할 만큼 강렬한 슬픔이었다.

이야기가 끝나질 않았다.

이세진과 박문대를 함께 찍는 한 직장인 홈마스터는 테스타의 교통사고 소식에 '아직도 배운 게 없다'며 업계의 관행에 혀를 찼다. 하지만 초조함을 감추지 못하고, 몸 상태를 핑계로 다음 날 직장에 연차를 낸 채 박문대의 소식을….

왜 이런 게 쏟아져 들어오는 건지… 모르겠다.

인생 처음으로 아이돌 콘서트를 보러왔던 사람. 다양한 아이돌을 거친 끝에 박문대에게 관심을 가지게 된 사람, '5월의 신랑'을 좋아하던 사람. 오디션 프로그램에서 박문대를 응원한 뒤 잠시 잊고 살던 사람.

테스타의 다른 멤버를 좋아하다 박문대도 호감으로 생각하게 된 사람. 박문대를 썩 좋아하진 않지만 걱정하는 사람, 앨범을 대량 구매해 박문대의 포토카드를 전부 모아 꾸며놓은 사람…….

피이잉-

테스타의 박문대를 알고 있는 온갖 사람들의 경험과 생각이 여름밤 시골 밤하늘 별처럼 사방에서 반짝였다. 수많은 걱정이, 슬픔이, 생각이, 그 복잡다단한 마음과 단순하고 강렬한 감정들이 심장을 꽉 채웠다.

그리고 부드럽게 움켜쥐었다.

'……'

어떻게 직접 사귀지도 않은 사람들과 이토록 연결되어 있다는, 강렬한 연대감을 느낄 수 있는 것인지 몰랐다.

나는 무심코 생각했다.

'박문대는 나인가?'

아니, 이 질문은 맞지 않았다.

'테스타의 박문대… 그 아이돌은 내가 맞는가.'

자신의 본명을, 자신의 살아온 신분과 생김새를 바꿔 활동하는 연예인은 얼마나 많은가. 그렇다고 그 연예인은 TV 속 자신을 보며 다른 사람이라고 생각할까? 박문대는 '5월의 신랑'처럼 내가 만들어낸 캐릭터에 불과한 걸까.

'…아니.'

그건 아니었다.

박문대가 나 자체, 내 전부는 아닐 것이다. 하지만 분명 내 일부였다. 이 모든 감정과 생각은… 전부 고스란히 나를 향하고 있는 것은 아닐지 몰라도, 분명 나와 공유하는 부분이 있었다.

그러니까, 이 정의는 맞았다. 이들은… 그거다.

―내가 깨어나길 바라는 사람들.

'……'

압도당할 것 같았다.

그 모든 감정, 생각이 파도처럼 내 머리 위를 덮고, 젖은 흔적을 남기고 지나간다. 새하얀 공간은 어느새 온갖 색으로 물들어 색이 뚝뚝 떨어졌다. 눈물처럼 짠맛이 났다.

황홀했다.

감미로운, 삶의 맛이었다.

나는 그대로 빛깔 속으로 빨려들어 상승했다. 저 위에서, 빛이 새어 나오는 것 같았다.

[넥타르(S)]

-활성화 성공!

"허억!"

나는 숨을 토해내듯 뱉었다. 진흙에 빠진 것처럼 사지가 둔했다. 하지만 공기가 죽이도록 달았다.

'…낮인가.'

너무 오래 눈을 뜨지 않았던 탓인지 시야가 흐릿했다.

하지만 귀는 멀쩡했나 보다.

"박문대!!"

"무, 문대…!!"

이 목소리들은 잘 알아듣겠다. 이놈들은 자기들 치료나 제대로 받을 것이지, 대체 남의 병실에서 뭘 하고 있단 말인가.

'…그래도, 고맙긴 하군.'

나는 귀가 떨어질 것처럼 소리를 지르며 어깨와 머리에 쏟아지는 손들을 감내했다. 아주 기꺼웠다.

내가 시야를 회복하며 의료진들이 내 몸에 부착한 장치들을 제거한 것은 잠시 후였다. 놀랍게도 여섯 놈이 다 병실에 있었다.

'1인실이 좋긴 하군.'

다 큰 놈들 7명이 다 들어오고도 운신할 구석이 남아돈다는 게 신기할 지경이다. 그리고 이 상황의 이유는… 마침 문병을 왔던 놈들이 뭘 목격했던 모양이고.

"무, 문대가 자, 잠깐, 눈을 떴던 것 같아서… 호, 혹시 모르니까 불렀어. 으응, 의료진분들께도 연락, 연락하고…."

"그래…. 고마워."

"아, 아냐…!"

그러다 내가 안 깨어났으면 어쩌려고 그랬냐는 생각이 들었지만, 굳이 입 밖에 내진 않았다.

'나도 대가리가 있지.'

눈물 콧물 짜는 감동과 축하의 도가니탕에서 산통 깰 수는 없지 않은가. ……그리고 오랜만에 보니, 반갑기도 하니까. 대신 최대한 온화하게 멤버들에게 고마움을 표시하던 중이었다.

코가 벌게진 놈이 외쳤다.

"문대문대, 멜론 먹을래?? 당도 최고잖아~"

"어, 그래."

역시 눈이 다르군. 나는 새삼스럽게 큰세진 놈을 훑어보았다.

"…어, 문대 설마 새삼 참 진실한 친구를 둬서 감탄 중인 거야~?"

"비슷해."

"…!"

저 개소리를 들으니 이제야 좀 실감이 나는군. 현실로 돌아온 느낌 말이다.

큰세진은 얼떨떨한 얼굴로 날 보다가, 이내 한 팔을 극적으로 치켜

들어 얼굴을 가리고 흑흑 소리를 냈다.

"너무 감동적이야!"

저거 진짜 울면서 일부러 우는 척하는 중인 것 같은데 내 상태가 정말 심각하긴 했었나 보다. 일단 아까 봤던 장면들을 생각하면 수술은 확정이고… 의료진이 기적이라고 말하는 뻔한 장면이 나오지 않을까 생각했는데, 특별히 그런 이야기는 없었다.

사실 몸 상태가 그렇게 쓰레기 같지도 않다. 그래서 혹시 '넥타르'를 활성화한 덕에 이렇게 멀쩡한 건가 싶었는데 말이다.

'…설마 그냥 가만히 있었어도 회복할 상처였나?'

어쩌면 내가 괜히 오버한 걸지도 모르지. 하지만 어쨌든, 돌아왔으니 그걸로 만족한다.

난 지금 내가 마음에 들었다.

나는 환자 특식으로 제일 먼저 받은 멜론을 먹으며 상황을 파악하려 머리를 굴렸다. 아직 의식을 회복한 지 얼마 지나지 않았기 때문인지 좀 둔했다.

그러다가 보았다. 멜론을 보고 침을 질질 흘릴 것 같은 차유진을.

"……줘?"

"괜찮아요! 형 많이 먹고 힘내야 해요!"

씩씩하군. 처음에 내 목을 거의 조를 듯이 환영해 주더니 여전한 모양이다. 그리고 김래빈은 참 할 말이 많은 표정이었으나, 일단 우느라 바빠 보였으니 내버려 두고.

지금 대화할 건….

"그러고 보니, 지금 며칠인가요. 사고 낸 전 매니저는 어떻게 됐고."

"…!"

이걸 대답해 줄 사람인데.

"…박문대."

"아, 네."

의외로 배세진이 굳은 얼굴로 말을 걸었다.

"일단… 그 전에 이 이야기부터 들어."

"예."

배세진은 심호흡을 하더니, 천천히 설명을 시작했다.

"회사가… 그, 전 매니저 이야기를… 제대로 말 안 하려고 했거든."

"아."

거기까진 대충 예상했다. 그건 나중에 써먹을 데가 있을 것 같고, 중요한 건 운전대 앉았던 그 새끼가 지금 콩밥 처먹을 준비가 끝났냐는 점이다.

하지만 배세진은 한 손을 불끈 쥔 채 상상도 못 한 말을 꺼냈다.

"그래서 인권위에 익명 제보했어…!"

"…??"

"지금까지 일을 전부!"

"…?!"

뭐… 뭐라고.

'인권… 위?'

갑자기 나온 인권위에 병실 분위기가 혼란스러워… 질 줄 알았으나 다른 놈들은 모두 담담한 걸 보니 나 빼고 다 합의된 사항이군. 최소한 제보 전후에 이야기는 했다는 건데.

나는 미간을 누르려다가, 링거가 꽂혀 있다는 것을 깨닫고 그만두었다.

"그… 국가인권위원회 말이죠."

"…그래!"

그쪽이… 사법적 강제력은 없는 기관일 텐데? 기껏해야 회사에 윽박 좀 질러주고 끝일 것이다. 애초에 익명으로 들어온 아이돌 인권침해 제보를 진지하게 처리해 줄지도 모르겠다만.

그러나 내 설명에도 배세진은 당황한 기색이 없다.

"알아. …그 사람들이 이걸 다 해결해 줄 순 없겠지."

"……."

"그래도 언론에는 나올 거 아냐! 시정 권고도 받고."

"…?"

배세진은 여전히 주먹을 쥔 채로 열심히 자신의 행동 원리를 설명했다. 그래서 정리하자면, 이놈의 판단은 이렇다.

"회사가 연예면 언론 보도를 막고 있으니, 사회면 기자 쪽으로 기사가 나가게 해보았다… 이 말씀인가요."

"맞아."

한마디로 노선 변경이다. 배세진에게… 이런 야심이 있었다니.

'후…….'

담배… 아니, 됐다. 혀 깨물 뻔했으니 입안이나 가다듬자. 나는 빠르게 무슨 파장이 일어날지 머릿속으로 점검했다.

'익명이라면 배세진이 노리는 효과는 안 날 확률이 높지.'

모 엔터테인먼트사에서 아티스트 관련 사고를 은폐하려 든다? 인권위에서 자체적으로 대체 여기가 어디인지 정성스럽게 알아볼 확률은 굉장히 낮았다. 여기서 소스 얻어들은 기자들한테 찌라시 도는 정도면 회사 성질만 긁고 끝날 수도 있다.

다만 회사에서 초조해질 테니, 그게 '감히 제보를 해?' 따위의 괘씸함보다 커지면 협상하기 쉬워지는 측면은 있…

"그리고 익명이라는 게… 그룹명을 말하지 않았다는 뜻은 아니야."

"…그러면?"

"제보자의 익명성만… 지켰어. 어, 어머니 친구분 명의를 써서…."

"……."

배세진이 침을 꿀꺽 삼켰다.

"…이러면, 우리라고 생각 못 할 테니까. 경쟁업체나… 퇴사자나, 그런 쪽으로 생각하지 않을까 싶기도 해서."

알고 보니 이놈이 지금까지 소속사에서 일어난 온갖 고용과 노동 관련 문제는 다 정리해서 보낸 것 같다. 야근수당 미지급부터 시작해서 산업스파이와 관련 불법 개인정보 수색까지 말이다.

'판을 어디까지 키운 거냐.'

사실 이것도 백일몽인 건 아닐지 슬슬 의심이 든다.

"……."

"나도 이게 자랑스럽다는 건 아니야! 그래도 이 정도는 해야…."

나는 쓴웃음을 참았다.

"아뇨. 잘하신 것 같은데요."

"…!"

배세진이 눈이 동그레졌다.

"지, 진짜??"

"예."

일단 가장 걱정되는 부분은 넘어갔으니까, 그렇다고 치자.

'모기업인 T1이 테스타를 찍어서 족칠 상황은 넘어갔군.'

패로 못 쓰는 게 아쉽긴 하지만… 교통사고 나 혼자 당한 것도 아니고, 꼭 내가 원하는 방향으로만 이득 봐야 한다는 당위성은 없다. 저놈들도 그동안 쌓인 게 많았을 텐데 자기 나름대로 행동할 수도 있지.

'스케일이 좀… 다른 방향으로 많이 커질 것 같긴 하다만.'

이건 오히려 좋다. 직장 내 갑질 등 사회적 문제로 튀는 순간 아랫사람들이 아니라 윗분들과 본사가 주도해 처리할 이슈로 변한다. 그리고 우리 입장에선 윗대가리가 무슨 고초를 겪든 실무진만 일할 수 있으면 그만이다. 그룹 운신에 문제만 없다면 상관없단 거지.

'잘하면 결재봇 상태를 또 보겠군.'

상상만 해도 편안하다. 나는 한결 편한 기분으로 고개를 끄덕였다.

"예. 결과가 기대되네요."

"…그래!"

배세진은 안색이 밝아졌다. 멤버들도 고개나 끄덕이지 누구 하나 동요하는 놈이 없었다. 사고 이후로 소속사랑 거하게 싸우긴 했나 보다. 나는 내심 혀를 찬 뒤, 아까 답변받지 못한 질문을 다시 한번 던졌다.

"그래서, 오늘이 며칠인가요."

"……."

그러자 놈들이 시선을 주고받는다. 뭐냐.

지금까지 조용하던 류청우가 천천히 입을 열었다.

"…문대야."

"예."

"오늘은 7월 6일이야."

"…!!"

달이 다르잖아.

'잠깐, 내가 정신을 잃었던 게 데뷔기념일, 6월 18일인데….'

그럼 내가 18일이나 혼수상태였단 뜻이다.

"……."

아니… 6월이 그냥 살살 녹았네.

내가 잠시 망연해하는 사이, 류청우가 작은 목소리로 덧붙였다.

"그러니까, 다른 생각하지 말고 쉬고 있어. 일이나 활동은 나중에 생각하고."

"……."

"앞으로는… 네 몸부터 생각하고."

아.

나는 류청우를 올려다보았다. 놈은 답지 않게 어두운 안색이었다.

'그러고 보니, 저놈 머리에 철근 꽂힐 뻔한 걸 내가 대신 가슴에 처맞았지.'

솔직히 누구 뒤지는 것보단 교환비 괜찮지 않나? 내가 무슨 사이코패스도 아니고 옆자리 놈이 대가리 뚫리는데 그냥 보고 있기도 그렇지 않은가.

나는 상당히 떨떠름히 놈을 쳐다보았으나, 대충 심정은 이해했다.

'자기 대신 혼수상태 빠졌다고 생각했나.'

뭐, 시스템의 농간일 수도 있으니 미안해하지 않아도 된다만… 빚으

로 생각한다면 나중에 의견 동조나 잘해줬으면 좋겠군. 나는 어깨를
으쓱하며 몸을 일으켰다.

"잘 챙기겠습니다. 사실 지금도 몸은 멀쩡한 것 같은데… 그냥 피로
가 쌓여서 못 깬 거 아닐까요."

"이, 일어나면 안 되는데…!"

"박문대, 앉아!"

"아무래도 재검사를 받아보시는 편이 좋을 것 같습니다."

"……."

거참… 유난들이군.

그리고 잠시 뒤, 의료진들이 놈들의 열렬한 요청 때문에 병실에 계
획보다 빠르게 재방문하게 되었다. 그리고 환자가 보름 이상의 혼수상
태에서 회복하자마자 신나게 과일을 까먹었단 소식에 기겁했다.

"멜론을요?? 환자분, 지금 배 안쪽 감각 어떤지 말씀해 보세요!"

"…!!"

"전 멀쩡합니다만."

"선생님! 여기 환자분이…."

그리고 온갖 호출이 이어졌다.

'…그렇지.'

18일이나 누워 있던 놈이 당도 최고 멜론을 까먹었으니 그럴 만도 하
군. 멜론을 권했던 큰세진의 얼굴이 시퍼렇게 변하긴 했으나, 다행히
별 이상은 없다는 결과가 나왔다. 애초에 평범한 상태였다면 삼키자마
자 통증에 시달렸지 않을까.

"내가 먹을걸요!"

차유진이 멜론을 그냥 다 자기 입에 넣어야 했다고 아쉬워하는 건 넘어가고. 이거 아무래도 넥타르 약발 같은데, '생명력 완전 회복'이란 특성 덕에 내 소화기관도 급속 회복한 게 아닐까 싶다.

'말 나온 김에 확인해 볼까.'

한바탕 난리 통이 끝난 뒤, 나는 상태창의 특성 항목을 불러왔다.

[특성 : 잠재력 무한, 탐닉의 시간(S), 넥타르(S)—활성화, 잡아채는 귀(A)]

역시 활성화 표기가 되어 있군. 아무래도 현재 급속 회복 중이고, 가슴에 난 상처까지 다 치료되면 사라질 모양이다.

'…그럼 이제 바쿠스빨은 끝인가.'

입맛 다시게 된다. 아깝군.

물론 다음 뽑기에서 다시 바쿠스를 뽑지 않을까 하는 기대도 있다. 워낙 활동에 요긴히 쓰니까. 나는 아쉬움을 삼키며 상태창을 껐다.

그나저나… 18일이라.

낭비가 심하긴 했지만, 투어 일정에는 큰 문제가 없을 것 같아서 다행이다. 한 달이면 충분히 회복되겠지. 나도 그렇고, 저기 아직 보호대 찬 놈들도 3주 내로 회복한다고 했던 것 같다. 한 달 더 준비해서 출발하면… 대충 일본 몇 회 빼고는 다 챙기겠다.

'됐네.'

나는 내심 고개를 끄덕였다. 그리고 의료진이 전부 나간 뒤, 멤버들이 안도의 한숨을 쉬며 정신을 차렸다.

"문대야… 진짜, 미안하다."

"아니, 맛있었는데."

"앞으로는 꼭 허락을 받자…."

그리고 잠시 뒤. 드디어 내가 좀 더 쉬는 편이 좋겠다는 생각이 이놈들 머릿속에 떠오른 모양이다.

"내일 또 방문하겠습니다!"

"무, 문제 있으면, 언제든 부르면… 우, 우리 집 근처야…!"

"저 퇴원 안 해요."

"어쭈 차유진 까분다, 나가자!"

"힝."

"…쉬어, 문대야. 정말… 고생 많았다."

"감사합니다."

류청우는 희미하게 웃는 것 같더니 이내 그 기색도 사라졌다. 영 기운 없어 뵈는데, 내 예상보다도 고민이 컸던 것 같다. 한번 잡아두고 캐 보려던 순간.

"…박문대."

"…? 예."

배세진이 나가기 직전, 진지한 얼굴로 말했다.

"인권위 조사 들어오면… 그걸 바탕으로 T1 Stars에 소송할 수 있는지 알아보려고 해."

"…예?"

"그래서 성공하면, 새 소속사로 가는 거야…!"

"…?!"

무슨 미친 소리야. 뒤통수를 후려 맞은 것 같다.

'설마 사회면으로 띄운 뒤에… 공권력을 이용해서 재판까지 들고 가 보겠다는 발상이었나!'

그게 통할지 안 통할지를 떠나서 왜 방송사와 스튜디오를 가진 대기업에 시비를 걸려고 하냐. 너희 거대 플랫폼 하나를 걷어찰 생각이냐고. 나는 도저히 이걸 동의했다고 믿을 수 없는 놈부터 찍어서 쳐다보았다.

큰세진이 눈을 피했다.

'야.'

"음~ T1도 이렇게 되면 소속사를 개편하려고 할 텐데, 그때 소송 가능성까지 나오면 좀 더 딜이 좋아질 것 같아서~"

"……"

"꼭 새 소속사 아니라도 그 정도는 괜찮지 않나?"

그래서 이 새끼까지 넘어갔군…….

"지금 당장 할 일은 아니고 차차 의논해 볼 거니까… 일단 문대는 좀 더 쉬게 두자."

"그럼요~"

"…가라."

나 혼자 좀 생각해 봐야겠다. 나는 복잡한 머리로 손을 저었고, 멤버들은 웃거나 손을 마주 흔들며 병실을 나갔다.

달칵.

순식간에 조용해진 병실에서 한숨을 내쉬었다.

"후우."

소송이라.

내가 웬만한 건 다 그러려니 하겠는데, 그건 이 업계에서 오래 해먹기 좋은 판단은 아니다. 지금까지 소송 걸었다가 커리어가 괜찮게 풀린 케이스를 거의 못 봤거든.

승소든 아니든 업계에 찍히는 것이다.

대중성 챙기려면 최대한 좋게 좋게 푸는 게 현실적인 판단이긴 했다. 무엇보다 최선의 경우라도 승소까지 시간이 너무 오래 걸리는데, 그때까지 활동이 거의 전면 중단….

'잠깐.'

갑자기 등골에 소름이 쭉 올라온다.

'……그럼 투어는?'

못 한다.

"……."

야, 이 새끼들아…! 투어 못 하면 난 뒈질 수도 있다고!

지옥으로 가는 길은 선의로 포장되어 있다더니, 졸지에 돌연사 위협이 코앞에 다가와 있었다.

박문대가 혼란에 빠진 사이, 인터넷에서는 그가 의식을 차렸다는 속보가 속속들이 뜨는 중이었다.

[(속보) 테스타 박문대, 의식 되찾아]
[박문대 의식 돌아와... "팬들의 간절함이 닿아"]
[교통사고 테스타, 18일 만의 혼수상태 회복]

-방금 기사들 뭐야
-진짜야?
-이거 정말이에요? (링크)
-제발 아 제발

팬들은 혹시 또 다른 오보일지 모른다는 생각에 진정하려 했으나, 다행히 첫 속보 이후 30분 만에 소속사에서 인정 기사가 떴다.

[T1 스타즈 "테스타 박문대 오후 2시경 의식 회복 맞다"]

그리고 나서야 온갖 SNS, 커뮤니티와 댓글창에서 축하와 안도, 눈물의 글이 쏟아지기 시작했다.

-꿈일까 봐 무섭다
-어떡해 진짜 눈물이 안 멈춤
-문대야 18일을 싸워서 돌아와 줘서 고마워 네가 뭘 하든 응원할게 정말로
-이 사진을 올릴 수 있게 되어 너무나 감사하고 행복합니다. (2주년 기념일 박문대 사진)

-사랑해 문대야! 24살의 너를 30살의 너를 40살의 너를 계속 응원할 수 있어서 너무 기쁘다...ㅠㅠ

안타까운 사고로 죽을 뻔한 어린 연예인이 살아 돌아온 것이기에, 당장은 대중들의 반응도 따뜻하기 그지없었다.

-이대로 떠나긴 참 아까운 청년이라 새 기회를 받았나 봅니다 건강히 회복하여 멋진 노래로 한국을 빛내길~~
　-진짜 잘 됐다 팬도 아닌데 너무 안타까웠음ㅠㅠㅠㅠ
　-ㅊㅋㅊㅋ 잘 살길
-18일 만에 의식 회복한 거임?ㄷㄷㄷ 대박

이런 극적인 순간에는 악플도 도저히 기를 못 폈다.

-이것도 곰머님 설계 아니냐 사실 첫날 정신 차렸는데 언플 했을 확률은?ㅋㅋㅋ
　└까질에 정신이 나갔지
　└이런 걸 두고 선 넘는다고 하는 거임
-그래도 한동안은 활동 못 하겠지 그걸로 만족해야겠다
　└놀라운 인성
　└18일 혼수상태였던 23살짜리도 까는 K-악플러
-ㅋㅋ난 얘 별로던데 인터넷만 난리네 내 주변은 언급도 없음
　└죄송하지만 주변에 사람이 있긴 하신지...?

└ㅋㅋㅋㅋㅋㅋㅋㅋㅋㅋㅋㅋㅋ

이 분위기가 잦아든 다음에 무슨 꼬투리를 잡을지는 몰랐지만, 어쨌
든 지금은 다들 행복하게 가수와 팬을 축하했다. 그래서 며칠 후, 배세
진이 인권위에 제출한 내용은 감동과 훈훈함 속에서 갑자기 터졌다.

[엔터테인먼트사의 그늘... 테스타 교통사고의 진실 밝혀지나]
['사내 인권침해 사례 잇단 접수' T1 스타즈 인권위 진정]

-???? 이거 뭐임
-와우
-ㅋㅋㅋㅋㅋㅋㅋㅋㅋ와 티원 미쳤나

그래서 사태는 상당히 재밌게 흘러가기 시작했다. 더없이 행복한 소
식 뒤에 터진 폭로였기에, 얼결에 연달아 좋은 소식으로 취급받게 되었
기 때문이다.

-좆소 다 털리네ㅋㅋㅋㅋ
-정의 구현 가자!

결국 여론은 피로해지기 쉬운 울분 대신, 완벽한 해피엔딩에 대한
열망 쪽으로 감정 노선을 잡았다.
일명 사이다 메타.

배세진의 1승이었다.

배세진의 인권위 소환은 잭팟이 터졌다.

'이게 이렇게 먹혔냐.'

나는 신나게 T1을 때리는 중인 인터넷 분위기를 보며 말문이 막힐 뻔했다. 일단 제일 잘 먹힌 건⋯ 당연하지만, 테스타 교통사고 원인 은폐다.

[안일함이 부른 참극... 대형 엔터테인먼트사 T1의 민낯]

["교통사고가 아닌 사건이었다" 테러를 은폐한 기획사]

내가 혼수상태에서 18일 만에 회복하며 '테스타의 교통사고'가 다시 인터넷의 제일 핫한 화제로 오른 것이 직전이다. 그런데 그 사건에 비하인드 썰이 있는데, 심지어 그게 극도로 자극적이다? 음모론이 현실화된 것처럼 사람들이 잔뜩 흥분해서 달라붙었다.

기사들도 '테러', '뒷공작', '대형 참사 위기' 등의 단어를 쓰며 신나게 그 여론을 부채질했다. 연예면도 아니고 사회면에서 엠바고가 터져 버리니, 아무리 대기업이라도 쏟은 물을 주워 담을 수는 없는 법이었다.

-소속 가수가 사경을 헤매는데 그저 입 막을 생각만! 캬 대기업 클라스~

-전매니저 의도적 테러? 회사는 무서우니까 아이돌한테 지랄한 거자녀 ㅅㅂ

└ㄹㅇ면접도 안 보고 뽑았나 이런 새끼를 1군 아이돌 매니저로ㅋ

-낙하산 존나 많았구만ㅋㅋㅋ 회사 내부 개판이었을 듯 테스타 탈모 온 거 아닌지

-'다수의 폭언으로 권고사직' <- 한참 눈치 못 채다가 허겁지겁 잘랐는데 보안도 ㅂㅅ이라 좆 됐단 거네ㅋㅋㅋㅋㅋ대단하다 티원!

-은폐와 뒷공작에만 능한 더러운 종자들이구나 단호히 뿌리 뽑아야 나라가 사는 것이다 엄벌에 처해야 합니다

게다가 배세진이 알뜰살뜰 인권위에 찌를 수 있는 건 다 끌어모아 찔러 넣은 덕에 자극 이상의 명분도 충분했다.

[대기업 계열사, T1 Stars의 노동자 인권침해 심각]
["야근 시간이 조작되었다", 폭언에 퇴사까지... 다량의 폭로]
[T1 "T1 Stars 경영 관여하지 않아" 꼬리 자르기 비판 직면해]

막말로 돈 잘 버는 인기 아이돌이 회사 갑질에 신음한다는 건 썩 공감대를 불러일으키는 요소는 아니지 않은가. '그래도 걔넨 어린 나이에 돈 많이 벌잖아'라는 만능 답변을 만나면 기세가 수그러들기 마련이다. 하지만 그냥 '이 대기업은 쓰레기'라는 결론이 나오면 이야기가 달라진다.

공통의 적, 명분이 생기면 사냥의 재미가 탁월해지기 때문이다.

그래서 장마가 늦은 쾌청한 7월, 사람들은 무더위 스트레스를 신나게 T1을 패는 것에 사용하고 있었다. 아무래도 막 출범한 신생 소속사인 'T1 Stars'보다는 모기업인 T1의 인지도가 압도적이다 보니 그쪽이

신명 나게 두들겨 맞고 있다.

국민청원까지 등장했다.

[T1의 인권침해 실태에 대한 조사를 요구합니다.]

물론 이런 건 그냥 물타기다만, 당연히 T1 본사는 기함한 모양이다. 자기들도 좋은 직원 복지로 유명한 기업은 아니면서 말이지.

솔직히 자업자득이다. 담당자들은 안됐긴 하지만 참, 재밌게 됐다.

어쨌든 배세진의 생각대로 놈들은 내부고발이나 경쟁사의 작업으로 의심하며 색출 중인 듯했다. 테스타 사건은 누가 봐도 판을 키우기 위해 이용한 것 같은 구도가 된 탓이었다.

'…잘됐네.'

아무리 캐봐라, 나오나. 시간 낭비가 많아질수록 회사는 마비되고 그룹의 영향력은 커질 것이다. 나는 헛웃음을 지으며 스마트폰 화면을 전환했다.

이번엔 팬 커뮤니티.

[T1 보이콧합니다 (175)]
[못된 새끼들 진짜 치가 떨림 (24)]
[애들 다른 소속사 갈 순 없을까?? (798)]
[소속사 때문이었다니ㅋㅋ.. (13)]
[문대 깨어나서 ♡좋은 것♡만 보고 있었으면 좋겠어ㅠㅠ (151)]

관련 글이 이 정도 느낌으로 올라오긴 했다만 분위기가 침통하진 않았다.

당장 내가 깨어났다는 것이 워낙… 기쁘기 때문인 것 같았다. 그리고 여론 자체가 호의적이고 테스타를 살짝 비껴가서 크게 스트레스를 받는 것 같지도 않았다. '그럴 줄 알았다'는 사람이 워낙 많은 걸 보니 팬들 사이에선 비슷한 추측이 이미 돌았던 것 같고.

'…다행이네.'

나는 화면을 문질러서 닫았다. 슬슬 글이라도 하나 올리고 싶은데, 혹시 모르니 다른 놈들과도 좀 상의한 후에 올릴 생각이다. 생존 신고 정도는 괜찮겠지.

…그리고, 대단히 중요한 제안도 해야 한다.

'투어는 진짜 어떻게든 간다.'

이건 나름대로 계획을 짜났다. 나는 팔짱을 낀 채 놈들이 올 때까지 차분히 기다리기로 했다.

오후 2시, 병실을 박차고 들어온 배세진은 흥분으로 시뻘겋게 달아올라 있었다.

"잘된 것 같지!"

"네. 반응 좋네요."

"…!"

두 손을 틀어쥐고 사이다의 맛에 전율하는 놈을 내버려 두고 살살 내 본론을 꺼내려던 찰나였다.

"인권위 진정 결과 나오면… 이대로 소송 들어가자!"

"…!!"

"증거만 나오면 승소할 수 있어! 내가 변호사비 다 댈게!"

배세진은 한 번 더 액셀을 세차게 밟아보자고 강력히 주장했다.

'안 돼.'

이놈이 사이다 뽕에 너무 취했나. 결과가 좋으니 그럴 만도 하다만, 이 바닥에서 소송은 진짜 손 패가 다 말랐을 때나 써야 하는 극단적 패란 말이다.

하지만 내가 입 열기도 전에 먼저 큰세진이 치고 나왔다.

'여기까진 합의 안 된 사항인가 보지.'

드디어 정신 차린 모양이다.

"형님. 그거 승소한 다음에 소속사 옮기자는, 그런 플랜이시죠?"

"…그래."

"음, 그럼 우리 T1에서 투자하는 방송사랑 프로그램은 다 못 나올 텐데, 힘들지 않겠어요?"

"다른 방송도 많잖아. 그리고 요새는 위튜브나… 활동할 다른 방법은 많아."

배세진이 침을 꿀꺽 삼켰다.

"하지만, 지금 못 나오면 우린 이 소속사랑 3년은 더 해야 해… 3년 후에는 또 무슨 짓을 해서 재계약하려고 들지도 몰라!"

"……."

"그러니까 지금 하는 게… 나, 나는 지금 하는 게 맞다고 생각해."

큰세진은 눈을 꿈틀거렸다. 그러나 곧 적당히 쾌활한 어조로 대꾸했다.

"소송이 잘되면 좋죠~ 근데 지금 저희 1년 이상 활동 못 하면 커리어 확 죽는 건데요."

"…!"

"그러면 승소하더라도 굳이 저희랑 계약하려는 소속사도 없을 것 같아서요."

큰세진은 부드럽게 말을 마무리했다.

"다른 소속사가 굳이 T1이랑 척지면서 데려올 정도로 저희가 잘나가야 하는데, 그게 안 되는 거잖아요~"

"……."

"그냥 이걸로 소속사랑 잘 딜해서 전담팀 인력도 더 충원하고, 계약서 조항도 추가하면 좋을 것 같은데… 그건 어때요, 다들?"

배세진은 할 말이 많아 보였으나, 여러 가지 예상 답변을 떠올리고 미리 타격을 받는지 안색이 나빠졌다.

'이렇게 되는군.'

나는 머리를 짚으며 말했다.

"일단… 그럼 거수 좀 보죠. 소송 지금 당장 해보자는 분?"

배세진이 살짝 손을 들었다.

그리고 번쩍. 차유진이 손을 치켜올렸다.

"……."

"우리가 이겨요!"

누가 미국 놈 아니랄까 봐 변호사 선임 더럽게 좋아하네.

"야, 차유진. 1년 쉬는 건?"

"1년 쉬어도 우리 잘해요. 괜찮아요! 또 하면 돼요!"

아주 긍정적이고 자신감 넘치면서 현실성 없는 답변이다. 고맙다.

"그럼 소속사에 남아서 환경을 개선해 보자는 분?"

큰세진은 당연히 들었고, 의외로… 김래빈이 따라 들었다.

"회사에 훌륭한 분들도 많이 계시니, 협력하여 개선해 가면 좋을 것 같아…."

"……."

다른 의미로 참 긍정적이고 현실성 없군. 고맙다.

그럼 남은 건 류청우랑 선아현인데.

"아현이 넌?"

"나, 나는… 어, 어느 쪽이든, 다들 마음 편하고 안전하게 잘 지낼 수 있으면, 다 좋아…!"

"알았어."

선아현답다.

"…그럼 청우 형은."

"……비슷해. 마음 같아선 소송 걸어봤으면 좋겠는데… 우린 그룹이니까, 의견이 다른 사람의 커리어도 존중해야지."

류청우는 느리게 대답했다.

"문대 너는 어떻게 생각해?"

나? 간단하다.

"…당장 소송은 힘들지 않을까요."

내 투어 문제가 아니더라도 소송은 반대다.

일이 너무 커졌다. 그룹 문제가 아니라 노동자 인권침해 문제로 번진 순간, 대기업은 절대 소송에서 자신들이 패소하는 케이스를 남기려 하지 않을 것이다. 테스타의 소송이 판례로 남아버리기 때문이다.

'그 뒤로 노동조합에서 줄소송 걸면 미쳐 버릴 노릇이겠지.'

그러니까 그냥 우리 눈치 보는 이때, 날치기로 챙길 수 있는 건 한탕 당기면서 우호 관계는 상하지 않는 편이 좋다는 것이다.

'회사가 테스타에게 미안해하는 구도로 가야 한다.'

실제로 미안하지 않더라도 그런 시늉이라도 하는 순간을 알차게 이용하면 된다. 하지만 배세진의 공이 있으니 이걸 대놓고 말하긴 그렇고… 약간 돌려볼까.

"당장 내일 어떻게 바뀔지 모르는 게 여론이잖아요. 좀 더 지켜보면서, 여건이 괜찮으면 소송도 할 수 있게 자료는 모으는 건 어떨까요."

"비밀리에?"

"그렇지."

배세진은 대화를 들으며 생각에 잠긴 얼굴이었으나, 곧 고개를 끄덕였다.

"…그래. 알았어. 내 의견만… 주장할 수 없지. …우리는 티, 팀이니까!"

"……."

이놈도 드디어 〈아주사〉 때 선아현처럼 또래 뽕맛을 보기 시작한 것 같다.

'뭐, 좋은 일인가.'

"Team~ 테스타, Come on~!"

"옳은 말씀입니다, 형!"

나는 어깨를 으쓱한 뒤, 겨우 내가 하려던 말로 돌아갈 수 있었다.

"그리고 분위기 좀 보다가 이미 잡힌 스케줄은 처리하는 편이 어떨까요."

"어?"

"왜, 왜…?"

"취소 위약금 문제도 있고, 그룹이 건재하다는 걸 좀 보여주면 분위기가 더 좋아질 것 같아서."

"……."

"너도?"

"예. 아, 물론 몸은 다 회복한 다음에요. 완치 소견 받으면."

아무 블러핑도 없는 말 그대로의 뜻이다. 넥타르 덕에 이런 말도 거리낌 없이 할 수 있군.

"음…."

"특히 투어는 이미 예매한 분들도 많으니, 되도록 도는 편이…."

"아, 안 돼!!"

"…!!"

뭐, 뭐라고?

…선아현이 소리를 질렀다.

나는 놈을 쳐다보았으나, 선아현은 시뻘겋게 얼굴이 변한 채로도 꿋꿋했다.

"무, 문대는 쉬어야 해!"

"그러니까 쉬고 나서…."

"마, 많이 쉬어야 해!"

아니 무슨 말이 안 통하네.

"아현이 말이 맞아, 문대야."

"무슨 소리를 하나 했는데 투어는 무슨… 문대문대, 침대나 더 즐겨라."

"…??"

"다음 앨범 준비는 착실히 진행하여 보고드릴 테니 염려하지 않으셔도 괜찮습니다."

"형 오래오래 살아요!"

너희가 이러면 오래 못 산다.

그러나 놈들은 단호했고, 결단코 타협은 없다는 자세를 고수했다. 아무래도 18일 혼수상태의 인상이 지나치게 강렬한 나머지 이러는 것 같다.

'넥타르 소리를 할 수도 없고….'

미친 척하고 상태창 이야기를 하면 정말로 정신 병원 상담 및 입원까지 일정에 추가될 미래가 보였다. 내가 관자놀이의 통증에 시달리는 사이, 류청우가 옅은 미소와 함께 말했다.

"그리고 문대야, 이미 하반기 투어 취소 내부결재 끝났어."

"…!"

미친놈들아.

이 빌어먹을 놈들은 내 어깨를 두드리며 정답게 말했다.

"팬분들은 네가 무리하지 않고 건강한 모습으로… 가끔 글이나 사진만 올려주는 걸 더 좋아하실 거야."

"……."

"한동안은 그렇게 하자."

"그래~ 형 말씀이 맞다~"

"건강 회복에 주력하시는 모습 응원하겠습니다!"

그렇게… 투어는 날아갔다.

"……."

나는 놈들이 떠난 병실에 누워서, 이 사태를 복기했다.

그리고 결론을 내렸다. X 됐다.

'관객 40만 명을 투어 없이 무슨 수로 채워.'

어디 명동이나 네버랜드에서 게릴라 공연이라도 40번쯤 해야 하냐? 대가리가 얼얼할 지경이다. ……좋은 의도인 건 알아서 화도 못 내겠군. 나는 몇 번 한숨을 쉬며 여러 가지 방안을 짜보다가, 일단 손을 뗐다.

'관객의 조건을 더 알아봐야겠어.'

그리고 그 전에 할 일을 하자.

나는 스마트폰을 켜서, 내 사진을 몇 번 찍어서 잘 나온 것을 골랐다. 그리고 SNS에 접속했다.

안녕하세요 러뷰어

저는 문대 (강아지 이모티콘)

건강히 잘 먹고 잘 지내고 있어요

기다려 주셔서 감사합니다

좋은 모습으로 금방 찾아뵙겠습니다

그리고 사진을 첨부해 업로드했다. ······21일 만인가. 좀 떨리긴 하는군. 아니나 다를까, 곧 미친 듯이 SNS 알림이 갱신되기 시작했다.

-문대야!!!
-고마워 정말
-♡♡♡♡ㅠㅠㅠㅠ
-잘 지내야 해 문대야 잘 먹고 푹 쉬고 잘 자고...
　└또 너무 많이 자진 말고ㅋㅋㅋ
　└넌 무슨 일이 있어도 내가 고소한다
-오래오래 건강하고 행복해야 해

"······."
글자였지만, 온도가 있는 것 같았고 목소리가 들리는 것 같았다.
'든든한걸.'
나는 웃으며 댓글들을 살폈다. 그리고 약간 기대하는 것도 있었다.
'금방 찾아뵙겠다는 말에 팬들이 좋아하면, 이걸 증거로···'

-금방 안 와도 괜찮아 문대야 건강이 제일 중요해
-문대야 제발 몸을 소중히 해줘

"······."
말은 이렇게 해도, 아마 실제로는 직접 보고 싶을 것······ 이다. 그래야 한다.

'미치겠네.'

나는 뒷머리를 휘저으며 스마트폰을 베개 옆으로 던졌다.

지잉, 지잉, 지이잉!

그러자 마치 짜 맞춘 듯이 스마트폰이 여러 번 울렸다. SNS는 방금 알림 껐는데. 나는 약간 의아해하며 스마트폰을 집어 들었다. 확인해 보니⋯ 문자다.

[(사진)]

눈에 익은 개 사진이 연달아 20장쯤 도착해 있다.

"⋯⋯."

와, 이게 반갑네.

'야 X발 뭐라도 뱉어봐라.'

어차피 뒈질 거라면 썩은 지푸라기라도 잡아본다.

[VTIC 신청려 선배님]

나는 놈에게 전화를 걸었다.

통화는 몇 번의 신호음 이후 연결되었다. 다만 '여보세요' 같은 상식적인 인사는 안 나왔다.

−살아 있네요.

이럴 줄 알았지.

"어쩌다 보니 그렇게 됐습니다."

—아, 죽길 바랐다는 건 아닌데.

"특별히 꼭 살아 있길 바랐단 것 같지도 않습니다만."

내가 뒤지면 대상 경쟁자 하나가 낙오되니 개이득이라고 생각했다면 모를까. 그러나 전화 너머 목소리는 웃지 않았다.

—재시작 못 한다며.

"……."

—그럼 살아 있어야죠. 희한한 소리를 하네.

얼씨구.

이 또라이에게 비상식으로 질책당하는 상황이야말로 희한하다. 그러나 좀 유쾌한 측면이 있었다는 건 부정하지 않겠다. 코마에서 봤던 미친놈이 생명의 소중함을 이야기하다니, 진짜 시간이 약인 모양이다. 물론 리셋 버튼을 뺏겨서겠지만.

"뭐, 걱정은 고맙습니다. 어쨌든 전 멀쩡합니다."

—그래요. 그런데 왜 전화했어요?

"뭐 좀 물어볼 게 있어서."

나는 계산을 마친 후, 곧바로 말했다.

"혹시 모레나 그다음 날 오전에 시간 됩니까?"

—묻는 이유는?

간단하다.

"병문안이 가능해서."

환경상 내가 나갈 순 없으니 이놈을 불러야겠지. 전화 너머에서 그제야 웃는 소리가 들렸다.

청려는 몇 가지 딜과 조율 끝에 사흘 뒤 주말 오전에 방문하겠다는 말을 뱉었다. 앞으로의 활동 계획 때문에 거의 매일 돌아가며 방문하던 다른 놈들이 주말을 맞아 본가에 돌아가기에 기획이 가능한 일이었다.

아, 한 놈 빼고.

"멜론 언제 먹어요?"

"병원이 허락하면."

"저 물어볼래요!"

"참아라."

차유진은 주말에도 숙소에 있는 본인을 불쌍히 여겨 병실에 상주 중이다. 이놈이 다쳤다는 소리에 부모님이 입국하셨다고는 하는데, 지난주에 귀국하신 모양이다. 하긴 직장인이 타국에 2주 이상 체류하는 건 힘든 일이다. 아무리 미국이라도 더 휴가를 잡기 어렵겠지.

나는 멜론 대신 큼직한 개량품종 귤 몇 개를 놈에게 던져주었다. 선아현이 사 온 것이다. 아마 보관성이 좋으니 식이 허락이 떨어졌을 때 바로 먹을 수 있는 과일을 산 것 같으나… 그때까지 남을 것 같진 않군.

"먹어라."

"당도 최고예요?"

큰세진한테 배웠냐.

"어."

"와!"

나는 귤을 까먹는 차유진을 보았다. 사실 이건 일종의 뇌물이다.

"…30분쯤 뒤에 누가 올 건데, 다른 멤버들한테는 굳이 말하지 말지."

"형 손님이요?"

"비슷해."

"누구세요?"

"VTIC 청려."

"오우."

차유진은 귤을 덥석덥석 삼키더니, 어깨를 으쓱했다.

"Okay~"

됐군. 이런 건 깔끔한 놈이라 편했다. 토 안 다는 개인주의 성향이 빛을 발하는데.

"그런데 왜 와요?"

이게 귀찮아서 그렇지.

"다음 활동 관련해서 물어볼 게 있어서."

"저한테 물어봐요!"

"…오래 활동한 사람한테 물어봐야 하는 거야."

"에이."

다행히 질문 공세는 여기서 마무리되었으나, 청려가 도착하면 비슷한 상황이 반복될 건 뻔했다.

그리고 삼십 분 뒤.

"저도 들을래요!"

역시.

"가서 간식이나 사 먹어라."

"우우……."

그래도 앞에서 상대해 준 덕에 단호한 명령이 먹히는군. 차유진은 투덜거리면서 나갔다. 그러면서 청려에게 한국식 유교 인사를 잊진 않았고.

"선배님 안녕하세요!"

타탕!

허리를 꾸벅 숙인 놈이 병실 문을 호쾌하게 닫고 나간다. 청려는 나가는 놈을 빤히 보다가 웃었다.

"까다로운 타입인데, 팀 분위기가 좋은가 보네요. 제어가 가능하고."

"……."

"비슷한 놈을 다뤄본 적이 있는데… 16개월 만에 스케줄을 펑크 내더라고요. 음, 그게 6번째였나? 하하."

분위기 싸하게 만드는 데에 정말 재주 있는 놈이다. 어쨌든, 나는 팔짱을 끼고 본론으로 들어갔다.

"오늘 널 초청한 이유는 당연히 긴급 상황 때문인데."

"네."

"미션을 실패할 것 같다."

"……."

굳이 감출 건 없다. 고양이 손이라도 빌릴 판에, 리셋도 막힌 불발탄 정도야 적재적소에 활용 가능하지.

"이번 미션이?"

"40만 명 관객 동원."

"……."

청려는 잠시 생각이 잠긴 듯 말이 없었다. 그리고 고개를 옆으로 기울였다.

"굉장히 구체적이네?"

"……."

"어떻게 그렇게 확신하지……. 재밌네."

역시.

'뭔가 눌렸군.'

상태창 이야기는 만일의 경우라도 더 미뤄야겠다. 그러나 이 정도는 구체적 조건을 안 상태에서 논의를 진행해야 때문에 어쩔 수 없다.

조금이라도 더 정밀한 예측값이 필요했다. 투어가 취소된 이상 돌연사 확률은 끝도 없이 치솟고 있으니까. 놈이 맨땅에 헤딩하던 자신과 나의 차이가 불공평하다고 생각할 수도 있으나, 거기서 더 발상이 나아가지 않도록 잡아야 한다.

'환기한다.'

나는 어깨를 으쓱했다.

"뭐, 구체적으로 알 수 있다는 건 나쁘지 않지. 안 그래도 미션이고 나발이고 교통사고 때문에 황천 앞까지 갔다 왔는데."

"…원래, 이 직업이 변수가 많긴 하죠."

"그래, 덕분에 활동 2년 동안 벌써 두 번이나 죽을 뻔했지."

"두 번?"

"어, 첫째는 너."

놈이 웃음을 터뜨렸으나, 곧 약간 미안하단 듯 미소를 지으며 고개를 끄덕였다. 정신머리가 돌아온 것 같군. 개 사진 20장을 받고 건 도박이 성공한 모양이다.

'역시 약간의 부채감과… 동지 의식 같은 게 남아 있나.'

내가 깨어났다는 소식에 개 사진 보내줄 정도의 호의는 된다는 뜻이다. 그래도 이 새끼가 정상은 아니니 다른 생각 하기 전에 빨리 넘어가자.

"어쨌든, 덕분에 투어는 취소되었고 난 병원에 발이 묶여 있지. 그런데 관객을 30만 명은 더 만나야 해."

"흠, 연말에 돔 투어를 새로 잡는 건 힘들 텐데요."

"그래."

연말연시는 대목이다. 이미 테스타가 돔 규모의 공연장은 대부분 주말 대관이 다 끝났다. 게다가 이놈에게 말할 순 없지만, 소송까지 들어가면 투어는 무슨. 올해 연예계 활동 자체가 물 건너갔고.

그리고 청려는 제일 상식적이고 고려할 법한 대안을 들이밀었다.

"비대면 공연은?"

"…그게 문제지."

나는 미간을 눌렀다.

"카운트 기준이 애매해."

"……."

내가 사고당하기 직전에 했던 팬미팅. 그 공연은 온라인으로 동시 송출되었으나, 실시간 유료 관람객과 불법 관람객은 모두 카운트되지 않았다. 오로지 현장 관객만이 '관객'으로 카운트된 것이다.

여기까지만 보면 비대면은 소용이 없는 것 같지? 하지만 또 아예 비대면을 기준으로 기획했던 몇몇 공연들은 일부 카운트된 것들도 있다.

실시간 유료 W라이브로 진행한 컴백쇼 라이브 몇 번은 카운트됐었지.
시청 중인 관객의 문자나 피드백이 전광판에 뜨는 구성이었다.

그리고 이 모든 경향성을 고려했을 때, 매우 모호한 기준 하나가 나왔다.

"공연 내에서… 내가 관객을 인식했을 때만, '관객'으로 인정해 주는 것 같던데."

내가 관객을 인지해야만 한다. 숫자가 아니라 그 자체를.

그 열정과 기운을.

"아."

청려가 눈을 가늘게 떴다.

"연극적 의미의 관객이었나."

"연극?"

"리액션(Reaction)의 존재도 공연의 일부라는 거죠. 음, 좀… 촌스럽긴 하지만."

"……."

나름대로 먹물 좀 먹은 삶도 살아본 모양이다. 빠르게 개념을 설명할 줄 아는군.

청려는 턱을 쓸었다.

"어쨌든… 그럼 좀 까다롭긴 하겠는데요."

"맞아."

나는 혀를 찼다.

"실시간으로 소통이 가능한 관객을 동시에 30만 명쯤은 모아야 하는데, 힘들지."

단순히 VOD 구매가 아니라 30만 명을 컴퓨터 앞에 동시에 붙잡아 둬야 한다. 그러나 이 방법은… 단순히 횟수를 늘리는 건 한계가 있다. 아마 공연 구성을 계속 바꿔서 하더라도 2회를 넘는 순간 집계되는 실시간 관람객 수치는 계속 하락할 것이다.

한계 효용과 희소성의 법칙에 따라서, 바쁜 현대인이 결제만 해둔 뒤 시청은 뒤로 미뤄서. 그리고 '하나 정도는 결제했으니 나머지는 무료로 봐도 괜찮겠지'라는 자체 발부된 면죄부를 통해서.

청려가 내 고뇌를 보더니 빙긋 웃었다.

"음, 정 그러면 VTIC 투어 게스트라도 할래요? 한두 달만 고생하면…."

"돌았나."

"하하!"

본인도 말도 안 되는 소리라는 걸 알면서 뻔뻔히도 묻는군.

VTIC 콘서트에 게스트 출연? 그야말로 지옥이 도래한다. 내가 부상에서 회복하자마자 남의 콘서트에 게스트 출연하면 테스타 팬덤이고 VTIC 팬덤이고 황천의 지옥 불처럼 달궈질 것이다.

그러나 청려는 태연했다.

"죽는 것보단 나을 것 같은데. 생각해 봐요. 마지막일지도 모르니까."

"……."

물론 VTIC은 변명거리가 테스타보단 많을 테니 버틸 만할 것이다.

'그래도 손해는 손해인데.'

그것도 완전무결 탑티어 아이돌에 편집증 수준으로 집착하는 이놈이 이런 미친 제안을? 코마 상태에서 받았던 VTIC 메인보컬 합류 제안이 떠오를 지경이다. 나는 떨떠름하게 대꾸했다.

"왜 굳이 손해를 보려는지 모르겠는데."

"음, 미안하니까요?"

"……."

지금 나랑 농담하는 건가 싶어서 놈의 기색을 살폈으나, 기만질이나 정신 나간 분위기는 아니었다. 대신 제법 차분했다.

"내가 한두 번… 심하게 방해한 적이 있으니, 빚을 갚는다고 치죠. 어때요."

"…흠."

아무래도 이번 사고로 내가 뒈질 뻔한 꼴을 보며 이놈도 자신의 지난 행적을 뒤돌아본 모양이다. 개 키우는 게 정말 멘탈에 도움이 되긴 하나 본데.

그러나 저런 하책에 투자할 생각은 없다. 다시 지금까지 논의를 검토해 본다.

'내가 쓸 수 있는 자원이…'

내 능력치, 인맥, 시간, 돈…….

'…돈?'

"…!"

나는 눈을 부릅뜰 뻔했다. 찾았다.

"아니, 그 방식은 안 쓸 거다."

"그럼?"

"…비대면 공연을 할 거야."

나는 단호하게 말을 끝냈다.

"전면 무료로."

"…!"

다른 한계점들은 모르겠으나 돈으로 생기는 진입장벽은 내가 커버할 수 있다.

'콘서트 올리는 비용 정도는 댈 수 있겠지.'

안 쓰고 그냥 둔 돈이 꽤 돼서 말이다. 남의 지원은 필요 없다.

"아, 합의금이라도?"

그러니까 이런 제안도 말이지. 나는 피식 웃었다.

"아니. 다른 걸로 받고 싶은데."

무료 공연의 가장 큰 걸림돌은 돈이 아니다. 기존 계약이다.

'테스타는 W앱과 3년 독점 계약을 했어.'

그리고 W앱은 무료 공연을 지원하지 않는다. 하지만 테스타의 온라인 콘서트 송출은 무조건 W앱을 통해야만 했기 때문에, 나는 우회로가 필요한 것이다.

"너희 플랫폼 좀 빌리자."

바로 LeTi가 해외 펀딩 업체와 합작으로 만든 전시·공연 플랫폼 말이다.

'테스타가 아니라 멤버 솔로는 계약서에 명시 안 되어 있었어.'

나머지 상도덕이나 대중 여론 문제야 공연 방식을 조절하면 되기 마련이고, 이놈 끼고 하면 훨씬 수월하고 빠를 것이다. 회사 간판이니까.

'지금은 이게 제일 필승 조합 같은데.'

아니나 다를까, 청려 놈도 웃으며 고개를 끄덕였다.

"좋은 생각이네요."

네놈 제안보다야 그렇지. 나는 혀를 찰 뻔한 것을 참으며 덤덤히 대답했다.

"VTIC 투어 따라다니는 것보다야 당연히 낫겠지."

"네? 하하. 당연히 그렇죠. 설마 그런 말도 안 되는 짓을 하겠어요?"

"⋯⋯."

"그냥 그런 것까지도 해줄 수 있다는 뜻이었는데, 그럴싸하게 들렸나 보네."

X새끼 기만질 맞았잖아. 분명 코마에서 만난 새끼도 VTIC 메인보컬은커녕 단물만 빨아먹고 팽했을 것이다, X발.

박문대는 순간 극대노했으나, 곧 침착함을 되찾고 청려와 빠르게 세부 사항 합의를 끝마쳤다. 그리고 곧바로 회사에 연락하여 '새로운 플랫폼과의 컨택'을 심도 있게 이야기했다.

'쉽네.'

시선을 돌려 뒤숭숭한 분위기를 잠재울 수 있다는 계산속에서, 회사는 초토화된 상태면서도 제법 빠르게 오케이 사인을 보냈다. 주말을 지나 월요일 아침에 바로 결재가 떨어졌기 때문이다.

"예, 감사합니다."

물론 택도 없는 오판이었으나, 박문대는 즐겁게 그들의 오판을 용인했다.

'이대로 순조롭게 가면 좋겠군.'

이제 멤버들만 설득하면 되겠다며, 박문대는 월요일 오후 멤버들의 방문 시각이 겹치도록 조정했다.

'한 번에 논의하는 편이 좋겠지.'

그리하여 며칠 뒤.

박문대는 식은땀을 흘리며 멤버들에게 자숙과 반성의 시간을 강력히 강요받게 된다.

"박문대, 앉아서 들어."

어찌 된 일인지 멤버들은 다 관련 소식을 이미 전해 들은 상태였다.

차유진은 참지 않았기 때문이다.

"회사에 물어봤어요!"

'이놈이.'

물론 본인 업보였다.

좀 당혹스럽다.

"박문대, 지금 투어 취소됐다고 혼자 콘서트 일정을 짜? 너 지금 입원 중이야. 왜 투어 취소됐는지 알잖아."

"이런 말씀 드리게 되어서 죄송하지만, 형은 여가와 일의 균형에 대하여 재고하실 필요가 있습니다!"

"…혼자 하기 전에 상의라도 해봐야겠다는 생각은, 안 해봤어?"

그러니까 그 상의의 기회를 너희가 안 주고 있다만.

나는 한숨을 참으며 상황이 왜 이 꼴이 된 건지 돌아보았다.

―…문대야, 유진이가 회사에서 들은 말이 있다는데….

찾아온 놈들이 자리에 앉지도 않고 이렇게 말을 시작하는 순간 정보 샜구나 싶긴 했다. 그래서 이놈들이 마음껏 말하게 두고 좀 진정하면 본론을 시작하려고 했는데… 이건 순 상소문 듣는 폭군이 아닌가. 들을수록 나쁜 놈이 되는 기분이다.

'…서운할 수는 있지.'

그래, 그건 인정하겠다. 혼수상태에 빠진 놈 때문에 활동이 올스탑됐는데 정작 그놈은 자기 솔로 콘서트나 기획하고 있다고 하면 눈 뒤집힐 만하다.

게다가… 걱정도 하는 것 같고.

"모, 몸이 다 회복된 다음에, 그때 생각해도 안 늦잖아…!"

"그래!"

"……."

그래서 지난 18일간 '이놈이 깨어나긴 하는 건가' 같은 생각으로 복잡한 심정이었을 놈들을 고려해서 얌전히 들어줬다만…….

'30분쯤 됐나.'

이 정도면 된 것 같다. 이제 슬슬 같은 말이 계속 반복된다. 나는 한숨을 쉬며 정리를 시작했다.

"일단… 오늘 만나서 말하려고 했습니다."

"아, 다 결정된 다음에?"

큰세진 이 새끼 또 이러네.

"아니, 아직 결정된 건 없어. 회사에 말한 건 그냥 아이디어일 뿐이지."

나는 관자놀이를 눌렀다.

"당장 할 생각도 아니었고. 테스타 공식 활동 재개 이후에 기념용으로 하면 좋을 것 같단 거였는데."

"……."

이건 제법 현실적으로 들리긴 하는지, 병실이 각자 생각에 잠긴 듯 조용해졌다. 나는 약간 고민하다가 뒷말을 덧붙였다.

"…그래도 솔로 이야기 다짜고짜 회사에 꺼낸 것처럼 보였겠지. 미안하다. 그리고 죄송합니다."

"…!"

나는 이어서 '그러나 그것은 낚시다'를 잘 설명하기 위해 말을 조합하는 중이었다. 하지만 류청우가 먼저 입을 열었다.

"…문대야. 넌 얼른 활동하고 싶겠지."

"……."

그렇지. 안 하면 죽어서 말이다….

류청우는 선선히 고개를 끄덕였다.

"솔로 콘서트하고 싶으면 해도 괜찮아. 회사 고소… 굳이 하고 싶지 않다면 그냥 활동해도 괜찮아."

"…!"

"그런 걸로 사과할 필요는 없어."

배세진의 얼굴이 붉어졌으나, 놀랍게도 류청우에게 반박하지 않고 묵묵히 고개를 주억거렸다.

"그런데 네 건강은 신경 써야지. 우리가 지금까지 이야기한 건 다 그

것 때문이야."

"……."

"넌 지금 무리하고 있어. 그건… 이해해 줬으면 좋겠다. 매번 말하지만."

말하는 류청우의 안색은 좋지 않았다. 아무래도 내 명치에 철 박히는 장면이 상당한 트라우마를 남긴 것 같았다.

'후우.'

원점으로 돌아오는군. 나는 깍지를 꼈다.

난 더없이 건강하며, 완치가 코앞이다. 이 불가사의한 회복력을 어떻게 납득시킬 수 있는가….

"저 건강에 신경 충분히 씁니다. 의료진 지시도 다 따르고 있고, 듣기로는 말도 안 되게 빠른 속도로 회복 중이라던데요."

"…그래서 완치하는 대로 복귀하고 싶다?"

"뭐, 전문가가 된다고 하면 고려 중이라는 거지."

큰세진이 피식피식 웃었다.

"야, 팬들이 퍽이나 좋아하겠다."

"…!"

"넌 그러면 반응이 좋을 거라 생각하나 본데, 팬들도 너 사람인 거 알아. 혼수상태였던 사람 이용한다고 회사에 트럭이나 보내실걸."

"……."

"아, 고소를 위한 큰 그림이야? 그러면 뭐, 문대 대단하네~"

이 새끼가 진짜. 나는 이를 악물었다.

"꼭 그런 식으로 말해야 하나?"

"…!"

"빈정거리지 마라. 솔직하게 말하고 있는데."

사람이 X발 돌연사하게 생겼는데 자꾸 긁으니까 빡치네. 아무리 그래도 적당히 해야지.

이세진은 입을 벌렸다가, 말하지 않고 다시 닫았다. 나는 진정하기 위해 말없이 생각에 집중했다.

그리고 동명이인이 급발진했다.

"쟤, 쟤는⋯! 걱정돼서 저러는 거야!"

배세진이 주먹을 쥐고 튀어나왔다.

"원래! 말을 저렇게 하잖아!"

"⋯⋯."

멕이는⋯ 건가?

"마, 맞아⋯. 세, 세진이도 사과하고 싶을 거야, 그, 그렇지⋯?"

선아현이 지원 사격하는 걸 보니 멕이는 건 아니었나 보군. 큰세진은 웃음기 없는 얼굴로 바닥을 보고 있었다.

"⋯미안해."

"⋯⋯."

나는 고개를 끄덕였다.

그래, 내가 좀 과민했다. 상태이상 클리어 방법을 그나마 생각해 냈는데, 그걸 논의할 때까지 시간이 너무 오래 걸리니 여유가 없어진 것이다.

저 녀석도 시비 걸려는 의도는 아니었을 터다. 그냥 본인도 이 상황이 좀 열 받으니 좀 비꽈서 깨달음을 주면 내가 정신 차릴 거라 생각한 모양이다.

'…어쩔 수 없지.'

그래, 큰세진이 아니라 다른 멤버도 마찬가지다. 내가 이 팀에 기여하고 있는 부분이 있는 이상, 그리고 교통사고가 일어난 이상 이놈들은 내 건강을 신경 쓸 수밖에 없다. 뭐 2년이나 동고동락 합숙 생활을 했으니 정든 것도 있겠지.

그러니까, 결국 정보량의 차이다.

'내가 40만 명 동원 못 하면 죽는 걸 이놈들은 몰라.'

그러니 우선순위가 뒤바뀔 수밖에 없다.

…이렇게까진 안 하려고 했는데, 나는 침음을 참으며 결국 입을 열었다.

"사실, 팬들이 좀 보고 싶거든요."

"……."

"갑자기 눈 떠보니 다음 달이라잖아요. 인터넷은 난리지, 뭐라도 좀 하면 덜 불안할 것 같아서… 콘서트 이야기라도 좀 해본 겁니다."

"…그래."

"무, 문대야……."

좀 오그라드는 발언이긴 했는데, 그래도 설득력이 있는지 분위기가 축축해졌다.

'…틀린 말도 아니지.'

불안한 이유가 상태이상이라는 것만 제외하면, 저게 딱 내 상태일지도 모르겠다. 나는 약간 포기한 심정으로 계속 말을 이었다.

"전처럼 무리하게 밤새워서 뭘 할 생각은 없습니다."

어차피 바쿠스 없어서 못 하거든.

"그래도 활동은 무리하지 않는 선에서 빨리 재개했으면 좋겠다는 게… 제 생각입니다."

이번에는 다짜고짜 안 된다는 대답이 튀어나오지 않는다.

이쯤이 좋겠다.

"애초에 기획하던 콘서트도 거창한 건 아니었고."

"어?"

"그냥 간단한 토크 콘서트 생각했습니다. 건강 회복한 것도 보여줄 겸. 댄스는 최소화하고요."

"그, 그래서 솔로 콘서트로…?"

"아니, W앱 계약 때문에. 그룹 명의로는 무료 콘서트 중계가 안 되더라고."

"오…."

이제 좀 말이 통하기 시작하는군. 나는 청려와 합의한 부분까지 설명을 끝냈다. 그리고 한 박자 쉬고 말했다.

"그런데 애초에… 솔로는 눈속임인데요."

"…?"

나는 피식 웃었다.

"테스타를 다 게스트로 부를 거였는데. 그럼 괜찮지 않나요."

"…!!"

솔직히 뻔한 꼼수 아닌가. 안 온다는 놈이 있으면 그림이 좀 이상해지긴 하겠지만, 웬만하면 다 설득할 자신이 있었다.

그러나 한 놈이 얼굴이 시퍼레져서 외쳤다.

"잠깐, 그럼 계약 위반 아니야??"

"아닙니다. 어디까지나 주체는 저니까."

"그래도… 사기잖아!"

"계약 조항을 잘 써먹은 거죠."

"……"

털썩. 배세진은 의자에 주저앉았다.

그리고 '욕먹을 것 같…' 비슷한 소리를 중얼거리는 것 같으나, 반대
는 안 한다.

'내가 상당히 절박해 보였나 보지.'

앞에서 한바탕 말을 퍼부었으니 나름대로 자제해 보려나 보다. 아니
면 언어가 덜 공격적으로 나가도록 배세진 나름대로는 정리하려 애쓰
고 있거나.

물론 저 말 자체는 일리가 있다. 이런 식으로 하면 업계에 소문이 더
럽게 날지도 몰랐다. 그냥 업계도 아니고, W앱은 상당히 거대한 검색
엔진 회사가 운영한다. 분명 보복이 있을 것이다.

'그러니까 형태를 잘 골라야지.'

그리고 난 이미 콘서트의 형태를 골라뒀다. 이거면 보복하기도 애매
한… 그냥, '다른 종류'의 공연 취급을 당할 것 같아서 말이다.

나는 웃으며 말했다.

"그리고 하나 더."

"…?"

"콘서트의 목적을 따로 만들어두고 싶은데요."

"목적?"

나는 내 발상을 설명했다.

"오."

"무, 문대는 늘 좋은 생각을 하는 것 같아…."

"정말 그렇습니다!"

반응은 썩 괜찮았다.

의자에 하얗게 불태운 자세로 앉아 있던 배세진이 안색을 회복했다는 정도로 설명하면 될까.

"…그건 괜찮은데!"

"그렇죠."

'이 정도면 반은 먹혔나.'

더는 설득 안 해도 될 것 같군. 이대로 빌드업 쭉 하다가 퇴원쯤에 확정하면 되겠다.

나는 어깨를 으쓱했다.

"이, 이제 문대, 푹 쉬어…!"

"아니, 충분히 쉬었…."

"쉬, 쉬어!"

"……."

그리고 그제야 병문안 분위기로 돌아온 놈들에게 시답잖은 근황 이야기를 좀 들었다.

"A&R팀에서 문대 형의 편안한 수면시간을 위해 기념 음원을 만들었는데… 프로그램 오류로 저장 전에 날아갔다고 합니다……."

"진짜?!"

"…마음은 잘 받았다고 전해줘라."

제법 오래.

그렇게 시간이 흘러, 곧 병원식이 올 시각이 됐다.

"식사하고 오시죠."

"그래, …벌써 그럴 시간이네."

"저는 이르게 먹고 왔으니 남아서 말벗 역할을 수행하겠습니다!"

"저도요! 과일 먹어요!"

아니, 괜찮… 뭐, 됐다. 나는 어깨를 으쓱하고 말았다.

다만, 우르르 나가는 놈 중 큰세진은 주저하면서도 끝까지 눈을 마주치지 않았다. 아까 말하다 분위기 살벌해진 뒤로 계속 저러는 것 같은데.

"…다녀올게~"

"그래."

입은 그래도 나불대는군. ……괜찮겠지.

그리고 다음 놈.

"형! 맛있게 먹…."

"넌 이리 와라."

"아으으윽!"

어딜 굴까지 받아먹고 밀고한 놈이 슬금슬금 넘어가려고. 나는 차유진의 이마를 쥐어박고 놔줬다.

"아윽!"

그리고 놈의 눈앞에서 김래빈에게 큼직한 복숭아를 줬다. 본인이 가져온 걸 본인에게 먹이는 거라 좀 웃기게 되긴 했다만, 나도 같이 약간 집어 먹었으니 괜찮겠지.

"맛이 훌륭합니다!"

"그러게."

차유진은 축 처졌다.

"형 너무해요!"

"뭐가."

"나 다른 거 말 안 했어요!"

"뭘."

차유진이 작게 입 모양으로 말했다.

'VTIC 선배님!'

"……!!"

짧은 침묵이 흐른 뒤.

"먹어라."

"와우!"

나는 놈의 입에 복숭아를 물려줬다.

일종의 뇌물이다. 앞으로도 다물고 있으라는 의미지.

이후로 박문대는 순조롭게 회복하여 의료진의 예상보다도 빠르게 퇴원에 성공했다.

그리고 다시 몇 주 뒤. 소속사가 무시무시하게 두들겨 맞으며 인권위의 진정 권고를 받고 나자, 테스타는 작은 그룹 활동을 시작했다. 바로

KPOP 합동 콘서트인 TaKon에 출연한 것이다. 물론 현장에 직접 나타난 것은 아니고 따로 찍은 영상을 방송에만 편성했다.

그래도 사고 이후 첫 활동이었기에 테스타의 출연은 제법 화제가 되었다. '사랑해 테스타 우리의 마법 영원히' 같은 문구로 도배가 되는 인터넷 반응 속에서, 몇 가지 적나라하거나 무례한 평가도 빠르게 오갔다.

-폼 안 떨어졌네

-역시 돌은 살을 빼돼 혼수상태 다이어트 최고ㅎ 벌크업 죽어

-와 각 다 맞아 연습 개열심히 한 듯 미쳤다;

-곰머 개멀쩡해보이는데?ㅋㅋㅋㅋ망돌들 곰머보고 좀 배워 누군 죽었다 깼는데도 저런 무대하는데 니들은 눈깔간수도 못하곸ㅋㅋㅋ

-티원 불매라며 테스타는 불매 안해? 빠순이 논리 지렸고~

└테스타는 교통사고당해서 예외임 암튼 그럼ㅋ

한 가지 확실한 것은, 테스타가 동정 어린 관심도 호감으로 소화할 만한 스타성을 잃지 않았다는 점이다. '테스타는 다음 활동을 계속하는가', '컴백은 언제쯤 하는가', '소속사는 그대로 가는가' 따위의 온갖 말들이 인터넷을 휘몰아쳤다.

그리고 아주 뜬금없이, 한 공연예약 플랫폼의 SNS에 공지가 떴다.

-이거 설마 테스타야?? (링크)

테스타가 이용해 본 적도 없고, T1과 연관도 없는 타 회사의 플랫폼.

그러나 SNS에 뜬 말은 충분히 어그로를 끌 만했다.

[뭐? 국민 주식이 ☆무료☆ 콘서트를 해?]

국민 주식. 몇 년 전 유행어.
몇몇 사람들이 빠르게 붙어서 떠들기 시작했다.

-국민 주식 언제적 수식어; 그냥 어그로인 듯
-아주사 다음 시즌 콘서트로 시작하는 거 아닐깔ㅋㅋㅋㅋㅋ
-해킹 아냐?

다 아니었다.
며칠 후. 해당 SNS의 그다음 업로드는 이것이었으니까.

[국민 주식의 ☆무료☆ 콘서트를 관람하고 아픈 아이들에게 힘을 주세요!]
[호스트 : 박문대, 게스트 : 테스타]

그렇다. 박문대가 기획한 것은 불우이웃 돕기용 모금 콘서트였다.

박문대가 테스타를 게스트로 초청하는 형식의 콘서트.
이런 의문이 제기될 가능성은 있었다.

-왜 하필 박문대가 호스트고 테스타는 게스트야?
-박문대 엄청 밀어주네ㅋㅋㅋ

그러나 여론이 되진 못했다. 박문대는 이미 이 형식에서 논란이 되지 않을 방법을 알고 있었다.
'선후 관계를 뒤집어 버리면 되지.'

[콘서트 중 모금된 관객분들의 소중한 기부금은 전액 장기입원 중인 소아환우들에게 돌아갑니다.]

기부 테마를 장기입원으로 잡으면 자연스럽게 박문대가 적임자가 되는 것이다.
'교통사고로 제일 오래 입원한 게 나니까.'
박문대의 솔로 콘서트에 기부 컨셉을 끼운 게 아니라, '이 콘서트 형식에 박문대가 제일 어울려서'로 바뀐다. 자연스럽게, 사람들은 기부 콘서트라는 의미가 더 강조되도록 박문대를 호스트로 내세웠다고 생각하게 된다.

[테스타, 어린이 환자를 위한 온라인 콘서트 개최]
["입원 중 많은 생각을 했다"... 테스타의 뜻깊은 기부 콘서트]

그리고 보도자료가 테스타, 그룹 중심으로 나가면 모든 게 이 구조

그대로 자리 잡기 마련이었다.

-톱스타 청년들의 멋진 행보 응원합니다^^
-테스타 진짜 대단하구나 난 너희를 존경한다bb
-선한 영향력 참 좋아요~ 장하다~

전통적으로 쉽게 받아들여지는 선행에 연령대가 높은 층에서도 제법 좋은 호응을 얻었다. 관객 동원에 좋은 신호탄이었다. 그러나 콘서트보다는 자선행사의 이미지가 더 강력해지니 이 형식 자체에 대한 꼬투리 잡기도 당연히 따라왔다.

-돈 엄청 벌었을 텐데 팬들 돈으로 생색내려고 하는 것 같아서 나만 보기 안좋나
-기부금은 팬이 내고 기부 명의는 테스타야?ㅋㅋㅋㅋ 머리 좋네

반박은 명료하고 간단했다.

-테스타 콘서트 하루 매출이 20억 넘음..
  └ㄷㄷㄷㄷ
  └와 대박
  └쟤네 20억 포기하고 이거 하는 거임?ㅋㅋㅋㅋ
-사고 때문에 투어 다 취소해서 손해 엄청날 텐데 대단한 거야
-섬별까들 진짜 개멍청ㅋㅋㅋㅋㅋ

자본주의 사회에서 '수익 포기'만큼 희생을 잘 수치화하는 문구는 없었다. 팬들은 '이 콘서트가 얼마나 뜻깊으며 다들 봤으면 좋겠는지'에 대한 홍보 글을 써서 커뮤니티와 SNS 등지를 돌았다.

그러면서도 엄청난 감흥에 젖어 있었다.

-문대야... 아 인성영업 안 되는데 진짜 온 세상에 문댕댕 천사라고 소리지르고 싶음

-투어 취소되는 바람에 팬들 못 만나는 게 아쉬워서 무료로 기획했대... ㅠㅠㅠㅠㅠ

-테슷타 이 말랑콩떡갓기들아 진짜 미치겠네 어떻게 이래

팬들은 2주가 넘도록 공포와 걱정에 휩싸여 있다가 기적적인 회복과 회사의 비리가 밝혀지는 것까지 봤다. 게다가 성공적인 복귀와 무대까지. 물밀듯이 몰려오는 사건과 상승궤도에 팬들은 완전히 테스타의 상황에 몰입한 상태였다.

그러면서도 걱정을 접지는 못했다.

-문대 벌써 콘서트 해도 괜찮을까? 사녹 많이 넣어서 조절 잘해야 할 텐데...

-테이콘에서도 문대 간주에서 비틀거렸어 나 솔직히 걱정돼 무리하는 것 같아

-애들 요새 덥앱도 하는데 좋으면서도 좀 그럼. 말하는 거 들어보면 다들 요새 건강 관리 강박적으로 하는 것 같고.

　└ㄹㅇ활동 압박받는 건 아닌가 걱정임 티원 개새끼들 지들 욕먹으니까 애

들로 이미지 쇄신해보려는 것 같고

테스타는 퍼포먼스형 남자아이돌 그룹답게 〈행차〉로 대표되는, 몹시 격렬한 안무를 동반한 타이틀곡도 많았고 이런 곡들을 콘서트의 핵심 무대로 꾸미는 경우가 잦았다. 당연히 팬들은 막 부상에서 회복한 박문대가 그런 무대를 연달아서 해도 괜찮은지에 대해 갑론을박했다. 그러나 곧 한쪽으로 여론이 쏠렸다.

-아직 콘서트 뚜껑도 안 열렸는데 사서 걱정하지 말자
　└뚜껑 열리기 전에 말해야 수정 가능한 거 아니야?
　└아니 애들이 만든 세트리스트를 왜 니들이 맘대로 수정하려고 하냐고ㅋㅋㅋㅋ
-뭣만 하면 계속 안 좋은 소리 끌고 나오네 좀 즐기면 안 되나? 덕질 참 피곤하게 함
-오랜만에 공연이라 애들도 다 들뜬 것 같던데 초 치지 말자 제발...
-분위기 좋아서 이번 콘서트 대박날 듯 다들 쌉소리 그만하고 ㄹㅇㅋㅋ만 쳐라

워낙 오랜만의 공연 컨텐츠인 데다가 소식이 전해진 뒤 대중 여론이 무척 좋았던 덕이었다. 팬들도 이 기세를 타고 싶었다. 게다가 걱정하던 사람들이 더 기분 상하는 일이 없도록, 콘서트 형식이 포함된 홍보 배너가 SNS 등지에 떴다.

[테스타와 함께하는 토크 콘서트 <마음이 가는 대로>]

[♡많은 참여 부탁드립니다♡]

포스터에는 무대 위 일곱 개의 스툴형 의자가 스포트라이트를 받는 것이 보정되어 들어갔다.

-헐 토크 콘서트ㅋㅋㅋ
-설마 문대가 진행해?? 문대가 진행자야??
-기부행사 느낌 갑자기 확 남ㅋㅋㅋ
-토크 콘서트? 이거 막 강연하고 중간에 공연 넣는 거 아님?
 ㄴㄴ 아마 그냥 이야기 많이 하면서 중간중간 무대도 하는 형식이 될 듯? 솔로 가수들 자주 함
 ㄴ아하ㅇㅋㅇㅋ

격렬한 퍼포먼스 위주로 몰아쳤던 기존의 테스타 콘서트와 성격이 제법 달라 보였기에, 걱정하던 사람들도 그럭저럭 안심했다.
그리고 플랫폼의 관객 끌어모으기 전략은 여기서 끝이 아니었다. 사람들이 '나올 이야기는 다 나왔다'며, 팬 외엔 테스타 콘서트에 대한 이야기를 재생산하지 않을 시점.

[오성이 쏜다!]
[☆테스타의 <마음이 가는 대로> 관객 숫자만큼 기부금이 펑펑!☆]
(※실시간 최고 동시접속 기준)

기업 협찬에 대한 글이 쭉쭉 뜬 것이다.
콘서트를 딱 일주일 앞둔 시점이었다.

-왘ㅋㅋㅋㅋ대박
-용케 티원이 숟가락 안 얹었네
 └말이 씨가 됨 쉿
-동접 100만명 1억 기부 가즈아~ㅋㅋㅋㅋㅋㅋ
-야 짜다 인당 100원이 뭐야 500원은 해주지 대기업 가오 어디 갔냐~~~(빨리 다른 기업도 붙어달란 뜻)
-동접만 카운트해준다고? 천만 동접으로 혼쭐 내주자

　테스타 콘서트를 보는 사람 숫자에 비례해 기부하겠다는 기업의 협찬. 심지어 애매한 금액과 치사한 주의 문구 때문에 네티즌들의 흥미를 자극했다. 덕분에 인터넷 등지에서는 다시 한번 테스타 콘서트 홍보 글이 돌았다.

　[테스타 콘서트 공짜 관람에 공짜 기부 추가됨ㅋㅋㅋ]
　[테스타 콘서트 약빤 광고.jpg]
　[☆★테스타 토크☆콘★☆ 관람 시 $$전원 기부금 💰🤑인당 100원 증정 ※관람 전격 무료※ ★오성 털어먹을 합법 기회★ @토요일 14시]

　굳이 테스타의 팬이 아니더라도 합세하는 사람이 있을 만큼 제법 웃긴 일이었다. 게다가 의도에 흠잡을 여지가 없었기 때문에 여론은 부

드러웠다.

그래서 남은 한 가지 의문도 마찬가지로 부드럽게 넘어갔다.

-근데 비대면으로 토크 콘서트를 어떻게 하려는 거지

-사전 질문 같은 건 안 받아?

-그냥 테스타 자기들끼리 북치고 장구칠 듯ㅋㅋㅋㅋㅋ

 ┗ㅋㅋㅋ그것도 나름 귀여울지도?

관객이 아예 없다는데 어떻게 토크 콘서트가 제대로 이루어질 수 있겠냐는 것이다. 아이돌은 전문 MC나 강사가 아니었고 자칫하면 어정쩡한 결과가 나오기가 십상이었다.

물론 박문대는 바보가 아니었기에, 청려와 플랫폼 딜을 하는 순간부터 이것에 대한 답도 차곡차곡 준비되고 있었다.

다만, 그가 이 순간 다른 종류의 고민으로 애를 먹고는 있었다.

"10분 휴식~"

"후욱!!"

벌크업, 벌크업을 해야겠다.

'체력이 안 따라와.'

나는 미적지근한 스포츠음료를 들이켜며 숨을 몰아쉬었다.

'…역시 아까운데.'

바쿠스를 쓸 수 없다는 건, 내 가용 시간이 4시간쯤 줄어든다는 뜻이었다. 모니터링을 하고, 연습을 하고, 구상을 해야 할 시간에 잠을 자야만 컨디션 조절이 가능했다. 시간이 순식간에 지나가 버렸다.

하지만 안 자면 체력이 안 따라와서 능률이 안 나왔다. 결국 원점이다.

'···운동 시간을 더 늘릴까.'

무산소로 근육을 좀 붙이긴 했는데, 솔직히 마음에 차는 수준은 아니다. 내가 대학 다닐 때 정도는······ 아니, 일단 콘서트 끝난 다음에 생각하자. 이번 온라인 콘서트만 제대로 끝내면 기간 내로 상태이상은 넘길 수 있을 것 같으니 다른 생각할 시간이 있겠지.

'홍보가 제대로 먹혔어.'

지금 인터넷 기세를 봐서는 괜찮다. 여차하면 오체투지를 해서라도 소송을 미루고 내년 초에 일본이라도 한번 다녀오면··· 얼추 될 것 같다.

······그리고 이렇게 계획대로 일이 잘 돌아가니, 다른 문제가 눈에 들어오기 시작했다.

"10분 끝났습니다~ 다시 대형!"

"예압!"

싱글벙글 웃으며 차유진의 등짝을 치는 놈.

"······."

나는 자리에 여전히 주저앉은 채로 놈을 쳐다보았다. 큰세진은 잠시 움찔하는 것 같았으나, 곧 여전히 서글서글 웃는 얼굴로 물었다.

"···아, 좀 더 쉴래?"

"아니, 멀쩡해."

"알았어~"

말은 잘한다. 말은.

하지만 태도는 확실히 변했다. 선 넘기 직전까지 장난을 걸거나, 짜증 나는 상황에서 슬쩍 표출하던 표정이나 제스처가 싹 사라졌다. 대신 무슨 리액션 로봇 같은 놈만 남았다.

'처음 만났을 때도 이 정도는 아니었다.'

한마디로 불편하기 짝이 없다는 뜻이지. 비위를 맞추는 것 같기도 하고, 시위하는 것 같기도 하다.

그리고 언제부터 이랬는지는⋯ 지나치게 확실하군.

─꼭 그런 식으로 말해야 하냐?

─⋯!

─빈정거리지 마라. 솔직하게 말하고 있는데.

병실에서 이 대화 뒤에 놈에게 사과를 받은 후로 계속 저러고 있다.

'X발.'

그러니까 기분이 상해서 저러는 건지, 미안해서 저러는 건지 구분도 안 된다는 거지.

속 시원하게 까고 갈 놈도 아니니 그냥 자기 괜찮아질 때까지 저러고 있을 것 같기도 한데, 매번 무슨 의견 충돌이 날 것 같을 때마다 소통이 안 된다는 게 문제다.

─⋯그래서 이 둘은 선택지와 상관없이 하고 싶은데, 어때.

─그렇게 생각하면, 그렇게 가도 좋지~

─넌 어떻게 생각하냐는 건데. 너 아깐 둘 중 하나만 하자고 했잖아.

─…나? 나아 뭐~ 다 괜찮다니까? 너 편하게 해, 편하게~

먼저 꼬리를 내리는 건지 아니면 상대하는 것만으로도 스트레스 받는다고 완곡히 표현하는 건지.

어쨌든, 매번 이러니 저놈 속도 분명 정상은 아닐 거란 뜻이다. 자기 의도대로 상황 끌고 가는 걸 좋아하는 놈이 나랑 부딪힐 때만 매번 흐지부지 선택권을 버리고 있으니.

"……후."

콘서트가 끝나면… 아니, 모르겠다. 실제 갈등이 있는 것도 아니지 않은가. 오히려 긁어 부스럼으로 싸울 수도 있을 것 같은데.

'그냥 시간이 약인가.'

"끝! 고생하셨습니다~"

"야호!"

"실수 없이 완벽했습니다!"

나는 마지막 곡의 안무를 끝내며, 쓸데없는 잡념을 털어내기 위해 스트레칭을 돌렸다. 뒤에서 말 거는 소리가 들렸다.

"…문대~ 허리 괜찮아?"

"어, 멀쩡해."

…이런 걸 보면 잘 지내고 싶은 마음은 있는 것 같은데 말이다.

뒤를 돌아보자, 큰세진은 그냥 애매한 웃는 얼굴이었다. 그리고 잠깐 서 있다가, 곧 자기 수건을 챙겨서 연습실 뒤로 향했다.

"……."

X발, 난들 어쩌라는 거냐.

미성년자 때도 해본 적 없는 대인관계 고민을 공시 준비 3년 한 뒤 회춘하고 해야 하는 거냐고. 나는 연습실 구석의 의자에 앉아서 머리를 들어 천장을 보았다. 답이 없다.

그때였다.

"무, 문대야."

"…왜."

"저기… 내, 내가 괜한 말, 하는 걸 수도 있지만……."

슬금슬금 다가와서 말을 건 선아현이 갑자기 본론을 찔렀다.

다만 좀 빗나갔다.

"세진이한테… 아, 아직 화났어?"

"…? 아니."

저놈이 나한테 화났으면 났겠지. 그러나 선아현은 내 말을 좋은 신호로 받아들인 듯, 옆에 주저앉아서 열심히 놈을 변호하기 시작했다.

"교, 교통사고 났을 때, 세진이가 마, 많이, 열심히 했어…."

"……."

"회, 회사에 말하고… 병원에도 계속 찾아와서, 수술 이야기도 하고… 저, 정말 열심히 했어! 밥도, 잘 못 먹고……."

선아현의 설명은 세밀하고 구체적이진 않았다. 그러나 당시의 감정이 좀 묻어났다. '박문대'가 일어나지 않을 때의 필사적인 노력들. 그리고 슬픔.

그래서 깨달았다.

"무, 문대 깼을 때, 돌아가면서 차 안에서도 세진이 많이 울었어….

다, 다들 그랬지만, 그, 그만큼 문대를 많이 걱정했던 거라고 생각해."

내 생각보다도… 이 녀석들이 나를 많이 신경 써줬다는 것을.

말문이 막혔다.

"그, 그러니까… 조, 좋은 쪽으로도… 한번 생각해 주면 안 될까. 문대가 편한 마음으로 지냈으면 좋겠어…."

"……."

나는 힘겹게 입을 열었다.

"…알았어."

"…!"

"이야기해 볼게."

"으, 으응!"

선아현은 희미하게 웃더니, 곧 차유진의 부름에 비틀거리며 일어나서 자기 짐을 보러 갔다.

"형! 나 이거 먹어요!"

"응? 잠, 잠시만…!"

나는 잠시 그 자리에서 그대로 앉아 있다가, 결국 결정했다.

"……후."

그리고 그날 저녁.

"큰세진."

"어?"

나는 배세진에게 양해를 구해 잠시 방을 바꿨다. 반색하고 거실에서 짐 싸서 들어가더라.

"…문대?"

"그래."

그러니까 다시 말하자면, 오늘 큰세진의 룸메이트는 나라는 뜻이다. 큰세진은 좀 당황한 것 같았으나, 바로 안색을 바꿔서 씩 웃었다.

"아, 뭐 찾는 거 있어?"

"아니. 배세진 형이랑 방 바꾼 건데."

"…방을?"

"어, 오늘만."

나는 바로 놈의 맞은편, 배세진의 침대에 걸터앉았다.

"이야기 좀 하자."

"……."

큰세진의 동작에 짧은 긴장이 스치고 지나갔다.

하지만 말은 잘 나왔다.

"…음, 무슨 이야기?"

'요즘 네 태도 말이다, 새끼야'가 목젖까지 치고 올라왔지만 잘 참았다. 싸우자는 게 아니면 그런 식으로 말하면 안 되지. 대신 나는 깍지를 끼고 앉아서, 침착하게 해야 했던 말부터 꺼냈다.

"일단… 고맙다."

"…!"

"네가 나 못 깨어나는 동안 고생 많았다고 들었는데. 회사랑 병원을 다 상대했다면서."

나는 덤덤히 할 말을 이었다.

"따로 이야기 못 했던 것 같아서… 지금이라도 하는 게 맞는 것 같다. 신경 써줘서 고맙다고."

"……."

놈은 한 대 얻어맞은 것 같은 표정이다.

"그리고 걱정해 준 것도 고맙… 너 우냐?"

"어? 아, 아니…, 어."

큰세진은 눈이 벌게진 채로 뻔뻔하게 외쳤다.

"감동해서 그렇지~!"

…감동보단 안도에 가까운 것 같은데.

'예상했던 반응은… 아니다만.'

역시 이놈도 이 며칠간 나름대로 마음고생을 한 모양이다. 놈은 민망하면서도 긴장이 풀리긴 했는지, 좀 덜 형식적으로 하하 웃었다.

"아~ 좀 민망한데?"

그래, 마음이 좀 풀렸다니 다행이군. 나는 팔짱을 꼈다.

"민망할 건 없지. 그건 그렇고…."

이제 나도 들어야 할 말이 있다.

"너 혹시 나한테 삐친 거 있냐?"

"…뭐?"

"내가 무슨 말만 하면 너한테 '네가 다 맞아~'만 듣고 넘어간 지 꽤 된 것 같아서."

"……."

나는 침대 모서리를 손가락으로 두드렸다. 이 새끼 얼굴에 다시 긴장이 빡 돌아오는 걸 보니까 좀 그렇다만, 덮고 넘어갔다가 나중에 터지는 것보단 낫겠지.

"기회 있을 때 이것도 털고 가자. 혹시 콘서트 이야기할 때 내가 일방적으로 사과받고 상황 끝난 게 억울했던 거면……."

"그게 억울했겠어?"

"…!"

"……아니, 그때 내가… 너무 생각이 짧았던 것 같아. 그냥 말조심하려다 보니 그랬던 것 같네~"

아닌 것 같은데. 방금 이 새끼 욱해서 대놓고 공격적으로 말을 찌르고 수습했다.

나는 생각을 그대로 말했다.

"아닌 것 같은데."

"…!"

"그냥 좋게 넘어가고 싶은 건 알겠는데, 너만 의견 안 내고 참는 게 장기화되면 안 되니까 하는 말이야."

나는 한숨을 참았다.

"그러니까, 내가 팀 상황도 안 좋은데 다짜고짜 말도 없이 솔로 콘서트 기획했던 건 사과…."

"그런 게 아니라니까."

큰세진이 이를 악물었다. 그리고 결국 참지 못하고 정색했다.

"박문대, 넌 내가 무슨 소시오패스인 줄 아냐?"

"…!"

"내가 너 솔로 콘서트 한다고 열 받은 줄 알아? 팀에 문제 된다고?"

"……."

…아니냐?

큰세진은 분을 삭이는 것처럼 몇 번 심호흡하더니 목소리를 정리했다.

"방금까지 혼수상태던 놈이 무리할까 봐 걱정한 거란 생각은… 안 해봤냐고."

"…그 이유도 있겠단 생각은 했는데."

"생각은 했는데, 그것보다 내가 팀에 문제 생길까 봐 짜증 낸 거라고 생각한 거잖아. 아니야?"

"……."

이놈이 이렇게까지 직설적으로 말하는 건 처음 듣는 것 같다. 큰세진은 탄력이 붙었는지 이제 거의 토로하듯이 말하고 있다.

"넌 매번 그러더라. 무슨 다치거나 논란 날 때마다 그래. 내가 이 일에 목숨 건 건 맞지. 그래, 나 잘하고 싶어. 근데 나도… 친구 걱정은 한다고."

"……."

"우리 친구 아니야? 너는……. 솔직히 모르겠다. 나는 진짜 너랑 활동 못 해도 괜찮으니까 너 깨어나기만 했으면 좋겠다고 생각했어."

"…!"

"그랬는데, 너 겨우 일어났는데 거기다 대고 또 괜한 소리 해서…. 내가 안 그래도 직전에…,"

큰세진은 목이 메는지 입을 멈췄다. 나는 그 말까지 묵묵히 듣고 나서야, 왜 이놈이 그랬는지 깨달았다.

이놈은 그냥 겁먹은 것이다. 친한 친구가 죽을 뻔했는데, 거기에 싸우기까지 했으니 조심하려고 했을 뿐이다.

'자기 말실수를… 말도 안 되는 수준으로 심각하게 생각했던 거였어.'

그리고 그 정도로 박문대와 친하다고 생각하고 있었다.

"……."

나는 새삼스럽게 깨달았다. 이세진은 아직 20대 초반이다.

보통 한창 대학에서 헛짓하고 다닐 나이 말이다. 평소에 워낙 백업이 잘 들어오다 보니 무의식중에 다른 놈들보다 엄격히 판단했다. 진짜 내 또래 직장동료라도 된 것처럼, 자꾸 이놈의 행동을 커리어와 이득만으로 분석하려고 든 것이다.

'이건… 내 실수가 맞다.'

좀 가혹한 짓이었지 않나.

나는 잠깐 주저하다가, 고개를 끄덕였다. 그리고 진지하게 말했다.

"알았어. 넌 배려해 주려고 했던 건데, 나도 걱정하느라 너무 삐딱하게 받아들인 거야. 미안하다."

"…아니야."

"아니긴. 그리고… 넌 내 친구 맞아. 아니라고 생각한 적 없어."

"…!"

나는 상태창과, 아직도 해결되지 않은 온갖 의문들을 떠올렸다.

"그냥 내가… 너무 여유가 없어서, 당장 성과가 급했을 뿐이야."

"……."

"미안하다. 이건 솔로 콘서트 이야기 아니고, 서운하게 만들어서 미안하다는 뜻이야."

큰세진은 말없이 고개를 끄덕였다. 하지만 침대 위 이불로 물이 뚝뚝 떨어지는 게 보였다.

그래도 공기는 한결 시원해졌다.

"⋯⋯후."

나는 배세진의 침대에 드러누웠다. 침대 주인이 보면 기겁할 짓이군. 그리고 생각했다.

'만화가 따로 없군⋯.'

무슨 모험 만화도 아니고 내가 이놈과 질질 짜면서 친구 증명을 하게 될 줄이야. 세상 참 오래 살고 볼 일이다.

낯간지러운 일이었지만, 그래도 의미 없는 일은 아니었다.

"⋯⋯."

좀 머쓱하긴 했으나 한결 편안해진 방 공기 속에서 우리는 한동안 침묵했다. 그리고 잠시 뒤. 겨우 진정이 됐는지 일부러 큰세진이 쾌활한 목소리로 운을 다시 뗐다.

"아~ 이제 진짜 민망한데."

"남의 방에서 이러는 내가 더 민망한데."

"야, 됐어. 나 혼자 울었구만!"

큰세진은 빙긋 웃었다. 엉덩이에 뿔 나기 부족함이 없는 조건이군.

"근데 문대문대야."

"왜."

"⋯왜 그렇게 여유가 없는데."

"⋯⋯."

"내가 할 말은 아니지만, 우리가 성과 걱정할 타이밍은 지났잖아. 좀 천천히 가도 괜찮지 않나? ⋯5년 뒤에도 이 그룹 할 거잖아."

"⋯하고 싶지."

이제 쉽게 인정할 수 있었다. 그래도 동시에 현실을 생각했다.

"하지만 어떻게 될진 알 수 없어. 지금 내가 하고 싶다고 그때도 할 수 있을진 모르지. 세상에는… 변수가 너무 많아."

"……."

"그러니까 5년 뒤에도 할 수 있도록, 지금 할 수 있는 일을 다 해보려는 거지."

…비현실적 요소로 떡칠된 디테일은 제외했으나 깔끔한 진실이었다. 짧게, 큰세진의 한숨과 헛웃음 소리가 들렸다. ……헛웃음?

"문대문대, 혹시 진짜 국정원이야?"

"…??"

"아니, 너무 요원 같은 말이라~"

갑자기 다 쉰 떡밥을 왜 또 물고 있냐. 어처구니가 없다는 얼굴로 쳐다보자, 큰세진이 킬킬 웃었다.

"너 기억상실증이라면서 가끔 엄청 구체적으로 옛날이야기 하는 거 알아?"

"…!"

"근데 그게 묘~ 하게 연도가 안 맞는다?"

"…!!"

…그러고 보니 지난 2년 반 동안 특별히 '박문대'의 과거를 묻는 놈들이 없어서 깜박했다.

그러니까 이건… 아무래도 내가 가끔 방심해서 '류건우' 베이스로 말하는 것 같은데. 식은땀이 흐른다.

'X발.'

그러나 큰세진은 더 캐묻지 않았다. 대신 자기 침대에 벌러덩 누웠다.

"으차~ 뭐, 각자 비밀이 있고 그런 거지."

"……."

"그래도… 내키면 말해. 세진이 입 되게 무겁다? 이런 친구 사귈 기회 드물어요~"

나는 반대편 침대에 누운 놈을 쳐다보았다. 저놈 성격에 상태창이니 재시작이니 하는 건 생각도 못 하고 있을 것이다. 기껏해야 진짜 나이를 속이고 있나 정도겠지.

'그래도…'

그래도, 어쩐지 마음이 좀 편해지는군. 나는 피식 웃었다.

"그래."

"…!"

"말할 수 있게 되면 할게."

상태 이상이 다 끝나고 나면, 언젠가 2박 3일쯤 술 마시며 진득하게 말할 수 있는 날이 올 수도 있겠지. ……그리고 그게 통할 수도 있고.

나는 농담처럼 덧붙였다.

"…그때까진 좀 봐줘. 협조 부탁한다."

"……."

큰세진은 복잡미묘한 생각이라도 드는지, 잠시 침묵했다.

그리고 느리게 대답했다.

"국정원 업무를?"

"야."

"하하! 오케이~"

실실 웃으며 장난치는 꼴이었지만, 나름대로 분위기 안 어색하게 잘 마무리하고 싶었다는 걸 알겠다.

"아, 문대문대, 벌써 12시야~ 내일 연습하려면 일찍 자야지!"

"오냐."

나는 머리를 휘저으며 불을 끄기 위해 일어섰다.

"오~ 솔선수범해서 불 꺼주는 거야? 일일 룸메이트 멋지다~"

"잠이나 자자."

"넹."

동명이인 룸메이트의 방은 그대로 소등했다. 다른 말 없이 조용히 취침 시간을 보냈지만, 다음 날부터는 이놈과 어색하지 않은 느낌으로 돌아갈 것을 알았다.

부작용은 배세진이 상당히 쓸쓸한 얼굴로 거실에 복귀했다는 것뿐이었다. ……가끔 바꿔주는 걸 고려해 봐야겠다.

"의상 나왔습니다~"

"헉."

"이, 이런 것도 괜찮을까…?"

"지금까지 경험을 고려했을 때 분명 좋아하실 것 같습니다!"

"그렇지~"

어쨌든, 콘서트 준비는 문제없이 차근차근 잘 진행되었고, 얼마 지나지 않아 당일 송출 시간이 코앞으로 다가왔다.

박문대 호스트, 테스타 게스트의 토크 콘서트 〈마음이 가는 대로〉가
송출되는 날.

대학원생은 오랜만에 랩실에 출근하지 않고 집의 데스크탑 앞에 앉
았다. '척척박사는 있어도 척척석사는 없다'는 궤변에 시달리며 진로를
고민하던 그녀에게 오랜만에 온 엔도르핀 타임이었다.

"아… 너무 좋아."

정말 오랜만에 마음 편히 문대를 만나는 것 같았다. 지난 지옥 같은
18일 끝에 회복한 박문대를 보면 너무 감정이 벅차서 생활이 좀 힘들
지경이었는데, 이제는 괜찮아진 것 같았다. 그냥 기분이 들떴다.

'토크 콘서트니까, 그렇게 무리하는 것도 아닐 것 같고!'

무엇보다 사람들이 다 기대하면서 신나 하는 분위기가 좋았다!

문대도 많이 기대하고 있겠지? 대학원생은 히히 웃으면서 그녀의 홈
마 친구와 설레는 톡을 몇 번 주고받은 뒤, 콘서트가 상영되는 플랫폼
에 로그인했다.

'실시간 댓글 달려면 가입해야 하니까!'

그녀에게는 약간 낯선… 덜 대중적인 플랫폼이었으나, 구성이 이용
자 친화적이고 좋은 일도 많이 하는 것 같아서 가입에 거부감은 없었
다. 아니, 거부감이 있더라도 이 콘서트엔 꼭 댓글을 남기고 싶었다.

'못 보겠지만, 그래도 응원하고 싶어…!'

문대가 회복되어서 정말 다행이고 건강하게 돌아와 줘서 정말 고맙
다고 말하고 싶었다.

'와, 나도 덕후 다 됐다!'

대학원생은 홈마 친구가 들으면 고개 저을 소리를 하며, 키보드 위

에 손을 올리고 콘서트가 시작되기를 기다렸다. 얼마 지나지 않아, 검은 화면에 무지개 선이 생기며 카운트다운이 들어갔다.

-3333
-테스타 사랑해ㅠㅠ
-ㅋㅋㅋ사람 개 많네
-기부 콘서트 좋아용~
-3!
-아아아아 청우본다ㅏㅏ

댓글이 순식간에 훅훅훅 지나가더니 곧 화면이 다소 신나는 클래식 반주와 함께 켜졌다. 의자 7개가 올라간 공연장의 모습, 꼭 포스터와 똑같은 장면이었다.

즉, 테스타는 아직 없었다.

-오오
-테스타 어디감
-아직 등장 전?

'이제 등장인가? 문대부터겠지? 문대가 호스트니까??'
대학원생이 신나서 무릎을 치며 화면을 들여다보는 순간이었다.
갑자기 목소리가 들렸다.

[관객 참여형 토크 콘서트에 오신 관객 여러분을 환영합니다.]

"…!"
박문대였다.

-문대문대다
-목소리만 나와?
-어디서 등장할까

"헐, 먼저 나오는 거 맞나 봐!"
대학원생이 얼른 댓글에 '문대 최고!'를 달고 있을 때였다.

[공연을 시작하기에 앞서, 원만한 진행을 위해 여러분의 선택이 필요
합니다.]

공연장 뒤 전광판에 문구가 들어왔다.

[테스타는]
1. 멋지다
2. 귀엽다

"…??"
대학원생은 눈이 콩알처럼 변해 화면을 쳐다보았다.

'이게… 뭐야?'

실시간 댓글창 역시 물음표와 폭소로 가득 차는 도중, 여전히 평화로운 박문대의 목소리가 들렸다.

[키보드의 #버튼과 조합하여 번호를 실시간 댓글로 올려주시면, 전광판에 선택하신 숫자가 카운트됩니다.]
[〈마음 가는 대로〉 선택해 주시길 바랍니다.]

그 이야기를 들으며 몇 사람은 댓글창에 해당 조합을 얼른 쳐보았다.

-#1
-#2

그것이 댓글로 올라가는 순간, 실제 화면 속 전광판 문구 옆에도 숫자가 달리기 시작했다.

[테스타는]
1. 멋지다 (25)
2. 귀엽다 (31)

확실한 반영이었다.

-헐!

-야 이걸 콘서트에 쓰다닠ㅋㅋㅋ

그렇게 21세기형 비대면 토크 콘서트가 시작되었다.

실시간 댓글은 무시무시하게 불어났다.

-콘서트니까 멋짐 가자
-#1
-#2#2#2 제발 귀여운 거ㅠㅠㅠ
-이거 같이 써도 카운트 됨??
-ㅋㅋㅋㅋㅋ 진짜 웃기네ㅋㅋ

　시험 삼아 다른 번호를 쳐보는 사람, 진심으로 한쪽 선택지를 미는 사람, 그리고 재미 삼아 하나를 골라보는 대다수 사람까지. 다양한 이야기들이 댓글창이 터져 나가도록 빠르게 갱신되었다.
　그리고 전광판의 카운트도 빠르게 올라갔다.

[테스타는]
1. 멋지다 (2017)
2. 귀엽다 (1992)

아직 등장하지도 않은 박문대의 중얼거림이 다시 들렸다.

[음… 굉장히, 박빙이네요. 빠른 성원 감사합니다.]
[제한 시간은 3분입니다. 앞으로… 120초 남았습니다.]

이렇게 열정적으로 카운트가 올라갈 줄은 몰랐던지, 박문대의 담담한 목소리에는 당황스러움이 슬쩍 묻어났다.
'아, 너무 귀여워!'
대학원생은 두 손으로 키보드를 통통 치다가 자신도 얼른 카운트를 올렸다.

-#1 테스타 최고!

'콘서트에서는 문대도 멋진 걸 더 하고 싶었겠지?'
대학원생은 흐뭇하게 자신의 선택을 만족해했다. 마침 1번을 찍은 사람들이 약간 더 많기도 했으니까!
하지만 그녀에겐 아쉽게도, 여기에는 허수가 좀 섞여 있었다. 일단 시험 삼아 쳐본 사람 중에 1번을 고른 사람이 많았기 때문이다. 게다가 이렇게 콘서트가 시작하기 전부터 가입 후 기다렸다가 바로 접속한 사람들은… 꽤 많은 수가 아주 열정적인 팬들이었다.
그리고 고인물일수록 일반 대중과 약간 괴리된 선택을 하는 경우가 잦았다.

-당장 2 쳐라
-지금 테스타콘 보는 러뷰어들아 빨리 2번에 힘을 실어줘 #2임 얼른
-ㅅㅂ갓기들 재롱잔치 좀 보자 제발ㅠㅠㅠ

이미 무대 위 멋진 테스타의 모습은 수많은 데이터베이스가 있기 때문이다. 귀여운 모습의 무대는 콘서트 깜짝 무대나 SNS에서만 간헐적으로 볼 수 있으니, 이 기회를 놓칠 순 없었다.
'공식적인 귀여운 무대!!'
팬들은 미친 듯이 2번을 밀었고, 그 결과.

[테스타는]
1. 멋지다 (10286)
2. 귀엽다 (15601)

압도적 승리를 거뒀다.

-헐ㅋㅋㅋㅋㅋ
-테스타의 멋짐을 모르는 당신들이 불쌍해요!
-아싸ㅏㅏ~~
-좋아 이겼다 귀여움이 세상을 이긴다!

개소리와 웃음이 난무하는 댓글은 확인할 수 없는지, 박문대의 목소리는 여전히 담담했다.

[관객분들의 선택은… 〈테스타는 귀엽다〉입니다. 참여 감사합니다.]

다만 약간 웃음기가 섞이긴 했다.

[음, 이 정도일 줄은 몰랐는데요.]

'귀여워!!'
1번이 안 된 것에 약간 아까워하던 대학원생도 2번을 기꺼이 받아들이는 순간이었다.

[그럼, '귀여운'… 테스타를 만나보시겠습니다.]

그 말이 끝나는 순간, 화면이 바뀌었다.
"와."
등장한 것은 새로운 무대였다. 테스타가 대관한 공연장의 무대는 하나가 아니던 것이다. 그리고 새롭게 등장한 이 무대는…… 아주 퀄리티 좋은 유치원 공연 무대 같았다.
'판넬?'
나무와 바다, 기와집과 해님이 그려진 무대 소품들이 아기자기 모여 무대를 꾸미고 있었다. 마치 어린이 전래동화라도 펼쳐질 것 같은 그 밝은 무대 위.

[나는… 신나게 마구 놀다 자는 게 좋아!]

원본보다 상당히 발랄한 차유진의 한글 내레이션이 들렸다.
그리고 반짝이는 헬륨 풍선들이 무대 위로 터지는 가운데, 테스타가
쏟아져 나왔다. 어린이들의 함성 소리와 함께.

[와아아!]

달려 나온 테스타는 하나같이 어린이 전래동화 연극에 어울릴 것 같
은 옷차림이었다. 나무꾼, 선비, 호랑이, 까치, 도깨비 등의 코디가 연
극적으로 살짝 과장되어 귀엽게 마무리되어 있었다.
그야말로 어린이 무대.
그러나 테스타는 개의치 않고 꿋꿋하게 퍼포먼스를 시작했다. 조선
스팀펑크가 컨셉이었던 자신들의 강렬한 타이틀, 〈Spring out〉이었다.

-스며드는 오늘의 감각
즐겨 이 순간, 시선, 예감
지금, 예고 없이
Spring out

그 와중에 안무까지 어딘지 율동 느낌이 나도록 살짝 바뀌었다. 다
른 의미로 강렬하기 그지없는 오프닝이었다.

-ㅋㅋㅋㅋㅋㅋ야 얘네 진심인데?

-테스타 뽀짝뽀짝ㅠㅠㅠㅠㅠ

-진짜 최고다 귀여움 최고의 선택

-ㅋㅋㅋㅋㅋㅋㅋㅋ그 와중에 개잘하네 은근 킹받음

관객들은 진짜 자선행사에 나올 만한 밝고 정직한 무대에 폭소하며 댓글을 쳤다. 그러나 몇몇 팬들은 약간 아련해졌다.

-콘서트 즉석 무대 생각나네...

-우리 애들 투어 취소됐다고 이렇게라도 비슷한 느낌 내주려는 거구나 진짜 눈물난다

-애들은 귀여운데 나 홀로 벅참

그 모든 게 섞이며 실시간 댓글창은 완전히 아수라장이 되었다. 그리고 비슷한 일이 SNS와 커뮤니티에서도 반복되며, 톡톡히 광고 효과를 누리고 있었다.

-뭐야 다들 무슨 이야기 중임

-테스타가 연극해?

-무료 콘서트 보러와라 얘들아 개웃김 본격 댓글 참여형 콘서트

-뭔 소리여 대체

아이돌의 기부 콘서트 같은 것에 별 관심 없던 사람들도 호기심에

링크를 클릭해 보게 되는 것이다.

그 와중에도 테스타는 무대를 제대로 해내고 있었다. 지나치게 뻔뻔하게 귀여운 척하지 않고, 약간 민망한 티를 내는 것까지 재미에 포함되었다.

-야 진짜 테스타 열심히 산닼ㅋㅋ
-정말 기부에 진심이구나 얘들아
-1번 골라줄 걸ㅠㅠ (뻥임

그리고 이런 변칙적인 무대를 보고 나니, 사람들은 다른 선택지는 대체 뭐였을지 궁금해졌다.

-그럼 멋짐은?? 대체 멋짐은 뭐가 나왔던 거야ㅠㅠㅠㅠ
-다른 선택지 이야기 없어요?
-다음 무대나 뭐 그런 걸로 나올듯ㅋㅋㅋㅋㅋ

약간의 기대감을 가진 사람들은 이 뒤로 '정석적인' 멋진 무대가 이어질 것을 기다렸다. 하지만 얄짤 없었다.

[갈림길의 한쪽을 고르면, 다른 쪽은 갈 수 없습니다.]
[그래서 선택받지 못하는 쪽은~ 없던 일로!]

무대가 끝난 후, 멤버들의 멋쩍은 개인 인사 뒤에 나온 말이다.

이세진이 씩 웃으며 검지를 들어서 엑스표를 만들어 카메라에 가져다 댔다. 그리고 멤버들도 어처구니가 없는지 피식피식 웃었으나, 댓글은 웃지 못했다.

-??
-진짜?
-야 그런 거 없다는데?ㅋㅋㅋㅋㅋ

[아~ 너무 아쉽다! 열심히 준비했는데~]
[그래도 공연은 쭉쭉 진행됩니다. 다음 선택지 갑니다!]

멤버들의 발랄한 목소리에 댓글의 사람들은 슬슬 사태를 깨달았다.

-이거 무조건 하나는 포기하는 거잖아
-야 테스타 미친자들아 기부 콘서트에 이렇게까지 해야 하냐ㅠㅠㅠ
-다른 쪽 인터넷에 풀어주겠지?? 그렇지..?

다들 '준비한 걸 그냥 버릴 리는 없다'며 이성적으로 생각하려 애썼지만, 어쨌든 눈앞에 보이는 건 깔끔히 선택지만을 공연하고 넘어가는 테스타였다.

양자택일로 끝!

덕분에 점점 투표는 과열되기 시작했다.

[이번 겨울에는]
1. 눈 내리는 겨울 바다로 간다
2. 집에서 따듯한 코코아를 마신다

다시 돌아온 투표 전광판 무대.
이제 댓글은 적극적으로 상대를 설득하기 시작했다.

-아 무조건 코코아지ㅋㅋㅋ선넘네
-겨울 바다하자 무대 개쩔 듯
-콘서트에서 밋밋한 재택근무 봐야 하냐 당연히 바다 가즈아
-숙소 나올 것 같은데 제발 코코아 해줘 제발ㅜㅜ

이번엔 총투표수가 5만이 넘는 접전 끝에, 결국 겨울 바다가 3만 표로 승리했다.

[오~ 이런 결과!]
[훌륭한 선택이십니다.]

그리고 장면의 전환.
멤버들은 몽환적으로 흔들리는 은회색 무대 속에서 바닥에 앉은 채로 노래를 불렀다. 음이 더 섬세하고 보컬 퍼포먼스에 맞게 편곡된 'Picnic'이었다.

−일기예보와 상관없어

널 만나고 싶은 날이야

가볍게 툭툭 걸어가면

오늘은 파란 하늘, 이야

서늘하고 아름다운 아카펠라였다.

비대면 콘서트의 장점을 살려, 부드럽게 물결치는 은푸른빛 파도가 아름다운 곡과 함께 화면을 적셨다. 클라이맥스에서 박문대가 끌고 가는 극적인 화음으로 무대는 여운 있게 마무리되었다.

-좋았다...

-아ㅋㅋㅋ 좋은 선택이었다

-테스타 곡 좋은 거 많네

재밌거나 인상 깊은 무대가 하나하나 쌓일 때마다 사람들은 자신들의 선택을 자화자찬하거나 다른 선택지를 궁금해하며 더욱 콘서트에 몰입해 갔다. 심지어 대중적이지 않은 플랫폼이 귀찮아서 그냥 위튜브에서 불법 송출을 보던 사람들도 투표에 흥미를 느껴 유입되기도 했다.

-쯔쯔2번 안무 영상 골라라 뮤비 오글거림 #2

-강아지 고르면 문댕, 고양이 고르면 차고영이 센터야 설마?ㅋㅋㅋ

-#넣고 올리면 되는 거죠?

-노잼

-와 이번에 진짜 박빙ㅋㅋㅋ

분탕을 치려는 사람들도 있었지만, 사실 의미 없었다. 어차피 댓글은 테스타에게 보이지 않았고, 선택지 중에 하나를 골라 숫자를 더하는 것 외에는 영향을 끼칠 게 없었다. 다만 그 실시간 반영과 선택이 자극적이라 대단히 재밌었을 뿐이다.

사람들은 '강아지 vs 고양이', '호떡 vs 약과', '마법 vs 야구' 등 다양한 선택지를 골랐다. 어떤 선택지는 대놓고 테스타와 연결된 쪽을 밀어주는 것 같았고, 또 어떤 선택지는 대체 무대와 무슨 상관이 있는 건지 의아하기도 했다.

하지만 무엇을 고르든 간에 무대를 보면 의문이 해소되고 폭소나 감탄이 나왔다.

-커버곡 고르는 거였구나 말랑달콤 냥냥이라 고양잌ㅋㅋㅋㅋㅋㅋ

-야구=하이파이브 맞았다 아 야구복 청우 언제봐도 대존잘ㅠㅠㅠㅠ

-호떡ㅋㅋㅋㅋㅋㅋㅋㅅㅂ먹방 VCR 돌았냐고

기발한 캡처와 GIF 파일들이 실시간으로 생산되어 SNS를 돌았다. 그리고 테스타는 중간 광고도 잊지 않았다.

[병실을 벗어나 본 적 없는 소망이에게 꿈을 이룰 내일을 선물해 주세요.]

아동복지재단과의 협력을 통해 중간중간 희망적인 느낌의 기부 요청 토크들이 들어갔다.

이것이 기부 콘서트라는 것을 환기하기 위해서였는데, 제법 효과적이었다. 기부를 몰아받는 타이밍이 정해져 있으니 기부금이 한꺼번에 같이 터지게 된 것이다. 그리고 터질 때마다 뜨는 폭죽 효과가 쉴 새 없이 댓글창을 덮으면서 동참을 부추기니 원래는 안 할 사람까지 기부하도록 만들었다.

-멋지다
-야 우리 교양 있어
-토요일의 여가생활~ 크

그렇게 사람들이 완전히 이 시스템과 흐름에 익숙해졌을 때였다.

[이번에… 드릴 선택지는, 특별 스테이지에 관한 것입니다.]
[잘 부탁드립니다…!]

선아현의 부드러운 목소리 다음에 떠오른 전광판의 문구는, 관객들이 전혀 예상치 못한 것이었다.

[내 예상으론 특별 무대는]
1. 테스타가 커버하는 VTIC이다

2. VTIC이 커버하는 테스타다

갑자기 1군 타 그룹이 보기에 등장했다.

-???
-뭐임
-야 진짜야?
-브이틱이 여기 왜

하지만 곧 사람들은 상황을 파악했다.

-ㅋㅋㅋㅋ2번 고르면 테스타가 브이틱인 척할 듯
-아 개웃길 것 같앜ㅋㅋㅋㅋ
-VTIC스럽게 편곡한 테스타 음원 듣는 거야? 존잼이자나ㅋㅋㅋ
-혹시 테스타가 나와서 대국민 사과하나요

선택지는 누가 봐도 애교였다. 2번 보기는 찍지 말고 1번을 찍어달라고 넣어준 것 아닌가. 대부분 테스타의 팬들이 보고 있으니 당연히 1번을 찍을 것이라 예상하며 말이다.
문제는 판이 커진 탓에 관객의 풀도 늘어났다는 점이었다. 이미 선택지 형식에 재미 들린 관객들이 이런 웃기는 먹잇감을 놓칠 리가 없었다.

-야 2번 가자

-뭐할지 궁금핵ㅋㅋㅋㅋ

-엄청 머쓱해할 듯?ㅋㅋㅋ #2

-#2 답은 2번~~

게다가 테스타를 놀리고 싶어하는 팬들까지 합류하며 대세는 2번으로 기울어 버렸다.

물론 몇몇 팬들은 싸한 느낌에 안절부절 못 하고 있었다.

'이거 잘못하면 VTIC 이용했다고 욕먹겠는데…?'

'아, 이거 아슬아슬하다….'

그러나 겨우 3분의 시간. 여론이 뒤집힐 겨를도 없이 결론은 나와 버렸다.

VTIC이 커버하는 테스타다 (71432)

2번의 승리였다.

-ㅋㅋㅋㅋㅋㅋㅋ대박

-자 테스타 어쩔 건가요~~

-와 진짜 2번 나왔엌ㅋㅋ

-기대한다 얘들아

그 짓궂은 기대가 최대치로 부풀어 오를 때.

[아… 이렇게 됐네요.]
[그러게요.]

대뜸 대화를 주고받는 내레이션이 흘러나왔다. 다만 아까 들었던 목소리는 아니었다.

-?
-테스타 후회하나ㅋㅋ

테스타의 팬이 아닌 사람들은 웃으며 댓글을 달렸지만, 테스타의 팬들은 약간 당황했다.
'이거…'
목소리는 테스타가 아니었다.

그리고 잠시 뒤.
화면이 비추는 무대가 바뀌는 대신, 대뜸 전광판이 열렸다.
"…!!"
그리고 검은 백스테이지로부터 4명의 인영이 드라이아이스 사이에서 걸어 나왔다.

-헐
-야 잠깐

-설마

'설마'가 맞았다.
실제 VTIC이 테스타 콘서트에 카메오 출연한 것이다.

-미친

이 기대도 안 했던 극적인 전개에, 관객 반응이 폭주하기 시작했다.

몇 시간 전. 테스타의 비대면 기부 콘서트를 위해 세팅된 무대 그 뒤편.
"물 필요하세요?"
"괜찮습니다."
청려는 백스테이지가 익숙했다.
'일이 잘 풀리지 않았던' 당시의 조촐한 지방 축제부터 온전히 VTIC의 스탭으로만 꽉 채워진 스타디움까지. 그는 모든 단계의 업계를 반복적으로 경험했고, 익숙함은 겹겹이 쌓여 그의 내면에 깊은 지층을 형성하고 있었다.
그렇기에 VTIC의 멤버들도 리더의 담담함에 익숙해져 있었다. 어떤 상황에서도 동요하거나 서툰 대응 한번 보이지 않는, 이 일을 하기 위해 태어난 것 같은 그 모습에.
그래서 그들도 데뷔 후 전염되듯 빠르게 태연해졌다.

"와 이거 은근히 떨리는 것 같다."

"그러게요. 이게 게스트의 부담감인가 봐요."

"맞아. 원래 남의 잔칫집에서 더 잘해야 하는 거야!"

VTIC은 자신들의 위튜브 업로드용 카메라 앞에서 능청스럽게 떠들어대며 평소처럼 청려가 적당한 시점에 치고 들어와 주기를 기다렸다.

적절한 판단이었다.

"뜻깊은 기획이니, 테스타 후배님들에게 도움이 됐으면 좋겠네요."

"맞아요~ 좋은 자리에 불러줘서 고맙습니다, 테스타 후배님!"

멤버들은 웃으며 카메라에 손을 흔들었고, 청려는 웃는 얼굴로 생각했다.

'아니, 손해지.'

저런 가당치도 않은 소리를 진심으로 하다니. 사고 발생률과 무대 질만 고려해서 멤버를 선별했기 때문에 어쩔 수 없었지만, 기민하게 눈치챈 놈이 없었다.

이대로면 남의 배만 불려주는 꼴이 십상이란 것을.

'잘하면 호구, 못하면 퇴물.'

새파란 후배 콘서트에 전원 게스트, 게다가 후배들의 곡을 해주는 동종업계 1군 선배라니.

물론 멤버들만을 탓할 수는 없었다.

'함정이 워낙 보기 좋아서 어쩔 수 없나.'

청려는 이 출연이 이루어진 계기, 박문대의 병문안 당시의 대화를 떠올렸다. 기부 콘서트에 대한 박문대의 첫 제안을.

-공동 주최로 하는 건 어때.

-글쎄요.

이때, VTIC의 스케줄은 곧 살인적으로 변하기 일보 직전이었다. 완전체 컴백을 준비하고 있었기 때문이다.

청려의 솔로 앨범이 대단한 성공을 거둔 이후, VTIC의 운신 범위는 크게 자유로워졌다. VTIC 하락세가 가시화되는 것을 염려해 국내 앨범 발매를 미적거리던 이사진의 태도가 사라졌다는 뜻이다. 덕분에 청려가 따로 손질할 것도 없이 앨범 준비는 탄력을 받았다.

그리고 보통 VTIC 정도의 위치였던 모든 아이돌이 그렇듯이, 그들도 명목을 위한 한 주간의 국내 음악방송 출연 후 해외를 돌 예정이었다.

그런데 스타디움 투어 리허설과 새 콘서트 준비의 병행이라니.

'불가능해.'

잠잘 시간도 없을 것이다. 지금도 박문대의 병실에 방문한 것만으로도 청려의 수면시간이 줄어들었다. 준비기간 중에도 이런데, 컴백 이후에는 말할 것도 없었다. 예측이라고 부르기도 민망할 만큼 결정된 미래였다.

청려는 사실을 이야기했다.

-활동기라 시간이 안 될 텐데.

박문대는 그다지 당황하지 않았다.

-그럼 게스트로는?

-음.

-어차피 잘될 싹이 보이면 플랫폼에서도 한 발 걸치고 싶을 테고.

박문대의 설명은 명료했다.

이 기부 콘서트의 포맷을 LeTi의 플랫폼과 독점 계약하겠다. 그러면 LeTi가 우호와 홍보의 제스처로, 마침 박문대와 친목이 있는 청려를 출연시켜 주는 것이다.

-그러니까 그냥 아무 무대나 하나 해주고 숟가락이나 얹으면 된다는 거지.

청려는 그 순간 알았다.

'이미 알았구나?'

박문대는 VTIC의 현 스케줄상 공동 기획이 불가능한 것을 알고 이 구도로 논의를 끌고 간 것이다. 청려는 눈을 가늘게 떴다.

'나를 게스트로 쓴다… 라.'

그리고 아무 무대나 하나 해달라는 말. 언뜻 듣기엔 선배의 바쁜 스케줄을 배려해 준 것 같으나, 사실 차 떼고 포 떼고 와도 된다는 뜻이다. 테스타는 따로 훈련한 콘서트 특별 무대를 하는 사이 청려 혼자 일반 공연을 하게 되는 것.

체급의 문제였다. 여차하면 청려의 위상에 타격이 생긴다. 박문대가 VTIC의 투어에 게스트로 출연하는 것만큼은 아닐지 몰라도, 위험한 행위였다.

　─어때.

그러나 일방적으로 거절하는 것도 위험한 상황이다.
그는 잊지 않았다.
'녹음본.'
납치 당시 대화 녹음본이 박문대의 클라우드에 있을 것이다. 이미
메인보컬이 한차례 사회면을 장식했었다. 이게 터지는 순간 VTIC의 커
리어는 끝장이라고 봐도 무방하다.
그러나 청려는 박문대가 녹음본을 풀 가능성은 거의 없다고 판단했다.
'진흙탕 싸움이 될 텐데.'
박문대도 활동에 큰 지장이 생길 것이다. 그러니 미션이 남은 입장
에선 절대 쓸 수 없는 패다. 하지만…… 박문대는 당장 생존이 걸려 있
으니, 여차하면 블러핑으로 녹음본을 거론하며 청려를 협박해 볼 수
도 있다.
그리고 그 순간 이 우호 관계는 파국이었다. 청려는 그것도 원하진
않았다.
그래서 빠른 판단 후, 빙긋 웃었다.

　─좋아요. 게스트 출연.
　─그럼….
　─아, VTIC 전원 다 나가려고 하는데.

-…!

-괜찮죠? 관객도 더 많아질 것 같고.

미친 짓이었다.

청려 혼자 출연하면 만일의 경우에도 '친목 덕에 섭외된 게스트' 이미지로 타격을 최소화한 채 끝날 수 있었다. 아마 박문대도 청려에게 돌아갈 최악의 경우를 그 정도로만 생각했을 것이다.

그러나 청려는 그렇게 일방적으로 자신의 살을 떼어줄 생각은 없었다.

-…….

박문대는 잠시 말이 없었으나, 곧 담담히 고개를 끄덕였다.

-그래.

-네. 그럼 그렇게 하는 걸로.

그러니까, 이건 일종의 승부수였다.

VTIC이 나오는 건 청려 혼자 나오는 것보다 훨씬 큰 타격을 입을 위험도 있다. 하지만 동시에, 이득을 얻는다면 더 크다. 직접적으로 두 그룹이 비교되는 것이기 때문에.

그리고 청려는 VTIC의 무대 질을 알았기에 승률을 깔끔히 판단했다.

'7할 이상.'

그리고 판을 더 키웠다.

―서로 곡을 바꿔서 하는 것도 재밌을 것 같은데요.

겸사겸사, 박문대의 인원수도 확실히 채워주지 않겠는가.

"……."

회상을 마친 청려는 빙그레 웃었다.

결국 자신이 손을 얹은 판이었다. '취지가 좋고 재밌어 보인다'는 생각에 멤버들이 넘어간 것은 당연한 일일 것이다. 그가 그렇게 멤버를 골랐으니까, 다루기 쉬운 것들로.

그러나 그들의 힘은 온전히 본업에 있었다.

청려는 박문대의 조건을 다시 떠올린다.

'40만 명이라.'

그들의 작년 온라인 콘서트의 하루 관객 수치가 얼마인지 아는가? 61만 명이었다. 오로지 이 플랫폼에서 유료로 카운트된 명수다.

그러니 VTIC의 그룹 출연이 결정된 이상, 박문대의 생존에는 아무 문제가 없다. 테스타의 팬덤 유출은 좀 감수해야 할 테지만 그것은 본인이 자초한 일 아닌가. 그가 박문대의 후회까지 책임져 줄 순 없었다.

'음, 콩이를 만나게 해줘야 할까.'

청려는 그의 개를 떠올리며, 위로의 방법이나 짧게 고민했다.

"갑시다."

"오늘도 이기는 브이틱! 아 빅토리어스~"

데뷔 당시 이사가 정해준 촌스러운 응원 구호가 농담처럼 멤버의 입에서 툭툭 튀어나왔다. 그 많은 재시작을 거쳐도 어째 저것만은 변하지가 않았다. 굳이 그가 바꾸려 하지 않았기 때문일지도 모른다.

그는 언제나 이기고 싶었기 때문에.

"VCR 종료 10초!"

청려는 눈앞에서 열리는 무대 구조물을 보며, 이상한 찌릿함이 등을 기어오르는 것을 느꼈다. 너무 오랜만이라 낯설었다.

위험을 감수하며, 불확실한 결과를 향해 달려 나가는 감각.

모험심이었다.

[아.]

인이어로 들리는 짧은 시험음.

그리고 무대가 시작되었다.

무대로 걸어 나온 VTIC이 여유롭게 대형을 갖춘 순간.

댓글들은 온갖 물음표와 느낌표, 감탄사로 도배되며 읽을 새도 없이 교체되었다.

이곳의 댓글뿐만 아니었다.

-야 브이틱

-진짜 브이틱 나와

-티카들 어캄ㅋㅋㅋㅋ
-미친

SNS 등의 실시간 감상을 보고 기겁해서 테스타 콘서트에 접속하는 사람이 속출했다. 그리고 플랫폼에서 때맞춰 VTIC을 구독한 사람들에게 보낸 팝업 알림은 수많은 사람을 당황해 클릭하도록 만들었다.

[VTIC이 등장했습니다!]

팝업 알림 앞에는 이모티콘으로까지 제작된 VTIC의 로고가 달려 있었다.
그리고 그 혼란의 순간, VTIC은 무대를 시작했다.

위잉- 위잉- 위이이잉!

사이렌 소리와 함께 낮은 드럼이 격식 있는 박수처럼 울리기 시작한다. 긴장감을 고조시키는 거칠고 빠른, 강렬한 타악기와 금관악기.
그리고 깔리는 상징적인 리프 멜로디.

-행차
-ㅅㅂ행차해?

테스타의 대표곡, 〈행차〉였다.

다만 행차가 가진 고아한 동양풍의 느낌은 흔적도 없이 사라졌다. 대신 그 자리에는 테크니컬한 전자음과 오케스트라가 강렬한 트랩 비트 위를 질주한다.

그리고 달라붙는 정장 위, 검은 하네스와 장갑을 덧댄 차림의 VTIC이 행차의 안무를 더 빠르고 현대적으로 해석했다.

-행차, 하신다. 오늘-
발버둥 쳐도 피할 수 없도록
납신다. 행차, 하신다.

그리고 랩은 더 느리고 그루브해지며, 퍼포먼스를 능란하게 받친다. 거대한 짐승을 형상화한 듯한 안무가 들어갈 자리는 사라졌다. 대신 포메이션을 갖춘 특공대 같은, 권위적 느낌의 각 잡힌 군무로 덮인다.
짐승을 포획하는 것처럼.
그리고 이어지는 경례하는 듯한 제스처와 고조되는 베이스.

-지금, 나타나셨다 경고 또 경고
팔자로 접근하는 느릿한 짜릿한
나, 나, 나, 나

-Take off

랩은 박자가 바뀌었다. 달려가듯 쏟아져 공격성을 부추긴다. 그리고 후렴.

─마침내 찾아온 날 행차!
Oh, Oh, Oh…….

원곡과 다른 순간에 갑자기 반주가 드랍되었다.

─Never get away from me Yeah

위압감이 넘치는 나른한 웨이브 안무. 그리고 다시 각 잡힌 빠른 군
무. 기수처럼 움직이는 깃발 든 댄서들 앞, VTIC은 무대 동선을 한계
까지 끌어 쓰며 미친 듯이 몰아쳤다.
그들에겐 더는 메인보컬이 없다.
그러나 보컬의 부재를 랩과 퍼포먼스로 밀어버렸다. 부재고 나발이
고, 보는 사람들이 숨을 참고 압도당하도록.

-와

댓글창이 어느새 느려졌다. 극한의 집중 상태가 박수에 해당하는 행
위를 잊게 만든다. 붉은 레이저와 푸른 레이저, 그리고 더 낮고 웅장해
진 리프 멜로디 속에서 VTIC이 날뛰었다.
그리고 2절 도입은 퍼포먼스와 함께 생략. 바로 행차의 브릿지가 들
어가야 할 부분으로 반주가 튀었다. 멤버들은 일시 멈춰서 뒤로 돌아

대형을 잡는다.

그런데, 약속된 멜로디 대신 익숙한 랩 후렴구가 들어온다.

　—산군

Their claws are hella sharp

Readily tear you apart

넌 못 잡아 그렇겐

No, you can't.

그리고 손과 허리를 쓰는 아이코닉한 안무.

-??

-산군

-와 여기서

그들의 대표곡 중 하나. 〈산군〉이다.

멜로디와 베이스가 맥락에 맞게 엮이며, 산군이 점점 커진다. 이 곡
의 가장 상징적인 전통 취악기 레퍼런스가 추가되면서.

　—Make me a Boss

옳지, 그렇지

VTIC은 '짐승'을 키워드로 두 곡을 엮고 '전통풍'의 키워드는 자신 쪽

으로 끌어당겨 버린 것이다. 누가 먼저 했는지 보여주겠다는 듯이, 〈행차〉를 완전히 편곡해 아류에서 벗어나게 해주었다는 듯이.

그리고 그 시도는 몹시 그럴싸했다.

-존나 멋있어

-산군! 산군! 산군!

-마 대상곡 품격 좀 봐라

대형 히트곡의 등장에 신난 대중과 VTIC의 팬들이, 산군이 행차를 잡아먹고 후반부를 장악하는 것에 열렬한 반응을 보였기 때문이다.

무대는 재밌는 순간 모든 설득력을 가진다.

−산군

Their claws are hella sharp

Let me prove it

폭발적인 마지막 댄스 브레이크. 그리고 거대한 깃발 사이에서 4인 대형을 갖추는 VTIC으로, 무대는 끝났다.

그러나 댓글은 끝없이 감상을 토했다.

-찢었다

-미쳤다 역시 브이틱

-애들 여기 왜 나와요?ㅜㅜ

-소름

-와 진짜 쩔어

VTIC은 숨을 몰아쉰 뒤, 들어가는 댄서들에게 손을 흔들고 카메라에 웃으며 인사했다. 그리고 스탭이 스르륵 가져다 둔 의자에 앉아서 몇 마디 토크까지 진행했다.

[좋은 선택지 골라주셔서 감사합니다, 여러분!]

[정말 재밌었어요~]

1번을 골라도 어쨌든 나올 예정이었지만, 능청스럽게 그들은 박수를 보내고 콘서트 기획 의도를 칭찬했다. 물론 농담도 잊지 않았다.

[아, 그러고 보니! 저희도 콘서트 중인데~]

[관심 있는 분들은 한번 보러와 주세요! 하하!]

사람들은 댓글에서 울부짖었다.

-얘들아 표가 없어...

-이런 기만 너무한데여

-테스타랑 왜 친해진지 알겠음

그리고 표가 있는 몇몇 팬들도 물밑에서 울부짖었다.

-ㅠㅠㅠ미친놈들아 이런 거 할 거면 예고를 해줘 ㅅㅂ

-잘하긴 오지게 잘해 진짜 탈덕 말려도 탈덕 불가... 천년만년 1군 해먹어라 머글들아ㅠㅠ

-리셀 티켓 사고 옴 내가 이런 걸 사다니 시발ㅋㅋㅋ

-레티 이 배때지부른 개새끼들 지들 사업 확장에 애들 이용해먹는 건 언제까지 할 생각이야 애들이 잘하니까 매번 이러네

-ㅋㅋㅋㅋㅋㅋ아 근데 좀 속시원하긴 하다 셤별빠들이 갈고 있을 듯ㅋㅋㅋ 물론 실시간 놓친 티카들도 개빡치겠지만 난 실시간 봐서^^

분위기는 완전히 넘어갔다. '후배 이기려고 이 악무네ㅋ' 같은 소리 외에는 VTIC을 깎아내리는 글을 당장은 찾아볼 수 없었다. 안티도 정신 승리하지 않고는 이 무대를 끌어 내릴 수 없다는 뜻이었다.

그리고 박문대는 백스테이지에서 이 꼴을 다 보고 있었다.

"……."

그는 생수병을 입에 꽂아 넣었다.

실제 공연이었으면 관객석에서 비명이 난무했을 것이다.

'무서운 새끼.'

진짜 호랑이 부른 꼴이 됐다는 생각이 들었다. 물론, 가죽 잘 벗겨서 말려 쓸 생각이었지만.

'이대로 흐름이 넘어가게는 못 하지.'

테스타의 다음 무대도 코앞이었다.

나는 모니터링 장비를 응시했다. 무대 위 VTIC이 어색해지는 일 없이 유창하게 토크를 이어가는 모습이 보였다.

[사실 오래 활동할수록 동료 아이돌분들 곡을 커버할 일이 점점 줄어들잖아요.]
[맞아, 맞아~ 콘서트도 우리 곡으로 전부 채울 수 있게 되거든요!]
[그게 참 멋진 일이죠. 그래도 오랜만에 커버 무대 준비하면서 참 재밌었습니다.]

안 봐도 댓글에 '그렇게 계급장 떼고 붙어도 X바를 수 있는데 억울했을 듯ㅋㅋ' 같은 소리가 우수수 달리고 있을 것이다. 나는 팔짱을 끼려다가 참았다. 스탭이 내 마이크 위치를 조정해 주는 걸 방해하지 않기 위해서다.

저 두 놈, 전문 예능에선 영 힘을 못 쓰더니 자기들끼리는 제법 그럴싸하게 말할 줄 아는군.

"토, 토크… 잘하시는구나."

"8년 넘게 했을 텐데 당연히 그래야지."

"그, 그렇죠?"

선아현의 감탄에 배세진이 불퉁하게 대꾸했다. 아무래도 청려가 여기 온 게 영 탐탁지 않은 모양이다. 뭐, 예상했던 일이다. 처음 말 꺼냈을 때도 경악하더라고.

–그 미친놈이 이런 행사는 왜…!!
–플랫폼이 그 소속사 거라서요. 아무래도 거절하긴 힘들 것 같은데.
–윽…!
–그래서… 그냥 그 그룹을 다 부르는 게 나을 것 같은데 어떠세요.
–…그래. 차라리 그게 낫긴 한데.

그 후 '애초에 꼭 이 콘서트를 그 플랫폼에서 해야겠냐'로 치환되는 긴 논의가 이어졌으나, 배세진은 결국 다수결에서 패배했다. 참고로 청려가 휴가 당시 나와 개싸움을 벌인 새끼라는 것을 아는 다른 놈은… 음, 마침 예스만 외치는 리액션 로봇 상태였었지.

–…그래? 알았어~ 열심히 해야겠네.

당시 큰세진의 리액션은 이걸로 끝이었다. 문제는 이제 와서 상당히 불손한 제스처를 하는 중이라는 건데… 야, 부채질하는 척 참수하는 시늉하지 마라.

이렇게 보면 다들 긴장과 경계 중인 것 같다만, 물론 그냥 신난 놈도 있다.

가령 김래빈.

"상당히 모험적이면서도 세련된 편곡이었습니다. 다음에 저희도 선배님들의 〈산군〉을 좀 더 현대적으로 편곡해 보면 재밌을 것 같은데 어떠십니까!"

"⋯⋯."

그거 아니다.

'그렇게까지 가면 진짜 기 싸움이 된다⋯.'

'너희가 감히 행차를 이렇게 쓰냐? 나도 산군에 똑같이 해주겠다'로 보이겠지. 지금 기부 콘서트 명목으로 아슬아슬하게 물 위에선 훈훈한 분위기로 넘어갈 것 같은데, 거기까지 가면 정말 답이 없다. 경연 프로그램도 아니고 이게 무슨 디스전이냐며 신난 이슈 위튜버들이 붙을 거고 그러면 진정한 개판이 벌어진다.

다행히 내가 입 열기 전에 류청우가 먼저 김래빈의 말을 부드럽게 컷했다.

"기회 있으면 해보자."

"예!"

그 기회가 영원히 오지 않을 것이라곤 짐작도 못 하는 얼굴이군.

"⋯⋯."

그래도 뭐⋯ 하나라도 행복하다니 됐나.

아니, 한 놈 더 있다.

"우리도 깃발 써요!! 깃발 멋있어요!!"

차유진은 노래라도 하나 새로 만들 기세다. 배세진이 떨떠름한 얼굴로 놈에게 묻는다.

"⋯긴장 안 돼?"

"왜 해요?"

"그⋯ 앞 사람들이 잘했으니까."

"괜찮아요. 나 잘해요! 음, 우리 잘해요!"

"…!"

배세진은 갑자기 얼굴에 비장감이 돌고 있다.

"그, 그렇지!"

"맞아요!"

그래, 기합이나 넣어라. 나는 고개를 끄덕이며 말을 얹었다.

"열심히 하고 옵시다."

"으, 으응!"

"그래요, 이 콘서트를 강력히 주장하셨던 문대 씨~"

"퇴원한 지 하루 만에 안무가를 섭외한 문대 씨."

"……."

류청우까지?

무대 제대로 해야겠군. 망하는 순간 이놈들이 날 거꾸로 매달고 아가리에 홍삼을 쏟을 것 같다. …물론, 망할 생각은 없지만.

'준비한 대로만 하자.'

나는 웃으며 놈들을 따라 자리에서 일어났다.

곧, 다시 테스타의 차례다.

"우와!!"

컴퓨터 앞에 앉은 대학원생은 직전에 본 VTIC의 무대에 감탄하는 중이었다. 정말 멋진 무대였다는 것에는 이견이 없었기 때문이다!

'으음, 그래도 원곡 무대가 더 좋긴 하지만… 어쩔 수 없지! 테스타 원곡이니까!'

그녀는 이런 명곡을 타이틀로 멋지게 소화해 냈던 테스타에 자부심을 한 번 더 느끼며, VTIC에게도 박수를 보냈다.

'우리나라 아이돌들 진짜 멋있다~'

여기까지가 업계의 심연을 맛보지 않은 사람의 평이었다.

신나게 둘 모두를 칭찬하는 일반인들과 달리, 골수팬들은 머리를 쥐어 잡고 이걸 어쩌면 좋을지 떠드는 중이었다.

-씨발 느그틱 새끼들은 숟가락을 주체를 못 하나 후배 콘서트까지 와서 주책이네

-그냥 애들끼리만 해도 충분했을 텐데.. 진짜 갑질 역겹다

-기부 콘서트에 게스트로 오면서 저게 다 뭐야 댄서다 끌고 오고…와피확식

-인터넷 끊어야겠다

VTIC 쪽도 크게 다를 건 없었으나, 초반의 당혹과 분노가 가라앉으며 즐거워하는 사람도 나왔다.

무대가 워낙 압도적이었기 때문이다.

-이런 짓 할 시간에 예능이나 보내주는 편이 나았어 그래도 빅토리킹이들 이겼으니 됐다ㅋ

　└ㅋㅋㅋㅋㅋㅋ아 영업동영상으로 열심히 써야지^^

　└산군 역주행 한 번 더 가자 하는 김에 행차도 해주자 VTIC 버전 내달라고

요청도 넣고ㅎㅎ

-애들 매번 자기들만 모르는 의문의 1승 하는 거 너무 재밌어 그래 이 맛에 티카 하지

-초동 기간에 이런 거 할 시간 있으면 팬싸나 잡아ㅠㅠ 아 ㅅㅂ개싸움 나겠네

SNS와 커뮤니티마다 깜짝 등장한 VTIC의 무대가 올라오던 그 시각.

[VTIC 들어가 보겠습니다~]
[많은 참여 부탁드려요!]

VTIC은 짧은 토크를 마무리하고 친근히 인사한 뒤 들어갔다.
새로운 문구가 떠오른 전광판을 콕콕 찌르면서.

[다음 무대는]
1. 테스타가 커버하는 VTIC이다
2. 테스타가 커버하는 VTIC이다...?

직전과 비슷한 보기였다. 다만 원래 'VTIC이 커버하는 테스타다'가
적혀 있던 보기가 사라지고, 그 자리를 오묘한 부호가 붙은 문장이 채
우고 있었다.

-?
-2번 머임

-물음표 왜 붙었엌ㅋㅋ

당연하지만, 도저히 뜻을 알 수 없는 느낌에 댓글이 다시 기세를 탔다. VTIC 때문에 접속한 그들의 팬들도 다시 거론된 이름에 잠시 나가는 것을 보류했다.

-야 이건 또 2번임
-왜 물음표 붙은 건지 궁금해
-왠지 웃긴 거 나올 것 같다고 빨리 #2 쳐라
-ㅋㅋㅋㅋㅋㅋㅋㅋ아 꿀잼

예측 불가의 보기에 즐거워하는 수많은 관객의 말과 함께, 순식간에 보기에 투표가 붙었다.

2. 테스타가 커버하는 VTIC이다...? (179557)

결과는 2번의 완전한 승리였다.
'이거 괜찮을까?'
'뭐든 VTIC 이야기 계속 나올 것 같아서 별론데.'
테스타의 팬들은 보기 자체에 불안해하면서도, 신난 관객들에게 괜한 소리를 할 순 없으니 조용히 테스타의 다음 무대를 기다렸다.
그리고 여느 때처럼 화면이 갑자기 어두워졌다. 이대로 스테이지가 바뀌는 것이 지금까지의 보편적인 무대 시작이었으나… 이번엔 그 대신, 어둠 속에서 소리부터 들렸다.

－산군
Their claws are hella sharp
Readily tear you apart

"…!"
직전에 VTIC이 공연했던… 산군의 노랫말이다.

-테스타도 산군해?
-미친 설마
-헐

당황한 댓글들 너머, 화면의 무대에는 스포트라이트가 내려왔다.
팟.
비추는 것은… 어느새 어두운 무대 한 편에 놓인 탁자였다. 카메라
가 슬쩍 그것을 클로즈업했다. 탁자 위에는 안테나가 달린 빨간 레트
로풍 라디오가 올라가 있었다. 정황상 마치 노랫소리가 그곳에서 들려
오는 것 같은 연출이었다.
그러나 불쑥, 다부진 손이 탁자 위로 올라오더니 라디오의 버튼을
탁 눌렀다.

－No, you can't…….

지지직거리는 소음과 함께 노래가 꺼지더니, 탁자 위로 손의 주인의 머리가 쑥 들어왔다.

장난스러운 얼굴의 차유진이었다.

[hum, hum, hum~]

차유진은 신난 표정으로 열심히 산군의 멜로디를 따라 허밍하다가 어깨를 리듬에 맞춰 흔들기까지 했다. 누가 봐도 팬의 흥겨움이다.

하지만 관객마저 긴장이 풀릴 순간, 갑자기 허밍을 멈춘 차유진은 예고도 없이 탁자를 잡고 그 뒤로 공중제비를 돌았다!

BBA-BAM!

경쾌한 브라스 소리가 터졌다. 그 음에 맞춰 차유진 주변에서 무대 조명이 터질 듯 밝아지며 환하게 주변을 반짝였다.

그리고 관객의 시야에 펼쳐진 무대 위는… 금색, 보라색, 붉은색 풍선과 LED 조명으로 가득한, 10대의 파티장이었다. 소파와 바석, 테이블마다 테스타의 멤버들이 음료를 들거나 앉아서 멈춰 있다.

테이프를 멈춘 듯 움직임 없는 짧은 정적, 그리고….

BBABAM, BAM, BBA-BAAAM!

브라스에 화려한 기교가 가득한 화음이 들어간다.

그리고 차유진의 주변으로, 마치 스며들 듯이 청바지의 류청우와 이세진이 달려와서 대형을 갖춘다. 그들이 스티커와 배너로 어지러운 기둥을 잡고 돌며 안무를 시작하는 순간, 빠른 비트의 일렉트로 스윙 반주가 터져 나왔다!

[Hey partner

내 생각을 하고 있나

궁금해 My Owner

우리의 교감이 갈 곳이]]

차유진이 웃으며 쾌활히 부르는 이 가사, 모든 관객이 아는 곡이었다.

-나싸

-나이트사인!!!!

-???? 이걸?

그렇다. 테스타가 선곡한 것은 VTIC의 불멸의 히트곡으로 남을 〈Night Sign〉이었다.

초동 180만 장을 팔아치운 괴물 음반의 타이틀, 그리고 테스타가 데뷔하자마자 동시 발매로 K.O 판정을 당했던 곡이기도 했다. 이 곡은 섹시한 가사와 나른한 음률, 그와 대비되는 강렬한 Inst와 퍼포먼스로 대단히 어려운 무대 강도를 자랑했다.

다만 테스타는 '그렇게' 부르진 않았다.

-와 눈치 못챔
-대박ㅋㅋㅋㅋㅋ
-이렇게 신난 곡이었냐

테스타는 이걸 경쾌한 일렉 기타와 드럼, 디스코풍 전자음이 가득한 반주로 톤을 한껏 끌어올려 버렸기 때문이다.
가사는 마치 치기 어린 플러팅처럼 들렸다.

[서로 잡힌 두 손이
섞이고 비틀릴 때
또 기억하는 거야
Night after night]

소파에서 바로, 바에서 테이블로. 테스타는 대형을 옮기며 자연스럽게 다음 파트의 멤버에게 센터를 넘겨줬다.
실물 관객이 없는 무대에는 정면이 없었다. 그래서 카메라의 각도에 따라 퍼포먼스가 자유롭게 중심을 바꿨다. 소파에 누워 있던 박문대를 찍을 때는 천장에서 카메라가 내려오고, 바석에 앉은 선아현에겐 바텐더의 시점처럼 카메라가 들어왔다.
그리고 멤버들은 장난스럽게 웃으며 바나 소파 위에 서서 동작 큰 안무에 센터로 합류했다.

[이 밤의 끝까지
내 눈을 기억해
Like a night sign
drag you into a trap]

오색찬란한 야광 미러볼이 반짝이고 꽃 가루가 터졌다. 멤버들은 딱딱 끊어지는 리듬으로 손과 발을 크게 쓰는 디스코 동작을 응용해 에너지 넘치는 안무를 카메라에 꽉 들어차게 선보였다.

완연한 80년대 초 레트로 하이틴의 분위기였다.

-아 개신나ㅋㅋㅋ

-귀여워ㅠㅠ

-앉은 자리에서 둠칫거리는 중

후배 호스트의 입장에서 테스타는 다짜고짜 싸움 받아치듯 정면 대결을 고르지 않았다. 대신, 업계에서 연차가 찬 VTIC이 더는 테스타보다 효과적으로 보여줄 수 없는 방향을 고른 것이다.

바로 어린 시절의 패기와 풋풋함이었다.

[Whoo~
Whoo, whoo, whoo
Like a night sign]

멤버들은 볼이 빨개지도록 턴을 돌고, 뛰어다니고, 노래를 불렀다. 그들은 과격하지 않고 깔끔하게 리스펙트의 느낌으로 곡을 끌었다.

게다가 박문대가 소화하는 메인보컬 파트는 묘한 감상을 불러일으켰다. 이젠 VTIC도 저 파트를 저렇게 부를 수는 없을 테니까.

-와 고음;

-진짜 노래는 일품임

-하필 메인보컬이 그래서ㅉㅉ

그것만으로도 VTIC의 무대로 부푼 관객의 마음이 살짝 꺼졌다. 압도된 머리가 식었기 때문이다. 테스타는 그 넘치는 에너지 그대로, 처지는 일 없이 깔끔하고 신나게 무대를 끌고 갔다.

그리고, 2번과 1번의 차이점은 마지막에서야 그 모습을 드러냈다.

신나는 파티로 마무리되는 듯하던 그 무대 위에서, 색색의 옷을 입은 멤버들이 마무리 대형을 갖추어 선 순간.

갑자기 조명이 흑백으로 바뀌었다.

끼이이이익.

멤버들은 그대로 고개를 숙인 채 움직임을 멈췄다.

검고 하얀 무대 위, 내레이션이 울렸다.

[Welcome, welcome

이건 너를 부르는 소리]

본인들의 곡, 악몽 컨셉인 〈부름〉의 후렴구였다.

음산한 목소리.

파티장 뒤, 거대한 배너가 갑자기 풀려 떨어지더니, 그 뒤로 고딕체의 거대한 문구가 모습을 드러냈다.

[To be continued...?]

콰과과광!!

천둥소리와 함께, 멤버들은 고개를 뚝 꺾어서 서로를 쳐다보았다. 마치 미국의 고전적인 하이틴 공포영화의 예고편처럼.

그리고… 무대는 뚝, 조명이 사라지며 끝났다.

[————.]

그 대신 의자 7개가 놓인 평화로운 진행 세트가 천연덕스럽게 도로 화면을 차지했을 때.

-????

-야 여기서 끊으시면

-알았어 투표할게ㅋㅋㅋㅠㅠㅠ

-부름 보여줘!!!!

-기부금 쏴야 보여주는 거임?? 기준 금액 불러

당연하지만, 댓글은 잠시간의 당황 뒤에 자연스럽게 투표창을 요구하기 시작했다.

비교하려는 호기심을 다음 무대를 기대하는 호기심으로 소화하는 것. 테스타는 VTIC을 감히 그렇게 써먹었고, 관객들의 관심을 계속 화면에 붙들어놓았다.

성공적인 기획이었다.

잠시 뒤 광고가 편성된 쉬는 시간. 우리는 쉴 틈도 없이 빠르게 옷을 갈아입은 뒤 VTIC과 사회생활을 시작했다.

"와!! 정말 좋았어요!"

"…감사합니다."

"춤 봐, 우리는 이제 그렇게 못 춘다니까. 여러분도 얼른 관절 영양제 챙겨 드세요. 이 직업은 무릎이 생명이라."

"와 맞아! 제가 먹는 제품 있는데 추천해 줄까요??"

"……좋죠."

이 새끼들 되게… 친한 척하네. 나는 겨우 예능에서 한 번 봤던 놈들이 개인 조언을 아끼지 않는 꼴을 보며, 청려를 힐끔 돌아보았다.

"……."

놈은 김래빈과 대화하다가 이쪽을 보고 실실 웃었다. 그래, 어떤 놈들을 뽑아놓은 건지 알겠다.

"아, 지금 문자로 제품명 보냈는데 한번 보세요."

"음, 예."

나는 한숨을 참으며 내 스마트폰을 꺼냈다. 두 놈의 눈이 초롱해졌다.

"오~ 혹시 우리 이름은 어떻게 저장…."

[VTIC 신오 선배님]

[VTIC 채율 선배님]

"오……."

"굉장히, 프로페셔널하게 분류했구나…."

뭘 기대했냐.

나는 대충 영양제 추천 고맙다는 말을 주억거린 다음 이 대화의 늪에서 빠져나왔다.

"형님들, 오랜만입니다~"

"오, 세진이!"

저놈이 백업해 줘서 편했다는 건 부정하지 않겠다.

그리고 잠시 후 VTIC이 스케줄을 위해 떠나기 직전, 나는 아직 무대 의상을 입고 있는 청려에게 작별 인사 대신 질문을 들었다.

아니, 질문의 탈을 쓴 확신을.

"원하는 건 얻었죠?"

"……."

나는 상태창을 불러왔다.

나타난 반투명한 팝업에서는 팡파르가 터지고 있었다.

[성공적 만남!]
당신은 관객 '400,000명'과의 만남에 성공했습니다!
!제한시간 : 충족 (성공)
!상태이상 : '관객이 아니면 죽음을' 제거!

관객 40만 명을 달성해야 하는 상태이상을 단 한 번의 온라인 무료 콘서트로 제거한 것이다.

그럴 만했다.

'VTIC 등장 이후 투표수가 거의 30만에 육박했으니까.'

그리고 내가 전광판에 카운트가 올라가는 것을 직접 봤다. 실시간 관객 리액션을 눈으로 확인한 것이나 다름없다.

'이건 인식될 줄 알았어.'

게다가 이 플랫폼은 가입하지 않아도 동영상을 시청할 수 있다. 적당히 시간 때우려 본 사람들은 가입하지 않고 봤을 것이다. VTIC의 해외 팬덤 중에도 플랫폼 미가입자가 많다고 하니, 분명 실제 관람 수치는… 어마어마했을 테지.

그중에 적극적으로 실시간 공연에 참여할 가입자만으로도 30만 명을 만든다는 건 테스타만으로는 아슬아슬했을 것이다.

"……."

그러니까, VTIC을 끌어들인다는 기초 계획은 넉넉히 성공했다.

결과에서 내 예측과 좀 다른 값이 나오긴 했지만.

: '진실' 확인 🖘 Click!

코인 선택지가 사라졌다. 이젠 기본값으로 줄 줄 알았는데, 그게 아니라 지난번의 코인이 변칙적인 선택지였다는 뜻이다.

'…사고를 예측하고 준 건가.'

묘한 생각이 든다. 정확히는, 전 매니저가 헛짓거리를 저지를 수 있다는 위험성을 이 시스템이 굳이 파악해서 방비했다는 점… 에서 말이다.

굳이 똑같은 '관객' 상태이상이 수치만 불려서 다시 뜬 것도 여기서 아귀가 맞아 들어가는 것처럼 느껴졌다. 원래 '진실 확인'만 나와야 할 값에 코인이라는 값이 나오니, 제자리로 돌아가기 위해 한 번 더 같은 상태이상을 수행한 것 같지 않은가.

나는 당시 온갖 상태이상이 튀어나왔다 지직거리며 사라지던 상태창의 이상 현상을 떠올렸다.

'분명 오류 같은 게 발생했어.'

이 말을 해석하자면… 상태창은 오류가 나더라도 어떻게든 나에게 코인을 쥐여 주기 위해 경로를 이탈했다는 것이다.

'하지만 왜?'

그동안 이 시스템에서 감성과 지성의 흔적을 발견한 적은 없다. 그런데 뽑기 확률 조작부터 시작해서 이… 호의로 해석될 여지가 있는 큰 흐름은 뭘까.

"……."

나는 빠르게 고민한 후, 결론을 냈다.

'내가 상태이상을 클리어하길 바라나.'

어떻게든 내가 생존해서 이 정신 나간 상황을 클리어하도록 이 상태창이 구현된 게 아닌가 싶단 말이다. 왜냐하면 상태창이 없던 놈은 몇 번을….

"뭐 봐요?"

"…!!"

고개를 들자, 청려가 유심히 내 시선을 들여다보고 있었다. 나는 반사적으로 대답했다.

"잠시 생각을 좀 했습니다."

"그래요?"

놈은 아무렇지 않게 대꾸하더니, 눈을 돌려 내가 잠깐 쳐다본 허공 방향을 빤히 쳐다보았다.

그러니까… 상태창이 있는 자리를.

'X발.'

나는 무심코 팝업을 돌려보냈다. 그러나 보일 리는 없는지, 놈은 별 동요 없이 웃고 있다. 그냥 내 시선을 읽은 것이다.

'힐끗 봤는데 그걸 읽어?'

여러 번 살아본 짬이 어디 가진 않았는지 촉이 비상한 놈이긴 했다.

'…원하는 건 얻었냐고 물었지.'

나는 쓸데없는 긴장감을 버리고 정석적인 답변을 내놨다.

"잘 이루어진 것 같습니다. 공연이요."

"그래요. 잘됐네요."

청려는 적당히 내포한 의미를 이해했는지 고개를 끄덕였다. 그리고 손을 내밀었다.

"오늘 즐거웠어요."

"……저야말로."

자신 있다는 거군.

나는 손을 내밀어서 놈과 악수했다. 장갑이 서늘했다.

"남은 공연도 힘내서 쭉쭉 하길 바라요~"

"화이팅."

VTIC 놈들이 싱글벙글 웃으며 악수에 끼어들었다. 나름대로 이 기회로 친분이 깊어졌다고 생각하는 모양이다. 그리고 우리 쪽 몇 놈들도 비슷한 생각을 하는 것 같고.

예를 들면 기어코 편곡 프로그램을 알아낸 김래빈 말이다.

"선배님들 부디 편안한 귀갓길 되시길 바랍니다…! 많은 지도편달 감사합니다!"

"아이고 우리가 뭘 알려줬다고 그래~"

"해외 나가는 거긴 하지만 고마워요. 잘 들어갈게요!"

"넵! 감사합니다~"

"감사합니다!"

마무리는 그렇게 악수가 여러 번 오가며 훈훈하게 끝났다. 하긴 싸운 것도 아니고 언제 다시 얼굴 볼지 모르는 동종업계 종사자들이 훈훈하게 안 끝날 것도 없다만.

문제가 있다면 우리끼리만 그렇다는 것이고, 팬덤은 또 다른 문제다.

'인터넷은… 난리겠군.'

일단 둘 다 본전치기는 확실히 했다. 한쪽이 일방적으로 이길 수는 없을 것이다. 그러니 최악의 경우라도 자선행사에서 둘이 기싸움 했다는 말 정도로 끝나면 좋겠는데 말이다.

"세진아, 전광판 투표 4분 남았다는데."

"갈게!"

다음 투표 안내를 맡은 배세진이 복도를 질주한다. 눈엣가시 같던 VTIC이 사라지니 운신이 더 과격해졌군. 나는 대충 공연 반응을 예상해보다가, 그 모습을 보고 그냥 어깨를 으쓱했다.

'남은 무대나 마저 잘하자.'

입에서 가짜 피를 뿜으며 해야 하는 무대가 바로 다음이었다. 일단 퀄리티나 챙기자.

그리고 이 판단은 괜찮은 판단이었다는 게 곧 밝혀졌다.

테스타의 기부 콘서트는 대성공으로 끝났다.

[이번 콘서트 총 기부금액]
[!! ₩252,096,000 !!]
[뜨거운 참여와 따뜻한 정에 감사드립니다.]

실시간 참여 기부금액은 1억 4천을 넘기고 실시간 최고 동시 접속자는 112만 명을 초과하는 기염을 토한 것이다. 플랫폼은 일시적 서버 증설 투자가 헛되지 않았다며 식은땀을 닦았다.

대중 반응도 대단히 우호적이었다.

-대박

-개꿀잼이었음 진짜ㅋㅋㅋ

-만원 기부했는데 진짜 기분 좋다 뭔가 좋은 공연도 보고 좋은 일도 한 느깜ㅜㅜ

-이런 거 자주 했으면 좋겠어

-테스타 진짜 애들 괜찮더라 걔네 인하트 없어? 팔로하고 싶은데ㅜ

 일단 본 사람들은 다 즐거워했고 위튜브에 무대들이 하나씩 올라올 것이란 소식에 더 좋아했다. 플랫폼에서 전체영상은 VOD로 파는 것도 큰 저항 없이 부드럽게 넘어갈 수 있었다. 개별 무대는 무료로 감상할 수 있으니까.

-그래 그 정도는 해야 먹고 살지

-테스타 고생했다~

-브이틱 진짜 멋있더라 두 그룹 우정 응원해용! *^^*

 팬들은 전체영상에 들어간 깨알 같은 재밌는 점들을 다 보고 싶었기 때문에 구매율도 괜찮았다.

 게다가 하나 더, SNS에 소식이 떴다.

[테스타가 관객분들이 기부해 주신 만큼 함께 기부합니다! (사진)]

[모금된 금액은 다 함께 <마음 가는 대로>의 이름으로 안전히 전달될 예정입니다.]

바로 관객이 손수 넣은 기부액만큼 테스타가 금액을 더 추가한 것이다.

사진 속 테스타는 막 공연을 끝냈는지 땀에 젖은 얼굴들로, 황급히 마커로 휘갈겨 적은 듯한 금액 판을 들고 웃고 있었다. '왜 관객 돈으로 너희가 공제받냐' 등의 말을 무마할, 나무랄 곳 없는 깔끔한 마무리였다.

아니, 사실 추가 기부는 그럴 필요까진 없어 보일 만큼 약간 과하게 '착한' 행위이기까지 했으나, 이 결정의 이유가 있었다. 아이돌에 관심이 깊은 커뮤니티에서는 이미 VTIC과 테스타를 두고 별 이야기가 다 나오는 중이었기 때문이다.

처음에는 무대에 대한 칭찬이었다.

VTIC이 예고도 없이 깜짝 등장하여 워낙 압도적인 퍼포먼스를 보여 준 덕에, 순간 인기 글을 거의 독점하다시피 하며 인터넷을 장악했다.

[9년 차 아이돌 커버 수준]
[1군 위엄 제대로 보여준 아이돌]
[VTIC – 행차]

수많은 댓글이 달리며 '테스타 원곡보다도 좋다', 혹은 '그래도 테스타가 낫다'는 직접 비교의 뉘앙스까지 도달했다.

하지만 이어서 테스타가 나오며 분위기가 살짝 달라졌다.

-와 테스타 좋다

-이런 느낌 좋아ㅋㅋㅋ

-둘 다 진짜 잘한다 기획도 좋고

-메보... 하.... 이 맛이지ㅠㅠ

테스타는 VTIC의 곡을 신선하게 소화하면서도 정면 대결의 뉘앙스를 없애고 '연결된 세트리스트'의 느낌을 더 살린 것이다. 덕분에 비교로 타오르려던 분위기는 좀 잦아들었으나, 대신 서로 감정이 상한 팬들과 그걸 이용하려는 어그로들이 불쑥불쑥 튀어나왔다.

-나만 쎄한가 테스타 구식 라디오에서 나오는 브이틱 노래 끄는 연출이나 이런 거 노리고 한 것 같은...

└그 노래 따라 부른 건 언급 안 하는 치졸함ㅋㅋ 누가 봐도 리스펙이었구만

└80년대 컨셉이라 애들이 입은 옷도 구식인데 무슨 소리지

└팬들 왜 이렇게 입막음질이야 내가 그렇게 느꼈다는데

└어 나는 니가 어그로라고 느꼈음

-솔직히 무대 스케일만 보면 브이틱이 더 컸지 근데 좀ㅋㅋㅋ 넘 이겨먹으려는 것 같아서 불편했어

└그냥 했으면 성의 없다고 불편하다고 하셨을 분

└미안해 우리 애들이 무대를 너무 잘해서 테스타 팬들 마음이 많이 상했겠다ㅠㅠ

└앞으로는 후배들 창피하지 않게 실력 보여주지 말고 자제해달라고 팬싸

에서 말해볼게!

┗와 개살벌ㅋㅋㅋㅋㅋㅋ

┗제발 그만해 다 잘했는데 왜 이래 제발..

물밑에서는 테스타의 의도, VTIC의 의도에 관한 온갖 과한 해석과 말도 안 되는 추측이 나돌았기 때문이다.

어떻게든 체급 큰 두 팬덤을 싸움 붙이고 싶어 하는 분위기와 그걸 무마하려는 분위기가 팽팽히 맞섰다. 안 그래도 서로를 의식하던 두 팬덤은 무대는 좋아하면서도 상대를 극도로 짜증스럽게 여길 수밖에 없었다.

"아 개빡치네!!"

여기도 하나, 기사 댓글에서 VTIC의 팬과 싸우다가 열 받은 대학생 하나가 씩씩대고 있었다. 박문대를 자신의 2순위에 올리는 것을 인정한 김래빈의 팬이었다.

-감당도 못 할 거면서 게스트로 부른 쪽만 안 됐지..ㅠㅠ

┗엥 게스트로 온 쪽이 괜히 손해보지 않았나 댄서 다 깔고도 좀 밀리던데

┗눈 없어? 누가 봐도 게스트쪽이 잘하던데;

"다 티 난다 새끼야."

김래빈의 팬은 '티카 새끼들은 왜 이렇게 추잡스럽냐'고 이를 악물고 댓글을 달았다.

┗게스트가 막 튀려고 하니까 어그로는 어쩔 수 없지ㅠ 그것까지 자연스럽

하지만 동시에, 자신이 이런 '실력'적 측면에 대해서 댓글을 달고 있는 것이 새삼 느껴졌다.

'이걸로 분위기 좀 바뀌긴 했어.'

사실 테스타의 최근 이미지는 '안타까운 피해자'에 가까웠다.

활동하는 것도 '멋지다'보다는 '장하다'는 댓글이 달릴 이미지였다는 것이다. 아이돌로서의 테스타보다 그 사고의 이야깃거리가 너무 컸던 탓이었다. 그리고 그건 VTIC도 마찬가지였다. 사회면에 나온 메보와 불쌍한 남은 멤버들, 혹은 의심스러운 하락세 그룹의 이미지는 달라붙어 있었다.

그런데 그 모든 사회면으로 얻은 이미지들이 이번 화제로 휙 날아간 것이다.

대신 두 그룹은 모두 본업으로 뜨거워졌다. 이 그룹들에 관심 있는 사람들마다 '누가 더 잘했는지'에 대한 의견을 가지고 있었다. 그야말로 아이돌적인 의미로 핫해진 것이다.

이 모든 갈등이 지극히 인기 있는 1군 아이돌들스러웠다.

'그건 좀 재밌긴 한데….'

└ ㅋㅋㅋㅋ러뷰어 티 너무 낸다~

"X새끼가!!"

김래빈의 팬은 즉시 자신의 말을 취소하고 그 밑에 말을 달았다.

└아 님 티카였음? 팬 몰이 여전하네 안 부끄럽나ㅉㅉ

그리고 느꼈다.

'이거 뭐 하나만 잘못 걸리면 제대로 한판 한다.'

지금 두 팬덤은 서로가 거슬리기 짝이 없을 것이다. 분명 어딘가에서는 상대 그룹에 대한 지저분한 루머를 캐려고 혈안이 되어 있을 것이라고, 김래빈의 팬은 직감했다.

'아 골 아파지겠네!'

그녀가 혀를 차는 순간.

디리링!

[안녕하세요, 저는 문대…]

"…!?"

SNS에 알림이 떴다. 테스타의 계정이다.

"야 박문대!"

김래빈의 팬은 키보드 배틀을 내팽개치고 당장 알림을 클릭했다.

안녕하세요, 저는 문대 (이모티콘)

즐거운 콘서트였습니다. 멋진 사진이 많아서 제가 찍은 사진도 조금 공유해봅니다.

관람해 주신 러뷰어들, 그리고 모든 관객분들께 감사드립니다.
♡
_____

글 밑에 첨부된 사진들은… VTIC이다.
"야!!"
그녀는 소리를 빽 질렀다.
'이러면 지는 것 같잖아! VTIC이 먼저 올릴 때까지 기다려……'
그리고 즉시 진정했다. 다음 글로 박문대가 테스타 자신들의 사진도
한꺼번에 풀었기 때문이다.
"김래빈 잘생겼네."
그녀는 〈부름〉 무대용 붕대를 감은 김래빈이 어설프게 윙크하는 사
진을 잘 저장했다. 음, 그래. 오히려 VTIC이 후배보다도 도량 없는 치
졸한 놈들이 될 것 같았다.
그녀는 더없이 냉정하게 VTIC의 사진을 훑고 지나갔다.
'아, 박문대 짜증 나게 얘네 사진도 엄청 잘 찍어놨네!'
특히 청려의 독사진은 몇몇 홈마보다도 나은 것 같았다! 물론 덕분
에 VTIC의 팬들에게 '일부러 못 나온 사진 올린 것 같다'는 꼬투리를
주지 않을 수 있었지만.
'자기 셀카나 좀 더 올려주지.'
그녀는 괜히 투덜거리면서도, 각종 팬들의 손에서 보정된 사진들을
또 저장할 일이 기대되었다.
그리고 비슷한 일이 많은 팬에게서 벌어지고 있었다.

더 이상 '내 아이돌이 좋아하니까 나도 좋아해'라는 명제가 통용되는 시대는 아니었으나, 분위기 환기 정도의 효과는 있었다. '거봐, 좋은 행사 멋진 무대 초 치지 말라고!'를 외치는 사람들의 의견에 힘과 감정이 실릴 수 있게 되었기 때문이다.

물밑에서도 마지못한 인정까지 나왔다.

-곰머가 뭘 알긴함
-음습댕이 내 편일 땐 든든해
-사진ㄱㅅㄱㅅ

인터넷은 떡밥을 먹느라 잠시 휴전기에 들어갔다.

마침 테스타 공식 계정에는 공지도 떴다. 바로 이번 공연의 떡밥, '버려진 선택지'들에 대해서.

[테스타의 다른 선택이 궁금한 당신을 위해 준비했습니다.]
[9월 마지막 주 수요일 밤 11시. CVN에 채널 고정!]

구체적인 내용은 드러나지 않았으나, 테스타의 새 프로그램에 대한 홍보까지 겸하는 것이 분명했다!

"…일 잘하네."

소속사가 X같이 무능했던 것이지, 그놈들이 납작 엎드리고 그룹이 알아서 하게 내버려 두니 이렇게 잘 돌아갈 수가 없다. 김래빈의 개인 팬은 드물게 할 말을 잃고 떡밥과 박문대가 찍은 사진을 번갈아 보았다.

다만 이 모든 일을 계획한 당사자는 평소처럼 편안한 마음으로 모니터링에 열중하는 중은 아니었다.

"선택은 해야 하니까."

"…그렇죠."

"소송인지, 다음 활동인지."

대신, 그는 리더와 다음 행보에 관한 백분 토론에 돌입해 있었다.

류청우와 각 잡고 이야기해 보는 것은 오랜만이다. 깨어나고 나서 처음인가, 아니지. 깨어나기 전에는 그 망할 놈의 진실 확인 덕분에 적정 거리를 유지 중이었다. 좀 더 기간을 길게 잡아도 되겠군.

'…그 진실 확인, 또 하게 생겼긴 하다만.'

나는 짧게 팝업을 떠올렸다가 머릿속에서 지웠다. 아직 시간은 있다. 아무튼… 깨어나고 난 후에는 이놈이 영 상태가 안 좋아 보이기에 일부러 좀 내버려 뒀다. 경험상 이럴 때 긁으면 빡치더라고.

그래서 콘서트가 끝나기 무섭게 류청우 쪽에서 먼저 이런 자리를 마련할 줄은 몰랐다는 뜻이다.

"무알콜이라도 줄까?"

"…음, 예."

나는 놈이 건네는 무알콜 캔맥주를 받아 들었다.

딸깍. 꿀꺽. 캔 여는 소리와 얼얼한 목 넘김이 시원했다.

"······잘 마시는구나."

"좀 그렇죠."

미친 듯이 마시고 싶은 건 아니지만, 간간이 술 생각이 안 난다곤 말할 수 없겠다.

류청우는 맞춰주려는 것인지 예의상인진 모르겠으나 본인도 무알콜 맥주를 하나 땄다. 그렇게 제법 부드러운 분위기에서 담소가 시작되어, 본론에 들어가는 건 어렵지 않았다.

"혹시 소송은 생각해 봤어?"

그래, 갑자기 잡은 콘서트도 끝났으니까 이 화제가 돌아올 때도 됐지. 나는 솔직히 대꾸했다.

"생각은 해봤는데··· 솔직히 지금 반년 이상은 부담스러울 것 같습니다. 기세가 무너질 테니까."

"그것도 일리 있는 말이야."

류청우가 조용히 맥주를 마셨다.

"지금 1년과··· 10년 후의 1년의 가치가 다르겠지."

그렇다. 불확실한 전성기가 어릴 때 짧게 끝나는 직군이 가지는 고민이다.

─이 일이 최전성기 1년을 버리고 갈 가치가 있는가?

류청우는 본래 운동선수였기 때문에 이 가치판단이 더 익숙할 것이다. 놈은 쓴웃음을 지었다.

"세진이는 아직 포기하지 않은 것 같더라. 뭘 많이 알아보고 있던데.

변호사도 만나고."

"…변호사요."

"그래. 문자로 상담하는 것 같아."

죽을 둥 살 둥 연습하면서 대체 그럴 시간은 언제 만들었냐.

나는 기가 막히면서도 동시에 입맛이 좀 썼다. 그놈이야말로 콘서트가 아니라 소송 준비를 하고 싶었을 텐데, 나 살겠다고 눈이 뒤집혀서 뜬금없이 기부 콘서트나 했으니 답답했겠군. 죽었다 깨어난 놈 소원이라고 많이 참은 모양이다.

"……"

나와 류청우는 말없이 맥주만 들이켰다. 그리고 내가 먼저 입을 열었다.

"일단… 세진 형을 부를까요."

"그래."

아무래도 소송에 적극적으로 찬성하는 의견이 껴야 이야기가 진행될 테니까. 나는 배세진을 메시지 호출했다.

[형, 청우 형 방 좀 와주실래요 저희 이야기 중인데]

1이 사라지더니, 답장도 없이 와다닥 달려오는 소리가 저기서부터 들리더니, 곧 조심스러운 노크 소리가 울린다.

"……"

거, 굉장히 알기 쉬운 놈이다.

"들어오세요."

"…어어!"

나는 놈에게 문을 열어줬고, 그렇게 구도는 삼자대면으로 바뀌었다.

"소송 이야기 중이었는데요."

"…! 그래."

"예. 형은 여전히 회사 소송을 했으면 좋겠다는 입장이시죠."

"…그렇지."

배세진의 얼굴에 긴장감이 서렸으나, 대답은 제법 담담했다. 더 이상 얼굴 벌게져서 고함지를 일은 없….

"인권위 권고가 왔는데도 꼬리 자르기만 하고 본부장도 안 바뀌었잖아…! 이대로면 얼마 안 가서 원상 복귀될 거라니까."

"……."

"지금 조용해지기만 기다리는 거야!!"

아니다. 이미 충분히 열 받았군.

뭐… 회사가 지금 몸을 바짝 낮추고 사리고는 있다만, 배세진 말도 맞긴 했다. 본부장도 안 바뀌긴 했지. 그런데 사실 안 바뀌는 편이 좋다.

"형, 그래도 그 본부장 계속 있는 편이 편할 것 같긴 한데요."

"뭐?? 왜!"

나는 덤덤히 말했다.

"쫄았을 테니까."

"……??"

"아마 아무 일도 못 벌이고 우리 눈치나 보게 될걸요. 사건이 하도 커져서 안 그럴 수가 없을 겁니다."

한마디로 서열이 바뀌었다는 뜻이다. 소속 가수가 회사 실수로 죽을 뻔했는데 그 가수들에게 고소 명분까지 있는 순간 끝이지. 아마 본사에 죽도록 깨졌을 텐데, 자리보전하려면 앞으로 고생깨나 해야 할 것이다.

나는 맥주 캔을 가볍게 분리수거용으로 찌그러뜨렸다.

"그러니까, 이 회사가 좀 쓰레기같이 느껴지더라도 앞으로 우리 운신은 더없이 편할 거란 뜻이죠."

"쓰, 쓰레기까진…."

"음, 비도덕적이라고 수정하겠습니다."

"……."

배세진은 잠시 말이 없어졌다. 말문이 막힌 것인지, 기가 막힌 것인지는 모르겠지만…… 곧 한풀 꺾인 목소리로 대답했다.

"그래… 다들 그렇게 생각한다면야."

이러면 지난번 병실에서 소송 유예했던 때처럼, 배세진이 다수결에서 밀려서 포기해야 하는 구도가 반복되는 건가. 배세진은 잠깐 주저하는 것 같더니, 곧 말을 이었다.

"사실, 나는 좀 그런 생각을 했어. 이번 일로 소송을 걸어서 이기면 좋은 선례가 남을 거라고…."

"……."

거기까지 생각했나.

"그런데, 맞아. 그런 일 생각할 시간 있으면 팀에서 내 역할이나 제대로 해야지."

배세진은 고개를 떨구었다.

"소송 포기할게."

"아니…."

이렇게 압박을 주려는 건 아니었는데. 그냥 좋게 설득해 보거나, 소송을 하더라도 최대한 단기간에 끝날 수 있는 방향으로 잡아보려고 했지.

나는 잠시 말을 고민했다. 하지만 류청우가 먼저 온화하게 입을 열었다.

"다들 그렇게 생각하는 건 아니야, 세진아."

"어?"

"나는 소송 괜찮은데?"

"…!"

뭐?

배세진이 고개를 번쩍 들었다.

"…지, 진짜??"

"응."

너 이 새끼 아까는 소송 부담스럽다는 내 말에 동조하지 않았냐?

…잠깐. 나는 류청우가 맞장구친 문장을 떠올렸다.

−그것도 일리 있는 말이야.

…'그것도'였군. 나는 침음성을 참았다. 이놈은 중립이었다.

'그러고 보니 병실에서도 그랬지.'

류청우는 여전히 평온한 어투로 말을 이었다.

"그리고 세진이 넌 충분히 팀에서 맏형으로서 역할 잘하고 있다고 생각해."

"……."

이건… 좀 더해줄까.

"저도 그렇게 생각합니다. 소송은 그냥 제가 확신이 없어서 그런 거니까 걱정 마세요."

"너희……."

배세진은 순간 감동한 것 같았으나, 곧 정신을 차리고 헛기침을 했다.

"크흠, 그럼… 다른 애들한테도 물어볼까? 혹시 마음 안 바뀌었는지!"

"예. 그러죠."

"좋아."

그리고 잠시 뒤.

"소송이요? 어… 안 하기로 하지 않았나요? 하하."

"소, 소송을 하면 다음 앨범은 무기한 연기입니까…?"

"저 활동 할래요! 활동 좋아요!"

"……."

K.O였다.

심지어 찬성이었던 차유진도 콘서트 맛이 좋았던지 돌아섰다. 배세진은 쓸쓸한 얼굴로 바닥에 앉아서 패배를 곱씹기 시작했다. 좀 측은하군. 그나마 중립으로 남은 선아현은 안절부절 못 했으나, 곧 한 손을 들고 조심스럽게 발언했다.

"저… 소, 소송을 하면, 쉬는 건가요…?"

"맞아, 아현아."

류청우가 대신 대답했다. 그러자 선아현이 눈치를 보더니, 작게 대답했다.

"그, 그럼 너무 길지 않으면… 저는, 좋아요."

"…!!"

이게 무슨 소리야. 나는 당장 물었다.

"선아현, 너 쉬고 싶었어?"

"으? 으응……."

선아현이 시선을 피했다. 이놈이…?

"잠깐잠깐, 아현이 그럼 쉬고 싶어서 소송하자는 거야~?"

"으응, 콘서트도 잘 끝났고, 바, 반응도 좋다니까. 조, 좀 쉬면서… 몸도 관리하고, 하면 좋을 것 같아서…!"

큰세진이 얼른 말을 낚아챘다.

"에이, 그럼 쉬면 되지~ 새 앨범 준비 전에 한 이삼 주 스케줄 빼고 어디 요양이라도 다녀오자!"

"오~"

"요양 뭐예요?"

"맛있는 거 먹고 놀기~"

"좋아요!"

찬성표가 쏟아진다. 배세진이 큰세진을 노려보려다 참는 게 보인다. 어차피 선아현이 소송에 찬성해도 다수결에선 못 이겼을 테니까.

문제는 나인가. 나는 짧게 고민한 뒤, 새 캔의 맥주를 한 모금 들이켜고 대답했다.

"요양 좋지."

"오!"

"지, 진짜…?"

"그래."

어차피 큰 고비는 끝났다. 진실 확인을 누를 때까지 아직 유예 기간이 남아 있으니 그동안은 좀 여유롭게 보내도 되겠지. 큰 사고긴 했으니까.

'…내가 너무 무리하게 만든 것도 있고.'

나 말고, 이놈들한테 말이다. 퇴원하자마자 기부 콘서트 기획, 그것도 이 판에서 제일 잘나가는 선배를 게스트로 끼우는 계획을 밀어붙였다. 나야 절박했지 이놈들은 그냥 생떼 들어준 거나 다름없다.

'그래도 설득할 때 만든 논리는 유효하게 먹히긴 했었다만.'

나는 당시 대화를 짧게 회상했다.

-화제성이 필요할 것 같아서요.

-화제성?

-예. 사고나 회사에 난리 난 거 말고, 원래 아이돌이 소비되는 방향대로요. 그리고 갈등이 동반돼야 더 뜨거울 테니까.

-음.

그 방법에 라이벌 포지셔닝만큼 잘 먹히는 게 드물다, 이 말이었다. 그리고 이건 얼추 멤버들에게 동기부여가 되어준 모양이다. 다행이었다. 결과가 좋았으니까.

'콘서트 끝나고 후속 조치도 잘 들어갔고.'

기부랑 사진을 선방으로 날렸으니 한동안은 여론도 괜찮을 것이다. VTIC도 이득을 좀 본 것 같아서 떨떠름하긴 하다만, 대중과 당사자들이 수용 가능한 선에서 챔피언과 도전자 구도는 괜찮게 잡힌 것 같다.

'어차피 테스타가 더 커지면 자연스럽게 잡힐 구도를 좀 당겨 온 거지만.'

그렇게 이 콘서트로 뽑아먹을 건 다 뽑아먹었으니, 이제는 나도 양심이 있으면 좀 양보해야겠지. 소송까지는 못 하더라도 쉬고 싶다는데 방해할 생각은 그만두자.

'소송도… 보고, 배세진이 원하는 효과는 어떻게 낼 수 있을 것 같은데.'

나는 천천히 뇌를 굴렸다. 맞은편의 류청우가 빙긋 웃었다.

"나도 좋아. 회복기를 좀 가져야지. 세진이는?"

"…그런 건 괜찮지."

"좋아, 다들 찬성이네."

분위기는 화목해졌다. 큰세진이 내 앞에 있던 맥주를 가로채 하나 뜯었다. 참자.

"아~ 마침 얼마 안 가서 추석이니까, 그때 본가 가기 전에 모여서 푹 쉬는 걸로 할까요?"

"조, 좋아…!"

어디를 갈지 신나서 떠들려는 놈들 사이로, 이번엔 김래빈의 손이 슬쩍 올라왔다.

"어, 래빈이 왜?"

"아, 다름이 아니라… 그럼 회사에는 모든 스케줄과 다음 활동 준비를 중단한다는 뜻을 전하는 겁니까?"

그건 괜찮았다.

"어차피 우리 스케줄 한동안은 거의 없어. 팬들 보여 드릴 영상만 몇 가지 찍는 걸로 알고 있는데."

"그렇군요! 그럼 팬들이 보실 영상만 취소…… 음."

그래, 그렇게 만드니 문장 뜻이 오묘해지긴 하는군. 다행히 그럴싸한 의견이 나왔다.

"그럼 우리 쉬는 모습 보여 드릴까? 좀 편하게~ 무인 카메라 설치해 달라고 말씀드려서!"

"…그런 걸 보고 싶어 하실지 모르겠는데."

"뭐, 좀 노잼일 수도 있지만… 뭐 어때요! 힐링 여행 예능이 다 그렇지 뭐~ 기부 콘서트도 한 방 쳐놨으니까 괜찮을 것 같은데요?"

그건 맞는 말이었다. 휴식기용 컨텐츠로는 나쁘지 않지. 여기저기서 비슷한 찬성 의사가 나왔다.

다만 테마는 좀 바꿔야겠다. 나는 캔을 비우고 입을 열었다.

"그런데 여행은 좀 컨셉이 겹치지 않나. 우리 전 리얼리티에서도 여행했잖아."

"아, 그렇지."

"훌륭한 지적이십니다."

아이돌 워킹홀리데이, 호떡을 만들어 팔고 다녔던 추억에 다들 오묘한 표정이다. 나는 팔짱을 꼈다. 그거 말고 뭐 대표적인 힐링 예능 없나. 요양이랑 맞는 걸로 말이다. 여행 말고 날로 먹을 만한 게… 아, 그거.

닭발.

"먹방으로 테마 잡는 건 어때요."

"먹방?"

증명된 컨텐츠 아닌가. 나는 〈아주사〉 당시를 떠올렸다. 그리고 그걸 떠올린 건 나뿐만은 아니었다. 큰세진이 폭소했다.

"역시 닭발 티벳 문대네~ 아, 티벳? 그렇지, 우리 거기 동물도 섞자!

뭐 다른 키워드 없나??"

"자, 자연 풍경…?"

"…그거 좋네."

그렇게 엉겁결에 온갖 힐링 키워드가 조합되어서, 급조한 예능이 긴급 편성되었다는 소리다.

〈시골 가서 요양하는 테스타〉

…그리고, 이때까지는 이 즉석에서 막 만든 예능이 어디까지 갈지 모르고 있었다.

예능 제작은 예상보다도 술술 풀렸다. 적당히 무인 카메라만 설치하고 위튜브에 에피소드 형식으로 공개할 생각이었는데, 본사가 이야기를 들었는지 바로 연락해 왔다.

─마침 CVN에 자리가 하나 났다는데 그쪽으로 가시는 건 어떠세요?

알음알음 알아보니 웬 드라마가 출연진 문제로 2주쯤 펑크가 난 것 같았다. 그 자리에 꽂아주겠다는 것이다. 당연히 일반적인 제안은 아니다.

"생각보다도 저자세던데요."

"음."

"그러게~ 눈치 좀 보시네!"

다른 놈들의 판단도 비슷했다. 누가 봐도 테스타와의 원활한 관계 회복을 위해 굽히고 들어오는 전략이다. 다만 배세진은 미끼성 회유책 같다며 탐탁지 않아 했다.

"이거 먹고 입 닦으라는 것 같잖아. 가수 활동도 아니고 예능으로…!"

그것도 진실일 수 있겠지만, 그 의견을 강력히 주장하지는 못했다.

"물론… 소송 안 하기로 했으니까, 받아도 상관없겠지만."

소송을 안 하기로 결론이 나왔으니까.

"아, 형. 그거 말인데요."

"어?"

"소송용으로 각자 모은 자료, 취합해서 좀 정리해 보려는데 괜찮을까요."

"그, 어! 상관은 없지만… 왜?"

"확인해 보고 싶은 점이 있어서요."

"…?"

배세진은 의아한 눈치였으나 순순히 자료를 넘겼다. 그리고 나는 약간 놀랐다.

'…판례를 다 찾아봤군.'

전 매니저와의 상황부터 법적 자문까지. 생각보다 현실적으로 꼼꼼히 모은 흔적이 역력한 자료였다. 여기에 내가 녹음했던 통화 내역과 문자 내역을 더하면 정말 그럴싸한 소송자료가 될 만했다.

나는 인정했다.

'대단한데.'

배세진에게 기회만 주어졌다면 진짜 승소했을 수도 있겠다. 최소 1년이 넘게 소요되고 승소하더라도 업계 분위기상 우릴 받아줄 소속사와 주류 방송이 없어서 문제겠지만, 정말 배세진 말대로 이런 승소 케이스가 쌓인다면 분위기도 바뀌겠지.

"……어때."

나는 솔직한 답을 내놓았다. 이 노력과 집중력의 증거는 그럴 자격이 있었으니까.

"사실 다른 방향으로 소송 같은 효과를 낼 수 있지 않나 생각 중인데요."

"…! 그런 게 가능해?"

"저도 고민 중이라 확신은 없는데… 형이 준비하신 자료가 워낙 좋아서요. 제 생각이 정리되면 형에게 좀 상담받고 싶은데, 괜찮으실까요."

"당연히 괜찮지!"

배세진은 말한 다음에 약간 머쓱해하는 것 같았으나, 어쨌든 기분은 다소 나아진 것 같았다.

'…정리를 더 해봐야겠군.'

나는 일단 그것을 스마트폰에 넣어두었다.

그렇게 소송 관련 이야기는 넘어가고, 어쨌든 본사의 제안은 냉큼 받았다. TV 편성이야 좋은 일이지 않은가. 그리고 전문 예능 인력들이 급속히 붙으면서 규모가 뻥튀기되었다는 점은… 무작정 긍정적인 일인지는 약간 모를 일이다만.

당장 급조된 첫 미팅에서 나온 말이 이거다.

"저희가 섬을 하나 섭외했는데요!"

"…예?"

"에이, 전국 어딜 가나 테스타 팬분들이 있잖아요~ 약간 극성스러운 분은 따라오실 수도 있고!"

제작진이 싱글벙글 웃으며 화면에 자료를 띄웠다.

"그래서 아예 다른 예능에서 쓰던 섬이 하나 있는데, 거길 통째로 잡았어요."

듣기로는 웬 부자의 개인 소유 섬인데, 별장을 제법 멋지게 지어뒀다고 하더라. 게다가 올해 초에 무슨 탈출 예능을 진행한 적이 있어서 방송 관련 시설도 제법 구색을 갖춘 곳이라고 한다. 덕분에 부족한 시간을 많이 절약할 수 있었다는 말도 들었다.

"딱 적당하죠? 테스타 분들끼리 자연환경에서 편하게 즐기는 그림에 어울릴 거예요."

제작비 내에서 어렵게 해결 가능했다며 뿌듯해하는 제작진을 두고 멤버들은 약간 당황했다. 이거 쉬는 분위기는 낼 수 있으려나 싶지 않은가. 스케일이 너무 커져서 각 잡고 일해야 할 것 같은데 말이다.

그러나 제작진은 단호했다.

"노세요! 편하게 노세요!"

"어, 그래도 괜찮을까요?"

"그럼요~ 힐링 예능에서 스토리, 방송 분량 이런 건 편집에서 알아서 하는 거죠!"

굉장히 자기 주도적인 제작진이었다.

"하고 싶은 거 다 말해보세요! 요트? 마사지? 요가?"

"대게 먹어요!!"

"대게 좋다!"

그리고 제일 먼저 차유진이 넘어가더니 어느새 한 놈 한 놈 자기가 하고 싶은 것을 성토하는 장이 된 것이다. 캠프파이어, 수영, 명상, 등산까지 나오더니 결국 나한테도 질문이 돌아왔다.

"문대 씨는요?"

"저는⋯ 글쎄요. 요리를 해볼까 하는데."

대중 컨텐츠로도 적당하고 실제로도 못하는 편은 아니니까 볼만할 것이라고 생각했다. 하지만 제작진 입장에서도 요리는 당연히 기본으로 넣을 생각이었나 보다.

"그건 자연스럽게 하게 되니까~ 뭐 쉬시면서 특별히 하고 싶으신 건 또 있을까요?"

차유진이 끼어들었다.

"문대 형 사진 잘 찍어요! 최고예요!"

"오~ 그럼 같이 사진 찍으러 섬 돌아다니시는 것도 좋겠네요!"

활동량이 절찬리에 늘어나고 있군. 나는 최대한도의 실내 생활을 기획하던 마음을 접었다. 아무래도 제대로 일하게 될 것 같았기 때문이다.

그리고 우여곡절 끝에 찾아온 촬영 첫날.

"⋯⋯?"

"진짜 이게 끝이야?"

제작진은 우리를 무인 카메라가 곳곳에 설치된 근사한 별장에 방사했다. 말 그대로, 어떤 지시도 터치도 없이.

"어… 음, 게임 같은 거 없나?"

"미, 미션이라도 주실 줄 알았는데…."

없었다. 그냥 해변과 산, 들꽃길이 절경인 섬의 큼직한 3층짜리 별장에 7명이 들어갔을 뿐이다.

"……."

"……."

거실에 슬그머니 앉아 있던 놈들은, 곧 상황을 이해했다.

"진짜 우리 하고 싶은 대로 하라는 거구나."

"와, 이런 거 처음인데요?"

그리고 곧 본분대로 신나서 별장을 돌아다니기 시작했다.

"와, 여기 방 좋다!"

"2인 1실이 기본… 아, 여기는 3인이 함께 잘 수 있는 방 같습니다!"

"정말 커요!"

"…문대야 뭐 하니?"

"수압 확인이요."

별장 건물은 좋았다. 이 외딴 섬에 대체 이걸 어떻게 지어서 유지 중인 건지는 모르겠으나, 가스와 수도관이 완비되어 있었다.

'옥상에 물탱크라도 있나.'

어쨌든, 방송이라 1인 1실이 보장되지 않는다는 것만 제외하면 정말로 요양하기 부족함이 없는 환경이었다는 것이다.

[테스타를 위한 웰컴 푸드 *^^*]

주방에는 심지어 꽃목걸이와 이런 카드가 올라간 간식 바구니까지 있었다. 냉장고를 열어보니 식재료도 완비 상태.

'대단하긴 한데.'

솔직히 말하자면 영상은 하나도 재미없을 것 같았다. 나는 큼직한 삼계탕용 오골계가 들어 있는 냉장고를 조용히 닫았다.

"저는 까만 닭 먹고 싶어요! 같이 요리해서 먹어요!"

"그래."

"Yeeeees!"

차유진이 제일 신났군. 어쨌든 한바탕 집 구경을 마치고 나니 이젠 이 별장 밖이 궁금한 놈들이 밖을 기웃거리기 시작했다.

"저거… 설마 축사야?"

"맞는 것 같은데요."

"문대문대, 저거 봐! 그 탈출 예능! 거기서 썼던 세트장 틀인가 봐~"

"신기하네."

컨테이너를 아직 철거하지 않은 건지, 아니면 주인이 놔두라고 한 건지는 모르겠지만 방송 로고가 달린 벽면이 그대로 남아 있었다. 뭐, 한 사흘째 즈음에 할 일 없으면 구경 삼아 들어가 봐도 괜찮을 것 같다. 같은 방송사니 홍보도 되고 좋아하겠지.

'솔직히 사흘만 버텨도 신기할 것 같은데.'

여기서 세끼 밥 말고는 뭐 할 게 있냐 말이다. 하루 이틀 섬 탐방하고 나면 할 게 없어질….

"형. 그건?"

"아, 등산하기 좋을 것 같아서."

"……."

저건… 요리 담당으로 회피해야겠군.

나는 이런 산길이 제대로 닦이지 않은 곳은 위험하다는 등의 설득 논리를 떠올리며, 류청우가 챙겨 온 7켤레의 등산화에서 시선을 뗐다.

"추, 축사에 병아리 있어…!"

"헐, 너무 귀여운데?"

그 후로는 대충 탐험 비슷한 분위기였다.

가장 먼저 가본 별장 바로 옆 축사는 닭과 병아리가 차 있었다. 모양새를 보니 이번에 지어둔 것 같았다. 병아리 보고 눈이 뒤집혀서 귀엽다고 소리 지르는 놈들은 됐고, 대충 역할은 짐작됐다.

'계란 서리하라고 넣어둔 것 같군.'

이런 예능에 국룰 아닌가.

그리고 바닷가 좀 구경하고 근처 들꽃이 흐드러지게 핀 길을 산책 겸 걷다 와서 간단히 식사 좀 했다. 메뉴는 제일 쉬운 김치찌개.

"밥이 미리 되어 있더라. 햄 통조림도 있고."

"…찌개 맛있다."

"음, 닭장에서 계란 좀 가져와 볼까요?"

이때쯤 되면 슬슬 감이 온다.

'진짜 시골 요양이랑 다를 게 없잖아.'

솔직히 말하자면 카메라의 존재도 거의 잊고 있었다. 심지어 산책하러 외출할 때도 사람이 아니라 드론으로 카메라가 따라왔다. 얼마나 자연스러운 그림을 뽑으려고 이러나 싶긴 한데, 역시 컨텐츠는 별것 없겠다고 결론 내렸다.

그러나 점심 먹고 적당히 식곤증이 올쯤.
띵—동! 뜬금없이 초인종이 울렸다.
"오~"
"드디어 미션이야?"
아니었다.
"안녕하십니까! 오늘 명상 클래스 신청하신 분들이시죠?"
"헉!"
"네, 네…!"
미팅에서 툭툭 요청한 것들이 실제로 입안에 쏟아지기 시작한 것이
다. 명상 수업부터 아로마 마사지까지, 전문가들과 장비가 때마다 별장
앞으로 도착했다.
"선베드에 엎드려 누워주세요~"
"넵!"
"으허헉."
이때 배세진이 안마 받으며 죽는소리 내는 건 좀 웃겼을 것 같다.
어쨌든, 진정한 '테스타 하고 싶은 거 다 해'의 실현이다. 남이 호의
호식하는 걸 또 방송에서 보는 게 지겹지 않을까 싶긴 하지만, 대리만
족은 될 것 같아서 어느 정도 안심은 된다.
게다가 최소한 선은 지키려는지 집안일 같은 건 우리가 직접 해야 했
다. 이건 그럴 만했다. 아무리 그래도 놀고 휙 나가는 그림만 나오면 보
기 안 좋으니까. 7명이나 있으니 금방 끝나서 별로 거슬릴 것도 없었다.

생활력 없는 놈들도 열심히 하려고 하니 나쁘게 보이진 않겠지.

"저 요리 잘해요!"

"아니, 넌 요리는 못하고 짐을 잘 옮기니까 차라리 빨래를⋯."

"김래빈이 요리 못해요."

"아냐! 난 지난 몇 차례의 요리 영상들에서 인정받았⋯."

이런 것도 컨텐츠로 써줄지는 모르겠는데 뭐, 나온다고 해도 매번 저러니 불화설은 안 나올 것이다.

그렇게 꿀이 달달한 사흘이 순식간에 지나갔다.

"후암."

"네 맘에~ 파팡파팡⋯."

슬슬 풀어진 놈들이 푹 늦잠을 자거나, 집 안을 뛰어다니며 노래를 부르는 등 카메라 없을 때나 할 법한 행동을 하기 시작했을 때.

제작진에게 연락이 왔다. 이것도 방송 그림을 생각한 건지 전화가 아니라 문자로 오긴 했지만.

"어? PD님이세요?"

"응."

류청우의 스마트폰으로 온 문자에는 이랬다.

[기상환경이 악화된다고 합니다. 실내 활동 위주로 안전에 유의해 주세요!]

육성으로 그걸 한번 읽어준 큰세진이 어깨를 으쓱했다.

"오~ 그럴 수도 있겠네요. 사흘간 쨍쨍했으니까."

"그러게. 축사를 좀 보강해 둘까?"

검색해 보니 강풍 동반 비바람이라고 하기에, 우리는 축사를 보강하는 소일거리를 하며 그날 오전을 보냈다.

그리고 그날 밤.

콰콰콰콰콰광!!!

"와 씨!"

"소리 진짜 크네."

실제로 들이닥친 천둥 번개를 동반한 비바람에, 혀를 내두른 놈들은 얌전히 실내에서 보드게임을 하며 보냈다.

그러나 다음 날.

콰과광!! 콰과과광!!

"……."

"…여전히 오네?"

비와 강풍은 그치지 않았다. 오히려 거세졌다.

"문대문대, 저거 봐."

창밖을 보자 해변에서 미친 듯이 파도가 들이닥치는 꼴이 보였다. 조금만 더 앞에 별장을 지었다면 이 안까지 물이 들어찼을 기세다.

[여러분 지금 도저히 배를 띄우거나 섬에서 도보 이동할 수 없는 상황이라 잠시만 대기 부탁드립니다. 곧 대책을 강구하겠습니다.]

PD의 문자에서는 웃음기가 쪽 빠졌다.

"으으음."

"원래 오늘은 갠다고 했는데 일기예보가 틀렸나 봐요. 아이고야."

그리고 수정된 일기예보 첨부를 보니, 적어도 모레까지는 이 꼴일 것 같았다.

'망했군.'

벌써 이 방송의 미래가 보인다. 날 밝을 때 찍은 걸 어떻게든 많이 살리느라 루즈해질 꼴이.

물론 방송 외의 다른 걱정도 튀어나왔다.

"다, 닭들에게 모이는 줘야 할 텐데…."

선아현의 그 말에 차유진이 질문했다.

"우리 밥은 괜찮아요??"

"…!!"

"잠깐."

나는 당장 계산했다. 원래 신선 재료를 보급해 주겠다던 텀이… 오늘이었다. 즉, 슬슬 물량이 달린다는 소리다.

"즉석 밥이랑 통조림은 있어. 그렇게 굶진 않아."

"우우."

차유진이 축 처졌다.

'아니, 먹을 것뿐만 아니야.'

카메라의 녹화 용량을 갈아줘야 하기 때문에 가끔 방문하던 스탭의 방문도 끊긴 상태다. 전체적으로 모든 게 올스탑된 것이나 다름없다.

나는 결론을 내렸다.

"···앞으로 이틀은 우리끼리 이 상태로 이대로 있어야겠는데."

"······."

"오······."

할 말을 잃은 사람들 사이로, 김래빈이 침을 꿀꺽 삼키고 말했다.

"그럼 저희··· 사실상 무인도에 조난당한 거 아닙니까?"

"···!"

상상도 못 한 컨텐츠가 도래했다.

무인도 조난 1일째.

콰과광!!

별장 밖에서는 여전히 미친 듯이 비바람이 몰아치고 있다. 그래도 별장은 멀쩡해서 다행이었다. 이걸 지은 놈이 자기 보신에 아주 투철한 정신을 소유해서 그나마 안전 걱정은 안 하는군.

나는 한숨을 참으며 거실에 드러누웠다. 옆에 차유진이 똑같이 드러눕는다.

"이렇게 생각하면 좋아요. 밖이 좀비 아포칼립스로 망한 거죠! 그래서 우리끼리 이 안락한 쉘터에서 지내는 거예요."

"그래. 대단히 위로가 된다."

"히히!"

웃지 마라, 이놈아. 헛웃음이 나긴 한다만 그래도 머릿속이 좀 복잡했다.

'촬영 어쩌냐.'

이대로 며칠 분량이 날아가면 정말로 망한 것 같⋯⋯⋯.

"형, 어차피 지금은 촬영 못 하잖아요. 릴렉스~ 하고 편하게 지내요."

"…!"

"원래 사람이 할 수 없는 일로 고민할 필요 없어요."

⋯아주 단정적으로 말하는군. 나는 잠시 입을 다물었다가, 비가 몰아치는 밖을 보고 인정했다.

'뭐 날씨를 내가 어쩌겠냐.'

어차피 땜빵 편성이었는데 예능 하나 말아먹는다고 큰일 나진 않겠지. 다음 걸 잘하면 된다.

"그래. 네 말이 맞다."

"맞아요!"

나는 거실에 누워서 비를 보며, 아무 생각 없이 식사 시간까지 시간을 보냈다.

그리고 점심시간. 일곱이 다 같은 보존식으로 식사를 하고 있자니 정말로 무슨 재난 영화에 들어온 기분이 들긴 한다.

"으음, 우리 축사 가서 계란이라도 있나 보고 올까요?"

"세진아, 쓸려 간다."

"넹."

그렇게 감흥 없는 식사를 두 번쯤 마치고 나니 시간이 붕 뜬다. 게다가 안 그래도 느리던 스마트폰 데이터 서비스는 한층 더 버벅거리기 시작했다.

'진짜 고립된 느낌 나는데…'

덕분에 정말로 할 게 없다.

오늘 식사 준비를 담당해서 뒷정리를 면제받은 나는, 기상 상황이 제일 잘 보이는 거실에 앉아서 생각에 잠겼다. 보드게임도 할 게 다 떨어졌고 뭐 밖에 나가서 식량을 구할 수도 없으니….

지이잉. 툭.

"…‼"

그때.

갑자기, 주변이 캄캄해졌다.

"어어??"

"다들 괜찮으십니까?"

정전이었다. 무인도라 밤에는 밖에 다른 광원이라곤 없다. 완전히 칠흑 같은 암전.

나는 바로 상체를 일으켰다. 그 순간, 누군가 어깨를 덥석 잡았다.

"…!"

"형!"

"그래."

…차유진이군. 거실에 빨래를 가져오던 중이었지. 나는 목소리를 확인한 뒤, 다른 놈들의 목소리를 파악했다.

"얘들아, 일단 움직이지 말고 암적응부터 하자."

이건 류청우고.

"네, 네…!"

"와, 5초만 빨랐으면 설거지 중에 멈출 뻔했다니까요."

이건 선아현이랑 큰세진. 차유진은 옆에 있고, 김래빈은 소파에. 남은 건……

'배세진은?'

그 순간, 밑에서 넘어지는 소리와 함께 비명을 참는 소리가 들렸다.

으으읍!

"…!"

"형!"

다행히 다시 들려온 목소리는 멀쩡했다.

"…괜찮아!"

다만 약간 떨리고 있긴 했다. 나는 소리가 들린 방향을 향해 외쳤다.

"무슨 일 있어요?"

"이, 이상한 걸 봤는데… 아니, 오지 마! 내가 갈게."

"아뇨. 계세요."

너야말로 움직이지 마라. 나는 손에 든 스마트폰에서 손전등 기능을 켜고 자리에서 일어났다.

"같이 가요!"

같이 가는 건 괜찮다만 남의 목을 조르진 말고.

나는 차유진을 달고서, 불빛을 보고 달려온 다른 놈들과 합류해 빠르게 이동했다.

"세진 형, 거기 있어요?"

배세진은 애매한 자세로 바닥에 엎어져 있었다. 스마트폰 손전등 불빛이 들어오자 화색이 되는 게 아무래도 암전이 무섭긴 했나 보다.

"다리 괜찮아?"

"…괜찮아. 문제없어."

배세진은 그 말대로 류청우의 손을 붙잡고 멀쩡히 자리에서 일어났으나, 약간 긴장한 기색이다.

"저기… 넘어지면서 내가 뭘 민 것 같은데."

배세진이 침을 삼켰다.

"저런 게… 나와서."

놈이 가리키는 방향으로 즉시 스마트폰 불빛을 움직였다.

반쯤 밀린 캐비닛. 그리고 그 뒤에, ……문?

불빛에 드러난 것은 칙칙한 색의 방화문이 맞았다.

"헐."

"이게 뭐야."

배세진이 저걸 발견할 수 있던 건 바닥에 은은하게 야광빛이 도는 탓인 것 같다. 아무래도 야광 도료 따위를 쓴 것 같다.

"와, 이거 무슨 비밀 방 같은 건가?"

"제 생각에는 대피 용도로 쓰시는 것 같습니다!"

"그럴싸한데."

숙덕거리던 놈들은, 곧 '사유지니 함부로 들어가지 않는 게 좋겠다'는 매우 상식적인 판단을 내렸다.

'…지하로 이어지는 것 같은데.'

구조상 저 문 너머 근처가 들꽃길이었던 것 같다. 큰세진이 으스스하게 뒤에서 중얼거렸다.

"이거 꼭 그거 같지 않냐? 왜 눈 오는 산장에서 고립됐는데, 숨겨진

문에서 사건이 발생하는… 억!"

"아니다."

끔찍한… 아니, 말도 안 되는 소리 말아라. 나는 큰세진의 등짝을 갈
기고 도로 거실로 돌아왔다. 다른 놈들도 종종걸음으로 따라오며 각
자 방에 들러서 스마트폰을 찾았다.

"휴."

"이걸로 손전등을 찾을까요?"

"현관 옆 팬트리에 있었어. 가져올게."

"오오~"

류청우의 활약으로 손전등을 확보하고 나자 좀 살 만해졌다. 문제는
이대론 스마트폰을 다시 충전할 수단이 없다는 것이다.

'아껴 써야겠는데.'

전기가 나갔으니 별수 없지. 나는 혀를 찼다.

"음, 위험할 수도 있으니까 우리 모여서 잘까?"

"대찬성이요~"

"무서운 이야기 말해요!"

그날은 거실에 모여서 취침했다. 차유진이 자신이 영어로 무서운 이
야기를 할 테니 번역해 달라는 것을 넘기느라 기력을 추가 소모했다.

그리고 다음 날 아침, 상황은 더 환장하게 흘러갔다.

"다, 닭장이…!"

"어어? 떠내려가는데??"

이틀 내내 내린 비 때문에 물이 앞마당까지 들어찬 것이다. 덕분에

강풍에 열린 축사 문 사이로 흘러나온 병아리들이 둥둥 떠서 마당 아래로 쓸려 가기 일보 직전이었다.

흐르는 흙탕물 위, 노란 덩어리가 점점이 멀어진다….

꼬고고꼭!! 닭이 애처롭게 운다.

"안 돼요!!"

"구, 구해줘야 해…!"

결국 다급함에 우산도 우비도 안 걸치고 잠옷 차림 맨몸으로 다 같이 축사까지 뛰쳐나갔다는 것이다.

'환장하겠네.'

"잡아! 잡아!"

"애들아, 안 넘어지게 조심해! 몸 낮추고!"

다행인 건 운동을 꾸준히 하던 놈들이라 흙탕물 속에 머리 박는 놈이 없었다는 점이다. 그리고 병아리들은 우여곡절 끝에 다 구출은 되었다. 차유진과 류청우가 활약했다는 점만 말해두겠다.

"다행이다!"

"휴우우…."

양손에 다 젖은 노란 덩어리들을 든 놈들은 뒤뚱뒤뚱 축사로 걸어가서 원상복구를 시도했다.

"휴, 다행이다."

"온 김에 계란도 가져가죠!"

비를 온몸으로 다 맞고 있는데 옷에서 물기를 짜내는 게 무슨 소용인가 싶다만, 어쨌든 간에 놈들은 몰골을 정리하며 뿌듯해했다.

그리고… 계란이라.

'음.'

나는 머리를 털며 말했다.

"한 마리 먹을까."

"예?"

"어어어??"

"암탉이 다섯 마리니까 하나는 잡아도 될 것 같아서."

"…!!"

성인 7명인데 닭 한 마리 못 잡진 않겠지.

김래빈이 고개를 끄덕였다.

"좋은 생각이십니다. 보존식을 지나치게 많이 섭취하면 건강에 좋지

않……."

"No!! No! 안 돼요!!"

"으아아니 세상에 문대야 방금 구출한 이 조그만 병아리들을 두고

어떻게 그런 말을!!"

"걔네 말 못 알아들어. 그리고 원래 다 먹으려고 키우는 거 아니냐."

그리고 막상 닭 잡으면 제일 좋아할 놈들이 제일 반대하는 게 웃기

긴 하는군. 차유진이 제일 반대가 극렬했다.

"먹는 거 아니에요!! 잘 키우는 거예요!"

이놈은 영어까지 섞어가며 '어린 왕자와 장미' 비유를 열정적으로 설

명했다.

"어린 왕자의 장미가 특별하듯이, 이 닭들은 우리한테 특별한 닭인

거라니까요?!"

오냐, 알았다.

"하하, 그래. 달걀이나 가져가자."

류청우의 정리를 끝으로, 김래빈이 나에게 은밀하게 속삭였다.

"닭을 잡으면 차유진에게 분배해 주지 않는 건을 강력히 건의합니다."

"……."

아무튼 그 난리를 겪고 계란을 쥐고 실내로 복귀했다는 뜻이다.

하지만 또 복병이 기다리고 있다.

"…물이 차갑더라."

"그러게요."

정전 탓인지 온수가 안 나와서 졸지에 냉수마찰을 했다. 한여름에도 뜨거운 물로 샤워한다는 배세진은 상당히 충격적인 경험을 한 모양이다.

'이대로는 안 되겠는데.'

주방이 인덕션이 아니라 가스로 돌아가서 그나마 밥은 따뜻하게 해먹어서 다행이었다만, 이것도 한계가 있다. 그래서 식사 후, 흰 쌀밥에 반숙 프라이와 고추참치로 배를 채운 놈들에게 말을 꺼냈다.

"일단 전기부터 어떻게 해야겠어."

"…그렇지."

"맞는 말씀이십니다만… 특별히 전문 지식이 없습니다."

그래. 다들 직업군이 겹쳐서 문제다. 예체능에 일생을 바친 놈들 사이에 애매한 침묵이 흘렀다. 그때 배세진이 긴가민가한 얼굴로 발언했다.

"두꺼비집, 같은 거 올리면 되는 거 아닌가."

"오."

"아, 그럴 수도 있겠네요!"

그렇지. 분전반 차단기가 내려간 종류의 문제일 확률도 있다. 나는

'태양광으로 전기를 수급해 왔는데, 요 며칠 해가 안 나서 전기까지 끊겼다…'는 상당히 비관적인 추론을 하던 중에 일단 멈췄다.

'그렇다면 생각보다 간단히 해결될지도 모르지.'

류청우가 팔짱을 꼈다.

"음, 어디쯤 있을까. 현관 밑이나 외벽에는 안 보이던데."

"여, 여쭤볼까요…?"

그 말대로 PD에게 문자를 넣어보려고 했으나, 번번이 실패가 떴다. 신호가 잘 안 잡히는 것 같다.

"강풍 때문에 장치가 망가졌나?"

"워낙 외진 곳이라 그럴 수도 있죠. 지금까지도 몇 번 잘 안 잡혔잖아요."

"으음."

잠시 고민했으나, 곧 의견은 하나로 결론 났다.

"어차피 할 일도 없는데 두꺼비집이나 찾아볼까요."

"그렇게 하시죠~"

그리하여 대충 둘 셋으로 나뉜 놈들은 손전등을 하나씩 지참하고 집 구석구석을 탐방하기 시작했다는 것이다.

뭐, 해 떨어지기 전에는 찾겠지.

"음, 없는데?"

"……."

왜 안 보이냐.

−아무래도 우리가 발견할 확률이 높지?
−그래.

나는 큰세진, 김래빈과 함께 1층 수색을 맡았다. 그리고 이런 건 보통 1층 구석에 있기 마련이었는데도, 제법 긴 시간을 돌아다녔지만 분전반은 보이지 않았다.
"다른 층에 있을 가능성도 있지?"
"그럴 수도 있지만…."
주택이라면 보통은 저층에 있지 않나?
그때, 김래빈이 손을 번쩍 들었다.
"혹시 지난번에 배세진 형께서 발견하신 비밀 문 안에 있는 건 아닐까요?"
"…!"
"오~ 그럴 수도 있겠다."
나는 캐비닛 뒤에 숨겨진, 칙칙한 색의 방화문을 떠올렸다. 확실히… 가능성은 있었다. 지하로 이어지는 것 같았으니, 거기에 보일러실이 있고 분전반도 설치되었을 수 있다.
"가볼까?"
"…그래."
나는 놈들과 함께 캐비닛이 있던 복도 구석으로 향했다.
걸어갈수록 창문이 없어 어두워졌다. 낮인데도 손전등을 켜야 했다.

"잘 가져왔네~ 하마터면 무서울 뻔!"

"시야 확보는 역시 중요합니다."

캐비닛 앞까지는 금방 도착했다. 반쯤 밀린 캐비닛을 마저 밀어버리자, 제법 커다란 방화문이 손전등 빛 아래 모습을 드러냈다.

'…보일러실 입구라기엔 좀 과하긴 한데.'

"내가 열까?"

"…괜찮아."

손전등 잡고 있는 사람이 여는 게 낫겠지. 나는 방화문 손잡이를 잡아서 돌렸다.

문은 잠겨 있진 않았다.

끼이이익.

자주 열지 않는 듯 꺼림칙한 소리를 내며 문이 열렸다.

그 안은 시커멓게 불 없이 조용했다. 손전등으로 안을 비추자, 아래로 내려가는 계단이 어슴푸레 보였다.

"……."

"……."

"…좀 무섭네?"

아니, 기분 탓이다.

"가자."

"잠깐!"

"다, 다른 곳을 수색 중인 분들과 합류하여 같이 이동하는 건 어떻습니까??"

"문대 너도 무섭잖아~ 표정에 다 보이는데?"

전적으로 쫄보 두 놈이 적극적으로 주장한 탓에, 잠시 기다려서 2층 수색팀과 합류했다.

"아, 여기."

"WOW, 캄캄해요!"

배세진과 차유진이다. 저 조합이 2층 수색도 다 끝냈을지 의심스럽긴 하다만… 어쨌든 합류했으니 들어가기나 하자. 다섯이 된 우리는 방화문이 열려 있도록 고정하고 손전등의 불빛에 의존해서 계단을 걸어 내려갔다.

지하라 그런지 온도가 낮고… 어딘가 녹슨 비린내가 났다.

뚜벅.

"여긴 대체 왜 이렇게 만들었을까?"

"주인분 취향이겠죠."

"그렇긴 하지."

뚜벅.

"…좀 생각했던 건데."

"예."

배세진이 발을 멈췄다.

"이 사람은 왜 굳이, 무인도에다가 이런 별장을 지은 거지…?"

"……."

순간, 분위기가 싸해졌다.

"…뭐, 조용한 게 좋으셨겠죠~"

"근데 그걸 예능용으로 제공했잖아."

배세진이 식은땀이라도 나는 것 같은 표정으로 말했다.

"조용한 게 좋았던 거면, 나라면 그렇게 안 해."

"……."

다시 일동이 조용해졌으나, 곧 여기저기서 필사적인 변호가 튀어나 왔다.

"예능 좋아하는 사람이에요!"

"방송국에 사이가 아주 가까운 지인분이 계셨을 수 있습니다!"

"…그렇지. 미안."

배세진은 얌전히 입을 다물었다. 나는 약간 뻣뻣해진 목을 돌려서 앞을 가리켰다.

"다 내려온 것 같은데요."

"아."

어느새 계단이 끝나고 바닥이 나왔다. 거대한 공동은… 사방에 나 무 박스 같은 게 쌓여 있는 것 같았다.

"오, 창고인가?"

"그런 것 같습니다."

약간 안심했는지 다른 놈들의 목소리가 밝아졌다.

'분전반…'

그리고 나는 계속 벽을 찾아 손전등을 돌리다가, 예상치 못한 것을 발견했다.

"…!"

"어어?"

또 다른 문이었다. 심지어 양문.

그 자체가 특이할 건 없었다. 그러나, 그 밑으로 흘러나온 것은….

큰세진이 떨리는 목소리로 말했다.

"…저거 피 아냐?"

피?

정말로, 검붉은 액체가 진득하게 문 아래 바닥에 질질 흘러내려 있었다.

"……."

인지하고 나자, 지금까지 녹슨 냄새라고 생각했던 것이 무엇인지 깨달았다.

'철분.'

피다.

"…!!"

"으아아악!!"

"으하악!!"

기겁한 비명이 공동을 꽉 채웠다. 나는 비틀거리며 뒤로 물러났다.

'신고….'

X발 어디다 신고한단 말인가? 이게 뭐야?

"맙소사 이게 대체 뭐야 XX! 피잖아!!"

"내가 이상하다고 했잖아!! 아악!!"

"올라가, 당장 올라…!"

그때.

달칵.

갑자기 불이 돌아왔다. 순식간에 시야가 훤해졌다.

"…??"

"어?"

아주 그윽한 조명등이었다. 순식간에 분위기가 뒤집혔다.

음산한 창고라고 생각했던 곳은… 제법 감각적으로 디자인된 셀러였다.

"…?!"

아까 본 나무 박스도 순 분위기용으로 쌓아둔 모양새다. 누가 봐도 인테리어 좋은 보관고.

그리고 내가 본 문은…….

"…냉동고잖아?"

그렇다. 문이라고 착각했던 것은… 모던한 회색으로 반질거리는 냉동고였다.

"……"

나는 성큼성큼 걸어가서 냉동고 문을 열었다.

아직 냉기가 남아 있는지, 코가 시원해졌다. 그리고 각종 소시지나 고기들이 녹으며 핏물이 빠져서 아래로 흘러나온 게 보였다.

비린내의 근원지였다.

"……"

"……"

길고 긴 침묵이 흘렀다.

"아, 여기 있던 게 맞았구나."

"무, 문대야. 나 두꺼비집, 찾았어…!"

"…애들아?"

"저, 저기…?"

분전반을 찾은 3층 탐사대 놈들이 여기까지 내려올 때까지 나머지 놈들은 허망하게 서서 자신들의 바보짓을 곱씹었다.

그 나머지 놈들에 내가 포함되어 있었다는 사실은, 굳이 부정하진 않겠다….

"그래도 고기는 많다."

"그러게, 사람 고기로 착각해서 문제였지."

조용히 해라.

정신을 차린 뒤, 나는 냉동고에서 아직 녹지 않아 먹을 수 있는 고기를 꺼냈다. 이 별장 주인에게 나중에 양해를 구해야겠지만, 자연재해 탓이니 어느 정도 이해받을 수 있을 것이다.

"봐봐요! 안 잡길 잘했어요!"

"……그러게."

나는 차유진이 번쩍 들어 올리는 냉동 토종닭을 보고 묵묵히 긍정했다.

"위에 냉장고 다시 가동되니까, 먹을 거 몇 가지는 옮기자."

"넵~"

'그래도 그 얼간이 같은 모습이 안 남아서 다행이지….'

나는 내심 안도했으나 헛된 안심이었다는 걸 곧 깨닫게 되었다. ……요새 카메라들이, 생각보다 배터리가 길게 가더라고.

전기가 돌아온 별장에서 온수로 잘 씻고 건조기로 빨래도 마친 놈들은 둘러앉아서 백숙을 먹었다. 죽도 한 솥 끓이고.

"크, 이거지…."

"저, 정말 잘 먹었어!"

"형 요리 맨날 맛있어요!"

"그래, 고맙다."

솔직히 채소가 거의 없다 보니 밖에서 먹는 것보다 맛있을 것 같진 않은데, 상황이 상황인지라 순식간에 토종닭 두 마리는 뼈만 남았다.

'괜찮네.'

나는 앞으로의 식사를 예상했다. 아마 그 정도 크기의 셀러라면, 고기뿐만 아니라 보관성 좋은 다른 식재료들도 있을 것이다. 상황이 상황이니만큼 과하지 않은 선에서 한두 가지는 더 먹어도 양해를 구할 수 있겠지.

…쪽팔려서 얼른 나오느라 제대로 찾아보진 못했다만.

'망할.'

―으아아악!!

―내가 이상하다고 했잖아!! 아악!

다시 뇌를 스치는 아찔한 헛짓거리에 정신이 아득해진다. 잊자. 멘탈
에 좋을 게 없다.

"으음, 아직도 제작진분들이랑 연락 안 되네요?"

"그러네. 밖에 나가서 한번 시도해 볼까?"

다른 놈들은 충전이 완료된 스마트폰을 들고 연락책을 강구하는 중
이다.

뭐 전기 복구됐고 먹을 구석 나왔으니 그리 급할 건 없긴 했다. 수
정된 일기예보도 썩 믿음직하진 않다만, 아무리 길어도 앞으로 이삼일
이면 정리되겠지. 이젠 방송 분량이고 나발이고 그냥 여기서 최대한 쾌
적하게 지내는 것에 집중할 생각이다. 솔직히 선 넘었지.

나는 숟가락을 내려놓으며 제안했다.

"지하창고에 채소 있는지 좀 확인할까요. 응급 상황이니까 어느 정
도는 써도 될 것 같은데."

"그럴까?"

"난 찬성~ 아, 그리고 핏물도 좀 치워 드리죠! 제작진분들 오셨다가
우리처럼 식겁하시겠어~"

"미, 밀대 찾아올게…!"

그리하여 식사 정리가 끝나는 대로 청소도구를 가지고 다시 지하실
에 내려가게 되었다. 혹시 또 정전이 일어나는 것을 대비하여 손전등

을 넉넉히 챙기는 것도 잊지 않았고.

'아마 보존성 좋은… 향신료나, 안주용 올리브 절임 같은 건 있을 것 같은데.'

그리고 예상대로, 몇 가지 추가 물품을 발견했다.

"오 와인~"

"혹시 이 치즈가 혹시 워낙 고가이거나 한정된 품목이라 저희가 섭취했을 경우 주인분께 충분한 보상을 드리지 못할 가능성이 존재할까요?"

"…그냥 다른 걸 먹자."

하지만 내려간 지하실에서 발견한 것은 그것뿐만이 아니었다.

"헐, 이거 봐."

"……!"

냉동고 핏자국을 지우던 도중, 그 거대한 기계의 그림자에 교묘히 가려진 또 다른 문을 찾은 것이다. 심지어 이번 것은 제법 작다. 내 키라면 살짝 굽히고 이동해야 할 정도.

류청우가 유심히 문을 살폈다.

"음, 이건….."

"…이번에야말로 이 건물 보일러실 아니야?"

가능성 있는 발언이다.

"열어봐요!!"

"정전도 일어났는데 갑자기 가스 끊기고 이러면 곤란하잖아요~ 한번 확인은 해두죠?"

"그래, 그러는 게 좋겠다."

"오!"

"그럼 열어보겠습니다."

합의된 것 같군.

나는 밀대를 세워둔 채, 금속 문손잡이를 돌려 잡아당겼다. 드르륵. 문은 부드럽게 열리며… 예상하지 못했던 안쪽 모습을 드러냈다.

"…통로?"

"손전등!"

배세진이 손전등으로 안을 비추자 저 멀리 길이 꺾인 콘크리트 통로가 모습을 드러냈다. 가정집 밑에 있을 만한 구조는 아니었다.

훅.

안으로 지하 구조물 냄새가 나는 바람이 빨려들며 코를 스쳤다.

"헉."

"와, 이거 뭘까요??"

"우, 우리가 가봐도 괜찮은 걸까…?"

핏자국 때문에 기겁했던 것을 깨끗이 잊었는지, 미지의 탐험거리에 어째 들뜬 놈들이 수군거리기 시작했다. 이해는 간다. 아무것도 안 하고 실내에 처박혀 있었으니 이런 걸로도 흥미가 돋겠지.

류청우는 살짝 눈을 가늘게 뜨더니, 손가락으로 안쪽을 가리켰다.

"비상 대피로 같은데… 저기 봐. 유도등 같거든."

"오오."

과연, 안쪽에서 어렴풋이 살짝 초록빛이 새어 나오고 있어서 재난 대비용으로 만들어둔 건가 싶었다. 그러면 도리상 여기서 촬영하는 놈들한테도 말은 해뒀어야 하는 것 아닌가 싶은데, 뭐 주인 마음이긴 하다만.

류청우가 어깨를 으쓱거렸다.

"우리가 조난 중이다 보니… 한번 확인해 두는 건 나쁘지 않을 것 같긴 해."

"가요! 가요!"

"…괜찮겠지."

그래서 밀대로 입구 문을 고정한 채로 통로에 진입하게 되었다는 말이다. 물론 지난번 사태로 교훈을 얻은 놈들은 손전등을 있는 대로 다 켜고 통로를 편안하게 걸어갔다.

다만 생각보다 이 통로가 상당히 길었다. 이윽고 비상 유도등을 서너 개쯤 지나쳤을 때.

"이거 별장 밖으로 꽤 나온 것 같은데요?"

"…그러게."

이게 뭔 통로인지 정체를 모를 노릇이니 슬슬 긴장하는 놈들이 나오기 시작했다. 나는 한숨을 쉬며 말했다.

"여기서 기다려. 몇 명이 빨리 이 통로 끝만 확인하고 오는 건…."

"NONONO!"

"무슨 소리야~ 다 같이 가야지!"

"……."

난리군.

어쨌든, 그래서 몇 번 더 모퉁이를 돌며 이동한 결과.

"저, 저기, 문 같아요…!"

드디어 통로가 끝나고 문이 나왔다. 손잡이 부근에 묘하게 잘 디자인된 잠금장치가 걸려 있었는데, 작동 중이진 않은 것 같았다.

"오, 주인분이 이런 센스가 좋으신가 보네요."

"그러게."

나는 다른 놈들이 떠들 때까지 기다려 줬다가 문손잡이 위에 다시 손을 올렸다.

"그럼 열겠습니…."

"어어~ 문대문대, 잠깐! 이런 것도 다 같이 해야 하지 않겠어?"

"맞아요! 저도 해요!"

"…그러냐."

그래. 마음대로 해라. 카메라도 없는데 공동체 증명에 참 적극적인 놈들 덕분에 일곱이 한 문에 매달리는 기이한 그림이 나왔다.

심지어 구호까지 외친다. 순 학교 수련회 같다만… 뭐, 즐거워 보이니 굳이 뭐라 할 필요는 없겠지. 나는 배세진까지 한 손 내미는 것을 보고 손잡이에서 살짝 내 손을 비켜주었다.

"자, 다 같이 열어봅시다."

"하나, 둘… 셋!"

달칵.

처음 느껴진 것은, 묘한 저항감이었다. 그러나 장정 일곱이 한꺼번에 문을 여니, 특별히 멈칫거릴 일 없이 단번에 문이 활짝 열렸다.

그리고.

우당탕탕!

"…!"

"뭐, 뭐야??"

눈앞에 드러난 것은 웬 어두컴컴한 실내공간이었으나, 그게 눈에 들어올 겨를이 없었다.

"으아아악!!"

"와으학!!"

몇 시간 전 지하실에서 들었던 것과 아주 유사한 비명이 아주 이 공간이 떠나가라 싶게 울렸다.

"…??"

"어어어?!"

문밖에는… 사람들이 있었다. 심지어 안면이 있는 얼굴들이다. 금방이라도 때릴 듯, 엉거주춤하게 카메라 장비 지지대를 들고 있는 그들은…… 제작진이다.

뭐야.

'너희가 왜 여기서 나와.'

"아니, 여러분이 왜 거기서!! 대체 어디서!!"

"엄마야!"

아무래도 상대도 똑같은 생각을 한 것 같다.

제작진은 서글픈 소리를 내며 앞으로 엎어졌다.

"으어허헉!"

두 그룹은 더없이 당황한 채로 마주 보며 고함을 지르다가, 시간이 좀 지나고 나서야 진정했다.

"그러니까… 비상 근무 중이셨군요."

"예…. 그렇죠."

초췌한 안색의 제작진들은 벌써 며칠째 제대로 씻지도 못한 모양이었다.

"갑자기 날씨가 이렇게 돼서 갇힐 줄 누가 알았겠어요."

그 이야기를 들으니 갑자기 생각이 났다.

'그 문자.'

─여러분 지금 도저히 배를 띄우거나 섬에서 도보 이동할 수 없는 상황이라 잠시만 대기 부탁드립니다. 곧 대책을 강구하겠습니다.

왜 굳이 '섬에서 도보 이동' 이야기가 있나 했더니 섬에 상시 거주 중인 인원이 있었던 거였군. 하긴, 생각해 보니 아무리 자연스러운 그림을 뽑고 싶어도 섬에 출연진만 놔두고 제작진이 모두 빠지는 시간대가 있는 건 미친 짓이다. 무슨 사고가 날 줄 알고.

다만 이런 천재지변까지는 예상 못 한 모양이다. 제작진 하나가 진저리를 쳤다.

"기껏해야 소나기 예보만 있었는데… 어휴."

그래서 아무 준비 없이 이곳에 제작진들이 고립된 것이다. 물도 식량도 부족한 상태로 상당히 고초를 겪은 모양이다.

그리고 여기서 당연한 질문이 나왔다.

"근데 여긴…?"

"아, 여기 그 예능 세트장이에요! 컨테이너."

"…!"

나는 첫날, 별장 밖으로 확인했던 것을 떠올렸다.

"그 로고 있는 컨테이너요?"

"네네."

그 철거되지 않은 탈출 예능용 컨테이너를 이 제작진들이 촬영 준비 기지로 써먹었다고 한다.

"날씨 안 좋아지면 여러분 관광 컨텐츠로도 쓰려고 했는데… 네, 망했네요."

"하하하하…."

어쨌든, 덕분에 사람이 며칠 지낼 만한 수준의 쾌적함과 강도는 유지 중이었다고 한다. 그래서 제작진들이 임시 거처로 쓰고 있었는데 갑자기 벽지를 뚫고 우리가 튀어나와서 기함한 것이다.

"벼, 벽지요?"

"네. 아니, 위치도 모르시는데 대체 어떻게 오셨어요?"

그리고 제작진들은 우리가 온 통로를 보고 기절초풍했다.

"헐, 이런 게 있었어??"

"나 진짜 박 PD님 가만 안 둘 거야…."

나중에 알게 된 비화로는, 사실 지난 탈출 예능에서 쓰려다가 출연진들의 이동 루트상 드러나지 않은 구조물이었다고 한다. 메인 PD 등은 알음알음 알고 있었지만 여기 비상 대기조로 남은 막내 당직들은 모르고 있었다고.

어쨌든 그래도 이들이 굳이 우리에게 연락하지 않고 여기서 이 궁상을 떨고 있던 이유는 하나였다.

"아, 그쪽도 먹을 게 별로 없고 불안할 텐데… 괜히 저희가 여기 고립됐다 어쨌다 하면 부담이 될 것 같아서요."

안 그래도 힐링 컨텐츠 맘껏 즐기게 해주겠다고 데리고 왔는데, 이지경이 되어서 면목이 없었다고.

나는 그 문맥을 읽었다.

'테스타가 지랄할 거라고 생각했나 보군….'

사실 제작진 입장에선 우리가 그래도 할 말 없는 상황이긴 했다. 다만, 예상치 못한 작은 뒷말이 붙었다.

"촬영 그림도 망가질 것 같고…."

"…??"

"촬영 그림… 이요?"

천재지변 나고 카메라 다 죽었을 판에 무슨 소린가 했다.

"아, 그거… 아마 지금도 고정 캠 몇 개는 아직 살아 있을걸요?"

"네??"

"새로 받은 장비거든요. 그, 적외선 카메라도 아마 살아 있을 것 같고."

"헐, 그렇구나~"

"……"

괜찮다. 어차피 지하실에는 카메라가 있을 리가 없으니까…. 그 꼴은 안 보여주겠지.

이후로는 상식적인 구조 제안이 이어졌다.

"별장에 식재료 꽤 있거든요! 걱정 마시고 어서 같이 가요. 아이고, 너무 고생하셨다…."

"그래요. 일단 씻고 식사하신 다음에 말씀 나누시죠."

"모, 몸 괜찮으세요…?"

"괜찮습니다…. 흑흑."

"감사합니다."

제작진들은 비바람 몰아치는 위험천만한 비포장길 대신 실내 통로가 있다는 것에 감사하며 별장으로 이동했다.

그리고 문을 통해 나오자마자 외쳤다.

"아, 여기로 통하는 거였구나!"

"…??"

그… 낯익다는 반응은 뭐냐.

"최 작가님이 여기서 무슨 보물찾기 하는 걸 원래 오늘 컨텐츠로 쓰려고 했다셨거든요."

"우리 중에 여기 설치 담당자가 없지? 맞아. 아무튼 그래서 다들 처음 들어오긴 하는데… 아, 여기 식재료도 많았네요. 다행입니다."

제작진들이 밝게 외쳤다. …그리고 당장 사방으로 흩어지더니, 어디선가 숨겨진 카메라들을 찾아내서 확인하는 것 아닌가.

"이야, 다행이다. 이 컷들 살릴 수 있겠어요!"

"……."

실화냐. 나는 나도 모르게 입을 열었다.

"…스토리적으로, 좀 끊기지 않을까요. 통로에는 카메라도 없고."

"아, 걱정 마세요."

제작진이 환하게 희망을 뭉갰다.

"혹시 몰라서 저희 쪽도 기록용으로 카메라 돌렸거든요. 여러분이 등장하시는 것도 잘 찍혔을 거예요!"

"당연히 편집 잘 들어갈 테니 그건 염려 마시고요."

"……."

그래, 이 부분은 포기하자. 아니, 컨텐츠 되고 좋겠군. 걱정을 한결 덜었다.

'정전 때 지하실만 넘기면 된다.'

그러나 더 기가 막힌 사실은 그다음에 밝혀졌다. 별장을 돌아다니며 여기저기 카메라를 확인하던 제작진들이, 감탄과 탄식을 교차하고 있을 때.

"아, 메인이 죽었네…."

"이걸로 끝인가?"

"저… 혹시 이것도 필요하십니까?"

김래빈이 뜬금없이 카메라를 하나 슬그머니 꺼내 온 것이다.

"…!"

저거… 내 취미로 발탁돼서 가져온 카메라잖아. 촬영 후반에 반나절쯤 인당 하나씩 쥐고 섬을 돌아다닐 용도로 지급된 것으로 알고 있다.

'다들 처박아두고 까먹은 줄 알았는데.'

심지어 나도 상황 돌아가는 판에 거의 잊고 있었건만, 이 고지식한 놈이 뭔가 찍어놓은 모양이었다. 제작진은 일단 감사했다.

"오! 감사합니다."

"넵, 저희 좀 돌려볼게요."

나는 어깨를 으쓱했다. 뭐, 그래 봤자 몇 컷 안 될….

[조난 1일째, 아침 9시 11분. 기록자는 그룹 테스타에서 프로듀싱과 랩을 맡고 있는 21살 김래빈이다.]

[만일을 위해, 이 모든 사건을 기록해 두려고 한다….]

"……."

언뜻 본 카메라에는, 김래빈의 진지한 얼굴이 큼지막하게 잡혀 있었다. 이놈은 조난인 한 명, 한 명의 배경을 주절주절 설명하더니 아주 3시간마다 브리핑을 했다. 무슨 1인칭 캠코더 시점 재난 영화가 따로 없다.

[오전 12시. 통조림과 즉석 밥을 배분했다. 이 폭풍이 지나가기 전에 떨어지는 일이 없길.]

[오전 6시. 어제는 거실에서 모든 인원이 함께 취침했다. 차유진이 쓸데없이 불안감을 조성하는 괴기한 이야기를 했다. 놀랍게도 류청우 형은 즐거워했다.]

그리고 정전사건 당일 기록.

주먹을 불끈 쥔 김래빈이 카메라에 대고 외쳤다.

[우리는… 병아리를 구할 것이다!]

"……."

"으하하학! 대박!!"

"래빈 씨 최고예요!"

"그, 그렇습니까."

나는 직감했다.

'망했다.'

그리고 아니나 다를까.

이 캠코더 기록은, 그대로 예고편으로 나가게 된다….

시간을 돌려, 몇 주 전.

'테스타의 기부 콘서트에서 선택받지 못한 무대를 공개할 방송'에 대한 은근한 예고가 뜬 직후, 두근거리던 팬들은 방송사를 확인하곤 약간 의아해했다.

-CVN인데?

-엠 티넷도 아니고 갑자기 씨비엔

Tnet 같은 대중음악전문 채널에서 무대만 편성한 것도 아니고, 예능과 드라마로 유명한 케이블 채널이었기 때문이다.

-애들 예능 할까?

-어떻게 나올 생각이지 설마 리얼리티 또 하냐

-시기 애매한디

아이돌 리얼리티는 어지간한 경우가 아니고서는 자체적으로 인터넷 플랫폼을 사용하는 경우가 다수였다. 이렇게 대형 채널에 본격적인 프로그램이 대뜸 편성되는 경우는 드물었다. 그것도 컴백 시즌도, 투어 시즌도 아닌 애매한 시기에.

-티원이 뭐 했나
-사고난 걸로 스토리 만들려는 건 아니겠지 티원 개새끼들 가만 안둠
  └사고난(X) 티원이 사고를 일으킨(O) ^^
  └ㄹㅇ이게 맞다
-살인미수 좆소 회사 망했으면 애들만 잘 됐으면

의심하거나 걱정하는 사람도 간간이 나올 만큼 예외적인 상황이긴 했지만, 그래도 대다수는 약간의 의아함만을 가지고 새 떡밥을 기다렸다.
그리고 며칠 뒤.

[테스타만을 위한 별장으로 놀러 가요!]
[<테스타의 섬 생활>, 9/30 Wed]

푸른 하늘 아래 바닷가와 해먹, 시원한 음료가 교차하는 예고 이미지. 공식 채널 및 기사로 새롭게 뜬 이 홍보는 하나의 사실을 가리켰다.
테스타의 휴식과 힐링!

-아 다행

-물론 카메라 없는 데서 쉬는 게 최고지만... 애들아 고맙다ㅠㅠ

-ㅠㅠ오랜만에 마음 편히 볼 듯 애들 맛있는 거 많이 먹고 푹 자고 재밌게 놀 았으면...

-출국 안 해도 되면서 사람 없는 곳 잘 골랐네

팬들은 굉장히 전형적이며 상식적인 리얼리티 포맷에 안도하며 기뻐 했다. 심지어 촬영 이후에 테스타가 추석 연휴간 전격적인 휴가를 받 는 것까지 슬쩍 기사로 흘러나오자, 분위기는 약간 더 부드러워졌다.

-얘들아 맛있는 거 많이 먹고 푹 쉬자ㅜㅜ

-정말정말 고생 많았어 끝까지 러뷰어 챙겨줘서 고마워 건강 꼭 챙기고 건 강한 모습으로 만나♡♡♡

촬영 때문에 제대로 쉬지 못하는 것 아닌지 염려하는 여론이 잦아 들었기 때문이다. '테스타가 촬영 끝나고도 푹 쉴 수 있겠다', '망할 회 사가 이제야 눈치를 본다' 같은 말이 팬들의 SNS와 커뮤니티 내 전반 적 여론이었다.

물론 모두가 그랬던 것은 아니다.

'휴가로 리얼리티 딜 본 거 아니야?'

여기, 박문대와 이세진의 사진이 올라가는 계정을 운영 중인 직장인 은 매우 현실적으로 비관했다.

'너희 연휴 때 푹 쉬게 해줄 테니 이것만 좀 해달라. 별거 안 시킬 거고, 놀기만 하면 된다… 뭐 그런 이야기 했을 것 같은데.'

T1의 이미지 쇄신용 작업이 아닌가 짐작한 것이다. 하지만 직장인 홈마는 곧 어깨를 으쓱했다. 사실 그건 중요한 게 아니었으니까. 중요한 건, 진짜 힐링만 하다가 오는 프로그램이면 CVN에 편성된 게 오히려 악수라는 점이다.

'힐링은 재미없잖아.'

교통사고와 기부 콘서트로 핫해진 테스타에 확 어그로가 끌려서 1화를 봤다가 탈주할 일반인들의 반응이 벌써 보였다.

-미안한데 노잼..
-애들은 귀엽더라ㅋㅋ 나중에 클립 보려구!

그러니 진짜 힐링이면, 사실 팬들만 시청률에 집계될 것이라 생각해야 했다.

'그렇게 시청률 망하면 또 지랄할 텐데.'

-충격적인 테스타 리얼리티 2화 시청률
-테스타 예능 폭망이다 vs 그정도는 아니다
-아쉬움 많이 남는 테스타 이번 리얼리티 성적

벌써 라인업이 선했다. VTIC의 팬인 티카가 신나서 날뛰겠다며, 직장인은 한 2주쯤 짜증 나고 피곤한 상황이 지속될 것을 예감했다.

그래도 별수 없긴 했다.

'뭐, 티원이 미치지 않고서야 이 상황에 어려운 걸 주진 않겠지만.'

지금 여론이 간신히 기부 콘서트를 통해 아이돌 본업으로 넘어가긴 했지만, 그래도 교통사고로 인한 충격을 살짝 덮은 수준이었다. 이런 포맷이 아니었다면 엄청난 반발을 피할 수 없었을 것이다.

'아마 지난번처럼 호떡 팔아서 여행 빚 갚게 하는 거였으면⋯ 죽이려고 했을걸.'

지금 분위기를 봐서는 회사가 멤버들에게 석고대죄를 했다는 기사가 떠도 이상하지 않을 지경이었다. 물론 직장인은 그게 상당히 회사 현실과 괴리된 여론이라 생각했다.

'그냥 일하고 있겠지 뭐. 어쨌든 이번 예능은 그냥 가겠고.'

그녀는 심드렁하게 생각했으며, 이 생각은 다음 예고편을 보고 더욱 공고해졌다.

[테스타 하고 싶은 거 다 해!]
[테스타 : 와, 저희끼리 여기 다 써요?]

척 보니 음식부터 취미까지 정말 하고 싶은 걸 다 시켜주는 유의 힐링 같았다.

그리고 실제로 방영된 1화도 그랬다. 아름답고 온화한 남해의 섬과 때깔 좋은 별장. 그리고 소박한 닭장과 흐드러지게 핀 들꽃.

[차유진 : 병아리! 정말 귀여워요!]

[이세진 : 와, 우리가 이런 걸 다 누려도 되는지 모르겠네.]

멤버들은 신나서 섬과 별장을 돌아다니며, 보양식을 먹고 럭셔리한
마사지를 즐겼다.

[배세진(마사지 마니아) : 으허억.]
[박문대 : (당황)]

[류청우(등산 마니아) : 등산화를 좀 챙겨봤어.]
[박문대 : (외면)]

웃긴 장면도 이렇게 간간이 들어가긴 했지만, 어디까지나 소소한 정
도다. 전체적으로 테스타를 오냐오냐해 주는 대리만족형 리얼리티였다.

-차고영 닭다리 몇 개 먹는 거얔ㅋㅋ 많이 먹고 코 자자!
-마음이 따뜻해짐
-아현이 명상하는 거봤냐고 숲속의 왕자님 따로 없음 그가 바로 x즈니 프린스다
-그래 이거야 이런 걸 원했어

팬들은 행복해했으나 직장인은 마음을 접었다. 팬들만 볼 내용이 맞
았으니까. 그래도 머리 좋은 놈들이니 다음 앨범을 알아서 잘 준비해
올 것이라며 직장인은 입맛을 다셨다.
'좀 미끄러지는 구간도 있는 거지.'

그러나 1화가 끝나며 나온 예고편에서 모든 게 뒤집혔다.

[다음 날…?]
[??? : (지지지직)-- 1일째, 오전 9시 11분.]
[??? : 기록자는 (지지직)-- 21살 김래빈이다.]

"…!?"
새롭게 공개된 예고편은… 뜬금없이 갑작스럽게 스펙터클해졌다!

[아무도 예상치 못한 기상이변]
[아나운서 : 남해에 강력한 바람을 동반한 폭우가….]
[고립된 제작진!]
[막내 작가: 저희 물이 거의 안 남았는데요?]
[조연출 : ㅋㅋㅋㅋㅋ (실성)]
[멘탈 붕괴]

빰밤밤 빰밤밤밤 따라라라라↗
강렬한 BGM을 배경으로 미친 듯이 폭풍이 휘몰아치는 섬과 뉴스 컷이 편집되어 들어갔다. 그리고 멘탈이 나간 제작진의 얼굴 없는 옆모습과 뒷모습이 교차 편집되어 리드미컬하게 나타났다.
마지막으로 들어간 것은… 다시 캠코더스럽게 편집된 화면에 등장한 김래빈이다. 그는 주먹을 불끈 쥐었다.

[김래빈(21) : 우리는 병아리를 구할 것이다…!]
[테스타 : 으아아아!]

물 위로 동동 떠내려가는 병아리를 향해 달려 나가는 잠옷 차림 테
스타의 모습을 끝으로, 예고편은 끝났다.

"……."

SNS는 이미 물음표와 폭소로 도배된 상황.

'…이렇게 틀어버려?'

직장인은 답지 않게 웃다가, 당황하여 잠시 검색을 멈췄다.

그리고 잠시 후. 팬이 아닌 사람들이 이용하는 커뮤니티에서도 반응
이 폭발했다.

[테스타 예능 갑분 조난ㅋㅋㅋ]
[힐링이 아니라 킬링 아니냐]
[빨리 이것좀 봐줘 미친ㅋㅋㅋㅋㅋㅋㅋ (예고편 링크)]

"흠."

역시 뜰 놈은 뭘 해도 뜬다더니, 아무래도 그녀의 아이돌은 정체기
도 용납할 수 없는 모양이다. 직장인은 흡족하게 상황을 보며 계정에
올릴 박문대와 이세진의 보정 샷을 골랐다. 명상 도중 이세진이 박문
대에게 장난을 거는 컷이었다.

다만, 동시에 예감했다.

'불편하다는 애들 튀어나오겠지?'

아니나 다를까, 그녀가 보정한 GIF 파일을 올릴 때 즈음에는 새 의견이 공유를 타고 있었다.

-태풍이 왔는데 촬영 강행했냐고
-힐링인 것처럼 해놓고 또 애들 개고생만 시켰나 보네 진짜 개빡침
-설마 조난당한 걸 컨텐츠랍시고 방영하는 거임? 미쳤나 봐

'아, 또 선동질.'
사실 도덕적으로 적합한 요구였으나, 사회적 성공욕에 찌든 직장인의 뇌는 그 모든 것들이 초 치기로 느껴졌다.
'X발 이미 찍었다잖아. 뭐 촬영분 폐기하리?'
저런 갑작스러운 자연 재난을 어쩌란 말인가. 저들이 좋아하는 그 아이돌들이 재난 중에서 뭐라도 살려 보려고 기를 썼을 걸 왜 모를까.
"참."
그녀는 은근히 그 모든 반발을 '진지충'으로 미는 여론에 힘을 실어 줬다. 물론 익명으로.

-아 제발 좀 그냥 보자ㅜㅜ 기부콘 때도 이러더니 또 이러네
-테스타 예능 잘 될 것 같으니까 초치려는 애들 섞인 듯 👍1526

결과는 테스타의 끝내주는 휴가 소식이 전해지며 논란이 되지 못하고 묻히는 것으로 끝났다.
'됐어.'

그녀는 개인 교류용 SNS 계정에서 여전히 걱정이나 하고 있는 박문대의 첫 홈마 글을 보고 코웃음을 쳤다.

-건강하게 별일 없이 웃으며 촬영 잘 마무리 됐던 거면 좋겠다... 뭐든 문대가 무리하지 않길

'원래 아이돌은 무리하는 직업인데 말이야.'
전성기가 길지도 않은데 물 들어올 때 노를 저어야 하는 직업이다.
직장인은 그렇게 생각하며, 테스타 리얼리티 다음 방영이나 기다렸다.

그리고 1화 때보다도 불어난 관심 속에서 방영된 2화.
놀랍게도 시작 시점은 테스타가 아니었다. 제작진이었다.

[사상 초유의 촬영 중단]
[연락이 끊기고 고립되어 버린 막내 제작진들…☆]
[조연출 : 아 비바람 미쳤다;;]
[막내 PD : 우리 이대로 조난 당하는 거 아니에요?]
[막내 작가 : 이미 조난 당한 것 같… 핳ㅎㅎ….]

제작진들은 촬영 도구와 필기구, 생수병이 어질러진 어두운 실내공간 속에서 자신들의 신세를 한탄했다. 그러나 편집 분위기는 그리 어둡지 않았다.

[※뱃길 끊김※]

[※헬리콥터 못 뜸※]

[막내 PD : 이거 안 되겠다, 안 되겠어. 별장까지도 못 가. 출연진 컨택 불가야.]

[막내 작가 : 와….]

[※걷지도 못함 (!)※]

멀리서 보면 비극도 희극인 법이었다. 웃긴 BGM과 편집으로, 그들의 고난은 다소 깜짝 카메라처럼 익살스럽게 편집되었다. 다만 안타까움은 느껴졌다.

[막내 작가 : 우리, 우리 지금 사흘째 머리 못 감았…. (말잇못)]

이런 대사가 오갔기 때문이다. 테스타의 상황에 집중하던 사람들도 자기도 모르게 숙연해질 정도였다. 물론 근본적인 의문은 계속 있었다.

'그런데 테스타는?'

그리고 사람들의 마음속에 이런 의문이 커질 딱 시점.

[찌이이익!!]

[제작진 : 아아아아악!!]

갑자기 제작진이 기댄 어두운 벽이 뜯기더니, 문이 열렸다!

그리고 그 속에서 불쑥 튀어나온 것은… 테스타였다. 그들의 놀란 얼굴들이 클로즈업되며 화면이 멈추었다.

[테스타 : 으아아악!!]
[????]

어마어마한 크기의 빨간 자막까지 들어갔다. 그리고 목소리 삽입.

[류청우 : 여러분 괜찮으세요?]
[막내 작가 : 허어어억.]
[테스타가⋯ 구하러 왔다!!]

천사들의 합창 BGM이 깔렸다. 완전히 히어로가 따로 없는 등장 연출이었다. 심지어 테스타의 뒤에 CG로 후광까지 넣어주었다.
"아니⋯!"
직장인마저 할 말을 잃을 만큼 임팩트 있는 등장이었다.

[조연출 : 아니, 위치도 모르시는데 대체 어떻게⋯.]

테스타는 서로를 간헐적으로 쳐다보다가 바람 빠지는 것 같은 미소를 지었다.
그리고 다시 자막.

[테스타는 대체 어떻게 여기 나타난 걸까?]

[◄◄◄]

화면이 뒤로 돌아가기 시작했다.

[조난 1일째]

그리고, 테스타 시점의 조난 스토리가 시작되었다.

[박문대 : 바람이 너무 부는데. 나가면 안 되겠어.]
[이세진 : 그러게~ 오늘도 공쳤나. 에휴!]
[Cam(김래빈) : 오전 12시. 형들께서 차후 생활의 방향에 대하여 토의하셨다. 외출 금지는 새로운 규칙으로 정착할 듯하다.]

김래빈의 카메라가 큰 역할을 했다. 김래빈의 셀프카메라 소리는 마치 해설처럼, 중요한 장면마다 슬그머니 들어갔다. 그리고 상황을 더 웃기게 만들었다.

[배세진 : 아니! 고구마가, 고구마가 더 쉬우니까 내가 먼저….]
[류청우 : 세진아, 콩이 더 빨리 자란다는데? 이 카드는 내가 가져갈게.]
[배세진 : (충격)]
[Cam(김래빈) : 보드게임 도중, 곡식에 관한 내용이 나왔다. 혹시 재배하게 될지 모르니 유심히 확인해 두었다.]

과몰입이 엄청났기 때문이다.

-ㅋㅋㅋㅋㅋㅋㅋ김래빈 진짜ㅋㅋ
-너 이런 캐릭터였구나 개간지 달팽이 탄 중세토끼인 줄 알았는데 그냥 토끼
였던 거임
-아니 이게 뭐야 왜 혼자 찐 조난일기 찍고 있냐곸ㅋㅋ
-애한테 카메라 쥐어준 거 누구야 자수해

그리고 그런 유머러스한 요소가 아니더라도 고난을 미화하거나 얼버
무리는 느낌은 덜했다. 첫 등장 편집의 임팩트 덕이었다. 테스타가 처
한 고난보다는 선량하고 도전적인 면모도 더 강조되었기 때문이다.
실제로 테스타는 날씨 때문에 패닉에 빠지거나 불평하지 않고, 착실
히 할 일을 찾아서 하고 열심히 놀았다.

[차유진 : 숨바꼭질?? 해요!! 숨어요! 형!]
[박문대 : (흔들림)]
[선아현 : 좋아…! 나 숨을까?]

-애들 되게 착실하다 뭐라도 해보려고 하곸ㅋㅋ
-식사 부실해진 건 너무 슬퍼ㅠㅠ 제작진들 반드시 한우와 대게로 보답해야
할 것

그렇게 착착 진행된 방송은, 대망의 정전 에피소드에 돌입했다.

진지해도 씩씩하기 그지없던 김래빈의 캠코더 녹음본의 목소리가 묘하게 가라앉았다.

[Cam(김래빈) : 후우, 지금은⋯ 오후 9시.]
[Cam(김래빈) : 지금으로부터 세 시간 전]
[Cam(김래빈) : 모든 별장의 불이 꺼졌다.]

그리고 화면에서는 갑작스럽게 집안의 불이 모두 꺼졌다.

[!!!!]
[Cam(김래빈) : 다들 괜찮으십니까?]
[차유진 : 형!]
[갑작스러운 암전]

그 순간부터 에피소드의 분위기가 일변했다.

[류청우 : 일단 움직이지 말고 암적응부터 하자.]
[스마트폰 불빛에 의지해 서로를 확인하는 테스타]
[그런데]
[한 명이⋯ 없다?]
[??? : 으으읍!]
[박문대 : 형!]

요절복통 모험기에 가깝던 조난 에피소드에 이상한 긴장감이 감돌기 시작한 것이다.

게다가 교차 인터뷰까지 삽입되기 시작했다.

[선아현 : 갑자기, (배세진) 형의 비명이 들려서….]
[박문대 : 당황했죠. 다들 놀랐을 겁니다.]

그 형식에서는 어딘지 공포 영화의 냄새가 났다.

-갑분 스릴러ㄷㄷㄷ
-헐 뭐야 무섭게ㅠㅠ
-정전까지 났냐 좀 심한데
-배세진 다침?

적외선 카메라가 급박하게 돌아갔다. 그리고…. 금방이라도 데구루루 굴러갈 것 같은 요상한 자세로 엎어진 배세진을 비추었다.

[…??]
[세진 씨… 멀쩡하네….]

그 몸개그로 잠깐 예능다운 분위기가 환기되긴 했으나 오래 가진 않았다. 가까이 다가가는 적외선 카메라.

[쉬이이잇]

[류청우 : 네. 캐비닛 뒤에 이상한 문이 있더라고요.]

[박문대 : 그런데 그때 제가 보기엔… 그 뒤에 공간이 없었거든요.]

[박문대 : …그러니까, 길이 없죠. 지하실로 통하는 것 외에는.]

그들이 발견한 지하실 문이 상당히 으스스한 적막과 함께 화면에 클로즈업되었기 때문이다.

-헐

-아 개무섭

-별장 주인 뭐야 왜 저런 게 숨겨져 있어요ㅜㅜㅜㅜ

-와 분위기 쩔리네ㅋㅋㅋㅋ

-주작 아님?

주춤거리며 그 문에서 떨어진 테스타. 인터뷰가 다시 교차했다.

[이세진 : 좀 섬찟하던데요? (쓴웃음)]

[배세진 : 이상한 느낌이….]

그리고 시점은 바로 그날 밤, 괴담을 푸는 차유진으로 넘어갔다.

[차유진 : 문대 형! 한국어로 해주세요!]

[박문대 : (살려줘)]

[차유진 : (영어) …그러니까, 그 집 지하실에서 미치광이 의사가 전
두엽 절제술을….]
[박문대 : 옛날옛날 미국에 의사 귀신이 들린 집이 있었답니다.]
[이세진 : 문대야 길이가 다른데?]
[류청우 : 음.]

실제 당시에는 그럭저럭 훈훈하고 웃긴 분위기였으나 편집되어 나온
영상에서는 느낌이 약간 달랐다. 마치 애써 웃어넘기려는 것 같은, 앞
일에 대한 복선과 같은 느낌으로 구현된 것이다.
시청자들은 안절부절못했다.

-지하실 문 뭐냐고 아씨
-빨리 그 문 캐비닛으로 다시 막자ㅠㅠ
-얘들아 왜 그걸 그냥 두는 겨
-설마 얘네 계속 정전 상태임?
-힐링예능 어디감 다들 과몰입했냐

그 찜찜한 느낌 그대로, 다음 날로 넘어갔다. 그리고 드디어 팀을 나
눠 분전반을 찾기 시작한 테스타의 모습이 보였다.

[Q : (배)세진 씨가 처음 의견 내셨다는데?]
[배세진 : (귀 벌게짐) 그냥 두꺼비집 말만 한 건데….]
[배세진 : 예, 그, 뭐라도 해봐야 할 것 같았습니다. …느낌이 이상

해서요.]

인터뷰가 끝나는 동시에, 화면에는 배세진의 긴장한 얼굴이 크게 들어찼다. 그리고 마침내 분전반을 찾아 지하실에 걸어 들어가는 장면에서 배세진의 발언이 이어지듯 조명을 받는다.

[배세진 : 이 사람은 왜 굳이, 무인도에다가 이런 별장을 지은 거지…?]
[순간, 정적이 흐르는 계단]

-으아아악ㅜㅜ
-아 하지마 왜 그래
-제작진이 속이는 거지 그렇다고 말해 빨리
-세진이가 사주받은 거임 암튼 그럼

적외선 카메라가 잡아낸 굳은 멤버들의 얼굴이 천천히 지나갔다.
그리고 도착한 지하실. 적외선이 아닌 손전등의 빛에 의지한 어두컴컴한 화면에서, 멤버들이 발견한 것은….

[이세진 : …저거 피 아냐?]
[피?]
[!!!!]

멈춘 화면이 뒤틀리고 확대와 축소를 반복하며, 아이가 웃는 것 같은 소름 끼치는 소리가 BGM으로 들렸다.

[으아아악!!]

화면의 테스타가 혼비백산하여 온갖 비명과 리액션을 쏟아냈다. 시청자들도 덩달아 댓글로 비명과 고함, 의심을 쏟아낼 때쯤.

[띠리링~]
[????]

지하실에 불이 돌아왔다.

일부러 필터를 잔뜩 먹인 밝고 뽀얀 셀러 속, 테스타 다섯 명은 한 덩어리가 되어 오들오들 떨며 붙어 있었다. 그러다 덩어리 녀석 중 하나가 주변을 보고 혼란에 찬 표정이 되더니, 슬쩍 일어나서 떨어져 나왔다. 그리고 터벅터벅 걸어 나와 냉동고를 열었다.

귀여운 짐들이 효과음이 터졌다.

[뾰로롱!]
[☆고기파티☆]
[멤버들이 본 핏물의 정체↘]

적나라한 화살표가 얄밉게 무빙했다. 그 위로 반짝이는 과격한 무지개 CG가 찬란했다.

[박문대 : …….]

얼빠진 아이돌들의 표정에 아련한 BGM이 깔렸다…. 그리고 잔인한 제작진은 멤버들의 지난 반응을 하나씩 클로즈업해 반복 재생까지 해줬다.

[차유진 : (현란한 영어)]
[김래빈 : (소리 없는 비명)]
[배세진 : 내가 이상하다고 했잖아!! 아악!!]
[이세진 : 올라가, 당장 올라…!]
[박문대 : (넘어짐)]
[~스스로를 낚은 어부 명단~]

얼굴을 가리고 수치스러워하는 다섯 멤버들의 인터뷰 컷이 지나갔다.

[박문대: …약간은 당황했습니다. 무서웠던 건 아니고.]
[ㅋㅋㅋㅋㅋㅋㅋㅋㅋㅋㅋㅋ]

마지막, 박문대의 태연한 척하는 인터뷰에는 대놓고 폭소 자막까지 붙었다. 그리고 시청자도 가차 없이 폭소했다.

-어억ㅋㅋㅋㅋㅋㅋㅋㅋㅋ

-하필 쫄보들만 갔억ㅋㅋㅋㅋ

-아 박문대 안 무서운 척하지 말라고~~ 인터뷰 소용없다고~~

-아니 무서울 만했지 갑자기 무인도에서 정전이라니.. 하지만 너희는 쫄보
가 맞다

└ ㅋㅋㅋㅋㅋㅋㅋㅋㅋㅋㅋ

자괴감으로 굳은 다섯 명의 멤버에게 두 멤버가 찾아온 다음에도 편
집은 혼신의 힘을 다해 사람들을 웃겼다.

[선아현 : 나 두꺼비집 찾았어⋯!]

화면 위로는 분전반 스위치를 조작하고 하이파이브하는 류청우와
선아현의 화기애애한 모습까지 어슴푸레한 효과와 함께 삽입되었다.

[🔥무서운 정전은 우리가 퇴치했으니 안심하라구 멤버들!]

-쫄보 아닌 놈들만 기가 막히게 빠졌네 ㅅㅂㅋㅋㅋ

-이건... 팀을 그렇게 찢은 손바닥의 잘못이다... 데덴찌가 만악의 근원인 것을

└ ㅋㅋㅋㅋㅋㅋㅋ

-양궁 국대랑 ×즈니 왕자님을 나눠 가졌어야지ㅉㅉ (잇몸 미소)

게다가 테스타는 굉장히 부끄러워하다가도 결국 고기를 보고 신이
나버렸다. 그들은 열심히 냉동 닭을 찾아 들고 거의 춤을 춰버렸고, 그
런 날것 같은 반응에 폭소는 배가 되었다.

-애들 너무 귀엽다

-ㅋㅋㅋㅋㅋㅋ으악으악ㅋㅋㅋㅋ

-진짜 열심히 한달ㅋㅋㅋㅋ

고기를 들고 계단을 올라가며, 슬그머니 이런 말도 나왔다.

[배세진 : …그래도 카메라가 없어서 다행이다.]
[↑ 있었음]
[PD : 원래 보물찾기를 할 예정이었는데 그게 거기서….]
[예능 요정의 가호를 받는 테스타]
[여러분의 성실함에 감사합니다…☆ by 조난 당해 촬영이 망한 제작
진 일동]

　조작하지 않았다는 점을 다시 한번 돌려 강조한 것이다. 그렇게 마
지막까지 알뜰살뜰 웃음을 챙긴 방송은, 참고 멘트까지 잘 챙기며 깔
끔하게 끝났다.

[※별장을 빌려주신 분은 귀농에 로망을 가진 노부부십니다※]
[※해당 방송 및 발언에 대하여 너그러이 이해해 주신 별장 주인 부
부께 다시 한번 감사드립니다※]

　그리고 백숙을 끓여서 신나게 먹방을 찍는 테스타의 모습으로 이번

화는 훈훈하고 시원하게 마무리되었다. 당연하지만, 방송이 끝나자마자 시청자들의 감상평이 폭발했다.

-미쳤다 빅재미
-오랜만에 웃겼음
-빨리 테스타의 섬 조난 봐라 개꿀잼
　└섬생활인 줄 알았는데 언제 개명했냐곡ㅋㅋㅋㅋ
-진짜 테스타에 예능 요정 붙었나 아 너무 웃겨ㅋㅋㅋㅋ

게다가 제작진은 예고를 잔뜩 띄우는 것도 잊지 않았다. 아직 어떻게 제작진을 구하러 온 건지는 밝혀지지 않았으니, 이 떡밥을 길게 가져가는 것으로 다음 화 시청률을 노린 것이다.

게다가 예고편도 몹시 재밌어 보였다. 병아리를 구출하는 테스타와 손전등을 챙기는 테스타, 그리고 등산화를 챙겨 신으며 하이파이브를 하는 모습까지.

[류청우 : 와, 이게 대체 뭐지?]
[이세진 : 진짜 이런 촬영이 될 줄은 상상도 못 했어요! 하하하!]

생존과 모험, 탐구.

좀 더 장르적 재미를 추구한 것 같은 밝고 액티비티한 예고편이 마지막을 장식했다. 테스타가 활기차고 즐거워 보였기 때문에, 이번 화가 자칫 '가학적인 포맷이다'는 평을 들을 구석을 알맞게 상쇄하기도 했다.

[테스타가 제작진을 구하러 간다?]
[과연 제작진의 보은 힐링은 얼마나 거창해질 것인가!]

그리고 결국 테스타가 이 조난극 이후 얼마나 대단한 힐링을 누리게 될지를 조명하며, '힐링 파트'가 남아 있다는 것도 강조해 줬다. 게다가 속속들이 올라오는 신난 테스타의 SNS 업로드까지.

울보왕 다음 쫄보왕 문대 (사진)
(폭소 이모티콘)

└그만둬라 이세진
└그만둬라 문대문대

안녕하세요, 러뷰어. 선아현이에요.
(사진)
이건 제가 만든 향초입니다. 섬 여행에 챙겨갈까 고민하다가 두고 갔었는데, 오늘 방송을 보니 살짝 아쉽기도 합니다. 멤버들이 무서워할 때 힘이 됐을 수도 있을까요?

└아니요 형 나 안 무서웠어요!

└유진아 거짓말하면 엉덩이에 뿔난다
  └(호랑이 이모티콘) 저 안 나요!

덕분에 팬들은 기세를 탄 예능 바이브에 휩쓸려서 불만이나 걱정마
저도 슬쩍 잊어버렸다. 멤버들이 정말 즐거워 보였으니까.
그들은 다음 편을 기다리며 설레서 내용을 추측하기도 했다.

-병아리 구하는 건 무조건 래빈이가 먼저 튀어나갔을 듯 편집 보니 딱 그럴 각
-손전등 왜 또 필요하지? 설마 밤에 뭐 하나... 아님 또 정전?
-등산화는 제작진 구하러 갈 때 신을지도
  └아님 진짜 등산했을 수도 있곸ㅋㅋㅋ
  └ㅋㅋㅋㅋㅋㅋㅋ미친

참고로, 마지막 추측이 맞았다.

"상쾌하다."
"…네."
나는 숨을 헐떡이지 않기 위해 노력하며 바위에 걸터앉았다. 아침 공
기가 좋긴 하다만, 그냥 몸을 움직여서 산소가 단 것 같기도 하다.
나는 고개를 돌렸다. 류청우가 짧게 감탄처럼 중얼거렸다.
"풍경 좋네."

그 말대로 별장과 해안가, 그 너머의 바다와 육지가 제법 근사하게 보인다. …그럴 만하다. 산꼭대기니까.

'망할.'

진짜 등산을 하게 될 줄이야.

나는 제작진 구출 후에 챙긴 컨텐츠들을 회상했다. 비가 그친 후에도 파도가 거세서 배가 뜨지 못하는 상황이었기 때문에, 재난 느낌과 연결된 액티비티들을 몇 가지 했다.

'헬리콥터로 채소 받는 건 제법 재밌게 그림 좋았는데.'

그때 등산화 개시하면서 설마 진짜 등산까지 연결될 줄은 몰랐단 말이다. 나는 지난 보물찾기에서 김래빈에게 쪽지를 넘겨준 것을 약간 후회했다.

'벌칙이 이런 걸 줄은 몰랐지.'

물론 이놈한테는 벌칙이 아닌 것 같다만.

나는 슬쩍 류청우를 쳐다보았다.

"……."

놈의 표정이 제법 편안해 보였다. 등산 덕인지, 사고 이후 어딘지 음울하고 억누르는 것 같이 보이던 느낌이 좀 사라진 것이다.

'…류청우도 고생 꽤 했지.'

아무래도 앞으론 좀 더 숙이고 들어가 줘야겠다는 마음은 든다. 이젠 건드리면 폭발할 것 같은 구간은 지난 것 같으니, 말 좀 붙이고 더 잘 대우해 줘도 괜찮겠지.

"물 좀 드시죠."

"아, 고마워."

나는 놈과 조용히 따뜻한 누룽지를 마셨다.

그러나 하산 직전, 드론 카메라가 멀어진 뒤 이 대화를 예상했다는
건 아니다.

"그래, 문대야. 괜찮으면… 이번 추석 연휴 때는 숙소 말고 멤버들 집
에 가는 게 어떨까. 아, 우리 집도 괜찮아."

……뭐?

물론 휴가 자체는 환영이었다. 이 섬 조난 예능이 끝난 뒤 추석 연휴
가 보장된 건 좋은 일이니까. 나도 써먹을 곳이 있었기 때문이다.

…'진실 확인'을 그때 누를 생각이었는데.

혹시 내 상태가 썩 좋지 않더라도 연휴 동안 회복할 수 있다는 점이
이득이었고, 명절이라 이놈들이 다 본가로 갈 것도 썩 괜찮았다. 혼자
깔끔히 정리할 수 있을 거라 생각했기 때문이다.

근데 이제 와서 뜬금없이 이건 무슨 제안이란 말인가.

'명절에 직장동료를 집으로 불러?'

서로 불편해지려고 작정했나. 특히 류청우는, 어렸을 때 나처럼 명절
마다 본가로 내려갈 확률이….

"……"

됐다. 거기까지… 쓸데없이 추측하지 말자. 의미 없는 짓이다.

터벅터벅. 나는 천천히 산길을 걷다가, 그냥 대놓고 물었다.

"명절에 제가 가긴 좀 그렇지 않을까요."

"괜찮아."

류청우는 선선히 대답했다.

"평소랑 별로 다를 건 없어. 그냥 가족끼리 지내자고 이미 이야기했거든. 명절 음식이나 좀 하지 않을까?"

"……."

내 침묵을 무엇으로 해석했는지, 류청우가 쓴웃음을 지었다.

"사실… 친척들 만나는 게 좀 불편해."

"…!"

"그쪽으로 〈아이돌 주식회사〉 연락을 받았지."

류청우는 덤덤하게 말을 이었다.

"관련 기사까지 떴었으니까… 그 후로 부모님도 명절엔 안 가신다고 하셔."

"……."

그래. 〈아주사〉 작가가 친척 찬스를 썼었지. 괜히 기자들한테 먹잇 감이 될까 봐 류청우의 부모님도 친척 교류를 자제하는 모양이었다. 나는 말을 골랐다.

"현명하시네요."

"하하, 그런가. 아무튼, 그래서 집에는 나랑 부모님뿐이야. 동생은 친구들이랑 여행 간다고 하고. 아, 우리 강아지도 있구나."

"……."

"한번 생각해 봐. 너 혼자 숙소에 있는 건 아마 이번엔 힘들 것 같으니까."

"예?"

류청우의 얼굴에서 쓴웃음이 가시고, 약간 장난기가 보인다.

"몰라? 멤버들도 회사도 너 휴가 때마다 이상한 일 생기니까 혼자

두면 안 된다고 하던데."

"⋯⋯."

그건⋯ 그럴 만하지. 나는 지난 휴가 때 내 전적을 떠올리며 할 말을 잃었다. 나라도 팀원 중에 누가 휴가만 받으면 매번 맛이 가거나 개싸움에 휘말린다면 감시할 것이다.

'하필 그걸 다 털려가지고.'

혼자 빠져나갈 구멍을 찾아보겠다만, 여의치 않다면⋯.

'그렇다면⋯ 류청우네도 나쁘진 않나.'

이놈과 그리 친한 건 아니니 오히려 방 하나 받고 적당히 지낼 수 있을 테니까. 류청우의 부모님을 보는 건 썩 쾌적한 시간은 아니겠다만, 참을 만은 할 것이다.

'그리고⋯.'

나는 숨을 들이쉬었다.

부모님 사진이 있을 수도 있고.

그러니까, 대가족 여행을 가거나 했을 때⋯⋯ 꼭 사진이나, 비디오를 남기는 사람이 있지 않나. 하다못해 단체 사진이라도 살펴볼 수 있다면⋯ 내가 어떻게 잘 말해보면, 여기에 '류건우'는 없더라도, 내 부모님이 계시는지는 확인할 수 있⋯.

'쓸데없는 소리.'

나는 생각을 털었다.

여기에 부모님이 계셨다는 기록이 있더라도, 내가 지금 보는 건 전혀 도움이 안 된다. 쓸데없이 동요만 커지겠지. 머릿속 개소리에 넘어가지 마라.

나는 충동을 끊고 이를 악물었다. 빠드득 소리가 입안에서 울렸다. 문제는 그게 옆 놈한테도 들렸다는 점이다.

"그렇게 불편해?"

"…!!"

"아니… 그럴 수도 있지. 모르는 어른들이랑 같이 지내는 건 불편할 수도 있으니까."

그 말을 하려던 게 아닐 텐데. 맨 처음 놈의 뉘앙스를 이해했다.

'본인이 불편하냐는 뜻이었잖아.'

류청우는 좀 씁쓸하기까지 한 기색이었으나 곧 안색을 바꿔서 편안하게 말했다.

"음, 그래도 생각은 해봐."

"……."

여기서 이대로 넘어가는 게 맞을지도 모르겠다. 하지만 나는 입을 열었다.

"형이 불편해서는 아닙니다. 꺼림칙한 것도 아니고."

"……음."

류청우는 걸어 내려가며 내 쪽을 빤히 보는 것 같더니, 쉽게 대답했다.

"그래."

"아니, 거짓말이 아니라… 진짠데요."

"알았다니까. 고마워."

하나도 못 알아들은 것 같은데. 나는 발에 걸리는 돌을 찼다.

"그게 아니니까, 형이 이상한 부채감을 안 가졌으면 좋겠다는 겁니다."

"…!"

명절에 직장동료 부르는 게 쉬운 결정은 아니지 않은가. 아마 평상시의 이놈이었다면 썩 친해 보이는 동갑내기 놈들 집이나 가보라고 권유했을 것이다. 이렇게 자기 집 설명을 주절주절 늘어놓는 대신 말이다.

그런데 굳이 이러는 건… 이놈 머리에 '박문대한테 잘해줘야 한다'는 생각이 딱 박혀 있다는 뜻이다. 그리고 그 이유는 하나겠다.

"전 사고에서 형 대신 다친 게 아닙니다. 그냥 운이 더럽게 없던 거죠."

차에서 이놈 대신 철근 맞은 거 말이다.

류청우는 잠시 말이 없었으나, 곧 단호하게 대답했다.

"아니야."

"맞다니까요. 시트 위치상…."

"문대야, 나도 눈 있어. 네가 날 밀치는 걸 봤다고. …너 그걸로 죽을 뻔했어. 그리고 후유증이 어떻게 될지도 모르지."

류청우가 거침없이 말을 이었다.

"나는 교통사고 후유증 때문에 하던 일을 그만뒀어. 죽을 뻔한 것도 아니었다는데."

"……."

그래, 나도 그걸 봤다.

'진실 확인'에서 봤던 놈의 사고 장면을 반사적으로 떠올랐다. 팔 작살 나고 엉엉 울던 놈을.

'…어쩌면, 그게 나한테도 영향을 줬을지 모르지.'

거기까지는 사실이다. 류청우의 사고 다음 장면을 머리에서 뭉개며, 나는 조용히 놈의 말을 들었다.

"그리고, 넌… 이미 후유증으로 체력이 떨어진 상태야. 예전이었으면

이 정도 등산은 그렇게 숨이 차지도 않았을걸."

"……."

"크게 다치고, 너무 오래 누워 있던 게 컨디션에 영향을 준 거겠지."

아닌데. 야, 그건… 바쿠스 없어서 그런 건데.

'다음 뽑기에서 도로 뽑을 거야, 새끼야.'

그리고 넥타르 써서 다른 후유증도 없을 것이다. 무시무시한 속도로 회복했는데 무슨. 그냥 내가 벌크업이나 좀 하면 끝나는 문제라고.

'식은땀이 다 나네.'

그러나 이런 웹소설 설정을 모르는 민간인 류청우는 미간을 누르고 있었다.

"나 대신 그렇게 된 거나 다름없지. 그런데 어떻게 내가 미안하지 않을 수 있겠어."

"……."

그래. 아무튼 류청우는 교통사고 후유증으로 양궁도 그만두고 힘든 시기를 보낸 덕에, 그걸 대신 처맞은 내게 부채감이 엄청났나 보다.

"후우."

뭐, 우연히 철근에 배때기를 가져다 댔다는 건 더는 안 통할 것 같다. 나는 잠시 고민하다가 입을 열었다.

"그래요. 그럼 뭐, 제가 형 목숨 구해줬다고 치죠."

"…!"

"앞으로도 많이 고마워하시면 됩니다. 필요하면 거침없이 부를 테니까 꼭 보답해 주시고."

고마워하지 말라고 하는 게 더 불편하겠구나 싶으니 그냥 이놈이 덜

미안해할 때까지 잘 써먹기나 하자.

"아, 체력은 운동으로 커버할 거니까 괜찮습니다."

"……."

류청우는 잠시 얼빠진 얼굴로 걸음을 멈추었다. 이런 태세 전환이 순식간에 나올 줄은 몰랐나 보다. 하지만 결국 웃음을 터뜨렸다.

"…하하!"

웃지 마라, 정든다.

류청우가 시원스럽게 말하는 게 들렸다.

"알았어, 보답할게."

"예."

공기가 좀 가벼워졌다. 나는 어깨를 으쓱했다. 그리고 하산을 계속하다가 말을 덧붙였다.

"그래도 명절에 형 집은 안 갈 겁니다. 저한테 제일 관심 없을 집으로 갈 건데요."

"그래, 잘 쉬어."

나는 깔끔하게 대답하는 류청우를 보고, 어깨를 으쓱했다.

'반드시 다른 놈 집에 가야 한다면, 제일 조용할 곳으로 가야지.'

물론 내가 바라는 조용한 명절 휴가와 정반대되는 난리가 이 예능이 방영된 밖에서는 일어나고 있었다.

-완전 대박!! 테스타 최고!

"…감사합니다."

나는 호들갑을 떠는 제작진의 전화를 받았다. 그리고 그들이 호들갑을 떠는 이유를 완전히 이해했다.

'프로그램이 생각보다도 잘됐군.'

3화의 시청률 성적표가 6.1%까지 나온 것이다. 케이블에서 하는 아이돌 예능이 이 정도면 규격 외다. 어느 정도냐면, CVN의 간판 정규 예능만큼 높은 수치였다. 섬에서 먹은 냉동 닭의 PPL을 나중에 땄는데 그것도 판매량이 치솟았다고 하니 얼마나 반응이 좋은지는 뻔했다.

기사회생하다 못해 대성공이 뜬 제작진들의 목소리가 그렇게 밝을 수 없었다.

-저희 시즌 2 너무 하고 싶다니까요!

"좋죠."

당연히 방송국 내부 윗분들도 함박웃음을 짓고 있을 것이다. 듣기로는 우리 다음으로 올 땜빵용 파일럿 프로그램을 몰아내고 대신 비하인드 스페셜화를 편성하겠다는 이야기까지 나온다고 한다.

'뭐, 우연에 우연이 겹쳐서 촬영 운이 좋았던 측면이 크다만.'

사고가 빵빵 터지는 데다가 예측이 안 되니 흥미진진해서 재밌었겠지. 솔직히 그 맛을 다시 살리긴 어려울 테니 다음 시즌은… 모르겠는데.

'그래도 말은 잘해주는 걸로 할까.'

이 제작진이 약속을 지키긴 했다. 조난 타임 끝나자마자 남은 제작비 다 거덜 내서 럭셔리한 휴가를 만들어주긴 했으니까. 그때 먹은 대게가 인당 세 마리는 될 것이다. 음, 차유진은 다섯 마리.

"저희도 스케줄 가능하면 다시 출연하고 싶어요. 정말 즐거웠습니다."

-에이~ 고마워요. 문대 씨!

이 정도면 되겠지. 나는 신나서 멤버 전원에게 전화를 돌려대는 PD와의 대화를 거기서 마무리했다.

"PD야?"

"예."

"계속 전화하네."

배세진이 툴툴거렸다. 나는 어깨를 으쓱했다.

"기분 좋으신가 보죠. 프로그램이 잘돼서."

"그건… 그렇지."

배세진은 암울하게 중얼거렸다.

"…그 꼴이 다 나가긴 했지만."

"……."

그래. 아주… 개그맨이 따로 없었지. 나와 배세진은 2, 3화에서 했던 뻘짓들이 하나하나 강조되어서 방송을 탔던 것을 떠올리며, 잠시 차 안에서 침묵했다.

'팬사인회가 두렵군….'

그 고요함은 잠시 후, 운전대에서 나온 말로 깨졌다.

"세진 씨, 여기 맞으시죠?"

"아, 네! 이 아파트요."

배세진이 내비게이션 화면을 보고 안색을 회복한 건 순식간이었다. 대출 안 낀 자가 아파트의 위력인가. 아마 그럴 것이다.

"저기 맨 위층이야!"

배세진이 약간 상기된 얼굴로 말했다.

"어머니 집에 계신댔어."

"네."

그렇다. 나는 이번 연휴, 배세진의 집에서 보내기로 했다. 들어보니 아무 데도 안 가고 조용히 어머니와 보낼 계획이라고 하더라고.

명분도 좋았다.

－그, 집들이라고 생각하고 오든가!

－그러죠 뭐.

－…?!

－초대 감사합니다.

배세진은 그렇게 본진을 털렸다는 이야기다.

'빈말이었다면 좀 미안한데.'

혹시 몰라서 과일이랑 고기를 좀 비싼 놈으로 사 오긴 했다. 여차하면 보여주기용으로 하루 이틀만 있다가 빠질 생각이니, 괜찮겠지.

"어서 와요~ 여기가 문대구나!"

"안녕하세요."

"들어와요, 들어와~"

배세진의 어머니는 부드러운 인상의 밝은 분이셨다.

"안 그래도 방금 너희 예능 또 봤다? 어휴, 우리 애기들 정말 고생 많았네…."

그래. 배세진은 외동일 텐데, 하나뿐인 자식이 섬 가서 개고생하는 꼴을 보는 게 썩 유쾌하진 않았….

"그래도 너무 재밌더라!"

"……음, 예."

뭐, 즐거움도 드렸다니 그건 다행이군. 어쨌든 배세진은 짐작했던 대로 제법 어머니와 화목한 모양이었다.

"문대가 참 실물도 훤칠하네. 우리 애가 그 프로그램 나올 때부터 문대 이야기를 많이 했어."

"내, 내가 언제요!"

"뭘, 노래 엄~ 청 잘하는 동생 있다며~"

"으으윽!"

배세진은 수치로 고통받으며 침몰했다. 배세진의 어머니는 깔깔 웃으며 그런 아들을 꼭 껴안았다.

"……."

뭐, 보기 좋은 모자지간이다.

잠시 후, 충격에서 회복한 배세진은 어머니에게 등짝을 도닥거려진 뒤에 비척비척 일어섰다.

"…방 보여줄게."

"예. 감사합니다."

굳이 놀리진 말자. 나는 얌전히 내가 묵을 방을 소개받고, 그 김에 집까지 살피게 되었다.

"벽지는 내가 골랐어. 하늘색."

"보기 좋네요. 깔끔하고."

"…큼, 괜찮긴 하지. 아, 여기 이 수납장도 이렇게 하면!"

"오."

본인이 마련한 집이라는 것이 대단히 뿌듯했는지, 배세진도 후반에 가서는 완전히 살아났다. 그리고 내가 사 온 과일을 먹으며 시간을 좀 보낸 뒤 저녁.

"잘 먹겠습니다."

"차린 건 별로 없는데 많이 먹어요~"

저녁은 녹두전과 불고기잡채였다. 어머니 혼자 준비해 놓을 걸 걱정한 배세진이 미리 맛집에다 배달을 맡겼다고.

'명절 느낌은 나는군.'

썩 괜찮은 시간이었다는 걸 부정할 순 없겠다.

"내가…!"

"됐고 그릇 주세요."

나는 밥그릇을 깨끗이 비우고, 배세진에게 설거지를 강탈했다. 그리고 잠시 후에야 내 방으로 돌아왔다.

탁.

"후."

침대에 앉아, 나는 팔짱을 꼈다. 여기저기 연락할 곳이 있어서 밤까지 혼자 있겠다고 했으니, 여유도 충분하다.

"상태창."

때가 됐다. '진실 확인'을 누를 적기가.

사실 '진실 확인'을 반드시 해야 하는 마지노선까지는 기간이 더 남

아 있다. 상태이상 카운트다운이 아직 끝나지 않았으니까. 그러나 문제
는 이걸 여유롭게 까볼 시간이 추석 연휴 이후론 없다는 점이다.

'새 앨범 준비한 뒤에 바로 연말 준비야.'

그룹의 앨범 활동 역량이 건재함을 보여주려면 이번 연말을 허투루
보낼 순 없었다. '진실 확인' 부작용으로 쓸 시간은 없다. 어떻게 될지
모르겠지만… 적기를 놓칠 순 없지. 나는 내가 이 활동을 계속할 수 있
다는 전제하에 가장 타당한 판단을 내렸다.

……원래 몸으로 돌아간다면 몇 달 더 개겨볼 걸 후회할지도 모르
겠다만, 일단 그건 생각하지 말자. 이걸 계속할 수 있는 미래를 우선
고려하기로 합의했으니까.

나는 숨을 내쉬었다.

'간다.'

['진실 확인' ☜ Click!]

나는 팝업창의 단어를 눌렀다.

달칵.

예상했던 대로, 시야가 사라졌다. 그리고 의식이 아래로 빨려들 듯
가라앉았다.

데뷔 못 하면
죽는 병 걸림

CHAPTER
18

CHAPTER
18

"스무 살이라고."

"…네, 네."

나는 익숙한 식당에 앉아 있다. 공무원 시험공부를 시작한 뒤 제법 자주 오는 단골 국밥집이다. 가성비가 좋고 혼자 와서 먹기 편했기 때문이다.

다만 지금은 혼자가 아니었다. 지금 내 맞은편에는 안색 안 좋은 어린애가 하나 앉아서 국밥을 뜨고 있다. 이 옆 모텔 앞에서 외투도 없이 죽을상을 하고 엎어져 있길래 신고하려다가 밥이나 먹이러 온 것이다.

'쓸데없는 오지랖.'

자기 인생 챙기기도 바빠야 할 놈이 별짓을 다 한다 싶다만, 이미 저지른 일은 별수 없었다. 나는 한숨을 쉬었다. 앞에 앉은 놈이 움찔거리더니 기어들어 가는 목소리로 말했다.

"저…. 제가 돈이 없어서."

"……."

네 꼴을 보고 달라고 할 생각이 있었겠냐.

"나 먹는 김에 산 거니까 다 먹어라."

"…감사합니다."

만 원도 안 되는 밥 얻어먹는 걸로 무슨 죄인처럼 구는군. 내가 썩

누굴 사줄 몰골로 안 보여서 그런가.

나는 잠시 계산대 옆 거울에 비친 나를 확인했다. 남방을 하나 걸치고, 모자와 안경 쓴 공시생이다. 그래도 사지는 멀쩡해 보인다. 내 앞의 놈보다야 사정이 나아 보인다는 뜻이다.

'음.'

나는 깍두기를 집어 드는 놈을 훑었다. 스무 살이니 가출은 아닐 테고… 그냥, 나랑 비슷한 놈인데 대학을 못 갔겠지.

"연락할 곳 있어?"

"……."

"알바는?"

"…잘려서요."

대충 어떻게 된 건지 알겠군. 나는 숟가락을 들고 국밥을 한술 떴다. 그리고 말했다.

"주민센터부터 가."

"네…?"

"행정복지센터 말이야. 거기서 기초생활수급 조건 되는지부터 확인해라. 그거 되면 매달 돈 나오니까. 그거 아니어도 챙길 만한 구석 있을 테니 뭐든 끈질기게 물어보고."

나는 일방적으로 놈에게 방법을 계속 읊고, 식사를 계속했다. 맞은편의 어린애는 당황한 것 같았으나, 반박하진 않았다.

'불편하겠지.'

그 나이대면 그럴 만도 했다. 나는 빠르게 남은 국물을 들이켜고 자리에서 일어났다.

"그럼 난 간다. 먹고 가라."

생각이 있으면 가보겠지.

"자, 잠깐만요!"

그러나 패딩을 걸치는 도중, 당황한 부름이 들렸다.

그리고 떨리는 목소리도.

"저기… 감사합니다, 죄송해요."

"……."

나는 잠시 멈췄다가, 나도 모르게 불쑥 말을 뱉었다.

"너 고깃집 알바해 본 적 있냐."

"네? 해, 해본 적은…."

하긴 미성년자가 고깃집 알바는 힘들다. 친인척이 아니면 보통 잘 안 받아주니까. 나는 후보 맨 위에 줄을 긋고 다음 것을 꺼냈다.

"편의점 알바 소개해 줄 테니까 거기 연락해 봐라. 전 알바생이 알려줬다고 해. 번호 줄 테니까."

고깃집 사장이 제일 사연팔이에 약하긴 했지만, 편의점도 상도덕은 지킬 줄 아는 사람이었으니 괜찮을 것이다. 그러나 맞은편은 더 당황한 기색이다.

"포, 폰이 없어서요…."

"……."

나는 한숨을 참고, 스마트폰을 뒤져서 내 번호와 편의점 사장의 번호를 휴지에 적어줬다.

"선금 받고 공짜폰은 하나 개통해. 없으면 일을 못 하니까."

"……."

"받아."

놈은 멍한 얼굴로 휴지를 받았다. 그리고 고개를 들지 않고 중얼거렸다.

"감사합니다…. 정말 감사해요."

"……."

아마도 우는 것 같았다.

나는 그냥 고개를 돌렸다. 그리고 슬슬 나가려던 순간이었다.

"저, 성함이…."

그래, 이 지랄까지 했으니 통성명은 하는 게 맞겠지.

"…류건우."

그래. 참 잘하는 짓이다, 류건우. 처음 본 애한테 네 사정을 투영해서 쓸데없이 시간과 생각을 낭비하고 있는 꼴 좀 봐라.

"넌 이름이 뭔데."

맞은편의 어린놈이 고개를 들더니, 제법 씩씩하게 대답했다.

"박문대예요."

특이한 이름이었다.

나는 고개를 끄덕인 뒤, 이번에야말로 가게를 나왔다. 이 괴상한 상황에서 도망치기 위해서.

이후로도 이 '박문대'라는 놈과 가끔 연락하긴 했다.

[혹시 기억하실지 모르겠는데 밥 얻어먹었던 박문대입니다. 편의점 소개해 주셔서 감사합니다.]

첫 편의점 알바비를 받았다고 밥 사겠다는 문자를 받거나 하는 식으로. 그러나 별로 만난 적은 없다. 굳이 만날 이유도 없고 내 삶 챙기기도 버거워서 말이다. 이놈이 꼭 갚겠다는 소리를 하긴 했으나 별 기대는 없다. 밥 한 끼 외엔 뭘 해준 것도 없고.

그냥 가끔 만나서 밥 먹는 건 괜찮았다. 매번 아무도 안 만나고 처박혀서 책만 보니 사회성이 박살 나는 것 같아서, 이 정도는 괜찮겠지.

그러나 별개로 내 성적표는 괜찮지 않았다.

"미쳤나."

면접에서 떨어질 거라곤 생각도 못 했는데. 심지어 객관적으로 잘 봤다고 생각했는데 말이다.

'블라인드 같은 소리 하네, X새끼들.'

가정사에서 마이너스 받았다는 것밖에는 추측할 만한 지표가 없다. 그 망할 가정사도 잘 포장했는데… 교수 면담 때도 잘만 먹혔는데 말이다. 보통은 플러스가 될 텐데 올해 면접관 운이 더럽게 없었던 모양이지.

"……후."

나는 매트리스에 드러누웠다. 뇌가 고장 난 것 같다.

'술이나 마실까.'

그것밖엔 특별히 할 일도 없었다. 그렇게 공시생 삼 년, 그 빌어먹을 면접에서 떨어지고 난 뒤 혼자 술을 마셨고….

다음 날 아침. 포기했다.

"손절하자, X발."

이유는 간단했다. 벌어둔 돈이 다 떨어졌거든. 애초에 처음 계획부터 여기까지만 해보려고 했다. 2년 차에 한 번, 3년 차에 한 번.

데이터팔이 한탕 더 뛰어보면 어떻게 충당될 수도 있겠다만… 내 나이도 그렇고 취직하는 게 더 안전했다. 애초에 고용 안전을 위해 준비한 건데 목적과 수단이 도치되면 안 되지. 나는 최악의 경우라도 굶어 죽지는 않을, 무슨 끔찍한 사고가 생겨도 나한테 일과 급여를 줄 직장을 가지고 싶었던 거니까.

"……."

급수를 낮춰볼까 하는 생각도 잠시 들었으나, 어쨌든 그것도 새로운 비용이 들기 때문에 보류했다.

'29살이면 막차는 타겠지.'

나는 그해, 적당한 중견 기업에 취직했다.

그리고 제법 잘 적응하며 살았다고 생각했는데… 모르겠다.

"내일까지 해놓으면 된다."

"네."

겨우 29년 살면서 내 정신력을 다 긁어다 써서 바닥이 난 건지, 아니면 내 성향이 사회 부적응자인 건지.

나는 야근 후 퇴근길, 버스에서 종종 생각했다.

'…….'

그냥, 별로 살맛이 안 났다.

감흥이 없었다.

삶이 일방적으로 피곤했다.

특별히 나쁠 건 없으나, 좋을 것도 없다.

회사에서 생존하는 것 자체에는 큰 무리가 없지만, 사내 정치도 무료했다. 승진도 큰 감흥은 없다.

'이게 일반적인 케이스는 아닌 것 같은데.'

이 삶 전반에 누적된 것 같은 무기력함은 대체 뭐란 말인가.

잠깐 정신과 상담도 생각했으나 턱도 없는 짓이었다. 잘릴 일 있나. 이직도 생각했지만, 썩 의욕이 나진 않았다. 일단 이 회사가 이직 준비할 시간을 안 주더라고.

"……."

나름대로 고민해도 별다른 답은 나오지 않았다. 가끔 술 한잔하는 것 외에 내가 흥미롭게 할 만한 게 있나.

반짝 떠오른 게 있긴 했다.

사진?

'과해.'

그건 너무 비싼 취미였다. 그럴 시간도 돈도 없다. 그렇다고 돈 버는 데이터팔이는 지속 가능한 직업이 아니라 퇴사하고 할 만한 것도 아니다. 투자한 만큼 못 번 케이스가 수두룩했다.

"흠."

나는 고민 끝에 인터넷으로 내 원룸에서 모든 걸 마무리할 방법을 주문했다. 잠깐 흥미로웠다.

그래도 몇 주간 생각을 거듭했다. 쉽게 결정할 일은 아니니까.

그러나 그 과정을 거쳐도, 마지막 주말 밤엔 썩 좋지 못한 꼴이 되었다는 것이다.

시행 직후, 발을 휘적거리며 짧게 스친 생각이 있긴 했다.

'이게 우울증이었나?'

그러나 길게 그 생각이 이어지진 못했다.

숨이 막혀서….

"허억."

나는 침대에서 튀어나오듯 몸을 일으켰다. 그리고 심장에 손을 가져다 댔다. 쿵. 쿵.

'숨이….'

멀쩡했다.

"하."

나는 침대 헤드에 상반신을 걸쳤다. 잠옷이 땀에 절어 있었다. 방금 겪은… 아니, 이게 겪은 게 맞나? 그동안은 남의 기억을 확인하는 형태였다면, 이건….

'그게 나라고?'

이건, 내가 기억을 '회상'하는 것 같은 경험이었다.

그런데 문제는, 내가 그런 일을 한 기억이 전혀 없다는 것이다! 내 마지막 기억은 공시 떨어지고 술 처마시다 잠든 것이다. 그 후의 취직과 그 정신 나간 자살 시도까지의 기억은 아예 없단 말이다. 게다가 일단, 일단….

'난 '박문대'를 만난 적이 없는데.'

이 첫 장면부터 갈린다.

그런 손해 보는 바보짓을 굳이 했다면 내가 잊을 리가 없지 않나. 그러나 나는 이 '박문대'의 몸에 들어와서 놈을 처음 봤다. 게다가 시간대도 이상했다.

"박문대가 안 죽었어."

분명 내가 본 첫 '진실 확인'에서 박문대는, 그 모텔에서 수면제로 극단적인 시도를…… 그 순간, 머릿속에 섬광처럼 이상한 깨달음이 찾아왔다.

시도는 시도일 뿐이다.

'박문대가 죽진 못했나?'

생각해 보자. 박문대는 처방도 없는 수면제를… 그러니까, 그냥 수면유도제를 약국에서 구매했었다.

'처방도 없는 약으로 사람이 죽을 수 있나?'

의심을 시작하니 확실했다. 스마트폰으로 검색해 보니, 그걸 아무리 처먹어도 기껏해야 부작용이나 겪고 죽지는 못하는 게 맞았다. 그렇다면, 이번 '진실 확인'에서 본 계절과 날짜를 조합하면….

'박문대가 자살 시도한 직후에 날 만났군.'

모텔 앞에 넋 나간 채로 있던 놈. 그게… 앞뒤가 맞았다.

"……"

그리고 이 추측이 맞다면, 나는 죽지 않은 박문대의 몸에 들어왔다는 말도 된다.

"그럼 넌 대체 어디로 갔냐."

그러나 답은 없었다. 지금까지 없었는데, 있을 리가 없다. 나는 하다

하다 상태창을 불러 물었다.

'혹시 네가 박문대냐.'

그러나 상태창도 응답은 없었다. 대신 이상한 글귀만 떴다.

[-정산 중-]

무슨 X발 개소린지 모르겠지만, 어쨌든 박문대의 행방을 알려줄 기색은 없었다. 아니, 박문대의 행방만 중요한 게 아니다. 방금 확인한 뜬금없는 내 미친 짓은 또 뭐란 말인가.

내가 진짜 그랬다고?

'내가 그 정도로 미친 새끼라고 생각해 본 적은 없는데.'

그래도 했다고 치자면, 대체 왜 그 기억은 없어졌단 말인가. 무슨 29살이 아이돌 마지노선이라도 되나?

"미치겠네."

헛웃음이 다 난다. 차라리 박문대면 모를까, 애초에 여기는 '류건우' 자체가 없으니 뭘 탐색해 볼 여지가 없다. 처음 박문대의 몸에 들어오자마자 내 휴대폰 번호, SNS부터 대학교까지 싹 훑어봤는데 계정도 없….

'…잠깐.'

내가 찍은 데이터는 남아 있었잖아.

나는 머리를 쓸어 넘겼다. 그렇다면… 만약 '이곳에 류건우가 과거에 존재했었는지'로 명제를 바꾼다면?

관련 흔적이라도 알아볼 방법은… 있다.

─그래, 문대야. 괜찮으면… 이번 추석 연휴 때는 숙소 말고 멤버들 집에 가는 게 어떨까. 아, 우리 집도 괜찮아.

류청우의 집.
가족여행 앨범이든 영상이든, 나와 부모님의 흔적이 남아 있을 가능성이 있으니까.
"……."
똑똑. 그때, 문밖에서 노크 소리가 들렸다.
"박문대? 너 괜찮아??"
배세진이다. 내가 혼잣말하는 걸 들었나.
"…예. 쥐가 나서, 잠깐……."
"어, 그, 안마기라도 줘?"
"괜찮습니다. 풀렸어요. 잠시만요."
나는 일어나서 옷을 갈아입었다. 방문을 열자, 주방 식탁에 앉아 있던 배세진이 반색하다 멈칫했다.
"너, 옷이…."
"네."
외출복 차림의 나는 고개를 끄덕였다.
"잠깐만 나갔다 올게요. 만날 사람이 생겨서."
확인해 봐야겠다.

유독 평화로운 명절 첫날이었다.

"깜이, 이리 와."

"왕!"

류청우는 자신에게 달려드는 까만 토이푸들을 소파에 올려주었다. 전 냄새와 TV의 명절 특선 프로그램 소리가 분위기를 돋웠다. 하지만 사람이 바글바글한 할아버지 댁은 아니다 보니, 상대적으로 그 느낌이 부드럽긴 했다.

"오빠 나 간다!!"

"그래, 잘 다녀와."

"아씨, 좀 늦게 오지!"

"하하, 그러게."

동생은 오랜만에 집에 온 오빠에게 한탕 거하게 얻어먹지 못한 것에 투덜거리며 집을 나섰다. 류청우는 웃으며 동생을 배웅했다. 강아지까지 넷뿐인 집안이었으나 허전하진 않았다. 따스한 말이 오갔다.

"그래, 같이 있는 동생들은 어떠니?"

"여전히 좋은 애들이에요. 착하고…."

무심코 배세진까지 동생군에 넣어서 생각하던 류청우는 황급히 배세진을 동갑 자리에 올려주었다. 그러다가, 동생인데도 상당히 어른스러운 한 멤버도 떠올렸다.

"그래, 착한 애들이니까 우리 아들이 명절에 집에 초대하려고 했지~"

"하하하."

마침 부모님이 그 이야기를 꺼냈다. 제일 어른스러운 동생. 박문대를 명절에 이 집에 초대하자는 류청우의 말 말이다.

당연하지만, 부모님은 이 생각에 선선히 동의하면서도 열렬히 반기진 않았다. 류청우의 친한 동생이라도 명절에 가족 구성원이 아닌 낯선 사람이 집에 있는 것이 편한 일은 아니니까.

'음, 차라리 세진이 집에 간 게 나았으려나.'

박문대는 눈치가 빠르니, 오히려 불편했을 수도 있겠다고 류청우는 반성했다.

'잘 지내고 있겠지.'

류청우는 테스타의 단체 메시지방에 강아지 사진을 하나 올리며, 반응처럼 올라오는 온갖 명절 음식을 보았다.

"다들 잘 지내네."

그렇게 평온한 하루가 지나가는 듯했다.

그러나 그날 저녁, 밤으로 넘어가기 직전의 시간대.

띵동-

누군가가 초인종을 눌렀다. 그리고 택배도 아닌지, 문밖의 인영은 떠나지 않는다.

"제가 볼게요."

"알겠어, 아들~"

류청우는 소파에서 몸을 일으켰다.

'스토커인가?'

류청우는 다소 부정적인 예감을 하며 바로 누가 서 있는지 확인했다.

"…!"

예상도 못 한 사람이 인터폰 밖에 서 있었다. 류청우는 당장 문을 열었다.

"…문대?"

"예, 형."

그 말대로, 박문대가 대문 앞에 서 있었다. 아무런 예고도 없이. 다만, 평소같이 차분한 눈이 아니라 형형한 눈으로.

"말씀대로 놀러 왔는데, 좀 들어가도 될까요."

류청우는 어쩐지 오싹함을 느꼈다.

명절 연휴 첫날, 밤 9시에 예고도 없이 집 대문 앞에 찾아온 박문대. 상상도 해본 적 없는 상황이었다.

'놀러 와도 좋다고 단체방에 올리긴 했지만….'

음식이 맛있다며 농담처럼 올린 말일뿐이다. 그런데 이 야밤에 사전 연락도 없이, 명절을 같이 보내자는 자신의 제안을 단호히 거절했던 사람이 불쑥 나타나는 것은… 대단히 기이했다.

'그것도 그 박문대가?'

냉철하고 상황 판단력이 좋고, 사리에 밝은 동생이 아닌가.

그런데 지금, 어두운 바깥에 서 있는 박문대는….

"형."

"……아, 미안. 그래."

류청우는 잠시 멈춰 있다가, 발을 옮겨서 박문대가 집 안에 들어올 수 있도록 비켜주었다. 어찌 되었든 간에 이 밤에 밖에 서 있게 둘 수는 없는 노릇이었다.

다만 이유를 알 수 없는 긴장감이 몸을 팽팽하게 만들었다.

'뭐지?'

평온한 박문대의 목소리가 들렸다.

"손을 씻으려고 하는데요."

"…저쪽이야."

류청우는 화장실을 알려주며 생각했다. 박문대가 씻고 오면 좀 차분히 대화해 봐야겠다고.

'부모님께도 미리 말씀드리자.'

지금쯤 오가는 목소리로 방문자가 자신의 지인인 것은 짐작하셨을 것이다. 그리고 류청우는 문을 닫으려 했으나… 박문대 뒤에서 따라오던 배세진의 머쓱한 얼굴을 마주했다.

"…??"

왜 네가 거기서 나와?

"어, 안녕."

"그, 그래. 안녕."

배세진이 슬그머니 과일을 들어 올렸다.

"이거… 사과인데."

"아, 고마워."

류청우는 황급히 과일을 받아 들었다. 묘한 긴장감이 사라져 있었다.

'음.'

그는 그제야 물어보았다.

"놀러 온 건 반갑네. 그런데 둘이… 무슨 일로?"

"…난 그냥 박문대 따라온 거야."

배세진은 힐끔 박문대가 들어간 화장실 쪽을 보았다.

"너희 집에 가겠다는데, 약간… 그, 뭐야. 궁금해서."

'느낌이 이상해서 따라왔구나.'

류청우는 배세진의 걱정을 읽으며 물었다.

"혹시 왜 오겠다는 건지는 들은 거 없어?"

"없어. 음, 그런데…."

배세진은 류청우에게 작게 속삭였다.

"내 생각엔 뭔가 기억난 것 같아."

"…!"

"그, 매번 갑자기 자다가 기억났잖아. 지금까지."

류청우는 즉시 작년 여름, 미국에서 있었던 일을 떠올렸다.

―사람이, 공포와 고통 앞에서… 원래 좀 화내고 남 탓도 하고, 그래도 괜찮거든.

술을 마시고서야 겨우 속내를 털어놨던 박문대에게 그렇게 말했던 것을 말이다. 차후 박문대의 알코올 중독 증상을 알아차리며 내심 류청우는 그때의 접근 방식을 아쉬워하기도 했다.

'다른 방법이 없었을까?'

어쨌든, 별개로 충격적인 경험이었기는 했다. 침착하고 똑 부러지던 동생이 갑자기 나에 대한 거부감을 주체하지 못하며 고통스러워하는 걸 경험하면 누구든 그렇지 않았겠는가. 그것도 이전 기억이 흐릿하다가, 번뜩 기억이 돌아와 그랬다는 걸 알음알음 알게 된 상태라면 더 했다.

'비슷한… 느낌인가.'

류청우는 아까 본 박문대에게서 느껴지던 묘한 긴장감에 기시감을 느꼈다. 그래서 마음의 준비를 했으나, 막상 화장실에서 나온 박문대를 보자 생각을 고쳐먹었다.

"형, 제가 궁금한 게 있는데요."

박문대의 얼굴엔 류청우를 향한 거부감은 없었다. 그냥… 눈깔이 뒤집혔다는 게 올바른 표현 같았다.

'이런.'

류청우는 배세진과 빠르게 시선을 교환했다.

"음, 일단… 우리 부모님께 인사부터 드리고 대화할까?"

"예."

배세진이 황급히 손을 씻고 나와서 박문대의 옆에 붙었다. 그리고 류청우는 둘을 부모님께 소개했다. 어쩐지 식은땀이 날 것 같았다.

"여기… 동생들인데, 과일 가지고 잠깐 놀러 왔어요."

"어머!"

"어서 와요~"

부모님은 좀 놀라신 것 같았으나, 어쨌든 좋게 둘을 환영했다.

"안녕하세요."

"…안녕하세요!"

둘은 깍듯하게 인사했으나, 류청우는 혹시 몰라 박문대의 눈빛을 확인했다. 그리고 심드렁한 동태눈을 한 박문대를 발견한다.

'왜… 저런?'

목표물이 아닌 탓이었다.

류청우는 더 혼란해졌으나, 어쨌든 거실에 박문대와 배세진을 앉혔다. 깜이가 뛰어와서 박문대의 무릎에 앉자, 그가 능숙하게 까만 강아지의 귀를 긁으며 말했다.

"형."

"그, 그래."

다시 박문대의 눈이 형형하게 빛났다.

"제 노고에 보답해 주신다고 했었죠."

"…그랬지."

그런… 단어 선택은 아니었던 것 같으나, 어쨌든 류청우는 솔직히 답했다. 옆에서 배세진이 동공을 떨고 있다.

"들어주셨으면 하는 부탁이 생겼습니다."

박문대는 별 표정 없이 빠르게 말했다.

"형 어릴 때 사진 좀 보고 싶은데요."

"…??"

생각도 못 한 말이 나왔다.

"아니, 기왕이면 영상으로. 단란한 대가족의 한때가 포함된 기록은 없을까요."

류청우는 당연한 질문을 했다.

"그걸 왜?"

"그냥요."

무적의 답변이었다. 배세진이 뒤에서 입 모양으로 외쳤다.

'어릴 때 기억!'

"…!"

그래. 어릴 때 기억과 관련된 단서를 잡아서, 비슷한 장면을 보고 자극을 받고 싶은 걸 수도 있겠다.

'세진이네에서 내가 제일 가깝던가?'

류청우는 막연히 생각하며 일단 미소를 지었다. 상황을 대충 짐작이라도 했다는 안도의 미소였다.

"그래, 그럼 있는 걸 좀 꺼내올까?"

"네. 부탁드립니다."

류청우는 빠르게 안방으로 가서 앨범과 비디오를 꺼냈다. 그리고 돌아오면서 본 것은 기계적으로 깜이를 현란히 쓰다듬고 있는 박문대와, 긴장한 배세진이었다.

"······."

류청우는 잠시 고민했으나, 박문대가 좀 얼이 빠졌을지언정 지난번처럼 충격에 어쩔 줄 몰라 하진 않는다는 것을 감안하기로 했다.

"여기, 앨범부터 볼래?"

"앨범을 보면서 비디오를 함께 감상하면 좋겠습니다. 그리고 기왕이면 형이 초등학교 저학년 때 정도를 보고 싶은데 괜찮을까요."

요구가 구체적이고 나이대가 정확한 걸 보니 정말 배세진의 추측이 맞을 수도 있겠다고 류청우도 생각했다.

"하하, 그래."

류청우는 약간 긴장을 풀며, 비디오를 재생했다. TV에서 자신의 어릴 적 모습이 흘러나왔다.

[청우야~ 여기 손 흔들어!]

쑥스러운 얼굴의 어린 자신이 화면에 들어찼다. 덩달아 류청우 자신도 약간 민망했다. 아마 이때도 추석이었는데, 온갖 친척들이 차량을 대절해서 다 함께 놀러 갔던 것이 기억났다.

"…몇 학년 때야? 키 크네."

"아마 2학년이었을 거야."

배세진의 표정에 미약한 패배감이 떠올랐으나 류청우는 눈치채지 못했다. 옆에서 박문대가 강아지 턱을 긁으며 이러고 있었기 때문이다.

"역시."

"…?"

어쨌든, 그렇게 앉은 세 사람은 앨범과 비디오를 시청하며 이런저런 이야기를 나눴다. 부모님은 복도를 오가다 보며 흐뭇한 시선을 던졌지만, 약간 부담스러워하는 것 같기도 했다. '굳이 왜 보여주냐'는.

아마도 자신이 부상으로 은퇴한 뒤 온갖 매스컴에 시달리며 타인에게 방어적으로 변했기 때문일 것이다. 류청우는 희미한 죄책감에 쓴웃음을 지었다.

'그래도 문대가 내 목숨을 구해준 건 말해야겠다.'

명절에 박문대가 온다면 원래도 말하려고 했으니까. 류청우는 그렇게 생각하며 영상을 계속 시청했다. 분위기는 나쁘지 않았다.

[와아아!]

홈비디오가 또 교체되었다. 배세진은 자신의 무릎 위에 올라온 강아지를 보고 어쩔 줄 몰라 하는 중이다.

'별일 아니었네.'

이대로 앉아서 이야기나 좀 나누다가 돌아가려나. 야식은 몸에 안 좋지만, 그래도 명절이니 건강한 선에서 뭐라도 먹여 보내야겠다고 류청우는 생각했다.

그때였다. 옆자리의 박문대가 벌떡 일어났다.

"…!!"

"잠깐."

박문대는 리모콘을 들어 영상을 멈췄다. 그리고 TV 화면을 향해 걸어갔다.

어딘지 확신에 찬 얼굴로.

'나다.'

보자마자 알았다. 화면 속, 펜션 소파 구석에 앉아서 책을 들고 심드렁한 얼굴을 한 저놈은… 류건우였다.

"……."

어쩐지, 긴장이 쭉 풀리는데.

머리에 피가 도는 느낌이다. 시원했다.

'여기도 있었구나.'

이 비디오는 아직 초반이다. 좀 더 돌리면 부모님도 볼 수 있을지 모르겠지만… 일단 참자. 나는 스마트폰을 들어서 그 컷을 찍었다.

찰칵.

그쯤 되자, 배세진이 당황한 얼굴로 물었다.

"그거… 아는 사람이야?"

"……."

맞다. 당장 마음이 급해서 변명을 깜빡했군.

'뇌가 썩었나.'

나는 내심 혀를 차며 대답했다.

"아는 사람인데, 신세를 진 적이 있어서요."

"아…."

변명은 오래 끌수록 변명 같아진다. 빠르게 대답하다 보니, 내가 '박문대'에게 밥을 샀던 장면이 떠올라서 자연스럽게 이 말이 나왔다.

배세진이 반색했다.

"그럼 혹시 이 사람이 기억나서 온 거야?"

"예? …예."

알아서 스토리를 만들어주는군. 고맙다. 나는 단서 추적을 겸해서 살을 붙였다.

"이름이 류건우라, 혹시 청우 형과 친척인가 해서요. 류씨가 많지 않잖아요."

"그렇구나. …음. 이렇게 보니 생김새도 좀 닮은 것 같네."

그런가? 어쨌든, 이름이 비슷하다는 허술한 변명이 생김새 덕에 잘 먹혔는지, 류청우는 선선히 고개를 끄덕였다. 그리고 친절하게 말했다.

"한번 부모님께 여쭤볼까? 혹시 아는 친척인지."

"…감사하죠."

솔직히 워낙 먼 친척이라 몇 년에 한 번 정도나 얼굴을 봤으니 모를 것 같다만, 시도는 나쁘지 않겠지.

물론 이랬는데 이미 중학교 때 사고로 저승에 있다고 하면… 무슨 오해를 받을지 약간 아찔해졌으나 밀고 나가기로 했다. 이렇게 된 이상 별수 없지.

그리고 부모님에게서는 예상했던 답이 나왔다. '잘 기억나지 않는다'는 말 말이다.

"으음……."

난감한 건 난데 이 두 놈이 고민한다. 기억상실증이 임팩트가 탁월해서 그러나.

심지어 이런 제안도 나왔다.

"문중에 물어볼 수도 있어. 대충 나이대랑 이름 아니까 찾아볼 수 있을 것 같은데."

"…! 그럼… 감사하죠."

"이런 걸로 감사하긴."

류청우는 웃으며 전화를 걸었고, 곧 몇 마디 대화 뒤에 상당히 긍정적인 소식을 전해줬다.

"빨리 알아보고 말씀 주시겠대."

"명절인데 감사하네요."

"하하, 그것도 전해 드릴게."

그렇게 '류건우의 흔적 추적'은 제법 성공적으로 끝났다. 그리고 대화 화제로 이 집 강아지만 남게 되었다.

배세진이 슬그머니 물었다.

"…그, 끝이야?"

"그렇죠."

아무래도 배세진은 어머니가 혼자 집에 계시는 게 신경 쓰일 것이다. 요청한 것도 아닌데, 따라와 준 것이 놀라울 뿐이다. 물론 아까는 오든 말든 신경도 못 썼다만.

"내가 전화로 알려줄 테니까, 걱정하지 마."

류청우도 완곡하게 '돌아가도 된다'는 의사 표현을 했다. 그렇게 나는 류청우의 부모님께 한 번 더 인사드린 뒤, 배세진의 집으로 함께 귀가했다.

물론 인사는 잊지 않았고.

"과일 챙겨주셔서 감사합니다."

"그, 사는 김에 산 거지 뭐…!"

그렇게 말하는 것 치곤 꽤 뿌듯해하는 것 같은데. 어쨌든 정신없는 중에 경우 없는 놈으로 찍히지 않도록 도움을 받았으니, 내일 뭐라도 명절 음식을 하나 해볼 생각이다.

"후."

그렇게 나는 다시 잠옷으로 갈아입고 침대에 누웠다.

하지만 '진실 확인'으로 본 광경 때문인지 잠이 잘 오진 않았다.

"……."

X발 때려치우자. 어쨌든 난 그런 기억이 없는데 지금 생각해서 뭐하냐, 답도 없는 것을. 나는 생각을 털고 대신할 만한 놈을 불렀다.

"상태창."

뭐, 아직도 그 '정산 중'이니 하는 게 떠 있을 것 같긴 하다만….

퍼퍼버버벙!

"…!!"

갑자기, 눈앞에 꽃 가루가 터졌다.

홀로그램으로 이루어진 꽃 가루들은 팝업에서부터 튀어나와, 아름
답게 난반사하며 침대 위로 비산했다. 그리고 상태창은 황홀하게 무지
갯빛으로 번뜩였다.

[대성공!]

이용자 : 박문대(류건우)는 모든 상태이상 제거에 성공했습니다!

보상 : 영구적 상태창, 칭호

[칭호 생성!]

: 성공한 자 (아이돌)

감미로운 인생을 보내시길 바랍니다.

"……."

뭐라고?

눈앞의 팝업에선 여전히 반짝이와 꽃 가루가 떨어진다. 그러나 그 광
경이 얼마나 초현실적이든 말든, 팝업 안의 내용이 문제였다. 이렇게
끝이라고?

'이게 뭐야.'

뒤통수를 후려 맞은 것 같다.

물론 1년 주고 아이돌 못 되면 돌연사할 거라 위협당하는 미친 짓을 그만두고 싶긴 했지. 그러나 이런 방식, 이런 타이밍은… 지금 장난하나.

"너 뭐냐고 X발."

다짜고짜 기억에도 없던 '박문대'와의 친분에, 기억에도 없던 공시 떨어진 이후의 삶에, 마지막엔 정신 나간 짓을 저지르는 것까지 보여주더니. 아무 설명도 과정도 없이 무슨 손절하는 것처럼 마음대로 끝내고 있다.

"그럼 왜 보여준 건데."

그 망할 '진실 확인'만 아니었어도 그럭저럭 내 성공을 기분 좋게 받아들이고 계속 살았을 것 아닌가. 뭐 '류건우'는 이미 한번 삶을 포기했으니, 그 삶은 신경 쓰지 말라 이거냐?

박문대로 그냥 잘살아 보라고?

"그럼 원래 있던 놈은 어디로 간 건데."

원래 박문대는 대체 어디 갔냐 말이다. 그리고 내가 확인한 류청우의 비디오 속 '류건우'는 뭔데. '진실 확인'이고 나발이고 뭐 하나 명확해진 것이 없다. 그리고 뭐 하나 납득가지 않았다.

하지만 팝업의 변화는 없었다.

"……후."

그래. 멍청하게 홀로그램에 대고 소리 지르지 말고 일단 상황 파악부터다. 나는 심호흡을 한 뒤, 팝업의 내용을 좀 더 자세히 확인했다.

우선, 처음 뜬 칭호부터.

[칭호 : 성공한 자 (아이돌)]

−당신은 성공했습니다.

: 상태이상 발생 영구 제거

“······.”

갑자기 또 '상태이상'이 떠서 사람 돌아버리게 만들지 않겠다는 뜻이었군. 그러나 이걸 보장하는 놈도 그 '상태이상'을 띄우는 시스템이란 점에서 썩 신뢰할 순 없다. 패스.

그리고··· 보상 탭에 칭호 외의 다른 하나.

영구적 상태창

앞으로도 내가 나와 다른 놈들의 상태를 스탯화하여 확인할 수 있다는 거겠지.

“······음.”

나는 팔짱을 꼈다. 여기까지 보고 나니, 머리가 다시 식었다.

이상했으니까.

'내가 너무 유리하지 않나.'

나한테 나쁠 게 없었다. 업계에서 이렇게 유용한 능력이 없을 것이다. 여차하면 기획사를 차려도 실패하지 않을 필승 능력이지. 이런··· 초자연적 보상을 나한테 남기고 끝낸다라.

아무런 사전 고지도 없이?

“······.”

빡쳐서 손절이니 뭐니 했으나, 이건… 손절이라기보단 서비스 종료에
가까운 것 같다. 이 시스템은 그냥 내가 배당받은 상태이상을 다 끝냈
으니 짐 뺄 것이다. 내 궁금증이나 이 사태의 원인을 설명해 줄 이유는
없으니까.

"…망할."

모르겠다. 나는 허탈하게 팝업을 보다가, 그냥 누웠다.

그래 X발, 어쨌든 상태이상은 졸업이다. 마음대로 살아도 돌연사할
일은 사라졌으니 얼마나 좋은 일이냐. 그렇게 생각하려고 해도 씁쓸한
뒷맛은 사라지지 않았다.

나는 꽤 시간이 지난 후에야 잠들 수 있었다.

망할 축하 팝업은 아침까지 떠 있었다.

머리가 복잡하니 손을 움직이는 것이 그나마 편했다.

"괜찮다니까!"

"저도 괜찮습니다."

나는 해물파전과 동그랑땡을 부쳤다. 그리고 예정에도 없던 양념갈비
까지 했다. 내가 사 온 고기 중에 마침 생갈비가 있더라고. 집주인 모자
는 안절부절못했으나 막상 시식을 진행한 뒤에는 기세가 수그러들었다.

"맛 괜찮나요."

"……응."

"참 맛있긴 한데, 아휴, 그래도 손님한테…"

손님이라.

그러고 보니 배세진과 달리 나는 아직 숙소 외에 따로 부동산을 구매한 적은 없다. 다른 멤버들이야 원래 집이 있으니 살 필요가 없겠지만, 이제 나는… 집을 좀 보러 다녀야 할지도 모르겠다. 이 몸으로 계속 살아야 하니까.

하지만 합리적인 계획이라고 판단하면서도 썩 내키지 않았다.

'미치겠네.'

배부른 소리라는 걸 알아서 더 기가 막힌다.

"고마워, 잘 먹었어."

"설거지 생각 말고 얼른 TV 보고 있어~"

그래도 식사는 괜찮았다. 명절 식사로도 적당했고.

그리고 멍하니 TV를 보고 있을 때 즈음, 스마트폰이 울렸다.

[류청우 형]

"…!"

'류건우'에 대해서 문중에 알아보겠다고 했었지.

'빠른데.'

나는 즉시 전화를 받았다.

"형."

―아, 문대야. 빨리 받았네.

류청우의 목소리 뒤에서 희미하게 강아지 짖는 소리가 들렸다. 물론 그건 중요하지 않다. 중요한 건 전화의 본론이다.

―네가 봤던 그 '류건우'라는 분 말인데.

"예."

―음, 대학 이후로는 특별히 연락이 없으시대.

"……."

오.

류청우는 연락처라도 알려주지 못해서 미안하다는 투였으나, 이미 충분히 큰 단서였다. 여기 '류건우'가 최소한 대학까지는 갔다는 거로 군. 나는 팔짱을 꼈다.

'이건… 원래 내 행적이 맞긴 한데.'

몇몇 친척 집에 신세 지던 고등학교 이후로는 아예 이쪽은 발길을 끊었다. 연락해 봤자 쓸데없는 생각만 나니까.

"그렇군요. 알려주셔서 감사합니다."

―좀 아쉽지?

"아뇨. 그래도 실존하는 사람이라니까 개운합니다. 알아봐 주셔서 감사해요."

―전화 한 통 한 건데 뭐.

류청우는 약간 농담조로 덧붙였다.

―살려준 보답하려면 더 잘해야지.

"……."

그래, 뭐… 그렇게 생각하는 게 마음이 편하다면야. 나는 굳이 정정해 주는 걸 포기하고, 그냥 명절 이야기나 좀 하다가 전화를 끊었다.

그리고 다음 노선을 바로 정했다.

"뭐 해?"

"노트북 좀 쓰려고요."

이제 다른 방향으로 접근해 봐야겠지. 나는 이 몸에 들어오자마자 이미 나, '류건우'에 대해 쭉 확인했었다. 내가 쓰던 각종 포털 사이트 계정, 전화번호, 학교 계정까지 확인했다는 뜻이다.

그러니 이번에는 반대로 간다.

'살아 있던 게 아니라, 죽은 계정의 흔적이 있나.'

내가 이미 삭제했거나 휴면으로 돌아갔을 계정과 흔적을 알아보는 것이다.

분명 내가 삭제한… 직캠용 계정의 데이터와 영상들은 이곳에 남아 있었다. 'gun1234'의 영상들, 영린의 비 오는 날 레전드 직캠 같은 것들 말이다. 거기서 착안한 것이다. 나는 당장 검색 엔진의 고급 검색 기능을 켜서, 검색 일자를 조정했다.

과거로.

"……흠."

그렇게 두세 시간 이상의 검색과 탐색 후, 나는 결론을 내렸다.

'있다.'

'류건우'가 과거에 썼던 계정과 기록은 다 남아 있다.

가령 새내기 때 사진 관련 카페에 남겼던 질문 글 같은 것들. 내가 인터넷에 글이나 흔적을 남기는 것을 선호하지 않았기 때문에 뒤지기 시간이 좀 걸렸지만, 있다는 것을 안 상태로 찾아보니 확실했다. 없어진 건 실시간으로 살아 있던 인터넷 계정과 전화번호, 흔적들뿐이다.

그러니까, '류건우'는… 인터넷과 현실 세계를 포함한 모든 장소에서, 내가 '박문대'의 몸에 들어온 순간을 기점으로 사라진 것이다.

'증발했네.'

그렇다. 초자연적 증발이었다.

"…후."

나는 노트북을 덮었다. 그리고 다시 이야기를 정리했다.

나는 사실, 처음 내가 이 몸에 들어왔을 때부터 이런 추측을 했다. 여긴 내가 살던 세상이 아니며, 류건우는 없다고.

하지만 아니었다.

'내가 살던 과거가 맞아.'

류청우의 비디오에서 본, 인터넷에서 찾은, 이 류건우는 내가 맞다는 뜻이다. 그러니까… 나는 과거로 돌아오는 과정에서 알 수 없는 작용으로 류건우가 아닌 박문대가 되었고, '류건우'는 사라졌다.

'왜 그렇게 된 건지는….'

알 수 없다. 애초에 왜 과거로 사람들이 돌아오는 건지 매커니즘을 모르는데. 하다못해 내 전에 과거로 돌아왔던 청려도 이유를 몰랐다.

"……."

'방법이 없나?'

정말 이대로 뭐 하나 제대로 알지 못하는 상태로 그냥 집이나 사면서 정착 준비나 해야 하나. 묘한 탈력감에 접은 노트북을 노려보고 있을 때였다.

드르륵―.

스마트폰이 울렸다. 나는 아무 생각 없이 그것을 집어 들어 확인했다. 메시지가 수십 통 떠 있었다.

'제법 많이 쌓였군.'

겨우 세 시간쯤 안 본 건데 말이다. 나는 명절 특수로 활발해진 단체 메시지방 위, 새로 온 메시지부터 확인했다.

선아현이었다.

[선아현 : 문대야 잘 지내고 있니? 부모님께서 연락하시려다가 혹시 네가 부담스러울지도 모른다고 하셔서 내가 대표로 연락하게 되었어.]

그렇게 시작하는 선아현의 장문은 자신의 명절 안부를 시작으로 빙 돌아 차후 이 그룹의 활동까지 이르렀다. 선아현다운 내용이었다.

[문대는 정말 대단한 사람이라고 생각해. 원래 하던 대로만 해도 분명 좋은 앨범을…….]

그런데, 이 부분이 어쩐지 걸렸다.

"내가 원래 하던 대로…."

그냥 덕담에 붙는 표현이라는 건 알았다만, 이유 없이 다시 읽게 되었다. 마치 무언가 떠오를 단서처럼….

"…!!"

그래. 알겠다.

[신경 써줘서 고마워. 너도 추석 잘 보내고 숙소에서 보자.]

나는 돌아오는 답장을 확인한 뒤 바로 스마트폰 화면을 껐다. 그리고 침대에 앉아 벽을 보고, 생각했다.

－내가 원래 하던 대로….

다른 잡생각은 다 집어치우고 침착하게, 내가 이 망할 상태창을 경험하며 얻은 지식만 조합해 보자.
첫 번째는 혼수상태에서 겪은 백일몽.
'거기선 시스템이고 상태창이고 제대로 돌아가지 않았어.'

－Enjoy your daydream :)－

이딴 거만 떴지, 순 먹통이었다. 업적도 전혀 달성되지 않았으니까.
그런데도 제대로 돌아가는 기능이 하나 있었다. 아마 미리 얻은 뒤 삭제하지 않은 팝업이라서 그랬을 것이다.
'특성 뽑기.'
그리고 그 백일몽에서처럼 시스템에서 반응이 없는 지금, 내가 만일을 위해 보관해 둔 하나의 팝업도 아직 사라지지 않았다.

[전설 특성 뽑기 ☞ Click!]

이것.
온라인 기부 콘서트를 끝내고 공연 업적을 갱신하면서 얻은 뽑기, 딱하나 있다. 그리고 백일몽에서도 뽑기는 할 수 있었으니 지금도 돌릴 수 있을 것이란 걸 이미 내가 안다.

'두 번째는….'

나에게만 뜨는 이 상태창이 내 성공에 호의적이라는 점이다.

청려는 상태창이 없었다. 아마 청려가 만났다는, 미래에서 왔다는 노인도 그랬겠지. 나만 이걸 가지고 있는 것 같다. 이유는 모르겠지만 말이다.

'그리고… 특히 이 점이 드러나는 게 뽑기다.'

무슨 확률 조작이라도 하는 건지 항상 내가 필요할 것을 내놓았다.

다만 아닌 경우도 있다.

'탐닉의 시간이나 바쿠스는 다르게 뽑았어.'

그것들은 내가 이 '필요' 매커니즘을 파악한 뒤, 뽑기를 앞에 두고 강렬히 바라며 뽑은 것이다. 즉, 구체적으로 강렬히 바라면, 원하는 것을 받아갈 수도 있다.

나는 이 점에 주목했다.

핑그르르르-

룰렛 머신의 그림이 돌아간다. 나는 바랐다.

'내가 원하는 건….'

하나다.

'상태이상의 보상과 비슷한 효과!'

룰렛에서 팡파르가 터졌다. 아마도 내가 볼 수 있는 마지막 룰렛 효과일 것이다.

무지갯빛으로 빛나는 칸.

[특성 : '미션 체질(S)' 획득!]

[특성 : 미션 체질(S)]
-도전하는 당신을 위한 등가교환.
: '미션' 수행 가능

됐다. 나는 벽에 머리를 박았다.
그리고 눈앞에서는 새로운 팝업이 떠오르고 있었다.

[미션 발생!]
목표 : 대상
미션 기한 : D-___
보상 : _____
페널티 : _____

나는 고개를 들어 홀로그램을 보았다. '특성'이라 그런지, '상태이상'에
비할 바 없이 자유도가 높았다.
"좋아."
나는 일단 기한을 채웠다. 500일.

[D-365를 초과 시 페널티가 강화됩니다.]

당장 올해가 3달 남았는데 대상을 띄워놓고 장난하나. 다음.

'중요한 건 보상이다.'

'진실'이나 '이유' 같은 구체적이지 않은 것은 넣을 수 없다. 매번 뒤통수 맞았던 걸 생각해라. 하지만 '내가 이 몸에 들어온 이유와 과정에 대한 설명' 같이 구체적인 건 또 넣을 수 없다. 칸 초과로 못 적더라.

'웃기네.'

나는 픽 웃으며 팔짱을 꼈다.

그렇다면 뭐, 또 다른 방향으로 접근할 수밖에 없지 않나. 이 모든 사태에 대해서 질의응답이 가능할 후보자. 행방을 알 수 없는 놈.

"박문대와의… 대화."

어떻게 할 거냐.

보상 : 박문대와의 대화

항목은 정상적으로 입력되었다.

그리고 자동으로 페널티까지 채워졌다.

페널티 : 상태창 삭제

"오."

상태창을 걸어? 나는 잠시 보상 탭의 내용을 삭제하고 '춤 EX' 따위를 넣어보았다. 페널티는 춤 스탯 하락이었다.

'역시 동등한 걸 요구하는데.'

그렇다면, '박문대와의 대화'는 미션 실패 시 '상태창 삭제'를 요구할 정도로 강렬한 보상이라는 뜻이다.

"됐네."

증거가 따로 없다. 나는 다시 보상을 '박문대와의 대화'로 돌려놓았다. 확인을 누르자 낯선 팝업이 떴다.

[수락하시겠습니까?]
[Y / N]

"그래."

받고 가자.

500일 내로 대상을 못 타면 상태창이 사라지는 미친 딜을 받아들인 후.

남은 명절 휴가는 그냥 평화롭게 흘러갔다. 사실 숙소로 며칠 일찍 돌아가서, 다음 앨범을 위해 대중음악의 글로벌 동향과 국내 트렌드를 대대적으로 분석해 보려 했으나…… 정신 차려보니 명절 음식을 생산하고 있었다.

"……?"

"어머, 문대는 송편을 참 예쁘게 빚네~ 우리 세진이는 만두가 따로 없다?"

"엄마!"

"…감사합니다."

아무래도 '진실 확인'부터 미션까지 대가리를 터지게 쓴 영향이 좀 있는 모양이다. 아무 생각 없이 할 수 있는 게 당기더라고. 그래서 그 냥 〈테스타의 섬 생활〉이라고 쓰고 〈조난기〉라고 읽는 예능이나 모니 터링하며 시간을 보냈다.

[차유진 : 워어어어우!]
[류청우 : 애들아, 발 조심!]

"굉장히 스펙터클하게 편집하셨네요."
"…그러게."

장비를 착착 준비한 뒤, 언덕에 올라 헬리콥터로 물자를 받는 모습 은 어쩐지 열정적인 스포츠 경기나 탐험을 떠올리도록 만들었다. 그리 고 보상처럼 주어지는 포식까지.

[냠냠냠]
[즐겨요, 누려요 테스타…☆]

그냥 무작정 힐링하는 것보다 도리어 그림이 좋았다. 보급이 달려 고 생하며 일한 것과 대조되며 더 좋아 보여서 그런가.
'마지막까지 반응이 괜찮았겠어.'
그리고 슬쩍 확인한 인터넷 반응은 정말 그랬다.

-개노잼 부둥부둥 예능일 줄 알았는데 의외로 알찼음

-애들 힐링하는데 내가 다 힐링됨 애들아 푹 쉬어ㅠㅠ

-이거 정규로 계속했으면 좋겠어 조난 설정 세트장에서 탈출하면 보상 주는 느낌으로?? 꼭 테스타 아니어도 재밌었을 포맷이네ㅋㅋ

  └애초에 테스타가 아니었으면.. 조난되자마자 촬영이 끊겼을 것..

  └ㄹㅇ솔직히 테스타여서 가능했다 이건ㅋㅋㅋ 리얼함이 한몫함

  └??테스타 팬인 건 알겠는데 다른 아이돌이나 방송인들 너무 무시하는 거 아냐?;;ㅠㅠ

  └님이 테스타를 무시하는데여

이 정도 기 싸움까지 나온다는 건 정말 흥했다는 뜻이다.

'재밌다는 여론은 못 누르니까 테스타 덕이 아니라는 쪽을 미는군.'

좋은 일이었다. 다만 예상 밖이었던 것은, 이 파급력이 국내로 끝나지 않았다는 점이다.

'호떡 파는 것도 이 정도는 아니었는데.'

대놓고 미국을 노리겠다고 지랄하던 본부장 의견이 어느 정도 반영될 수밖에 없었던 그 예능도 아니고, 이런 국내 파일럿이 흥할 줄은 몰랐다.

[TeSTAR in a deserted island and... DISASTER? (경악하는 이모티콘)]

방송사에서 올려준 방송 요약 클립은 순식간에 조회수가 불어나더니, 며칠 안 가서 영어 번역 제목과 자막까지 제공되기 시작했다.

조난과 럭셔리한 휴가. 원초적으로 재밌는 구성이라 이해하기 편해서 그런가, 해외 팬들이 적극적으로 위튜브 리액션 채널들에 요약본을 추천하고 다니는 것 같았다.

[테스타의 조난 예능에 압도당한 미국인들!]
[이게 바로 케이팝 아이돌의 예능이다! 폭발하는 재미에 깜짝 놀라는 해외 위튜버들의 반응 (한글 자막)]

자연스럽게 번역 국뽕 채널에도 유입되며 새로운 컨텐츠가 만들어지는 나름의 선순환이 이루어지고 있었다.
…좀 많이 오글거리긴 했다만.

[위튜버 : 오 ■발 세상에, 지금 쟤들 허리케인 속에 갇힌 거야?? 무인도에서??]
[위튜버 : 아니, 나는 케이팝 아이돌 리얼 버라이어티라길래 달콤하고 귀여운 내용일 줄 알았는데 말야…]
[위튜버 : 맙소사! 쟤네 놀라는 것 좀 봐ㅋㅋㅋ]
[(보자마자 그냥 자동으로 입덕하시는 중~ 환영합니다.)]

이런 자막을 추가하는 것도 셀링 포인트 중 하나겠다만, 보는 사람이 민망해지는 건 어쩔 수 없다.
"음."
"…뭐 보는데."

"아, 저희 예능 해외 반응이요."

"그거…! 너도 봤어?"

배세진이 눈을 번쩍인다. 본인의 몸치 탈출기를 찾아보던 녀석답게 이런 쪽에 조예가 깊은가 보군.

"아, 이 사람 말고… 영상 잘 고르는 사람 있는데. 잠시만."

배세진은 TV에서 위튜브를 틀어서 본인의 구독 채널 중 하나에 들어갔다. 생각보다도 본격적으로 위튜브 생활을 즐기고 있나 보다.

그리고 배세진이 재생한 영상은 제법 괜찮았다.

[안녕하세요, 케이팝 만세입니다.]

사실 왜곡이나 과장이 없고, 본인이 번역한 위튜버가 누군지 백스토리도 잘 챙겨놨다. 억지스럽게 뽕 채우려는 자막도 없고.

"재밌는데요."

"…흠! 그렇지."

다 비슷하게 숙연한 제목과 채널명 속에서 용케 이런 걸 찾았다 싶다. 이건 키워드로 찾을 수 있는 게 아닐 텐데 말이다. 나는 그 후 제법 오랜 시간 동안 해당 채널에서 영상을 봤다. 생각 없이 보기 좋더라고.

다만 그 과정에서 묘한 패턴을 발견했다.

'흐름이 있군.'

가령 이번 예능으로 테스타를 처음 접한 외국인이 있다면, 보통 테스타의 본업인 음악 영상 추천을 댓글에 부탁한다.

[혹시 내가 또 봐야할 이들의 영상이 있다면, 댓글에 추천해줘. 구독도 잊지 말고!]

그럼 KPOP 팬들이 우르르 가서 추천 글을 달아놓는데, 주로 〈Spring Out〉이다.

-세상에 당신이 테스타를 리뷰하다니!(폭소 이모티콘)
-그들의 진정한 재능은 예능이 아니라 무대야👏👏👏 제발 이 뮤직비디오부터 봐줘! (링크)
-'Spring Out'은 반드시 봐야 하는 작품이야. 그의 반응이 너무 기다려지는 걸. (생일 고깔을 쓴 이모티콘)

자본을 쏟은 조선 스팀펑크의 맛이다. 별다른 호불호 없이 블록버스터 영화 감성이라 잘 먹히나 보더라고. 애초에 그걸 노리고 만들긴 했다만, 해외 반응을 목적으로 한 것을 정말 해외 팬들이 알차게 써먹는 걸 보니 보람은 있다.
그리고 여기서 반응이 좋으면 다음에는 〈행차〉를 내민다.

-두 곡은 일종의 시리즈로 연결되어있어! 분명히 네 취향일 것이라 장담해☺

멤버들의 솔로곡이 전부 포함된 티저부터 보도록 한 뒤에야 본편을 보게 하는 세심함도 잊지 않는다. 그리고 또 비슷한 걸 추천해 달라고 하면 〈127섹션〉 게임 콜라보 트레일러 영상을 알려주고… 같은 세계관인 〈Better me〉를 거쳐, 결국 〈마법 소년〉으로 오는 것이다.

그렇게 한 바퀴 돌고 나면 다들 '러뷰어'를 자청하게 되는 마법의 서클이었다.

[안녕 구독자 여러분! 여러분도 알다시피… 나는 요즘 이 케이팝 빅스타인 테스타에 완전히 빠져 있어! 그냥, 그냥 러뷰어라니까!]
[오늘은 그들의 가장 최신곡인 'Nightmare'를 리액션할 거야. 1, 2, 3 재생!]

케이팝 리액션이 제법 조회수가 나오는 사업이라 과장하는 위튜버들이 다수겠지만, 어쨌든 대단한 일이었다.

'1군들은 대부분 이런 루트가 있지.'

가령 VTIC도 주로 〈산군〉으로 시작하는 정통 루트가 있다. 아무튼, 내 예상보다도 테스타가 글로벌 위튜브 흐름에 유의미한 영향력을 행사하고 있었다는 것이다.

그리고 그걸로 끝이 아니었다.

[테스타의 극복, 그리고 비상]

번역하자면 이런 뜻인 영어 제목의 비슷한 영업 동영상들이 심상치 않게 대단위 조회수로 돌아다니고 있었다.

"……"

제일 조회수가 많은 하나를 확인해 봤다.

[맏형 중 하나이자 리더인 류청우는 원래 한국의 양궁 국가대표로, 올림픽 남자양궁 단체전의 금메달리스트였다.]

[그러나 그는 어린 시절 교통사고로 인한 치명적인 후유증 탓에 성년이 되는 해, 국가대표에서 은퇴하게 되었다.]

이 영상은 테스타가 어떤 백스토리를 가지고 잔인한 오디션 프로그램에 참가해 데뷔했는지, 그리고 이후 엄청난 성적을 냈는지 요약해 놨다. 또 최근의 끔찍한 교통사고로부터도 어떻게 회복하고 기부 콘서트를 했는지를 알려주는 영상이었다.

한마디로 드라마틱한 성공담이었단 뜻이다.

'미국인 입맛인가 보군….'

자수성가와 굴곡진 스토리의 맛이 사골처럼 진했다.

[테스타의 가장 연장자인 배세진은 한국에서 대단히 유명한 영화에 출연했던 아역배우였다.]

[그는 한국의 전통적 아동 샤먼을 연기해 엄청난 연기력으로 영화제에서 수상을….]

"허……."

옆에서 배세진이 굿을 하는 어린 자신을 보고 얼굴을 가렸다.

"자랑스럽지 않으신가요."

"장난해?? 완전 못 하는데."

아무래도 성장하며 눈높이도 높아진 탓에 흑역사로 보이는 모양이다.

어쨌든 다소 과장은 있어도 잘 만든 영상임은 확실했다. 게다가 교통사고에 대해서는 뉴스와 교차 편집해서 당시의 팬덤 느낌을 잘 재현했다.

"음."

"…다들 걱정했지."

[그리고 마침내 마지막 멤버가 퇴원한 순간, 그들은 놀라운 계획을 세운다.]

[그것은 장기 입원 아동을 위한 온라인 기부 콘서트였다.]

그리고 기부 콘서트는… 음, 사실 이 사람들 입장에선 테스타가 외국인이라 심적 거리감이 있을 테니 '선한 영향력'에 초점이 가도 큰 상관은 없다만. 원래 다른 나라 연예인은 좀 꺼림칙한 일이 터져도 '문화 차이'라는 합리화가 한번 가림막이 되어주지 않나.

'그래도 이미지는 파악해야겠는데.'

나는 혹시 몰라 모바일로 댓글까지 한번 체크 해봤다.

-이 동영상의 전 매니저를 반드시 사형시키고 싶은 사람들의 모임

-그는 평생 감옥에서 썩어야 한다.

-세상에 한밤중에, 도로에서, 차를 세우고 협박을 했다고? 세상에 없어야만 하는 악한 종자야

"……"

댓글창은 기부 콘서트고 나발이고 금방이라도 전 매니저를 화형시킬 기세였다. 남의 나라말인데도 흉흉함이 느껴진다.

'역시 빡침은 만국 공통정서인가.'

그리 나쁜 일은 아니었다. 강력 범죄자가 본인의 범죄 때문에 욕먹는 거니까. 특별히 절절한 사연이 있는 놈도 아니라 동정할 것도 없다.

'물론 이게 아니어도 이미 충분히 먹었을 것 같다만.'

앞날이 캄캄한 놈이었다. 어마어마한 여론의 분노를 맞은 전 매니저에게는 미필적 고의에 의한 살인미수가 적용되었다고 들었다. 그리고 이목이 쏠렸으며 뒷배가 없고 대기업을 적으로 돌린 케이스답게, 형사재판을 말아먹었다.

"그러고 보니까 전 매니저한테 17년 구형됐다고 했죠."

이게 감형되지 않고 고스란히 처맞았더라. 아마 항소한 2심에서도 마찬가지일 것이다. 배세진은 무뚝뚝하게 고개를 끄덕였다.

"그래. 사실 그런 놈은 17년이 아니라 평생 거기서 살다 죽어야 하는데."

"……"

아니… 어차피 출소해도 제대로 못 살걸.

이미 매니저 일하면서 온갖 팬들에게 사진이 얻어걸린 적이 있던 덕에, 인터넷에 검색만 해도 놈의 얼굴이 나온다. 아마 다른 케이스들처럼 대충 감옥에서 삼사 년쯤 살고 나왔어도 국내에서 정상적인 일을 하고 사는 건 포기해야 했을 것이다.

게다가 이제 보니, 해외에서도 살기 어려울 것 같다. 전 매니저의 얼굴이 대놓고 뜨는 테스타 영업 동영상이 조회수 800만 뷰가 뜨는데 뭐.

'테스타가 더 뜰수록 출소 후에 살기 힘들겠군.'

그리고 그렇게 될 것이다. 나는 어깨를 으쓱했다.

"앞으로 얼굴 볼 일 없을 사람 같은데 편하게 생각하시죠."

"…그래. 휴일이잖아."

배세진이 힘들게 고개를 끄덕였다. 옆에서 녀석의 어머니가 흐뭇한 얼굴로 빙그레 웃었다. 그래, 보기 좋은 광경이다.

'일하기 전에 많이 쉬어둬라.'

휴가 끝나자마자 이번 앨범 준비를 제대로 할 생각이니 말이다.

나는 잠시 생각에 잠겼다. 지금 이 테스타 입덕 알고리즘 늪에 빠진 팬층이 원하는 게 뭘까.

'잘 빠진 곡이지.'

그래. 깊은 세계관도 좋고 이지리스닝과 음악성도 좋다만, 그것보다 좀 더 원초적 접근을 해야겠다.

빡세고 멋진 안무, 영상미 죽이는 강렬한 뮤직비디오, 그리고 신나고 비싼 사운드. 그냥 다른 생각 없이 보고 들으면서 재밌는 것들 말이다. 바이럴처럼 퍼지는 글로벌 기세를 굳히는 데에는 그것만 한 특효약이 없다.

'한마디로 돈을 물처럼 쏟아야 한다는 건데.'

그거야 이 회사 윗분들이 유일하게 잘하는 구석이었으니 문제는 없다. 다만 어떻게든 숟가락 얹으려는 이놈들이 전체적 그림에 방해되는 걸 어르고 달래는 건 더는 안 되겠다.

'시간 낭비야.'

소송용으로 모은 자료를 넘겨준 배세진에게 했던 말도 마침 지켜야 해서 말이다.

–다른 방향으로 소송 같은 효과를 낼 수 있지 않나 생각 중인데요.

가뜩이나 전 매니저에게 모든 주목을 다 넘기고 슬쩍 빠져나가려다 들켜서 X 될 뻔한 회사인데 뭐.
'한번 뵈러 가야지.'
나는 본부장과 즐거운 미팅을 계획하며 남은 연휴를 보냈다. 그리고 연휴가 끝나는 첫날, 바로 놈과 면담을 잡았다.

추석 연휴가 끝나는 날 저녁, 숙소로 멤버들이 하나씩 복귀하기 시작했다. 나와 배세진이 가장 먼저 도착할 줄 알았는데 먼저 온 놈이 있더라.
"어?"
"오~ 문대 왔네! 잘 왔어, 잘 왔어! 세진 형님도요~"
숙소와 본가가 가까운 큰세진은 일찌감치 복귀해서 거실 소파에 누워 있었다. 보는 것은 코멘터리가 붙은 〈테스타의 섬 생활〉 스페셜화다. 듣기로는 흥분한 사촌들에게 사인을 뿌리며 1군 아이돌의 명절을 즐긴 모양이다. 얼마 안 가서 큰세진 친척들의 목격담과 사인 인증이 SNS에 범람하겠지.
"냉정한 문대문대는 잘 지냈니? 우리 여사님이 너 실물 보고 싶었는데 아쉽다고 그렇게~ 이야기하시더라!"

작은 할아버지 댁까지 갔다 왔다는 놈이 말은 잘한다.

"그래. 다음에 영상통화 한번 드려야겠네."

"하하!"

큰세진은 킬킬 웃었다. 쉬는 게 좋긴 한지 아니면 인지도를 실생활에서 확인하니 마음이 놓인 건지는 모르겠다만, 어쨌든 여유가 생긴 건 좋은 일이다. 이제 앨범 만들 때 마지막 기력 한 방울까지 쭉 짜낼 수 있겠군.

"아, 많이들 벌써 왔네."

"다, 다녀왔어⋯!"

류청우와 선아현은 거의 동시에 도착했다. 선아현은 또 가족 여행을 다녀왔다는데, 남해의 작은 섬에서 기념품 선물까지 챙겨왔다. 나는 녀석이 내민 기러기 모양 빵을 받아 들었다. 안에는 녹차 크림이 들어 있었다.

"우, 우리 갔던 그 섬 근처였어! 부모님이, 한번 가보고 싶다고 하셔서⋯."

'그 고생을 보고도⋯?'

모르겠다. 하지만 즐거웠다니 내버려두자.

"명절 연휴 편안히 보내셨습니까!"

그리고 보따리 싸 들고 온 김래빈은⋯ 어딘지 좀 토실토실해졌다. 할머님 입원부터 본인 교통사고까지 올해 손자 고생했다고 왕창 먹이신 모양이다.

"형들?"

"⋯⋯음, 잘 왔다."

"예!"

뭐, 괜찮겠지. 비활동기니까. 건강에 문제 생길 정도도 아니고… 앨범을 준비하게 되면 자동으로 원래대로 돌아올 수밖에 없을 것이다.

게다가 이 정도는 양호했다는 것이 새벽에 밝혀진다. 가장 파격적인 이미지 변신을 한 놈이 마지막에야 나타났기 때문이다.

"야호! Everybody say hello~ like 안녕하세요!"

"차유진!!"

새벽에 로스앤젤레스에서 비행기 타고 온 차유진 말이다. 이놈은… 피부가 얼룩덜룩했다. 좋게 말해서 건강해 보이고 나쁘게 말하면 그야말로 선크림 파괴자다. 바닷가에서 끝내주는 연휴를 보냈나 보지.

'스타일리스트가 기함하겠군….'

실내에 가둔 뒤 비타민D만 경구 섭취하게 만들지 않을까.

"야! 너! 얼굴 뭐야!"

일단 김래빈부터 경악해서 차유진의 등짝을 갈긴다.

"어욱! 아냐! 나 건강하고 멋있어!"

"아니거든! 이건 건전한 태닝이 아니라 그냥 관리 실패로 인해 규칙 없이 탄 거잖아!"

"김래빈도 운동 안 했어! 실패야!"

"…! 아, 아니 나는 금방 운동을 통해 근손실을 회복…."

아무튼 그 난리통이 끝난 후에야 나는 본론을 꺼낼 수 있었다. 그게 새벽 2시였다.

"내일… 아니, 오늘 점심 즈음에 회사 좀 가보려고 하는데요."

"으헝?"

"왜, 왜…?"

"문대야 너 워커홀릭 너무한다, 좀 쉬어. 너 세진 형네에서도 일하다 왔지?"

"아니, 일단 들어봐라, 좀."

뭐 한마디 하면 우르르 붙는군. 나는 이마를 누르며 말을 꺼냈다.

"우리, 특히 배세진 형이 소송 자료 모았던 게 아까워서 생각한 건데요…."

나는 연휴 동안 느긋이 짜둔 계획을 말로 옮겼다.

"음."

출발 전에 이미 한번 들었던 배세진은 별 반응 없이 고개를 끄덕이는 가운데, 다른 놈들은 느낌표를 거쳐 고뇌에 찬 얼굴들이 되었다.

"그, 그게 가능할까…?"

"…가능은 해. 내가 변호사한테 물어봤어."

배세진의 대답에 이어서 김래빈이 손을 들었다.

"혹시 불법적 행동입니까?"

"아니, 그건 아니야."

그 후로는 제법 생산적인 토의와 서로 간의 질의응답이 이어졌다. 결국 큰세진은 어깨를 으쓱했다.

"음, 어차피 우리 원하는 건 다 합의가 된 상황이잖아요? 통할 것 같긴 한데요."

"그래. 그럼 내일 다 같이 가서 면담하는 걸로 할까."

나는 고개를 저었다.

"아뇨, 그냥 저 혼자 가는 편이 좋을 것 같습니다."

"어?"

그런 놈은 도리어 비밀스러운 일대일을 위압적으로 느낄 것이다. 나이도 어린놈들이 떼로 오면 하급자의 하극상으로 느낄 것 같단 말이지. 대표 한 명이 적절했다.

나는 그 부분을 설명한 후, 말을 덧붙였다.

"청우 형은 리더라 형이 대표면 공식적인 딜이라고 착각할 것 같아서요. 제가 가서 허를 찌르는 게 나을 것 같은데."

"으음…."

배세진이 인상을 찌푸리며 입을 열었다.

"그래도 보복이나, 위협 같은 걸 고려하면…"

"괜찮습니다. 저도 그런 극단적인 수단을 쓸 생각은 없어서요."

"…?"

왜 표정이 저러냐. 나는 잠시 의아해하다가, 헛웃음을 터뜨렸다.

"아, 본부장이 저한테요?"

"……."

"못 할걸요. 그런 놈이 무슨."

그리고 잠시 뒤, 의견 전달자는 나로 최종 결정되었다.

순조로웠다.

T1 Stars의 세 번째 본부장은 그럭저럭 괜찮은 명절 연휴를 보냈다.

정신 나간 해고자가 골치 아픈 일을 만들긴 했지만, 명절 직전부터는 나름대로 회복에 탄성이 붙었기 때문이다. 그래도 회사 이미지 타격부터 본사의 간섭, 투어 취소로 인한 손해를 생각하면 아직도 머리가 지근거렸다.

'회복해서 그나마 다행이었지.'

그나마 다행은 혼수상태였던 테스타의 멤버가 죽지 않았다는 점이었으나 그다음 행보는 영 탐탁지 않았다. 그 와중에 기부 콘서트라니, 그것도 타 소속사의 연관 플랫폼에서 말이다.

영 의심스러웠다.

'설마 그쪽으로 이적이라도 시도해 보겠다, 이건가?'

여론과 분위기상 차마 막을 순 없었으나, 연예계가 처음이라 아이돌의 소속사를 스포츠 선수의 구단에 가깝게 생각하던 본부장은 더 떨떠름해했다. 간을 본다고 생각했기 때문이다.

하지만 테스타가 그 소속사와 다시 컨택하는 기미는 없었고, 그는 의심을 일단 거뒀다.

'여론 회복하는 대로 살살 달래서 투어부터 돌려야겠어.'

그러면서 투어 끝날 시점에 맞춰서 다음 앨범을 준비해서, 글로벌 런칭할 생각이었다. 그 와중에 떼쓰는 아이돌 놈들의 말을 반영해 줘야하는 것은 벌써 스트레스였지만 말이다.

'대학도 안 나온 놈들이 사업 얼굴마담이나 제대로 할 것이지.'

할리우드 초기, 표 팔아먹으려고 만든 스타 마케팅 때문에 업계가이 지경이 됐지 않은가! 그는 하여간 엔터 사업은 체계와 품위가 없다며 혀를 끌끌 찼다. 야심을 가지고 뛰어들긴 했지만 영 정이 떨어졌다.

'몇 년 정도만 포트폴리오 쭉 뽑고 다른 사업라인을 런칭해야겠어.'

그러다 점심시간, 미리 잡은 테스타 멤버와의 약속에 나온 것이다.

"안녕하십니까."

"그래요, 어서 와요."

사실 이것도 좀 어처구니없는 일이었다. 아무리 그래도 회사의 실질적 수장인 그가 소속 연예인의 말 한마디에 곧장 '네네'하며 약속을 잡아줘야 하는 위치던가? 그래도 새로운 패로 쓸 수도 있을 테니, 한번 이야기를 들어나 볼 생각이었다. 교통사고 사건 때문에 회사가 뒤숭숭한 건 사실이니까.

'어디 보자.'

그는 혼자 나온 테스타의 멤버, 박문대를 보며 짐작했다.

'청탁인가.'

리더도 아니고, 지난번에 본사에 연락해 댔던 놈이라는 정보를 그도 들었다. 그러나 그 때문에 테스타 전담팀이 만들어졌다는 것까진 생각하지 않았다. 그는 고등학교도 못 나온 딴따라에게 그런 머리가 있을 것이라는 의심도 하지 않았기 때문이다.

그래도 써먹을 생각은 있었다.

'좀 부추기면 자기 욕심을 못 이길 타입이야.'

팀에서 발언권이 있고, 나름대로 출세 욕심이 있는 놈 같았으니 말이다. 그러니 혼수상태에서 회복하고서도 자신을 만나러 온 것 아니겠는가!

그러나 코스요리가 나오는 초밥집 룸에 앉자마자, 박문대는 서류부터 꺼냈다.

"소송 서류입니다."

"크흡!"

본부장은 사레가 들렸다. 그러나 눈앞의 아이돌은 미동도 없이 자신을 쳐다볼 뿐이었다. 무심히 관찰하는 얼굴이다.

"……."

본부장은 순간 분노로 눈앞이 벌게지는 것 같았으나, 먼저 실리부터 챙겼다. 서류 말이다.

그리고 경악했다.

"…!"

"전 매니저 관련 소속사 과실 증거 자료입니다."

서류는 법적 의미에서 꼼꼼했다. 게다가 일부러 구체적 내용을 지운 부분도 있어서, 이 페이퍼를 확인하더라도 회사가 반박 자료를 만들기 까다로웠다. 누가 봐도 전문가의 손이 닿아 있었다.

'변호사를 고용했나…!'

본부장은 티 나지 않게 심호흡한 뒤, 서류를 내렸다.

"그래서 나한테 이걸 왜 보여주고 있지?"

"……."

"보니까 당장 소송하려는 게 아닌 것 같은데 바라는 게 있어서 이러나?"

박문대는 인정했다.

'나름대로 머리는 있는 놈이군.'

하긴, 이 본부장은 낙하산도 임원의 친인척도 아니었으니 말이다. 그냥 자아 비대한 상급자였다. 그리고 그 때문에 오히려 말하기 편했다.

그는 숙소 복귀 전날 밤. 배세진과의 대화를 떠올렸다.

—…박문대 네가 첫 정산 때 세금 이야기했었잖아. 이건 세전 금액이라 나중에 많이 떼일 거라고.

—예.

—맞아. 그렇더라. 연예인은 근로자가 아니었어.

박문대도 계약서 작성 당시에, 자신이 대학과 공무원 시험을 통해 얻은 법 지식을 바탕으로 알았다.

연예인은 회사와 근로 계약을 맺는 것이 아니다. 그렇기에 근로자가 아니라 개인 사업자로 분류되어 근로기준법이나 산업안전보건법을 제대로 적용받지 못하는 경우가 많다.

'그렇게 보기엔 기획사의 힘이 너무 크긴 한데.'

당장 그가 바꿀 수 있는 부분은 아니니 그냥 넘어가고. 박문대의 생각은 이러했다.

'반대로 생각하면 계약서를 좀 더 자유롭게 작성할 수 있다는 건데?'

사업자 간의 계약이 되는 것 아닌가. 그래서 이 제안을 하게 된다.

"기본 계약서에 추가 조항을 넣죠. 페널티 겸 개런티 조항을요."

"개런티라."

"예, 심각한 건 아니고, 일종의 내기 개념으로 넣자는 겁니다. 내용은…"

박문대는 웃었다.

"테스타가 다음의 연도 중 연간 시상식에서 대상을 수상 시, 테스타의 새로운 독립적 레이블 수립을 전폭적으로 지원한다."

"…!!"

"기한은 2년으로 잡고… 아, 물론 형태는 산하로요. 계약 파기되면

쓰나요. T1 소속으로는 남아 있어야죠."

박문대가 새롭게 내민 페이퍼에는 세부 내역이 빼곡하게 적혀 있었다.

―'연간 시상식'이란 그해 음악시장에서의 판매 수치를 70% 이상 방영하는, 음원 혹은 음반 플랫폼 주체가 개최하는 시상식을 의미한다.

――…해당 검증이 이루어지는 기간 동안 갑은 을의 주도적이며 안전한 활동을 보장한다. 해당 조항에서 '주도적'이란…….

한마디로, 우리 알아서 할 테니 방해 말고 케어나 제대로 해달라는 뜻이었다. 그리고 박문대는 알았다.

'이 새끼는 연예계 인맥이 없어.'

있는 건 여기 자리를 꿰찰 만큼의 T1 본사 쪽 이사진과의 인맥이다. 하지만 평판 문제로 윗사람에게 이런 문제를 떠들 순 없을 것이다.

'그럼 혼자 가지고 가야지.'

아니, 사실 떠들어도 상관없다. 우린 T1하고 척질 생각이 없고, 네가 본부장으로 있는 이 소속사와만 거리를 두고 싶다는 주장의 반복일 뿐이니까. 이미 전담팀 요청 때도 써먹은 논리였다. 딜이 들켜도 본사에서 새삼스럽게 테스타를 적대할 이유는 없었다.

"……."

그 시간, 본부장도 비슷하게 계산을 끝냈다. 자신이 윽박지르거나 강하게 나오면 도리어 폭탄이 터질 것이라는 점을.

그래서 두 손을 깍지 끼며, 좀 더 진중하게 말했다.

"아티스트 의견은 알겠지만… 내가 오케이할 수 있는 항목이 아니잖아요? 나는 실무진이고… 이사진, 대표이사님께 말씀드려야지."

거짓말이었다. 사실 대표이사는 T1 친인척에게 명함을 주기 위해 준 자리일 뿐이다. 실질적으로 이 계약 수정사항을 논의할 사람은 본부장이 맞았다.

"아 전 그런 걸 잘 몰라서요."

박문대는 눈 하나 깜짝하지 않았지만.

"그냥 본부장님이 설득해 주세요."

"…! 무슨…."

"아니… 잘 모르니까요. 안 되면 저희 그냥 소송하는 게 편할 것 같습니다. 변호사분이 알아서 해주시겠죠."

미친놈인가? 본부장은 할 말을 잃고 박문대를 뚫어져라 보았으나, 그 매끈한 얼굴에는 동요 한 점 없었다.

그래서 그도 알았다.

이놈은 정말 눈 하나 깜짝 안 하고 소송을 갈길 놈이었다.

그리고 이런 미친놈은 설득이 안 통한다.

"조금 있으면 〈아주사〉 새 시즌을 또 할 텐데, 거기서 데뷔하는 분들도 여기 소속이 될 테니 계약 기간도 얼마 안 남은 저희야 뭐… 레이블 정도는 괜찮죠. 안 그래요?"

"……."

"대상 타면 레이블이나 하나 만들어주시면 되는 건데, 어려울 건 없어 보이는데요."

그리고 그날 해질녘.

박문대는 수정되어 도장과 지장이 찍힌 7장의 계약서를 모두 챙겨 들고 귀가했다.

'깔끔하네.'

시간을 안 주고 몰아붙이면 이럴 줄 알았다. 이런 문제에서 하루 이틀 기한을 더 줬다가는 쓸데없는 짓을 했을 것이다.

'빨리 처리하는 게 정답이야.'

그리고 추가 조항이 어쨌든 테스타의 성적은 본인 커리어와도 관련 있으니, 탈 수 있는 대상을 못 타게 방해하진 못한다. 저 본부장은 누가 봐도 명예욕이 더럽게 많은 놈이니까. 게다가 만일을 위해 이중으로 위반 시 배상 조항도 걸었다.

박문대는 어깨를 으쓱했다.

'배세진이 원하는 대로 법적 판례를 만들진 못했다만… 이 정도로 만족해 줬으면 좋겠는데.'

어쨌든, 이제 내년까지는, 그리고 대상을 탄다면 그 이후까지도 운신이 완전히 자유롭지 않겠는가.

만일 대상을 못 탄다면?

'그때는 정말 계약기간이 얼마 안 남아서 상관없지.'

그는 어깨를 으쓱했다. 어느 쪽이든 손해 볼 것이 없었다.

"앨범이나 준비하러 갈까."

그는 넉넉한 시간을 전부 쏟아 넣을 준비가 되어 있었다.

'이번에는 제대로 만든다.'

…그렇게 지극히 고강도의 앨범 준비 합숙이 시작되었다.

참고로 테스타가 계획한 컴백 첫 무대는, T1이 주최하는 연말 시상식이었다.

연말. 한 해를 마무리하며 새해를 맞는 시기니만큼 각종 행사와 기념일로 대중문화가 떠들썩했다. 그리고 KPOP에 관심 있는 사람들도 슬슬 관련 이벤트들을 관람할 준비를 한다.

-올해 MBS 콜라보 썰 떴네
-티원 또 시상식 해외에서 해? 표팔이에 미쳤나
-브이틱이랑 영린이 음반 음원 대상 하나씩 챙겨가는 그림 본다

물론 올해도 온갖 방면에서 자의든 타의든 화제성 폭탄이던 테스타에 대한 이야기도 빠지지 않았다.

[테스타도 대상 탈 듯]
대상 여러 개 주는 시상식에서는 받을 만해 작년에도 ToneA에선 하나 받지 않았어?
올해 워낙 화제성 좋아서 여기저기서 받을 것 같음○○ 사건도 있고

-?? 교통사고 나서 불쌍하다고 대상줌??ㅋㅋㅋ

-러뷰어가 러뷰어했네

-ㅋㅋ객관적으로 원탑하시고 대상 운운하셔야할 듯..!

-낚인 척 하지 마라 이게 어딜 봐서 테스타 팬이야 어그로지;

바로 '테스타가 대상감인가' 어그로였다.

우선 연초에 발표한 〈Spring out〉은 디지털 싱글이라 음원 외의 성적이 없으니 보류. 그 후 발표한 〈부름(Nightmare)〉은 확실한 연간 히트곡이었으나, 문제는 활동을 그리 길게 하지 못하고 교통사고가 터졌다는 부분이었다.

더 폭발할 수 있었던 활동의 잠재력은 교통사고 이슈에 아쉽게 적당선에서 멈추어 버렸다. 멤버 중 하나가 혼수상태에까지 빠지며 미리 찍어둔 예능들의 방영이 연기되기까지 했으니 더더욱 '어쩐지 아쉬운' 느낌을 벗기 힘들었다. 그러니 기부 콘서트로 환기했다고는 해도, 왠지 완벽한 대상감이라고 부르기엔 부족하게 느껴지는 것이 사실이었다.

게다가 어그로들도 알았다. 올 하반기 테스타가 또 컴백하기는 어렵다는 것을.

-섬별 절대 바로 컴백 못 함

 └ㄹㅇ소속사 존나 사리고 있을걸 또 욕 처먹을까 봐ㅋㅋㅋ

-차라리 빨리해서 연골 다 갈아먹고 얼른 퇴물이나 됐음 좋겠는뎅ㅠㅠ

-기부콘 때도 개오바하는 거 눈에 보였쥬ㅋ 차라리 늙은 삐틱이 낫다 구관

이 명관

테스타의 안티들은 테스타의 전격 휴가 같은 소식에 오히려 환호하며 즐거워했다. '올해는 만회 불가' 판정이라고 생각했기 때문이다.

그러나 찌라시 같은 뜬소문 기사가 뜬 것은 그쯤이었다.

[테스타, 연말연시 컴백 카운트다운?]

바로 '관계자의 말에 따르면' 테스타가 시상식 첫 무대를 염두에 두고 컴백을 준비 중이라는 기사였다. 기사 내용대로라면, 아슬아슬하게 올해 하반기 혹은 내년 상반기로 갈릴 활동이었다.

골수팬들의 물밑 반응은 제법 엇갈렸다.

-아 드디어 컴백ㅠㅠ 섬예능 이후로 떡밥이 드문드문해서 덕질 노잼이었는데 너무 기대됨ㅠㅠ

-이 중요한 시기에 시상식 첫 무대 진심임?

-엥 연말 컴백하는 돌들 많았는데 왜 사서 걱정이야 그리고 음원 음판 12월부터 카운트되는 경우 많아서 오히려 풀로 반영될텐데?

 └연간 차트가 반토막 나니까

-예능 다 연말 특집에 밀릴 텐데 홍보도 제대로 못 들어가겠네ㅅㅂ

11월 말부터 12월 중순까지는 연말연시 특수가 도리어 곡 화제성을 뺏어가기 때문이다. 크리스마스 바이브를 노린 캐럴이 아니고서야 중요한 시기에 썩 좋은 수는 아니었다.

특히 T1에서 주최하는 시상식인 ToneA가 12월 초라는 것을 떠올리면, 싸한 느낌이 안 들 수 없었다.

-티원 시상식 맞추느라 그쯤 컴백하게 만든 거면 진짜 가만 안둠
-반년 만에 활동 응원이나 하자 난 벌써 적금 깼다니까

그렇게 기대와 불안이 교차하는, 전형적인 컴백 전 긴장감 속.
새 기사가 대대적으로 떴다.

[ToneA 한 해 마무리에서 새해의 시작으로... 1월 개최 발표]

바로 ToneA가 1월에 개최된다는 소식이었다. 카더라로는 시상자 섭외부터 해외 대형 공연장 선점 차질, 혹은 음원사이트 개편까지 다양한 사유가 떠돌았으나, 확실하진 않았다.

중요한 건 테스타 팬들의 마음이 평안해졌다는 것이다.

-휴 어쩐지
-보는 순간 -편안-
-그래 이게 맞다
-1월에 남은 시상식 쭉 돌고 월말부터 음방도 좀 나와주고 하면 될 듯

이쯤 되자 세간의 관심도 돌아갔다. 올해의 만회가 아니라, 내년에

홈런을 치는가 마는가가 당장 코앞이었기 때문이다.

-테스타 1월 극초 컴백 같네
-와 씨 연간 차트 풀반영ㅋㅋㅋㅋ
-벌써 1군 기싸움 개꿀잼 어떻게 되려나

당장 올해 시상식에서 테스타의 대상 유무에 집중하는 것이 아니라 이번 컴백 성적에 관심이 더 돌아갔다. 교통사고 이슈에, 성공적인 기부 콘서트 VTIC 어그로에, 마지막으로 예능까지 홈런을 친 테스타의 최신 컴백 성적!

-이건 곡만 잘 뽑으면 무조건 대박이지 반박 불가 아니냐고ㅋㅋㅋㅋ
-솔직히 테스타 매번 중요한 국면마다 활동 잘 뽑아옴 티원이 욕심 많은 양아치 새끼라도 이런 건 잘한다니까
-셤별 이번에 정규라는 ㅋㄷㄹ있던데 어떻게 생각함 오히려 너무 각 잡고 해서 삐끗할 확률은?
└희망사항 잘 봤습니다ㅋ
-테스타 진짜 소처럼 일한다 솔직히 몸조리하면서 반년은 더 쉴 줄..

그리고 각종 연말 가요 프로그램들에서 테스타의 출연이 공식적으로 확정되며, 팬들은 오랜만에 맛볼 본업에 약간 흥분했다.

-무대 조아

-절대 무리하지 말자 나와주는 것 만으로도 고마워 얘들아ㅠㅠ
-무조건 방청 성공한다 이게 얼마만의 오프야 진짜!!

게다가 테스타의 계정에는 휴가를 즐기고 온 멤버들이 연습실로 향하는 것을 서로 찍어댄 사진들이 하루 이틀 간격으로 업로드되기도 했다.

[휴가 끝! 이제 연습하면 기분 최고~ (곰 이모티콘)]

멤버들은 설레고 즐거워 보였다.

-애들이 올린 글 다 봤다 얼굴 다들 좋아 보이더라 안심했어
    ∟진짜 직접 사진 보니까 괜히 안심되는 거 있음 나 이제 기대만 됨ㅋㅋㅋ

팬들은 '본업에 진심인 아이돌'을 좋아하는 묘한 뿌듯함과 보람 속에서 테스타의 연말 무대를 기다렸다.
컴백 일자도 걸리는 게 없겠다, 분위기는 잔잔히 좋았다.

-무대 스케줄 업뎃만 기다리는 중
-부름 오케스트라 버전 어때
-우리 봄둥이 무조건 더 전통악기 편곡 리믹스 무대 나온다에 내 문대 포카를 걸겠어
    ∟틀리면 제가 받아가도 될까요 줄서봄
    ∟ㅋㅋㅋㅋㅋㅋㅋㅋㅋ

그리고 테스타는 팬들의 예측보다 좀 더 많은 계획을 세우고 있었다.

첫 타는 얼마 지나지 않아 드러났다. 우르르 뜨는 연말 프로그램 홍보용 기사들 중에는 특별 무대나 구성에 대한 이야기가 가장 많았는데, 그중 포스터까지 포함된 기사가 있었다.

[MBS 가요대제전 콜라보 무대 명단 공개되나? 대선배부터 괴물 신인까지 화려한 라인업]

검은 실루엣들로 이루어진 배너형 포스터 이미지.

그 안에는 팬들에게 익숙한 실루엣도 있었다.

-저거 실루엣 선아현 아님?

-맞는 것 같은데

-헐 아현이 특별 무대ㅠㅠ

바로 테스타의 메인 댄서인 선아현이었다. 테스타는 다음 앨범 광고용으로 이번 연말을 적극적으로 보낼 생각이었다.

그리고 기사가 뜬 시점, 테스타는 연말 준비에 이미 돌입한 상태였다.

"간식 먹어요!"

"자."

"······."

차유진은 손에 쥐어진 당근 스틱을 보고 경악했다.

"이거 간식 아니에요!"

"사, 사과 줄까…?"

"네…."

선아현에게 사과를 받아 든 차유진이 슬프게 사과를 씹었다.

와작와작.

'이빨 한번 튼튼하군.'

나는 혀를 찼다.

일단… 이 그룹은 연말 시즌을 코앞에 두고 추석 때 없어진 근육을 돌려놓기 위해 식단을 조절 중이다. 차유진이 아무리 기초대사량이 높은 놈이라도 방만한 생활을 하긴 했으니 주의 관리는 필요했다.

물론, 필요 없는 놈도 있지만.

"사, 사과 말고… 토마토도 있는데…!"

그냥 관성적으로 본인 몸을 관리하는 선아현 같은 놈 말이다. 이 녀석은 추석 때도 안 불어 왔다.

"토마토는 설탕 좋아요!"

"그, 그건 안 되는데….'

"우우······."

차유진은 터벅터벅 걸어서 연습실 구석에 앉았다. 열흘은 저러고 있겠군. 그래도 고기는 충분히 먹는 중인데 말이다.

'프로틴 바라도 공급해 줘야 하나.'

나는 식단 전문가에게 보낼 건의 사항을 머릿속으로 정리하다가, 방울토마토를 들고 아쉬워하는 선아현을 보았다.

"너 먹어."

"아, 아니! 난 괜찮아."

선아현은 방울토마토가 든 통을 도로 냉장고에 넣었다. 나는 별생각 없이 그것을 보다가, 냉장고 문에 달린 LED에서 현재 시각을 확인했다.

"너 한 시간 내로 나가야 할 것 같은데"

"어, 어? …으응."

그렇다. 선아현은 요 며칠 단독 연습 스케줄이 있다. 12월 31일 MBS 연말 프로그램에서 특별 콜라보 무대를 하기 때문이다.

뻔하지만, 방송사가 소속사를 압박해서 어떻게든 인기 있는 그룹들의 멤버를 하나씩 뽑아내 조합하는 그런 무대다. 다들 스케줄이 더럽게 바쁘다 보니 거의 못 만나긴 했다만, 어쨌든 개인 파트는 이미 다 영상으로 받아서 숙지가 끝났다.

'3시간 걸렸지.'

춤 잘 추는 놈들이 이래서 이득을 본다. 솔직히 노래 습득보다 안무 습득이 더 체력 소모가 심한 건 맞으니까.

게다가 선아현은 이번 타이틀곡 안무 시안에도 일부 참여했다.

–오~ 이거 괜찮은데?

–…! 저, 정말요?

–당연히 정말이지! 그렇죠, 디렉터님?

–예, 제가 보기에도 굉장히 임팩트도 있고… 대형도 카메라에 잘 잡

이번에는 제대로 일곱 곳 이상에서 안무 시안을 받아서 합쳤는데, 그 과정에서 자기 안무를 밀어 넣었다는 건 보통 일은 아니었다.

'재능이 있어.'

심지어 동작 스타일이 본인 전공인 현대 무용 스타일도 아니더라. 그러니 콜라보 정도야 뭐… 보니까 파트도 잘 받았던데 퍼포먼스에 문제는 없다. 테스타가 이름값이 제일 좋으니 카메라도 잘 받을 테고.

나는 고개를 끄덕였다. 문제는 없었다.

"잘하고 와."

"…응!!"

선아현도 기합이 들어간 걸 보니 잘 나오겠군. 물론 선아현뿐만은 아니다. 당장 옆에서 배세진이 중얼거리는 소리를 들어봐라.

"…내가 시상이라니."

"음? 아역배우 시상이구나. 잘 어울리는데? 이동하는 게 좀 번거로울 순 있겠지만…."

"내가! 시상이라니!"

"…진정하자, 세진아."

영화제 시상부터 연예 시상식 기념 무대까지. 과하지 않은 선에서 기사 뜰 여지 있는 알맹이 스케줄만 잘 챙겨 먹었다. 연말 행사를 안 뛰는 대신 이런 쪽으로 여유 시간을 쓰자는 것에는 모두가 합의한 상태다.

'…이번 분기는 정산금이 반토막 나겠군.'

그래도 남는 장사긴 했다. 효과적인 홍보 방식이기도 했고. 그래서 나도 네임 밸류로 거른 뒤엔 안 쳐내고 한두 개 맡긴 했다만… 좀 떨떠름하긴 하다.

'이 오퍼가 굳이 나한테 들어오나.'

나 말고 더 적합한 멤버가 있었을 것 같다만… 뭐, 굳이 날 쓰고 싶다면야.

'상관없지.'

나는 어깨를 으쓱하고, 도로 헤드셋을 썼다. 3차 녹음본을 다시 확인할 생각이었다. 이번 타이틀은 무조건 잘 나와야 하니까.

'잘하자.'

그리고 쏜살같이 연말이 다가왔다.

몇 주 후, 12월 초중순 금요일 밤.

네티즌들은 다시 돌아온 연말 시즌, 가장 첫 번째 공중파 가요 프로그램을 기다리고 있었다.

-오늘 SBC 가요대전 볼 사람? 아 나뿐이구나...?
-ㅋㅋㅋㅋㅋㅋㅋ아 오늘임? 시간 빠르네
-애들 나오면 삐삐 쳐줘
　└할머님 몇 살이신지

아니, 정정하겠다. 그냥 클립이나 보려는 사람, 혹은 느지막이 나오는 자기 아이돌만 챙기려는 사람이 수두룩했다. 그래도 오프닝에는 다들 한 번씩 나와줄 수도 있으니, 출연진의 팬들은 일단 시작하는 부분은 예의상 봐줬다.

-시작한다
-오오옹
-올해는 얼마나 듣보 신인을 끼워팔았는지 볼까!

조명으로 화려하게 빛나는 대형 방송용 홀.

[☆가요대전☆]
[상암홀 생방송]

그리고 이윽고 중계석에서 모습을 드러낸 것은… 반짝반짝 잘 차려입은 남녀 MC들이었다.
다만 면면이 남달랐다.

[안녕하세요, 가요대전 시청자 여러분!]

살짝 웃는 그들은 선남선녀가 따로 없었다만, 예상했던 직업군은 아니었다.
현역 아이돌 셋이었기 때문이다. 그것도 제일 잘나가는.

[저는 VTIC의 채율!]
[세인트유의 영린.]
[그리고 MC 막내인 테스타의 박문대입니다.]

화면의 박문대가 오묘한 미소와 함께 볼을 콕 찔렀다. 옆에 선 선배들이 황급히 웃음을 참았다.

-?????
-미친 엠씨진 봐
-혈ㅋㅋㅋㅋㅋㅋㅋㅋㅋㅋㅋㅋㅋ
-천상계 인기멤 조합ㅋㅋㅋㅋㅋㅋ

예상치 못한 1군 정예 파티 라인업에 댓글창이 폭주했다.
참고로, 설마 이게 될 줄은 섭외 당사자들도 예상치 못했다.

"여러분! 마음 따뜻한 연말 보내는 중이신가요?"
"올 한 해 여러분의 마음을 뜨겁게 달궜던 뮤지션분들께서 다시 한 번 멋진 무대를 준비 중이십니다."
내 옆의 두 아이돌은 제법 진행을 잘했다.
'연차 허투루 먹은 건 아니군.'
나도 마이크를 잡았다.

"그러면 올해 가장 빛나는 활동으로 우리를 즐겁게 해주신 아티스트분들을 소개하는, 가요대전의 첫 번째 무대부터 만나보실까요?"

나만 문장이 유독 긴데 착각은 아닌 것 같다. 설마 연차 순으로 대본 짬 처리냐?

'그리고 볼 찌르게 시킨 놈은 대체 누구야.'

포지션상 어쩔 순 없다만 굳이 이런 걸 대본에 지정까지 한다? 이 고의적 행동은 잊지 않겠다.

"SBC 가요대전, 지금 시작합니다!"

어쨌든 카메라는 돌아갔고, 세 명의 MC는 카메라를 보고 자본주의 미소를 지었다. 그리고 불이 꺼지는 순간 가볍게 숨을 쉬거나 표정을 다듬었다.

"휴우."

"굿!"

반대편의 VTIC 놈은 굳이 손을 길게 뻗어 내 등을 두드렸다. 정말 필요 없는 선배 노릇이다.

"문대 씨, 완전 잘했어요!"

"감사합니다."

대본을 다시 체크하던 영린도 살짝 웃더니 말을 보탠다.

"여전히 열심히 하네요."

"감사합니다."

나는 연거푸 고개를 숙였다. 연차가 이렇게까지 차이 나니 그냥 촬영 내내 감사봇이 되는 편이 나았다. 당장 우리가 있는 단상 바로 아래에도 응원봉 든 팬들이 있거든.

물론 카메라 렌즈도 몇 개 보인다.

'잘 숨겼네.'

나는 낯익은 몇몇 사람이 든 카메라를 슬쩍 웃으며 쳐다보고 시선을 돌렸다. 어차피 생방송이라 저런 건 유출이라고 부르기도 민망한 수준이다.

'이 무대 끝나면 이번 방송 주제 발표….'

나는 '축제를 즐기는 모두의 마음'으로 시작하는 더럽게 긴 대본을 한 번 더 숙지했다. 프롬프터에 나오긴 하지만 더듬을 수도 있으니까.

'그런데… 아이돌 셋은 좀 무리수 아닌가.'

솔직히 이 라인업이면 화제성은 확실하겠다만, 진행 안정성만 생각하자면 중심 잡아줄 아나운서가 한 명 있으면 좋겠다 싶은데 말이다. 연기 대상이나 연예 대상처럼 시상하는 건 아니니 다들 그럭저럭 넘어가겠다는 계산인 건 안다. 그래도 꼬투리를 주고 싶진 않았다.

그리고 그 생각은 다들 비슷한 것 같았다.

"와, 이거 진땀 나네요! 저희 자체 컨텐츠 같은 데서만 진행해 봤는데 갑자기 연말에 이런 걸 하게 될 줄이야! 진짜 열심히 할게요, 여러분."

일단 제일 경력 긴 놈이 신인 같은 포부를 자랑하고 있고.

"문대 씨는 아직도 신인이니까 너무 긴장 마세요. 말하다 꼬이면 그냥 문장만 마무리하시면 됩니다. 제가 이어서 할게요."

이쪽은 거의 전문 MC 같군. 여기저기서 사회 많이 보더니 준진행자급이다.

"감사합니다."

나는 영린을 쳐다보았다.

"그래도 실수가 없는 게 목표니까요. 잘해보겠습니다."

영린이 미미하게 미소 지었다. 신입사원 기특해하는 팀장이 따로 없다.

"그래요."

"와! 아이돌 화이팅!"

대본 든 손으로 셋이 손 모아 화이팅까지 하니 좀 웃기긴 하다만, 대충 때우고 넘어가려는 놈이 없는 걸로 만족하자.

"올해의 뮤지션들을 소개하는 국립국악단의 특별 무대, 어떠셨나요?"

"정말 멋졌습니다!"

"현란한 움직임이 마치 밝은 새해를 보여주시는 것 같아서 참 즐겁게 보았습니다."

그리고 이 셋은 1부 내내 하나의 실수도 하지 않았다. 물론 나도 포함해서.

'좋아.'

[광고]

나는 1부가 끝나며 막간 광고가 들어간 것을 확인하고, 물을 마셨다. 그리고 리액션용으로 조성해 둔 가수석에서 손을 흔드는 익숙한 얼굴들을 보았다.

"형 멋져요! 그거예요!"

'뭐라는지 하나도 안 들린다 이놈들아.'

음향과 응원석 소리가 얼마나 큰데 뭘 힘들게 말하냐. 어쨌든 응원은 고마우니 손은 흔들어주고, 다시 큐카드를 넘겼다.

'이대로면 최소한 평타는 치겠어.'

중간에 VTIC 놈이 자화자찬 대본에 민망해할 뻔한 상황도 커버해
줬으니, 무능력자 낙하산 신인돌 이미지는 안 붙었겠지.

'기사나 잘 떠라.'

나는 어깨를 으쓱하고 물을 내려놓았다.

[2부 30초 전]

그리고, 2부 첫 무대가 끝나고, 중계가 시작되는 시점이었다.

"문대 씨!"

갑자기 불쑥 대본에도 없던 뜬금없는 게 튀어나왔다. VTIC 채율이
불붙은 폭죽이 꽂힌 대형 컵케이크 하나를 내 눈앞에 들이댄 것이다.

"...??"

뭐야 이게.

"문대 씨가 며칠 전에 생일이셨다는 소식을 전해 들었어요!"

"생일 축하합니다. 문대 씨."

그리고 제작진이 카메라 밑에서 강아지 귀가 달린 고깔모자를 쓱 올
린다.

"......"

나는 황망하게 그것을 받아 썼다. 아니, 좀 사전에 말을 해달란 말
이다, 방송국 놈들아. 생방송에 이게 무슨….

-스마일!

스케치북에 그런 건 적을 필요 없다. 안 그래도 입꼬리 찢어지게 웃고 있으니까.
"하하, 감사합니다."

-초 불어주세요!

가지가지 한다.
나는 활짝 웃으며 폭죽을 불어 껐다. 그리고 강아지 귀를 당겼다. 정장 입고 연말 프로그램 MC를 보면서 대국민 재롱을 떨게 해줘서 정말….
"감사합니다."
가수석에서 포복절도하는 놈들이 보인다. 숙소 복귀해서 보자.
…잠깐.
'그러고 보니 2부 오프닝 대본이….'
"다음 무대는 아름다운 생일에 관련된 곡인데요!"
"올해 여름을 빛낸 곡이죠?"
나는 간신히 평정심을 유지하며 마지막 말을 이었다.
"17년 차 밴드 그레이케이블의 〈birthday boy〉. 특별한 라이브 공연에 여러분을 초대합니다."
이걸 위한 연출이었냐. 다음 곡 소개를 위해 존엄성이 사라지는 게 아이돌 MC냐고. 무슨 정규 음방도 아니고 연말 프로그램까지 계속되는 아이돌의 본분에 정신이 아찔해졌다.

…그리고, 이 기조는 엔딩까지 간다.

'박문대 귀여워!!'

중계석 아래에서 카메라를 잡고 있던 박문대의 홈마는 기쁨으로 왈칵 울 뻔했다. 관계자에게서 문대가 연말에 MC를 본다는 소문 하나 듣고 이 근처를 잡은 보람이 넘쳤다!

'이거지! 이거야!'

정말 오랜만에, 실물로 보는 박문대가 너무 좋았다….

박문대는 남색의 깔끔한 정장 아래 검은 와이셔츠를 받쳐 입고 있었는데, 잘 넘긴 머리와 어울리는 MC다운 차림이었다. 하지만 MC 중 막내랍시고 하얀 리본 타이를 했는데 그게 정말… 너무 귀여웠다!

특히 컵케이크를 받아 들 때!

깜짝 순서였는지, 박문대는 당황한 티가 역력해서 더 귀여웠다.

'코에 크림 묻었어…'

확인하자마자 박문대가 닦아낸 뒤 관계자들이 정리까지 해줘 버렸지만, 홈마는 이미 그 컷을 잡았다.

'하하하…! 하하하!'

오랜만에 온 오프라인 촬영에 완전히 들뜬 홈마는 내적 광소를 터뜨리며 미친 듯이 사진을 수집했다. 프리뷰는 너구나!

사고 이후, 극도의 우울한 시간과 롤러코스터처럼 미친 듯이 널뛰는 상황, 그리고 걱정 가득한 직후 활동 분위기를 경험하며 쌓인 피로가 날아갔다. 속이 후련하고 즐거웠다.

'이번 활동 진짜 기대된다.'

제자리에 무사히 돌아온 느낌이 정말 좋았다. 홈마는 싱글벙글 웃으며 마스크를 고쳐 썼다.

'문대 컨디션도 좋아 보이고!'

가끔 멤버들이 가수석에서 박문대와 눈이 마주칠 때마다 손을 흔들면, 카메라 불이 안 들어왔을 때는 슬쩍 마주 흔들어주는 모습이 좋았다. 게다가 박문대는 그 와중에 팬들의 카메라 렌즈까지 찾아낸 게 분명했다. 이 카메라에도 아이컨택을 했단 말이다!

'평생 아이돌 하자….'

박문대야말로 그녀의 케이팝 인생에 내려온 정착지가 분명했다. 아무튼 그랬다.

'환승? 그런 건 없다.'

전 아이돌의 사회면 진출을 보며, 다시는 아이돌을 믿지 않을 것이라 다짐했던 홈마의 쓰디쓴 음주 기억은 일련의 미친 사건들을 거치며 가루가 되었다.

그리고 잠시 뒤, 3부.

'얘들 곧 하나 보다! 큐시트 맞았네.'

박문대가 성큼성큼 뛰어서 MC석 뒤로 사라졌다. 그리고 가수석에서 테스타가 이동하는 모습도 확인했다.

'연말 프로그램은 공식 직캠을 잘 안 주니까…!'

홈마는 사명감을 가지고 카메라를 꾹 쥐었다. 더없이 뿌듯한 시간이었다.

'너무… 좋았다.'

그리고 귀갓길. 그녀는 흡족하게 SBC 상암홀을 빠져나오게 된다.

피로가 안 쌓였다. 아니, 지금 아드레날린이 미친 듯이 폭주해서 느끼지 못하는 것이지, 집에 돌아가면 피곤하겠지만 말이다. 어쨌든 박문대의 홈마는 너무 행복했다.

"진짜 무대 너무 잘해."

테스타는 전혀 기량이 줄지 않았다. 심지어 단 하나의 안무도 난이도를 조정하거나 삭제한 것이 없었다.

'아니, 오히려 더 숙련도가 붙은 느낌이었어!'

교통사고의 흔적은 전혀 찾아볼 수 없을 정도였다. 퇴원 직후, 단체 콘서트에서 잠깐 비틀거렸던 박문대도 오늘은 팔팔 날아다녔다. 완전히 무장이 완료되어 호승심으로 활활 불타는 것이 현장에서도, 카메라 렌즈 너머로도 느껴졌다.

물론 무대 자체의 구성도 좋았다. 〈Spring out〉에서 사격을 이용한 퍼포먼스를 한 것은 화려하고 연말에 맞게 웅장했다. 분명히 인터넷에서 제법 화제가 되었으리라 홈마는 짐작했다.

'자… 이 부분만!'

그녀는 신나게 택시에 타서, 노트북에 카메라 용량을 연결해 촬영한 동영상을 조금 확인했다. 인상 깊었던 몇몇 장면을 꼭 다시 곱씹고 싶어서였다!

그렇게 영상을 배속으로 돌리던 때였다.

'어?'

무대를 마치고 막 MC석으로 올라가는 박문대. 그 검은 머리 아래로… 밝은 가닥이 보였다.

전율이 흘렀다.

"가발…!"

검은 머리는 스프레이든 가발이든, 아무튼 그건 가짜던 것이다.

박문대는… 또 흑발을 탈출했다!

'미친! 이번 앨범 염색모야!'

이건 그녀가 흑발 박문대를 선호하는 것과는 별개의 문제였다!

'무슨 색이지? 무슨 색이야? 조명 보정하면 색 좀 나오겠지?'

홈마는 이렇게 설레고 흥미진진할 수가 없었다. 이런 종류의 즐거움이 너무 간만인 탓이었다.

"하…."

홈마는 1월까지 자신이 스포일러를 참을 수 있을지 잠시 고민하며 활동에 관련된 즐거운 가설들을 세웠다. 그러는 동안, 캡처가 끝난 동영상은 다시 돌아가기 시작했다.

큐시트를 점검하며 성공적으로 MC석에 복귀한 박문대. 그런데 다시 보니 그 모습이… 좀 이상했다.

"어어."

그녀는 순간, 하던 상상이 싹 가시는 것을 느꼈다. 홈마는 당장 박문대의 상반신을 확대했다.

"……"

각도상 가수석으로 돌아가는 테스타를 보는 것 같았는데, 그 표정이 잠깐… 살벌하다? 눈썹을 꿈틀거리고 있었다.

'뭐지?'

홈마는 싸한 느낌에 몇 번 더 돌려봤지만, 박문대만 찍고 있던 덕에 박문대가 정확히 무엇을 보는지는 알 수 없었다. 그리고 워낙 표정 관리가 빨리 돌아오기도 했고 말이다.

"으음."

'착각이겠지.'

겨우 몇 초 지나간 표정으로 이러는 것도 병이었다. 홈마는 애써 으쓱하며 동영상을 넘겼다.

그러나 착각이 아니었다.

"고생하셨습니다~"

"문대 MC 정말 잘하더라."

"감사합니다."

"형, 강아지 귀 생일선물… 아우!"

"그만해라."

길고 긴 생방송이 끝났다.

합류하자마자 차로 이동했다. 바로 연습실로 가서 한두 시간 더 맞춰보고 들어갈 예정이었으니까.

'MC는 괜찮았어.'

무대도 준비한 만큼은 퀄리티가 나왔으니 마음에 걸리는 부분은 없다. 예상 못 했던 하나를 제외하면.

"모, 목 괜찮아?"

"…멀쩡해."

"다행이다…!"

이놈 말이다, 선아현. 아까 무대 끝내고 복귀할 때 가수석을 봤는데, 분명 몇 놈들이 과하게 선아현에게 인사했단 말이지.

'콜라보 무대 준비하는 놈들 같은데.'

거기까진 괜찮다. 문제는 그 후에 선아현이 시선을 피하고 고개를 숙였다. 주눅 든 것처럼.

"……."

찜찜한데. 나는 연습실에 도착해 차에서 내리는 놈 중 하나의 뒷덜미를 잡았다.

"야."

"어어? 문대 왜?"

큰세진이다. 이놈이 아까 입장할 때 선아현에게 인사하던 놈들을 은근슬쩍 끊는 걸 봤다.

'이놈도 눈치챈 것 같은데.'

나는 목소리를 좀 낮춰서, 앞에서 걷는 놈들에게 들릴 여지를 차단했다. 그리고 바로 본론을 때렸다.

"너 가수석에서… 봤지. 선아현."

"…음."

큰세진은 무슨 말인지 즉시 이해한 것 같았다.

"그거."

"그래, 뭐 본 거 있나? 콜라보하는 놈들로 보이던데."

놈은 어깨를 으쓱했다.

"뻔하지 뭐. 아현이 박박 긁었겠지."

"…!"

"아현이 애가 착하잖아. 막 이렇게~ 요령 좋은 타입이 아니니까 눌러보려는 거지."

큰세진이 눈썹을 올렸다.

"그런 거 있잖아. '야~ 아현 씨는 카메라 되게 많이 받으시네. 부럽다~ 막, 연습 많이 안 하셔도 될 것 같은데?' 하면서 좀 쪼개주고~"

"……."

어찌나 잘 깐족거리는지 주둥이를 한 대 때리고 싶은 지경이다. 그러나 큰세진의 말투는 금방 진지해졌다.

"거기다 친한 척해보려는 사람도 한둘이었겠어? 아현이 낯가리니까 또 그걸로 급 나눠서 사람 차별한다고 뒷담하고~ 그랬겠지 뭐."

"……후."

"이해 가지?"

"그래."

서열질 한번 X 같이 하네. 나이대가 비슷해서 그런지 이 새끼들이 〈아주사〉 때랑 다를 게 없다.

그래도 잘나가니까 벌벌 길 줄 알았는데, 나보다 잘나가는 놈이 만만해 보이면 더 지랄한다는 인간 본성을 깜박했다. 게다가 그룹에 이름값 좀 있는 놈들만 모아둬서 더 이겨 먹으려고 드는 것 같았다.

'이건 이야기 좀 들어봐야겠는데.'

나는 연습실에 들어가기 전에 선아현의 상태를 점검해 보기로 결정
했다. 그리고 발을 옮기려던 순간이었다.

"잠깐."

"…!"

저지당했다.

고개를 돌리니. 내 어깨를 잡은 큰세진이 고개를 젓고 있었다.

"아차차, 박문대, 설마 아현이한테 이런 거 떠들 건 아니지? 안 된다~"

"왜."

"야, 사람이 자존심이 있지."

큰세진은 쓴웃음을 지었다.

"너라면 동갑 친구가 이 상황을 알아채는 걸 참을 수 있겠냐? 친하
니까 더 싫지 않겠어?"

"…!"

"아현이가 알아서 하게 둬. 그게 맞아."

밤 연습은 계획대로 빠르게 끝났다. 나는 숙소로 복귀한 뒤, 씻으면
서 큰세진과의 대화를 복기했다.

놈의 말은 결국 그것 아닌가.

'선아현의 자존심이 상한다… 라.'

친한 또래에게 텃세에 당하는 쪽팔린 모습을 보여주기 싫다 이거지.

"음."

부정하진 않겠다. 고려한 적 없는 관점이다. 처음 〈아이돌 주식회사〉에서 만났을 때부터 졸졸 따라다니던 놈이라 그런가, 동갑이란 느낌이 별로 안 들어서 말이다.

'솔직히 또래란 것도 외관뿐이고.'

양심이 있으면 내가 그놈이랑 또래라고 하긴 좀… 그렇지 않나. 내가 회사원까진 모르겠어도 일단 29살까지의 기억은 확실해서 말이다.

애초에 또래라고 쳐도 애매했다. 선아현이 그런 걸 신경 쓰는 놈인지도 모르겠단 말이지. 다른 놈들이면 모를까, 그 녀석은 그냥 속없어 보일 만큼 착한 놈이라 고맙게나 받아들일 것 같은데.

다만 하나는 인정한다.

'매번 해결해 줄 순 없지.'

아무리 원활한 활동을 위해서라지만, 내가 그간 놈에게 문제가 생길 때마다 뭘 많이 지시하긴 했다. 이제 선아현도 직접 해볼 시점인가.

"근성은 확실한 놈이니까."

나는 어깨를 으쓱했다. 시상식에서 그 잠깐을 제외하면 특별히 안색이 어두워 보이지도 않았으니, 놔둬 보자. 무리하고 있는 건지 낌새만 확인하도록 조사 정도만 해두면 되겠지.

달칵.

나는 샤워를 마치고 나와서 냉장고로 향했다. 감량 중이니 이 밤에 우유는 좀 그렇고, 얼음물이라도 마실 생각이었다.

선아현은 방에 없었다.

'거실에 있겠지.'

그리고 내가 복도의 코너를 돌기 전, 말소리를 들었다.

"그, 그러니까… 마, 마음에 안 들어서 칭찬하는 것 같은, 느낌이 들면… 어떻게 생각해?"

"나 안 좋아하는데 칭찬해요?"

"으, 으응. 비슷해."

차유진과 선아현의 대화였다. 차유진이 거침없이 대답하는 소리가 이어서 들렸다.

"왜 마음에 안 드는데 칭찬해요?"

"모, 모르겠어…. 화낼 수 없어서일까?"

"OK, OK."

놈이 해맑게 대답했다.

"그럼 저는 'I know~' 해요! 저 잘하는 거 나도 알아요!"

"그, 그래…?"

"네. 칭찬 좋아요!"

상대가 무슨 마음이든 칭찬은 칭찬으로 소화해 버리겠다는 기가 막힌 정신 승리법이었다. 다만 선아현이 저걸 속 편히 쓸 수 있을 거란 생각은 안 드는데.

'왜 굳이 차유진에게 조언을….'

희한한 발상이다. 나는 잠시 대화가 끝날 때까지 기다려 줄까 생각하다가, 그게 더 웃긴 것을 깨닫고 그냥 걸어 나왔다. 눈이 마주치자 선아현이 벌떡 일어났다.

"무, 문대야. 물 마셔?"

"어."

"여기…!"

물잔이 대령 되었다.

"…고맙다."

'이놈이 내 도움을 받는다고 자존심이 상해?'

이런 건 여전히 자발적 꼬붕 같다는 생각을 지울 수가 없다만… 어쨌든 고맙게 잘 마시마. 나는 물을 들이켜며, 놈이 차유진과 대화를 재개하는 것을 기다렸다. 하지만 대화는 이어지지 않았다. 선아현이 허둥거리다가 내게 되물었을 뿐이다.

"왜, 왜…?"

아. 내가 너무 둘을 쳐다봤나.

"음, 아니. 내일 연습이 7시 맞았나 해서."

"아, 응. 7시 맞아…!"

"그래, 고맙다."

나는 떨떠름하게 말을 마무리했다.

특별한 이상 행동은 없다. 좀 기합이 들어간 것 같긴 하다만….

"굿~"

그때, 거실에서 걸어 나온 큰세진이 실실 웃으며 등을 툭 치고 지나갔다. …어쩐지 저 새끼가 날 놀려먹고 있다는 생각이 드는데.

'모르겠다, X발.'

다들 알아서 해라. 컴백까지 할 건 더럽게 많았다. 내 일이나 하자.

"7시 너무 빨라요…."

"얼른 자라."

나는 방에 들어가서 모니터링과 무대 구성 점검을 다시 한번 수행한 뒤, 곧바로 침대에 누웠다.

선아현은 제법 늦게 들어와서 취침했다. 소리를 내지 않으려는 노력이 가상했다.

'거의 기어가는데.'

안 잔다고 한마디 해줄까 하다가, 기겁할 것 같아서 그냥 뒀다.

그리고 다음 날.

아침 연습이 끝난 뒤, 점심 식사 때 즈음에 선아현은 예의 콜라보 연습을 하러 단독 이동했다. 앞으로 일이 주간 몰아서 이삼일 간격으로 짧게 짧게 맞추고 온다고 한다.

"괜찮겠어? 식사하고 가는 게 나을 것 같은데."

"다, 다녀와서 먹어도 괜찮아요…! 금방이니까요."

"음, 그렇다면야."

"잠시만요."

나는 포도당 캔디나 선아현에게 하나 던져줬다. 이건 트레이너와 합의하에 비상 복용 중이니 좀 뿌려도 되겠지.

"고, 고마워…."

"잘 다녀오고."

"아현이 화이팅~"

"보람찬 연습 시간 보내시길 바랍니다!"

선아현은 허둥지둥 캔디를 챙기더니, 고개를 꾸벅거리며 문을 나섰다.

"……."

저거… 들어올 때 질질 짜면서 오는 건 아니겠지.

"형! 저도 캔디 주세요!"

"자."

"야호!"

나는 남은 캔디를 다 털고 팔짱을 꼈다.

'역시 내가 좀 알아보는 편이….'

그때, 갑자기 큰세진이 손으로 쓸데없는 부채질을 시작했다.

"아~ 저희 연습하느라 더운데 아이스크림 살짝 먹을까요? 이 밑에 건강식 파는 데서 팔던데!"

"좋아요!!"

"아, 그 집. 그건 가벼워서 괜찮겠다."

"오케이~ 그럼 이거 한 번만 더 돌고 문대랑 사 올게요!"

"…?"

여기서 내가 왜 나오냐.

일단 무슨 꿍꿍인가 싶어서 따라 나가긴 줬다. 그리고 큰세진은 문 밖에 나가자마자 폭소했다.

"야, 박문대! 그렇게 신경 쓰이냐?"

"무슨 소리야."

"너 아현이 우리 스케줄 타임마다 감시 중인 거 알아? 차라리 말을 거는 게 자연스럽겠다!"

"……."

아니, 그냥 콜라보 연습 전후 몰골 좀 확인하려는 거잖아 새끼야.

그러나 큰세진은 폭소에 이어 실실거렸다.

"아~ 문대문대 어쩌면 좋냐, 진짜 어? 세상 모든 걸 다 알고 주물럭대야 성이 풀리는구만?"

"조용히 해라."

"그 멋진 능력은 앨범에만 써주면 되겠습니다, 유능한 문대 씨~"

"……."

"맞다, 아이스크림 고르는 데도 써주시면… 으차차차!"

"어딜."

나는 도망가는 놈을 붙잡기 위해 전력 질주했고, 나머지 놈들은 의문의 아이스크림 총알 배달을 받았다. 그리고 나는 연습실 바닥에 앉아 짧게 고민했다.

내가 그렇게 통제에 맛 들렸다고?

'아니, 살려고 했던 거지 무슨.'

당장 내 생존에 관한 일이니까 주변 집단 내 문제 소지를 신경 쓰게 된 거다. 일종의 생물적 본능 아닌가. 그리고 이젠 그 타이밍도 지나갔다. 상태창 날아간다고 죽는 것도 아닐 테니, 대상은 어디까지나 위험 부담이 큰 목표에 불과했다.

'필요 없는 일에 시간 낭비는 안 한다.'

나는 아이스크림을 하나 빨아 먹고 오후 연습에나 집중했다.

그러나 이 집중도 곧 방해받았다.

돌아온 선아현의 얼굴에 고민이 가득했기 때문이다.

"다, 다녀왔습니다."

"……."

저거… 잘 안 됐나 본데.

돌아온 선아현은 금방 안색을 회복하고 연습에 합류했지만, 이젠 다른 놈들도 슬슬 분위기를 눈치챘다.

"콜라보 준비하면서 무슨 일 있던 거 아니야?"

"준비가 생각보다 복잡하신가 봅니다."

그러나 선아현에게 특별히 무리하고 있다는 시그널은 보이지 않았다. 큰일은 아니라는 뜻이다. 덕분에 선아현이 빠르게 아이스크림이나 할당받으며 이 화제는 잦아들었다.

보통 이런 건 쉴 때 한번 타이밍 봐서 물어보는 정도가 맞으니까. 그리고 보통 그건 룸메이트나 리더 몫인데… 하필 내가 룸메이트군.

'도리상 물어는 봐야 하나.'

하지만 특별히 내가 말을 걸 것도 없었다. 연습을 끝낸 후에 방에 앉아 아까 찍은 내 안무 연습 영상을 돌려 보고 있는데, 거기서 선아현이 먼저 말을 건 것이다.

"저기… 무, 문대야. 나 하나만 물어봐도 될까?"

"그래. 뭔데."

'설마?'

그리고 설마가 맞았다.

"호, 혹시 문대는… 잠깐 같이 일하는 분들이, 대하기 조금 어려우면… 어, 어떻게 하는 편이야?"

"……."

직접적인 조언 요청이었다.

"어느 상황이냐에 따라 다르지. 대하기 어렵다는 게 어떤 의미인데, 윗사람이야?"

"아, 아니, 그건 아닌데. 부, 불편하게… 진심이 아닌 걸 일부러 드러내는 느낌이야."

예상대로군.

"음, 그럼 같이 비꼬거나 예의에 안 어긋나는 선에서 무시해도 괜찮아. 더 잘나가면 숙이고 들어올 놈들이니까."

"그, 그렇구나."

그리고 그 순간, 나는 깨달았다.

'X발, 속 시원하네.'

아무래도 난 모든 걸 다 알고 제어할 수 있어야 속 편한 스타일이 맞는 것 같다, 망할. 나는 큰세진에게 1승을 내준 것에 황망함을 느끼며, 일단 선아현의 말을 계속 경청했다. 더 자세히 상황을 파악하기 위해서.

그런데 선아현은… 좀 창피해하는 것 같았다. 아니, 많이.

"미, 미안. 나만 혼자 잘하지 못해서… 계, 계속 도움만 받는 것 같아."

"…?"

"다, 다른 멤버들은, 다들 잘하는데… 나, 나는 뭔가 문제가 있나 봐. 상담도 하고, 연습해도 잘 안 돼…."

왜 이야기가 그렇게 되냐.

"너 문제없는데. 왜 그래."

"매, 매번, 또래 사람들 만날 때마다 이러니까…. 처음부터 그랬고…."

"……."

많이 당황했는지, 선아현은 제3자 문제처럼 조언 구한 것도 깜박했다.

"처음 언제."

"중학교 때… 그, 발레 할 때도."

선아현은 머뭇거리다가 짧게 말했다. 목소리가 떨렸다.

"발목을… 다쳤는데, 다들 너무 좋아했어……."

소름이 쭉 올라왔다.

"모, 못된 애들이 아니었는데, 그, 그때부터 내가 뭔가 그, 또래 그룹에 가, 같이 있으면 싫은 느낌이 들었나 봐…."

"……."

나는 몸을 일으켰다.

"일단, 너랑 같이 있으면서 싫었다는 놈은 멤버 중엔 못 봤어."

"다, 다들 착하니까…."

"이 그룹에서 인성 제일 좋은 건 너야. 그리고 너 중학교도 예중이었지."

"응? 으응."

"너 수석이었지."

"그, 며, 몇 번 정도는…."

선아현이 저렇게 말하는 건 줄줄 해 먹었다는 뜻이다.

나는 팔짱을 꼈다. 교양 있어 보이던 선아현 부모님이나, 전문 상담에서는 이런 식으로는 이야기를 안 했을 테니, 그냥 내가 해야겠다.

"들어. 네가 지금까지 겪은 건 다 부러워서 눈깔 돌아간 새끼들이 한 짓이야."

"어어?"

"잘생긴 놈이 춤도 X나 잘 추니까 열 받아서 한 거라고. 알았냐?"

"하, 하지만… 아, 알았어."

선아현은 힘에 밀려서 일단 고개를 끄덕인 것 같았다. 잘됐다.

"그러니까 매일 거울 보면서 '나는 정말 잘난 놈이다' 열 번 외치고 시기 질투에 눈 돌아간 새끼들은 신경 쓰지 말아라. 알겠냐?"

"그, 그거, 상담 초기에만 했는데…."

"다시 해."

선아현은 방금과는 다른 의미로 창피하다는 기색이 얼굴에 역력해 졌으나 결국 힘겹게 고개를 끄덕였다. 그리고 문득, 나는 놈의 말에서 하나를 집어냈다.

"잠깐, 그럼 너 전과한 게…."

발레에서 현대무용으로 바꾼 게 괴롭힘 때문이었나?

그러나 선아현은 황급히 고개를 저었다.

"아, 아냐…! 그, 발레는… 체형이 아깝다고 하셔서."

"체형?"

"으응, 발레는 고, 그러니까… 발등이 동그래야 좋거든. 나, 나는 그렇진 않아서… 골반도 작고. 그래서 더 잘할 수 있는 길로 가보는 걸, 추천해 주셨어."

대충 알겠다. 선아현이 춤에 재능이 있는데 체형상 발레보다 다른 쪽이 더 최정상급이 되는 데 유리했다 이거군. 그래서 본격적인 대학 입시 준비 전에 얼른 바꿔줬다… 그건가 보다.

결국 돌고 돌아 이놈은 무용이 아니라 아이돌 업계에 오긴 했다만, 잘나가면서 돈 잘 버니 좋은 게 좋은 것이다.

"그리고 현대무용 배운 걸 지금 잘 써먹고 있으니 됐네."

"그, 그렇지…?"

선아현이 빙긋 웃었다. 하지만 곧 약간 어두운 얼굴로 고개를 숙였다.

"사, 사실, 오늘… 현대무용 이야기가 나왔어."

"콜라보 연습에서?"

"으응."

선아현이 고개를 끄덕였다. 그리고 약간 억울함이 섞인 목소리로 말했다.

"어, 어려운 동작 하니까, 우리는 하나도 안 나오고 정말 아현 씨만 나오겠다고. 부럽고 축하한다고…."

정말 자본주의 사회인들답게 말 X같이 돌려 하는 재주가 있는 놈들이다.

"…그래서 대답 못 했고?"

"아, 아니. 대답은 했는데…."

선아현이 얼굴을 붉혔다.

"자, 잘 모르겠어. 그냥… '그렇게 말해주셔서 감사합니다, 잘하겠습니다' 하고 했는데…."

"……."

"유진이가, 칭찬은 그냥 칭찬으로 받아들여도 괜찮다고 해서… 괜, 괜찮을까? 다들 대답이 없으셨는데…."

나는 가까스로 대답했다.

"어. 잘했다."

선아현은 의외로… 악의 없이 잘 먹이는 스타일이 될지도 모르겠다. 특별히 걱정하지 않아도 된다는 큰세진의 말이 또 한 번 맞았군. …그래도 아까의 대화는 한 번쯤 해볼 만한 일이었지만.

"그대로 해. 잘했으니까."

"으, 응."

선아현의 얼굴이 확 밝아졌다.

그리고 나는 순순히 패배를 인정했다.

'…앨범이나 잘 준비하자.'

그리고 2주 후 12월 31일. 한 해의 마지막 날을 장식하는 MBS의 가요 프로그램 방영이 코앞으로 다가왔다.

테스타 멤버가 처음으로 모습을 드러내는 무대는, 선아현이 참가하는 콜라보 무대였다.

테스타가 올해의 마지막 날에도 생방송 준비에 한창일 때.

"일찍도 시작했네."

박문대와 이세진을 찍는 직장인 홈마는 그들이 출연할 MBS 가요대제전의 2부가 거의 끝나는 것을 보며 혀를 찼다. 새해 직전에도 야근하느라 겨우 TV 앞에서나 쉬는 자신도 웃기지만, 자정 넘어서까지 하는 프로그램이 9시도 전에 시작된 것도 웃겼다.

그리고 사실, 그녀는 딱히 지금부터 이걸 볼 필요는 없었다. 테스타는 한참 후에야 나오니까. 야근 때문에 업로드용 데이터도 이미 의뢰해 놨으니, 굳이 지금 보는 건 가벼운 흥미 때문이다.

'선아현 콜라보가 어떨지는 좀 궁금해서.'

물론 실력에 대한 궁금증은 아니었다.

사실 박문대의 몇몇 홈마들이 모인 단체 메시지방에서는 알음알음 이야기가 좀 오갔었다. SBC에서 MC를 본 날, 박문대가 아주 잠깐 보였던 살벌한 눈에 대하여 말이다.

'거의 없는 일이지.'

박문대는 놀라울 정도로 카메라 앞에서 자신을 잘 정제하는 타입이었다. 물론 이세진만큼은 아닌지 예전 썸머 패키지 같은 곳에서 몇 번 눈빛이 안 좋아졌던 적은 있지만⋯ 그게 거의 유일한 흠일 정도였다.

이번에도 워낙 잠깐이어서 논란이 될 것도 없었으나, 홈마들은 왠지 모를 느낌에 굳이 각도를 분석해 그 타이밍의 가수석까지 찾아냈었다. 그리고 확인했다.

-콜라보 애들이랑 사스미 인사..

-ㅋㅋㅋㅋㅋ아 음

-각인 것 같지만 아무 말도 하지마십쇼 선생님들

그래서 이들은 이미 '아현이가 콜라보 무대 준비하면서 고생 좀 한 것 같다'는, 상당히 진실과 유사한 추측까지 도달한 상태던 것이다. 물론 캡처와 공론화 등의 위협을 의식해서 구체적으로 거론도 하지 않고 다 지웠지만, 어쨌든 직장인도 거기 있었다.

'선아현 멘탈 깨진 거 아니야?'

비하인드 스토리를 추측하고 나니 이 무대를 한번 체크해 보고 싶어졌다. 과연 티가 날까 궁금해서.

그녀는 SNS 계정을 한번 갱신하며 무심히 TV를 보았다.

[Coming up!]
[가요대제전 특별 무대]
[Winter boys]

특별 무대 편성은 2부의 끝이었다. 전설적인 1세대 KPOP 선배들의 곡에 맞춰 후배들을 모아다가 급조된 무대를 시키는 전형적인 구성이었다.

'여전히 촌스러워.'

그 1세대 선배님의 절반이 음주운전으로 날아갔다며 그녀는 상당히 회의적으로 TV를 보았다. 관심 없는 멤버가 관심 없는 곡을 하는데 괜히 틀었다고 약간 후회하면서.

곧 기계음 섞인 반주가 나왔다. 노래 없이 댄스 퍼포먼스용으로 편곡된 음악이었다.

—Wee Oo Wee Oo

돈은 좀 썼는지, 물구덩이 같은 LED 효과를 넣은 전광판과 바닥은 제법 괜찮았다.

'물론 춤 시작하는 순간 식겠지.'

바쁜 놈들이 제각기 연습했을 텐데 잘도 군무를 맞춰왔겠다며, 그녀는 개판일 게 뻔한 단체 샷을 예상했다.

그러나 안무가 시작하는 순간.

-Oo-u Oo Oo-u Oo

그럴싸한 퀄리티가 느껴졌다.

"음?"

그리고 그녀는 바로 다년간의 KPOP 경험을 살려 원인을 알았다.

'센터가 잘해서네.'

그리고 오프닝 센터는 선아현이었다.

"오."

시작 시점, 긴 팔다리를 이용한 곡예 같은 움직임의 태가 달랐다.

카메라가 끔찍하게 못 잡는데도 선아현의 동작에서는 마치 잘 잡는 것 같은 착시 효과까지 일어날 지경이었다. 칼군무가 필요 없었다. 중심에 선 퍼포머가 압도적으로 잘하니 마치 다 알맞게 잘하는 것처럼 보였다.

아니, 잠깐.

"취소."

그러나 그녀는 4초 뒤, 제각기 바닥에서 늦게 일어나거나 자빠질 뻔하는 구석의 난장판을 보고 혀를 차게 된다.

'망했네.'

원래 바쁜 사람들 모아다가 일회성 무대 하는 연말 콜라보는 자칫하면 이 모양이 되기 일쑤였으나, 어쩐지 더 허접하게 느껴졌다. 선아현이 센터에 있을 때와 대비가 극렬해서였다.

"선아현만 꽁승인가?"

이게 역량의 차이인가, 직장인은 흥미롭게 화면을 쳐다보았다. 안무가 일반 방송용 댄스가 아닌 무용에 가까운 것이 이득으로 작용한 건 선아현뿐인 것 같았다. 무슨 발렌지 현대 무용인지 전공자였다고 하더니, 이 업계 평균보다 각 잡고 오래 배웠던 모양이다.

마침 카메라에 잡힌 선아현의 클로즈업이 화면을 채웠다. 바닥을 한 손으로 짚는 동작 위, 아름다운 얼굴에서 빛나는 눈빛이 의외로 강렬했다. 얼굴 예쁜 건 알았지만 이건 의외다.

'기 못 펴서 기량 다 못 보여줄 줄 알았는데.'

그녀는 판단을 수정했다. 이세진과 박문대가 같은 그룹이니 깍두기 삼아 끼워준다고 생각했는데, 나름 강단이 있는 모양이라고.

직장인은 TV에서 눈을 떼지 않은 채로 선아현의 댄스 퍼포먼스가 엔딩에 도달할 때까지 시청했다. 그리고 이 반응을 좀 더 극단적으로 바꾸면 시청자의 반응이 될 것이었다.

"아현이 대박!"

"진짜 멋있더라."

"고, 고마워. 감사합니다…!"

선아현이 얼굴을 붉히며 대기실로 복귀했다.

"이건 카메라 없으니까 하는 말인데, 와 진짜 아현이가 제일 잘했지~"

"맞아요! 형이 혼자 잘했어요! 다른 사람들 잘 못했…."

"야, 그건 좀."

차유진의 뇌를 안 거친 말은 금방 제압당했다. 선아현은 식은땀이라도 흘릴 것 같은 얼굴이다. 사실 인성이 얼마나 터졌든 다른 놈들도 짬 있는 프로니까, 연습 때는 곧잘 했다고 한다.

문제는 현장에서 나왔다.

"그, 그건 바, 바닥이 좀 미끄러워서…"

생방송이라 시간 계산 실수로, 이전 무대에서 효과로 뿌린 물이 제대로 마르지 않은 것이다. 하지만 선아현만 정상적으로 움직이는 바람에 그건 패자의 변명이 될 것이다.

"근데 형은 안 미끄러졌어요!"

"저, 전에 연습해 본 적 있어서 그런 거야…!"

"역시 과거의 경험이 쌓여서 지금의 실력으로 완성되신 거군요! 존경합니다!"

"그, 그… 으응, 고마워…."

이렇게 말이다.

'안됐군.'

원래는 욕 좀 먹다가 사실관계 드러나면 방송국의 열악한 작업공간에 대한 비판 여론으로 끝날 거였는데. 이렇게 됐으니 선아현 혼자 등급 올라가고 끝나게 생겼다.

-선아현 괜히 1군 인기멤 아니구나 존멋
-갓직히 남돌 메댄 원탑라인임
-현대 무용, 발레, 오디션 출신까지? 솔직히 못할 수 없는 조합 아니냐고ㅋㅋㅋ

당장의 여론을 확인하니, 예상과 비슷한 추세로 흘러가는 중이다.

'좋아.'

속 시원하고, 다 좋았다. 전부 잘 굴러가는 중이다.

이 대기실이 독실이 아니라는 것만 제외하면 말이다.

"우리도 잘 봤어요, 아현 씨!"

"네, 네! 가, 감사합니다…."

"우리도 전엔 비슷한… 아, 신오야, 네가 그때 여기서 배틀에이 선배님 무대 커버하지 않았어?"

"나 아니고 청려 형이야. 형이 우리 메댄이잖아."

"으핫, 그랬구나! 아무튼 비슷한 걸 했는데 그때가 생각나기도 하는데요?"

"……."

VTIC이 이 대기실을 같이 쓰고 있다. 그리고 굳이 테스타의 대화에 참여하려 시도하고 있군.

'왜 이 꼴이 났냐.'

사실 방 같이 쓰는 이유는 대충 알겠다. 공간이 부족해 독방을 도저히 못 줄 상황이지만, VTIC이 사실상 지금 업계에서 원탑이다 보니 선배랑 같이 쓰게 만들어서 불편하게 만들긴 눈치가 보인다.

그렇다고 너무 급 차이 나는 그룹을 붙여줘도 떨떠름할 테니 친분 있어 보이는 테스타가 룸메이트로 최종 선정된 모양이다. 미국 새해맞이 프로그램도 갈 수 있는 놈들을 여기 용케 불렀으니 당연히 신경 쓸 수밖에 없었겠지.

'망할.'

그것까진 알겠는데, 이 새끼들은 9년 동안 활동하면서 대인관계 눈치는 안 키웠는지 자꾸 애들 노는 데에 끼어들려고 한다.

'그만해라.'

하지만 기어코 다른 놈까지 대화로 끌어들이고 있다.

"형도 기억나요? 연말 특별 무대요!"

"응."

스타일리스트에게 머리 손질을 받던 청려가 입꼬리를 올렸다.

"많이 했지."

"……."

이 새끼와 새해를 맞아야 한다니. 차라리 야외무대에 유배당하는 게 나았겠군.

"얘들아, 세진이 나온다."

"오우!!"

그때, 소파에 앉아 있던 류청우가 다른 놈들을 불러 모았다. 류청우가 보고 있던 스마트폰의 화면에서는… 옆 동네에서 진행 중인 연기대상이 나오고 있었다.

[안녕하세요. 안소현입니다.]

[안녕하세요. 테스타의 배세진입니다.]

배세진은 '말랑달콤'에서 유일하게 배우로 성공한 멤버와 함께 입장했다. 좀 긴장한 기색이었으나 말쑥하게 입혀놓으니 확실히 배우 같았다.

"오~ 정장."

"시간 거의 없었는데 세팅하느라 고생했겠네."

"형 잘생겼어요!"

역시 다음 앨범엔 수트를 입어야 한다는 쑥덕임까지 나오는 동안, 화면 속 배세진은 침착하게 진행을 계속했다.

[아이돌 활동 경험이 있는 저희가 함께 시상대에 섰네요. 오늘 이렇게 연기대상에 나오게 되어서 감회가 새로우실 것 같습니다. 세진 씨!]

[예. 오랜만이라 더 잘해야겠다는 생각이 듭니다. 불러주셔서 정말 감사합니다.]

"혀, 형 정말 잘하신다…!"

"그러게."

배세진은 발음도 좋고 떨지도 않았다.

[저는 아이돌로 활동한 다음에 드라마를 시작했는데, 세진 씨는 반대시죠? 아이돌 활동 어떠신가요?]

[예. 테스타라는 그룹에서 멤버로 활동 중입니다. …굉장히 즐겁고, 보람찬 시간입니다. 좋은 사람들도 많이 만났고요.]

"오…."

"우, 우리 이야기일까?"

"…그렇겠지."

작은 화면 속 배세진은 희미하게 웃었다. 그리고 화면을 보고 있던 놈들 사이에서는 머쓱한 훈훈함이 돌았다.

"오, 완전 진심 같으셔요."

"테스타 멋지다~"

아니, 너희는 좀 너희 자리로 가라.

나는 말없이 묘한 표정이 된 큰세진을 한번 툭 쳤다. 놈이 머쓱한 얼굴로 어깨를 으쓱했다.

'역시 시간이 답인가.'

나름 서로 인정하게 된 모양이다. 요새 이놈들이 사는 꼴을 보니 룸메이트로는 사이가 최악인 것 같지만.

[분야는 다르지만, 어느 쪽이든 부끄럽지 않은 모습 보여 드리기 위해 노력하겠습니다. 그럼, 오늘 저희가 시상할 부문을 말씀드리겠습니다]

배세진은 남은 시상도 잘 끝내고, '좋은 기회가 있다면 또 뵙겠다' 정도로 마무리 멘트도 잘 끝냈다.

그리고 얼마 후, 꽉 막힌 고속도로를 뚫고 배세진이 도착했을 때.

"…나 왔어."

"오오!"

"형 정말 멋지셨습니다!"

"훌륭했어요."

"어, 큼, 고마워. …근데 이게 원래 짧은 대본이라서!"

"아니에요, 멋져요! 우리 이야기해 줘서 고마워요!"

"…! 아, 아니."

"우리가 아니에요?"

"아니… 그건 맞는데!"

강렬한 환영 인사가 빗발치며 배세진은 얼굴이 벌게졌다. 하지만 그 분위기는 오래가지 못했다.

"안녕하세요~ 시상 멋지시던데요!"

"…아, 예. 감사합니다."

배세진은 굳이 아는 척하는 VTIC에게 인사는 했지만, 의심스러운 시선을 던지며 슬금슬금 대기실의 테스타 섹션 쪽으로 물러났다. 내가 청려와 개싸움 했던 것을 잊지 않았나 보군.

"형. 옷부터 갈아입으시고."

"…그렇지!"

나는 놈과 함께 대기실 구석에서 시간을 보냈다.

그리고 아직 테스타의 무대를 하기도 전 시각.

"네, 여러분! 한 해의 가장 마지막, 가장 화려한 즐거움인 가요대제전, 즐겁게 시청하고 계시나요?"

"이제 곧 새해가 됩니다."

우리는 새해맞이를 위해 거대한 본무대 위로 불려 나갔다. 나가는 길에 선아현에게 K.O 당한 불쌍한 놈들에게 일부러 열심히 인사해 주는 맛이 쏠쏠했으나, 몇 놈은 다른 게 문제였던 모양이다.

"추워요."

"조용히 해 차유진! 새해를 맞는 수많은 분이 볼 텐데 즐겁게 시작해야지!"

"너도 안 웃잖아!"

"난 이제 웃을 거야!"

"그만."

나는 싸우려는 두 놈을 잡아다가 어깨동무나 시켜주었다.

온갖 아이돌과 가수들이 즐비한 무대 위에서, 우리는 적당히 익숙한 응원봉이 많아 보이는 곳 앞에 자리 잡았다.

'직캠이라도 잘 나와야지.'

제작진이 지정해 준 곳이 있긴 한데 어차피 사람 몰리면서 경계가 흐려져서 말이다.

"와, 벌써 한 해가 다 갔네~"

"으, 응! 빠, 빨리 흘러간 것 같아…."

주변 놈들이 마이크에 안 잡히도록 작게 말을 주고받았다. 슬슬 카운트다운이 들어가기 시작했다.

"3!"

"2!"

"1!"

꽃 가루가 터지며, 조명과 음향이 고조된다.

"Happy New Year!!"

펑.

박수를 치며, 소리를 지르는 사람들 사이에 끼어서 한 해를 맞는 낯선 일이 또 일어났다.

"테스타 올해도 뭔가 보여준다~"

"사고 없이 건강하며 멋진 곡을 발표하는 한 해가 되었으면 좋겠습니다!"

어깨동무와 격려가 거칠게 오갔다. 마찬가지로 거칠게 흔들리는 응원봉을 향해 인사하니, 이번엔 응원봉이 미친 듯이 흔들린다. 거참, 팔안 아픈가 싶다만…… 그래 뭐. 좋다면 된 거겠지.

그때, 어깨 위로 팔이 쏟아졌다.

"문대야, 고생했어! 앞으로는 고생 덜하고 열심히만 하자~"

"자, 잘 부탁해…!"

"…그래. 새해 복 많이 받아라."

나는 멤버들과 하이파이브와 덕담을 주고받았다.

기분이 좀 이상했다.

'그래도 새해는 맞았군.'

중간에 뒤질 위험도 상당했는데, 어찌어찌 잘 넘기고 아이돌로 새해를 맞고 있긴 하구나 싶어서 말이다. 작년 이맘때는 이게 마지막이 될지도 모르겠다고 생각했는데.

"……흠."

좀 유쾌했다.

"새해 복 많이 받으세요!"

새해의 첫 무대 위는 참 차갑고, 시끄럽고, 활기차고, 밝았다.

화려한 새해 카운트다운 다음. 본무대는 그다음 스테이지를 위해 빠르게 정리되고 있었다. 그리고 테스타는 바로 아래에서 대기할 예정이었다. 다다음 무대가 우리였으니까.

문제는 무대에서 내려오다가 잠시 화장실에 가기 위해 갈라졌을 때, 또 이놈을 만났다는 점이다.

"올해도 금방 또 보겠네요. 1월에도 쭉 시상식이 있으니까."

"그렇겠지."

청려다. 이 새끼는 이런 뻔한 소릴 할 거면 스탠바이 얼마 안 남은 사람을 방해하지 말아야…….

"후배님이 1월 5일에 신곡을 내서… 시상식에서도 신곡 퍼포먼스였죠? 음, 용감한 선택이네요."

"……."

나는 발을 멈췄다.

'용감한 선택?'

이 뉘앙스는… 테스타가 신곡으로 손해를 본다는 식인데.

"아, 설마 모르나."

"……."

"모르는구나. 정보원이 없어. 그렇죠? 후배님은 그게… 앞으로 가장 큰 문제겠네요."

청려의 눈이 작게 번들거렸다. 그리고 후배에게 조언하는 투로 말했다.

"연줄이 없어서."

"……."

"음… 새해 선물이라고 치고, 들어요."

청려는 웃었다.

"영린 씨가 활동 준비 중인 건 알아요?"

"…듣긴 했지."

나는 지난번 MC를 준비하며, 영린에게 지나가듯 들었던 말을 떠올렸다. 지금 아이돌과 아이돌 출신 솔로들을 통틀어서 가장 음원 성적이 잘 나오는 사람이니까 언제 나와도 잘해먹겠다고 생각했었다.

'……잠깐.'

설마….

청려가 쓴웃음을 지었다.

"시기는 몰랐구나. 그거 새해 기념 돌발 음원이에요."

"…!!"

"1월 4일. 그러니까… 후배님 그룹과 하루 차이네요."

오 X발.

생방송이 끝나자마자 회사에 전화를 걸어서 매니지먼트실 당직과 대화했다. 영린과 동시 발매하게 생겼다고.

그리고 회사가 발칵 뒤집혔다고 한다. 그럴 만했다. 최근 영린의 성적을 요약하자면 이렇거든.

'국내 최대 음원사이트에서 연간 3위.'

비교자료로 제공해 주자면, 테스타 최신곡인 〈부름〉의 음원 연간 순위가 37위다.

게다가 이 연간 차트에서 TOP50 안에 영린의 곡만 네 곡이다. 타이틀곡 두 가지와 OST 하나, 그리고 예능 콜라보곡이 하나. …기함할 수치였다.

'절대 못 이겨.'

대중형일 뿐만 아니라 골수 팬덤까지 제법 탄탄하다 보니 파고들 구석이 없다. 한마디로 음원 동시 발매는… 명예로운 죽음이나 다름없었다.

물론 회사만 뒤집힌 건 아니다.

"영린 선배님이랑?"

"예."

"하……."

그룹 내에서도 자체적으로 새해 첫 회의가 소집되었다. 새해를 일로 꼴딱 새우면서 맞이하게 되었으나, 사실 그런 건 이 사태에 비하면 중요한 것도 아니다.

나는 더없이 침착하게 판단했다.

'일부러 지금 알려줬군.'

컴백까지 나흘 남았는데 날짜를 옮기는 건 불가능했다. 청려는 어차피 큰 대처는 불가능한 상황에서 마음의 준비라도 하라는 식으로 알려준 것이다. 호의라면 호의라고 볼 수도 있으니 감정 소모는 필요 없다. 애초에 경쟁하는 입장에서 이 정도면 좀 빡치긴 해도 이득은 맞다.

…그래, 빡치는 것도 맞고.

"문대."

"왜."

"너 그 정보 확실해? 어디서 들었어?"

"VTIC 쪽에서 말해주던데."

큰세진이 오묘한 눈으로 이쪽을 쳐다보았다. 대충 해석하자면 '너 엿 먹으라고 한 소리 아니냐'다. 그래. 혹시 해서 그것도 확인했다. 나는 스마트폰을 던졌다 받으며 이어 말했다.

"혹시 몰라서 영린 선배님께도 직접 여쭤봤어. 맞아."

"후우."

이제 나흘도 채 안 남은 데다가 컴백 시기가 겹치니 영린은 굳이 거짓말을 하진 않았다. 다만 궁금해하긴 했다.

—결정한 지 얼마 안 됐는데, 문대 씨가 알고 있는 게 신기하네요.

스탭분들이 말하는 걸 들었는데 혹시 해서 물어봤다고 둘러대긴 했다. 같이 일하는 크루들이 좀 입단속을 당하겠다만, 지금 우리 상황에 비하면 그걸 신경 써줄 겨를이 없다.

'미치겠네.'

나는 관자놀이를 눌렀다. 그때, 차유진이 손을 번쩍 들었다.

"저기요! 저 질문 가지고 있어요!"

"그래, 말해 봐 유진아."

"왜 영린 선배님 같이 활동하면 안 돼요?"

류청우가 대답했다.

"…영린 선배님이 워낙 믿고 듣는 이미지가 강하시거든. 우리가 음원 차트에서 많이 밀릴 거야."

"하기 전에 몰라요! 해봐요!"

그래, 포부는 당차고 좋다만… 이건 분위기의 문제였다. 이렇게 정규를 다잡고 왔는데 음원 실시간 진입 1위도 못 하면 사기가 얼마나 떨어지겠는가.

그리고 영린은 한동안 시간이 흐를수록 이용자가 더 붙을 테니, 딱 영린의 신곡 하루 뒤 발매인 이 상황은 정말 최악이었다. 상대의 음원 화제성이 피크일 때 신곡 발표라니.

'어디 변두리 사이트 아니고서야 절대 1위 못 해.'

정규 기록이 무너지게 생겼다.

"……."

그리고 차유진은 여전히 생각과 고민에 잠긴 멤버들의 분위기를 보고, 어깨를 으쓱했다.

"OK. 우리 1위 안 해도 괜찮아요! 우리 잘해요. 무대 멋지게 하면 돼요!"

"…!"

"무대 1위 해요!"

단순한 말이었다. 그러나 분위기가 좀 환기되긴 했다.

"그래, 우리 간만에 앨범인데, 잘하면서 무사히 끝내는 게 중요하지."

"마, 맞아요. 여, 열심히 준비했으니까… 좋은 모습을 보여 드리는 데에 집중하면, 즐거운 활동이지 않을까요…?"

그래, 그런 긍정적인 생각도 좋지.

다만… 역시 나는 이기는 게 좋아서 말이다.

생각하자. 나는 손가락으로 거실 바닥을 두드렸다.

'영린을 음원 차트에서 이기는 법?'

일단 영린은 이번 곡을 전혀 홍보하지 않고 있으며 업계에도 거의 소문이 나지 않은 것은 확실했다. 영린 본인의 반응도 그렇고, 이 회사의 반응도 그렇다.

아무리 그래도 T1인데 어지간한 대형 가수들 컴백 소문은 다 알 수밖에 없다. 영린 본인도 새해로 확정한 게 며칠 안 됐다고 했으니, 이 경우에는 청려가 유독 정보력이 좋은 것이지 대부분은 모르는 상태라는 것이다.

'그럼 그 점을 노려서 테스타가 예능 쪽으로 대중 프로모션을 빡세게 돌려본다면….'

아니, 이건 아니다. 이미 연말에 나갈 건 다 나갔고, 연초에 잡은 예능도 이미 충분하다. 더 늘리는 건 이미지 소비만 커질 뿐이다.

'음.'

나는 목뒤를 문지르다가, 표정이 어두운 김래빈과 눈이 마주쳤다.

"…많이 신경 쓰이냐."

"예? 아, 아닙니다!"

그래. 넌 더 신경 쓰일 만하다. 이 앨범의 절반은 네가 손댔으니까. 무인도 조난당했을 때도 그 간당간당한 배터리로 작업했다는 걸 알았을 때는 솔직히 당황했을 정도다.

"그냥… 영린 선배님의 신곡으로 신곡 발굴에 대한 욕구가 충족되어, 아예 저희 곡을 들을 시도조차 하지 않는 리스너분들이 많으실까 다소 걱정이 됩니다."

그래, 한번 툭 찔렀다고 이렇게 문장이 쭉 쏟아질 만큼 걱정이 많을 만하다는 뜻이다. 그리고 제대로 포인트를 집고 있었다.

"맞아. 대중성이 강한 사람이 관심을 다 가져가면, 상대적으로 대중보다 팬덤이 강한 쪽은 그들만의 리그가 되는 경우가 십상이다."

피할 수 없는 흐름이었다.

"……."

나는 좀 더 고민하다가, 결국 입을 열었다.

"그러니 일단은, 음원에서는 무슨 짓을 해도 못 이긴다고 가정은 해야 할 것 같습니다."

"…그렇겠지."

"으으음~"

"하지만 음악방송 1위는 우리가 할 것 같은데요."

심각한 얼굴이던 배세진은 약간 놀랐다.

"…어떻게?"

"그거야, 영린 선배님은 음원만 내고, 우리는 앨범이니까요? 음반 점수가 있잖아요~"

"아."

그렇다. 우리는 간만의 정규고 영린은 새해 기념 깜짝 싱글일 뿐이다. 음원에서 밀리더라도 팬들이 어떻게든 다른 점수를 끌어올려서 1위는 주려고 할 거다. 트로피는 중요하니까.

고맙고 미안한 일이다만, 이걸로 인한 대중 반응도 어렵지 않게 예측 가능했다.

-솔직히 영린이 1위 해야하는데 셈별이 팬빨로 민 거지

-ㅋㅋㅋㅋㅋ홍보 하나도 안 한 솔로 vs 사연팔이 상술 오지는 남돌ㅋㅋ 안 부끄럽나

-테스타ㅊㅋㅊㅋ~ 팬들 애썼네

-와 진짜 왜곡 심하다 현실에서는 다들 영린 곡만 듣는데;

사고 이후 첫 정규로 한참 그룹의 스토리를 끌어올려야 하는 시점이다. 테스타를 지켜보던 사람들에게 뽕을 가득 채워줘야 할 시점에 상처뿐인 승리는 흥이 식을 것이다. 그러니까 결국 물러설 수 없는 선이 나온다.

'음원은 주더라도, 화제성은 밀리면 안 된다.'

'1위를 할 만하다'는 인식, 대중적 파급력을 지켜야 한다. 이게 마지노선이다.

"음원은 지는 걸 기준으로 평타만 노리고, 어떻게든 활동이 유명해지도록 화제성에 전부 올인하는 걸을… 건의하고 싶습니다."

"…!"

"프로모션, 홍보, 언급, 공개 순서… 전부 다요."

극단적인 선택과 집중이 필요했다.

나는 말했고, 멤버들은 제각기 생각에 잠긴 것 같았다. 그리고 큰세진부터 손을 들었다.

"난 찬성. 제일 합리적이잖아요? 다른 방안도 없고."

"그래. 전략이 중요한 시점이긴 하지."

김래빈도 고개를 끄덕였다.

"저희 활동이 유명해지면, 늦게라도 곡을 듣기를 시도해 보시는 분

도 늘어날 것이라 믿습니다."

제법 꿋꿋한 놈이다. 나는 피식 웃은 다음 고개를 끄덕였다.

배세진이 긴장한 얼굴로 입을 열었다.

"그래서, 화제성은 어떻게 만들지 생각 있어?"

"구체적인 건 좀 더 논의해 봐야겠지만… 역시 충격이 답이지 않을까요."

영린이 깜짝 발표로 쭉 빨아들일 화제성을 뺏어오려면, 이게 맞았다.

"일단 사람들 뒤통수 좀 치죠."

"…??"

반전. 의외성 말이다.

시일이 지나 1월 5일, 테스타의 신곡 뮤직비디오는 당일 자정에 순조롭게 공개되었다.

제목은 〈Wheel (낮)〉.

−휠을 돌려줘
저 멀리 날아가도록
선율이 울려 아름다워
마음에 닿아 Let it pop

뮤직비디오는 아름다웠다.

햇살이 부서지는 한낮의 놀이동산. 몽환적인 필터와 시공간이 겹치는 효과로 신비로운 분위기가 물씬 느껴졌다. 고정된 카메라가 잡는, 소설 속처럼 아름다운 낡은 놀이동산에서의 한때는 뛰어난 영상미를 자랑했다.

그리고 전면에 나오는 멤버가 한 화면 내 구석에 또 있는 등, 위화감 어린 비현실적 풍경이 묘한 느낌을 살렸다.

-톡 톡 톡

시공간의 뒤섞임.

돌아가는 황금빛 관람차 앞, 양팔을 벌리고 선 소년과 파란 하늘까지. 누가 봐도 데뷔곡인 〈마법 소년〉의 정신적 정통 계승작이었다. 세계관에도 충실해 은은한 감동이 밀려오는 수작이다.

다만… 좀 심심했다.

-곡 진짜 좋다ㅠㅠ
-새해 맞으면서 듣기 좋은 듯
-약간 캐럴 느낌도 나고 설레

팬들은 그렇게 말하면서도 '물렸다'는 씨한 느낌을 지울 수 없었다. 어제, 갑작스럽게 발표된 영린의 신곡 기세가 엄청났기 때문이다.

-대박 영린ㅋㅋㅋㅋㅋㅋ

-와 이러면 낼 테스타 어쩌냐?

-개꿀잼 (팝콘)

-테스타 음원은 ㅋㅋㅠㅠ 미리 애도를 표합니다... 안됐네 정규라던데

마른하늘에 벼락도 아니고 컴백 하루 전에 이게 무슨 박살이냐며 팬들은 당혹과 경악에 휩싸였었다. 목표로 했던 것 중 음원 부문은 달성 불가 판정이 뜬 것과 다름없었으니까.

-아 왜 하필

-애들 각 잡고 준비했던데 왜 이래 진짜ㅠㅠㅠㅠㅠ

-나 다 걸고 ㅇㄹ 호감이었는데 지금 너무 속상해 찬물 얻어맞은 느낌이야..

-ㅋㅋㅋㅋㅋㅋㅋ티원 좆소 새끼들 일 더럽게 못해 하다못해 컴백 날짜도 못 잡아 아 빡쳐 인터넷 끊어야겠어

-제발 뚜껑 열기 전에 초치기 그만... 오랜만에 테스타 활동인데 즐기자 우리가 열심히 하면 되잖아

그래도 일단 뮤직비디오를 기다렸는데, 테스타가 가져온 것도 누가 봐도 듣기 좋은 음원용이라 탄식하게 된 것이다. 게다가 기대했던 몇몇 요소들이 빗나가서 더욱 흥이 식었다.

-문대 흑발이잖아

-ㅋㅋㅋ그냥.. 반사광이었는 듯

-아ㅋㅋㅋㅋ음

특히 박문대의 연말 사진들을 보며 염색을 검은색으로 덮은 게 분명하다며 흥분했던 팬들은 어쩐지 기가 죽었다. 게다가 다른 멤버들도 마찬가지로 다 자연모였다. 분위기는 있지만 어딘지 임팩트가 부족했다.

무슨 짓을 해도 절대 이길 수 없을 음원 초강자와 붙은 컴백. 제일 중요한 정규에서 이렇게 몇 번 삐끗하니, 괜히 기운이 빠지고 패배감이 든 것이다.

-스밍이나 열심히 하자
-이번에도 갓띵곡인데 제발 제대로 하자 애들은 이렇게 열심히 했는데 좀ㅠㅠ

팬들은 우선 앨범 중 선공개된 타이틀곡을 열심히 음원사이트에서 스트리밍하며 애썼으나, 결과는 예상대로였다.

[테스타 실시간 진입 1위 실패]
[영린이랑 테스타 진입 그래프 비교해 봄]
[다소 충격적인 테스타 음원]

온갖 사이트에 간만에 신난 테스타의 어그로들이 날뛰었다. 테스타가 더 잘되길 바랐던 사람들이 많은 만큼 그들의 부진을 흥미로워하는 사람도 많았으니까.

-테스타 곡도 좋긴 한데 역시 남돌 한계 있네 이용자 차이 꽤 난다

-팬들 이악물고 스밍해서 이 정도 따라오는 거지 머글픽은 무조건 영린이 야ㅋㅋㅋ

-타이틀 선공개는 화력 집중하려고 해본 건가? 그냥 수록곡 줄세우기라도 했으면 폼이라도 났을 텐데 더 모양 빠지는 듯ㅜ

컴백을 했는데도 도리어 기운이 빠지는 상황이었다. 눈과 귀를 막고 그냥 컨텐츠만 즐기면 좋았으련만, 그럴 수 없는 사람 마음 때문에 팬들이 다소 마음고생을 하고 있을 때.

[202× ToneA / 01. 08. Fri]

테스타의 첫 컴백 무대가 이루어지는 티원에이 시상식이 방영될 날이 왔다. 팬들은 그래도 무대를 볼 수 있다는 것에 기대감과 기운을 훅 회복하며, 멤버들의 퍼포먼스를 기다렸다. 아마도 '피크닉' 때처럼, 여유롭고 가벼운 무대가 될 것이라 예상하면서.

하지만 그들의 예상은 박살이 났다.

-????

-미친미츠;ㄴ

좋은 의미로.

세 시간의 긴 기다림 뒤, 무대 뒤에서 등장한 것은… 놀이동산 직원

이 쓸 법한 거대한 인형탈을 쓴 일곱 인영이었다.

다만 선공개 뮤직비디오의 아련하고 맑은 느낌은 온데간데없었다. 그 자리를 차지한 것은 강렬한 야광, 펑크, 그리고 지퍼와 광택이었다.

검은 갱스터. 조명이 지나가는 자리마다, 인형탈들에 아무렇게나 튄 야광 도료가 번뜩였다.

[우웅.]

불량배처럼 무대의상을 차려입은 놈들은 거침없이 걸어 나와서 위화감이 들도록 귀엽게 생긴 인형탈을 까닥이며 자세를 잡았다. 그리고 시작되는 도입부의, 인간 모터사이클을 탄 것 같은 현란한 동작.

Drr, Drr, Drrrrrrrrr-!

질주하듯이 울리는, 엔진 배기음 같은 베이스. 그 위에 올라탄 박수 박자의 스네어와 벨 소리가 섞인 전자음이 분위기를 고조시켰다.

조명이 현란히 난색과 한색을 오갔다.

멤버들은 일사불란 빠르게 서로를 잡아채는 안무로, 절묘한 균형을 순식간에 맞추었다. 그리고 양옆에서 끌어당기며 갈라지는 대형 사이, 강아지탈 멤버가 튀어나왔다!

그는 탈을 집어 던졌다.

[Hi?]

박문대였다.

펌을 넣어 옆으로 넘긴 핑크 머리가 휘날린다.

-헐

일부러 선공개하지 않고 기다린 이번 앨범의 더블 타이틀.
⟨Drill (밤)⟩이 시작되었다.

처음 테스타의 신곡 뮤직비디오가 공개되었을 때, 사람들이 예상하
던 무대 스타일은 이랬다.

-무용스타일 간질간질한 거?
-청량 스윗일 듯 청바지 흰티나 교복ㅠㅠ
-산뜻하고 부드러운 느낌 피크닉 때 그 느낌

그리고 지금 펼쳐지는 무대는 정확히… 그 반대였다.

검은 무대 장치 위, 형광색 LED 조명과 흰 스포트라이트에 검은 의
상이 번뜩였다. 도입부, 센터로 들어오는 멤버마다 쓰고 있던 인형탈을
거칠게 무대 한편으로 집어 던지며 잘난 얼굴을 드러냈다.

휙.

움직이는 스포트라이트에 인형탈에 달린 눈알 윤기가 번들거렸다.

[Good luck! 어서 들어와
오늘을 밟아 더 빨리
뛰어 hurry up
불사르는 거인
불사의 밤]

품에 딱 맞는 라이더 재킷과 가죽 바지를 입은 일곱 명은 어두운 무대를 가로지르며 미끄러지듯 짜릿한 안무를 엮었다.
동작과 부딪힘 사이로 배경의 LED 야광 도료가 비산할 때마다 위압감 넘치는 워커 부츠가 박자를 가른다. 심지어 벗은 인형탈을 안무처럼 워커로 차버리는 멤버도 있었다. 이세진의 파트였다.
힘과 여유가 못된 느낌을 주었다.
첫 타자였던 박문대뿐만이 아니라, 멤버들이 탈을 벗을 때마다 그 속에서 화려한 색상이 튀어나왔다. 검은 의상과 대비되는 강렬한 색상이었다.

[튀어 오르는 치기
피스톤 마디마디
터져 달구는 엔진]

곡은 극저음, 혹은 고음 멜로디와 랩이라는 극단적인 요소로만 이루어져 있었지만, 훅과 구성이 좋아서 첫 귀에도 잘 붙었다.

[달려 더 빠르게
하늘을 갈라
이건 밤을 넘는 곡예]

그리고 프리코러스의 드롭 직전까지 고조되던, 몰아치는 질주감은 늘어지는 감탄사와 함께 얼굴이 바뀐다.

[Yeaaaaah-]

잦아드는 반주와 목소리 다음, 짧은 정적을 깨는 것은… 휘파람이다.

[휘-휘휘 휘-익!]

그리고 모두가 한 사람처럼 움직이는 후렴의 아이코닉한 안무.
곡에 잘 달라붙는 리프 멜로디가 중독성과 리듬감을 살린다. 휘파람 같은 소리와 잔박까지 다 쪼개어 쓰는, 장난기 어린 마임 같은 안무가 잘 어우러졌다.

[Jump off]

센터에서 홀로 검은 머리인 차유진이 씩 웃었다. 평소 염색 요원이던 멤버 홀로 새카만 흑발이라는 점이 도리어 눈에 띄었다. 게다가 눈에는 형형한 주홍빛 컬러렌즈를 끼워뒀다.

[낙하산은 필요 없어
그냥 뛰어
들어간다 Come in]

단단한 부츠가 매끄러운 바닥을 긁으며 내는 소리가 마이크에까지 들어갔다. 휘파람 멜로디는 빠르고 쾌활했으나, 단조의 음을 써서 어딘지 불안하고 악동스럽게 느껴졌다.

[이 밤에 한밤에
그냥 깨어
들어간다 Come in]

비명 같은 사이렌은 멜로디를 타고 비트가 되었다.

[Like a drill
Warning Warning Emergency]

마치 놀이기구를 탄 것처럼 멤버들의 팔과 다리를 타 넘고 절묘한 포징을 한 뒤 떨어지는 안무는 강렬했다. 호불호가 갈릴 것 없이, 서바이벌 프로그램용 퍼포먼스 수준이었다.

[That's ma thrill, Ha!]

폭주하듯이 달려 도착한 엔딩.

어느새 새 인형탈을 가지고 나온 댄서들은 마지막 댄스 브레이크의 센터인 선아현에게 인형탈을 퍼포먼스처럼 씌웠다. 그리고 그틈에 똑같이 인형탈을 쓴 멤버들이 엔딩의 대형을 갖춘다. 인형탈을 쓴 목을 목각인형처럼 삐딱하게 꺾는, 강렬하면서도 익살맞은 구석이 있는 동작이었다.

끼이이이이이이이익!

브레이크가 걸린 바이크 같은 소리가 음을 타고 무대에 감돌았다.

조명이 뚝 꺼진다.

[Drill]

그렇게 무대가 끝났다.

그러나 관람객의 반응은 이제 막 시작되었다.

-와나

-ㅋㅋㅋㅋㅋㅋㅋㅋㅋㅋㅋㅋㅋㅋ

-테스타! 테스타1 테스타! 테스타!

-ㅋㅋㅋㅋㅋㅋ미쳤네

현장의 관객석부터 인터넷의 실시간 중계 글들까지 온갖 곳에서 비명과 감탄, 헛웃음이 넘나들었다.

무대엔 아무런 고상한 해석이나 의미도 없었다. WOW 포인트를 향한 노림수만 가득한 미친 퍼포먼스와 곡에 사람들은 흥분했다. 그러라고 만든 활동곡이었으니까.

-너무 좋아 ㅅㅂ역시 테스타는 무대 보는 맛이짘ㅋㅋㅋㅋ

-이집 반전 잘하네

-박문대 랩 뭐야 아니 다들 머리색 뭐임 개좋앜ㅋㅋㅋ

-인형탈 벗을 때 약간 소름 돋음 좀 쪽팔린데 지리더라ㅋ

강렬하고 재밌는 퍼포먼스, 약간의 매니악한 요소까지 개성으로 소화할 대중성, 팬들이 좋아하는 의외성, 세 가지 덕목을 두루 갖춘 무대였다.

좀 진정한 팬들은 신나게 무대를 뜯어보며 밤까지 새 활동의 맛을 즐겼다. 영린과의 동발로 한차례 식었던 팬덤의 분위기는 뜨겁게 다시 달아올랐다.

이렇게 기분 좋고 적절한 반전이 없었으니까!

-머리색 정리해 봄

00:26 박문대 핑크 / 00:38 이세진 애쉬블론드 / 00:51 김래빈 은발 / 01:02 선아현 연보라....

-배세진 파란 머리 넘 좋아 인간여름쿨 개찰떡ㅜㅜ

-청우 염색 안 어울릴 줄 알았는데 무슨 북부대공이 따로 없음 회색 완전 대존잘 늑대탈 박제하자 매 버려 늑대로 간다

-선공개 곡이랑 반주 비교해봤는데 겹치는 곳 꽤 있다 가사도 그렇고 뭔가 더 연관점 있는 듯?

-빨리 음원 내놔 물 들어올 때 노 안 젓냐고 회사야

그리고 그 즐거운 시간이 다 끝나기도 전. 테스타는 그날 자정에 즉시 새 뮤직비디오를 공개했다.

[테스타(TeSTAR) 'Drill (밤)' Official MV]

-헐

-아니 이게 무슨 일이약ㅋㅋ

-벌써요??

-미친 음원도 다 풀었넼ㅋㅋㅋㅋ

-물 들어올 때 노 젓기 드디어 하는 거임?

무대로 터진 화제성은 뮤직비디오로 바통을 이어받았다. 그렇게 버즈량이 다시 한번 폭발했다.

뮤직비디오는 시원하게 영상미와 군무의 매력만을 극히 순도 높게 뽑아냈다. 폭죽과 야광으로 번뜩이는 야간 개장 놀이공원 안, 직원들의 과장된 코스튬을 입은 멤버들은 사격과 곡예 안무를 계속했다.

인형탈을 쓴 채 사이렌이 울리는 와일드한 모터사이클을 타고 요정

의 광장 속을 달리기도 했다.

-환상 놀이공원 낮 / 밤 컨셉이네
-그렇지 역시 아이돌 뮤직비디오는 군무 보는 맛이지

끼가 출중한 멤버들이 하는 덕에 머쓱하지 않고 그저 매력적인 박력이 넘쳤다. 약간 오싹하고 희한해서 재밌고, 무엇보다 눈이 즐거운 그림이었다. 당연히 직접적으로 세계관 요소로 보이는 것은 없었으나 아예 동떨어진 것도 아니었다.

[뮤직비디오 미쳤는데?]
드릴이랑 휠이랑 뮤직비디오 시간대별로 장면 다 연결됨
(링크) 여기 회전목마 앞, 관람차 앞, 거울 앞 다 같은 구도임
더 찾으면 더 나올 듯

-개소름
-이걸 이렇게 연결하다니
-미친미친 이글 보고 혹시했는데 드릴 간주 역재생하면 휠 후렴 멜로디 나옴 (파일)
  ∟대박
  ∟어쩐지 간주가 특이했어... 와..와..

└ㅠㅠㅠ아아아아 너무 재밌어 내 앨범 언제와 빨리 봐야하는데ㅠㅠ

다른 타이틀과 대칭으로 엮었기 때문이다. 낮의 청량함과 신비함이
밤의 과격함과 화려함으로 변하는 것은 꽤 쏠쏠한 재미였다.
　그리고 테스타는 이 선공개한 타이틀을 아예 버림패로 쓸 생각은 없었
다. 이틀 연속으로 진행되는 ToneA의 두 번째 날에는, 〈Wheel (낮)〉의 무
대도 한 것이다.

[휠을 돌려줘
다시 날아가도록]

놀이공원을 그대로 가져온 것 같은 대형 무대 장치에서 카메라 워크
를 극한까지 이용한 아름답고 청량한 퍼포먼스였다.
　본래라면 그럭저럭 좋았을 이 무대의 반응은, 먼저 공개된 〈Drill (밤)〉
무대와의 대비로 인해 이목을 끌기까지 했다. 게다가 테스타의 평판을
한 단계 끌어올렸다.

-테스타 진짜 스펙트럼 넓다 팬질 재밌을 듯
-와 원래 타이틀이 두 개면 느낌 다르게 하는 게 맞긴한덴ㅋㅋ이렇게까지 극
단적으로 다르니까 신기해
-역시 가수는 본업을 잘해야..
-오 음원 줄세우기 했네 자정 기습공개로 이러기도 힘든데..ㅊㅋㅊㅋ

음원 1등 외의 모든 화제성을 챙겨오는 테스타의 전략은 대성공이었다.

다만, 이 일을 진두 기획한 장본인은 다소 아쉬운 뒷맛에 혀를 치고 있었다.

🔊

'미션 클리어가 안 뜨는군.'

나는 여전히 카운트다운이 돌아가는 미션창을 보고 인상을 찌푸렸다.

사실 이번 ToneA에서 대상을 한 번 받았다. 올해의 아티스트상 말이다.

'대상에 세 개 부문이라 가능했지.'

앨범은 VTIC이, 노래는 영린이 챙겨가는 가운데 우리도 하나 챙긴 것이다. 그나마도 VTIC 팬들은 회사 문제로 '뺏겼다'고 여기고 있으니, 어쩌면 당연한 일일지도 모르겠다. 신인상 수상 때와 비슷한 이치다.

'대중이 대상감이라고 인정해야 하는군.'

한마디로 현 VTIC급의 원탑이어야 했다. 아직까지는 테스타가 도전자의 포지션이었다.

아직까지는.

'올해는 치고받는 데까지는 가야지.'

어쩌면 이번 앨범으로 가능할지도 몰랐다.

팬들이 벼르고 있었는지 앨범 판매량이 엄청났다. 예약 판매만으로 이미 70만 장. 〈부름〉 때보다도 늘었다. …앨범을 4종으로 한 뒤 예약 한정으로 스페셜 에디션까지 팔아치운 상술도 한몫했겠지만. 그래도 구성이 괜찮았으니 상도덕에 어긋나진 않을 것이다. 포토북에 블루레이 특전에 인형탈 모양에서 따온 키링까지 넣었으니까.

'음원차트도 순조로워.'

무대를 활용한 어그로 전법이 제대로 먹혔는지 선공개한 〈Wheel〉도 음원차트에서 역주행 중이었다. 이것도 영린을 넘지는 못했다만, 중요한 건 인식이다.

'대세 같잖아.'

이번 앨범의 곡이 유명해질수록 1위를 했을 때의 반발이 적어진다. 영린보다 음원 점수가 부족해도 '그럴 만하니까' 1위를 했다는 평판이 필요한 시점에서 더할 나위 없는 결과다.

벌써 비슷한 말이 나오고 있다.

-테스타 진작 드릴부터 공개하지 내가 다 아깝네

-음원도 공지 더 하고 공개했으면 줄세우기 더 높은 순위로 했을 듯.. 아쉽

-내 생각엔 홍보전략 실패임 드릴부터 밀고 후속으로 휠 깠으면 음원도 이 겼다니까

  └222이거다

전략의 성공이, 도리어 전략의 실패로 테스타가 손해를 봤다고 생각 하는 대중 여론으로 더 빛나고 있다.

'좋아.'

순조롭게 음방에서 1위 후 반발 여론을 잡을 수 있겠다. 나는 이걸로 만족하기로 했다. 사실 만족 안 해도 뭘 더 손쓸 시간이 없기도 했고.

"형의 탈이 정말 귀여워요!"

"어, 너도."

"저의 탈은 호랑이라 멋있어요!"

아니, 그건 줄무늬 고양이다. 나는 설득력 없는 주장을 하는 차유진을 대충 넘기고 대형을 잡았다. 이렇게 스케줄 사이 자투리 시간에도 막간을 이용해 안무 영상 등을 찍고, 아니면 연습이나 대본을 숙지해야 한다.

"스마트폰은 다 보셨나~?"

"그래. 반응은 좋아."

나는 폰을 구석으로 치우며 긍정했다.

"혹시 곡도 다들 만족스러워하십니까? 두 타이틀곡 간에 유사점은 얼마나 발견하셨을지 궁금하군요!"

"잘 발견하시더라. 벌써 분석 글 올라온다."

"…! 그렇습니까!"

"래빈이 좋겠네~"

나는 좋은 소식에 기분 좋게 염색모를 정리하며 탈을 쓰기 시작하는 큰세진과 김래빈을 보았다. 정확히는 둘의 색 옅은 머리를.

'저건… 물이 덜 빠지겠군.'

다들 모근이 튼튼한지 아직 모발 상태가 괜찮았으나, 제일 중요한 건 땀을 염색한 색으로 흘리고 있다는 점이다. 일곱 명이 다 그러니 뭘 할 때마다 총체적 난국이다. 이 활동이 끝나기 전에 인형탈 안까지 염색될 것 같다.

'관리하느라 다들 고생 좀 하겠어.'

한동안 욕실이 개판일 것 같았다. 그래도 의미 있는 도전이었으니,

다들 만족하는 모양이다.

'사람들이 좋아하니까.'

그거면 됐지 않나. 한두 달만 참으면 될 일이다. 내 머리는… 음, 좀 정전기가 잘 일어나게 되긴 했다만.

[Hi]

나는 어깨를 으쓱하며, 나오는 곡에 맞추어 깔끔하게 안무를 수행했다.

그렇게 바쁘고 일 많은 시절이 빠르게 지나가고 있을 때, 새 스케줄 계획도 나왔다.

"오~ 봄 투어!"

"콘서트 드디어 하는구나."

"기, 기대돼요…!"

바로 이번 연도 콘서트 투어다. 거기까진 이해했다. 작년도 취소했는데 슬슬 할 때가 됐지.

다만 규모가 문제였다.

"…돔 투어요."

"예!"

일본에서는 3만 명 이상을 수용하는 대형 공연장, 돔 투어가 잡혔다.

농담인 줄 알았다.

'우리 체급에 아레나가 딱일 텐데?'

하지만 아니었다.

"도쿄로 시작해서 마지막은 오사카로 6회…."

"오…."

이 새끼들 진짜 공연장을 잡아놨다. …알아보니, 작년 4분기 재무제표를 보며 회사 윗분들이 손톱을 물어뜯은 모양이다. 투어 취소에 비활동기로 수익이 홀쭉해진 것이다.

그래서 본부장은 결단을 하나 내렸는데… 내년 테스타의 공연 수요를 과대하게 잡고 공연장을 잡았다. 그중 하나가 바로 일본 돔 투어였다.

'음, 이거 안 될 텐데.'

우리가 돔 투어를 할 체급이 아니지 않나?

그러나….

"어, 매진인데요??"

"…??"

놀랍게도 됐다. 이번 앨범이 일본에서도 반응이 좋았는지, 거짓말처럼 본부장의 작년도 무리수가 맞아떨어진 것이다.

그리고 그렇게 된 건 비단 일본뿐만이 아니었다.

'이게 뭐야.'

시초는 차유진이 낸 홍보 의견이었다. 사실 그게 기상천외한 방법까진 아니었다만.

"우리 챌린지 만들어요!"

"챌린지?"

"Try to dance challenge!"

한마디로 '우리 춤 따라 하는 영상 찍어줘'다.

몇 년 전부터 유행하는 짧은 동영상 컨텐츠였다. 솔직히 요즘 컴백하고 이걸 시도 안 하는 팀을 본 적이 없다.

'골드 1네 그룹도 이걸로 제법 떴었지.'

하지만 그건 그 회사가 일을 잘해서고, 대부분은 그냥 시도에 의미를 두는 정도의 성과로 끝난다. 곡이 좋고 안무가 좋다고 사람들이 따라 추는 게 아니더라고. 난 잘 모르겠다만 그쪽에서 선호하는 즐거움이 있는 모양이었다.

다만 차유진은 놀랍도록 그쪽을 잡는 센스가 좋았다.

"이렇게 하늘 필터를 끼다가… 여기서 확, 할로윈 필터로 바꾸면서 곡도 바꾸는 거죠!"

"오."

"Wheel의 프리코러스에서 딴따라, 쌓이는 느낌 끝에…."

차유진이 음악을 조절해, 청량하고 벅찬 Wheel의 고조 부분 끝에 Drill의 어둡고 강렬한 휘파람 후렴을 붙였다.

"휘익! 하고 타단! Drill의 드롭을 넣으면, 끝. 좋죠?"

'괜찮은데?'

좀 유치하지만, 분위기와 곡, 안무가 모두 휘파람 한 번에 변하니 순식간에 시선을 끄는 맛이 있었다. 이런 데에 별 관심 없는 선아현이 고개를 끄덕일 정도였다.

"머, 멋지다…!"

"저도 알아요!"

그냥 보기에도 그럴싸했다. 사전 지식 없이 보아도 유행하는 것들과 비슷한 맥락이 보였다는 뜻이다.

'잘하면 어느 정도 효과는 보겠어.'

"다들 어떻게 생각…."

나는 곧바로 거수로 찬반 의견을 확인하려다가, '내가 이 영어를 이해한 건지 확신을 못 하겠다'는 몇 놈의 얼굴을 보았다. …번역이 우선인가.

"타이틀 두 곡을 이어서 댄스 챌린지를 만들면 반전 매력을 살릴 수 있다는 것 같은데요."

"아아~"

그리고 그제야 의견이 나왔다. 대부분은 찬성이었다.

"그럼 두 곡 모두 홍보 효과를 받을 수 있겠네."

"우리 프로모션이랑 스토리도 비슷하겠는데요? 반전의 맛! 오, 차유진이~"

"히히."

위험천만한 도박수도 아니고 솔직히 요새는 정석에 가까운 방법이었기 때문에, 그룹 내부에서도 회사에서도 통과는 빨랐다.

"플랫폼 제휴로 편곡도 넣어준대."

"예아~"

"그럼 챌린지 공지용 영상을 찍어야겠네요. 인당 하나씩."

배세진은 침을 삼켰다.

"…혼자?"

"예."

이런 동영상의 특성상 잘 보이려면 최대한 밀어 넣어도 둘이었다.

배세진의 얼굴에 근심 걱정이 가득해졌다.

"Mememe! 저부터요!"

물론 차유진은 신나게 영상을 찍었다.

솔직히 말하자면 내가 보기에도 이놈 것이 제일 그럴싸했다. 본인 내면에 완성된 그림이 있어서 건의했던 모양이다. 고개를 꺾으며 Drill 후렴의 캐치한 안무 손동작을 넣는 게 딱 맞았다.

'어려서 그런가.'

이런 유의 감각이 본능적으로 좋은 놈이었다.

하지만 차유진과 동갑이면서 열 번쯤 영상 촬영에 실패한 놈도 있다.

"이, 이렇게 하면…?"

"하하하! 김래빈은 완전 못해!"

"…! 처음 시도해 보는 거라 그렇지 몇 번만 더 원리를 파악하면 너보다 잘할 수 있어!"

"아니야, 바보야!"

그리고 김래빈은 겨우겨우 성공하며, 차유진에게 정신적으로 패배한다.

"돼, 됐다……."

차유진은 승자의 여유를 즐겼다.

"다 잘했어요. 김래빈 곡이 좋아서 그래요!"

병 주고 약 주는군.

"……."

잠깐. 생각해 보니 엄격히 말하자면 생일이 제일 느린 김래빈이 가장 어리다만… 뭐, 이런 유의 최신 유행과는 연이 없는 놈이니까.

어쨌든 그렇게 올린 동영상은 우리의 홍보 전략과 맞물려서 제법 바이럴을 탔다. 심지어 차유진의 원안보다 자체 발전하더니, 이용자들끼리 변형된 새 유행을 만들기까지 했다.

[테스타 반전 챌린지!]

배세진은 위튜브에서 동영상 모음을 보더니, 오묘한 얼굴로 말했다.
"그러니까 인형탈 쓰고 나비 사이를 뛰어다니다가… 갑자기 탈 집어던지고 악당인 척하는 거잖아."
"…그렇죠."
"…우리가 했던 거랑 너무 다르잖아?!"
배세진이 좀 신랄하게 말하긴 했다만, 정답이었다.
시상식에서 처음 선보인 〈Drill〉 무대가 상당히 유명해진 탓에 그것의 영향을 받은 모양이었다.
'오히려 좋지.'
더 과하게 재생산까지 됐으니 대성공이다. 동영상이 계속 쏟아질 것이다.
'영린은 이번 신곡으론 절대 이런 걸 못 해.'
'듣는 즐거움'에만 정석적으로 집중한 곡이었으니 말이다.
계획대로 음원 스트리밍 이상의 컨텐츠에서 승패가 갈렸다. 일이 이렇게 되니 회사에서는 신나서 'Drill용 필터 제휴'까지 하자고 했지만, 차유진이 단호히 반대했다.
"이런 챌린지 너무 cheesy하다고 싫어하는 사람 많아요. 우리 뮤직비디오 멋져서 쓰면 안 돼요!"

"음, 그래."

곡과 친근함만 바이럴 태워서 진입장벽을 낮추고, 직접 너무 깊게 엮이진 말자는 뜻이다. 내가 하려던 주장과도 일치했다.

'쓸 만한데.'

머리 좋은 놈이었다. 자기가 관심 있는 것에만 머리를 써서 문제지. 그렇게 차유진의 홍보 전략이 한몫한 채로, 활동은 직전의 긴급사태가 거짓말이었던 것처럼 예정대로 착착 진행되었다.

[기세 좋은 테스타 신곡]
[Drill 뮤비 조회수 추이.jpg]
[드릴 안무 영상 떴다]

테스타의 이번 활동에 대한 글과 동영상이 인터넷에 범람했다. 화제성이 제대로 궤도에 올랐다는 뜻이다. 그리고 성적이 반영되기 시작하자마자 바로 공중파 음악방송에서 1위 후보에 올랐다.

결과?

"생방송 뮤직가요! 이번 주 1위는… 축하합니다, 테스타!"

당연히 수상했다. 다만 점수는 예상대로였다.

'영린보다 음원에서는 1,000점쯤 부족해.'

그러나 괜찮았다. 극렬한 음원지상주의자나 안티가 아니고서야 '받을 만했다'는 분위기였으니까. 명분을 만드는 전략의 승리였다. 나는 제법 짜릿한 만족감에 고개를 끄덕였다.

이겼다.

"…감사합니다!"

"긴 시간… 포기하지 않아 주셔서, 응원해 주시고 기다려 주셔서, 정말 감사해요. 정말 감사합니다, 러뷰어…!"

오랜만의 음악방송 1위여서 그런가, 유독 울컥하는 놈들이 많았다.

"이세진 형도 울어요?"

"그래, 형 펑펑 운다~"

안 그럴 것 같던 놈들까지 한껏 감격하는 통에 꼴이 좀 웃기긴 했으나, 당연히 받을 줄 알았다는 것보다야 훨씬 보기 좋았겠지.

'국내는 이걸로 꽉 잡았군.'

나는 코를 훌쩍이는 놈들과 같이 앵콜을 다섯 번쯤 불렀다. '테스타가 하필 영린이랑 같이 나와서 안됐다'는 말이, '영린 곡이 하필 테스타랑 같이 나와서 아깝다'는 말로 바뀌는 시점이었다.

그렇게 예능으로 프로모션을 돌며 2주쯤 보냈을 때 즈음이었다.

'다른 판도 확인해야지.'

나는 슬슬 해외의 소식도 살피기 시작했다. 투어 규모가 어마어마하게 늘었다는 것을 확인한 후였다. 애초에 〈Drill〉은 글로벌 반응을 염두에 두고 낸 거니까. 복잡할 것 없이 신나게 듣기 좋으며, 그냥 돈 바른 영상미가 기가 막히고 안무가 끝내주는… 전 세계에서 통용되는 정서 말이다.

'그래서 이번 앨범으로 수요가 늘어난 건가.'

그러나 검색을 수행하는 순간 약간 당황했다.

"…?"

'뭐야, 왜 이렇게 많아?'

예상보다도 결과가 휘황찬란했다. 글로벌, 여기서 차유진의 홍보 전략이 진정한 진가를 드러내기 시작한 것이다.

녀석이 만든 '테스타의 반전 댄스 챌린지'는 해외 팬들에게 깊은 영감을 주었다고 한다.

'이게 머글들에게 먹히는 거구나!'

그래서 테스타에게 호감이 있는 KPOP 팬들은 온갖 위튜버와 주위 사람들에게 폭격처럼 이번 신곡 관람 요청을 넣었다. 형식은 간단했다. 무조건 〈Wheel〉을 먼저 보게 한 뒤, 연달아 〈Drill〉을 보게 하는 것이다.

사실 그냥 〈Drill〉만으로도 어지간한 사람들은 좋아했다. 각 잡고 전 세계의 너드 취향을 노린 블록버스터 코믹스 영화 + 게임 시네마틱 트레일러풍 영상이었으니까.

그런데 정반대되는 〈Wheel〉을 사전 감상하게 하니, 같은 그룹이 같은 배경에서 보여주는 갭에 리액션이 더 잘 뽑혔다.

[오, 똑같은 곳이 배경이구나? 이 놀이공원 홍보인… 뭐? 애들이 같은 애들이라고?]

[맙소사, 맙소사! 이 사이클 타는 새낀 ■나 멋져!]

[지금 말할게, 내가 염색한 남자를 받아줄 수 있는 건 이 개멋진 애니메이션 캐릭터 같은 케이팝 스타들뿐이야.]

조회수 장사하기 더 좋아졌다는 뜻이다. 이놈 저놈 할 것 없이 리액션 위튜버가 아닌 사람들까지 영상을 찍었더라고. 그리고 워낙 글로벌 취향을 노리고 영상과 곡을 뽑았다 보니, 노출도가 늘자 덩달아 테스타의 신곡 뮤직비디오들은 조회수가 훅훅 불었다.

특히 〈Drill〉은 심지어 미국 실시간 인기 동영상 순위에도 들었다고 한다.

'…메인스트림에 올라오고 있어.'

쾌거였다.

나는 인정했다. 차유진에게… 고기라도 한번 구워줘야겠다.

"소 먹을래, 돼지 먹을래."

귀신같이 차유진이 방 너머에서 대답했다.

"저는 소 좋아요! 한우 좋아요!"

"그래."

다만 여기서 끝이 아니었다.

무언가가 크게 흥하면 자연스럽게 어디서든 구설수가 터져서 따라오기 마련이었다. 이번에는 그게 일본이었나 보다.

[이거 너무 딱 맞아서 놀라워 (영상) (*´ω`*)_]

무슨 애니메이션 팬들이 장면을 합성하면서 우리 챌린지와 뮤직비디오를 썼는데, 그걸로 뜬금없이 싸움이 붙으면서… 더 유명해진 모양이다. 심지어 테스타 팬과 애니메이션 매니아 사이에서 터진 것도 아니고, 한국 까는 놈들이 물었다.

-초상권이 소중한 일본 가수는 못 쓰니 한국 아이돌을 쓰는 걸까? 계급 자체가 다르니 그만하는 게 좋겠어

-한류 팬들은 언제나 주제를 넘어서 보기 싫은(웃음)

-이렇게까지 반응할 일일까? 소위 케이팝 팬들은 너무 과격하네요

-미국과 일본을 베낀 케이팝에는 관심 없어. 자국으로 돌아가 줬으면.

┗테스타는 애초에 일본에 진출한 적도 없지만? (´·ω·`)?

-넷우익들만 신났구나 (웃음)

한국이라면 무조건 싫은 세력과 케이팝 팬들이 충돌하며 한바탕 개싸움이 벌어졌다고 한다. 일본 반응을 정리하는 위튜버가 발랄한 어투로 정리했다.

[그렇다면 넷우익의 주장대로 테스타는 일본에서 불매 당하고 있을까?]

[이런, 테스타의 앨범이 이번 주 오리콘 차트 1위였습니다!]

"……."

졸지에 시도하지도 않은 일본 바이럴이 성공한 셈이다.

우리 때문에 생긴 논란은 아니다 보니 거부감이 덜해서 '대체 뭐길래'하고 본 사람들이 유입되었다. 그리고 컨셉추얼하고, 음, 잘생긴 놈들이다 보니 급속히 팬이 늘어난 것 같다.

'그러고 보니 행차 이후로 일본을 간 적이 없지.'

논란으로 대중 노출도가 갑자기 생기니 적체된 잠재 팬층이 한 번에 들어와 준 모양이었다.

-사슴뿔의 연보라 멤버의 얼굴이 너무 굉장하다 왕자님으로밖에 설명할 수 없다
-흑발이 센터일까요? 정말 잘생겼어요 위험해요 벌써 영상을 다섯 번째 돌려보고 있어요
-핑크! 핑크! 핑크! 나 이제 핑크 강아지의 팬이야! (박문대 캡처)

그리고 이 사람들이 아레나에서 돔으로 커진 콘서트 체급을 채워준 것이나 다름없다. 결국⋯ 차유진이 시작한 댄스 챌린지는 가지처럼 온갖 곳으로 뻗어가며 빵빵 터진 것이다.
"⋯⋯."
이거⋯ 진짜 이 앨범으로 대상 받는 건 아닌가.
'가능성은 있어.'
나는 잠시 희망에 찬 생각을 하며 모니터링을 종료하려고 했다.
끄기 전, 검색 엔진에 뜬 뉴스 기사만 아니었어도 그렇게 했을 것이다.

[VTIC(브이틱) 2월 컴백 확정⋯ 가요계의 정상이 돌아온다.]

"⋯⋯."
이 새끼들은⋯ 쉴 생각이 없나?
심지어 얼마 후엔 확인 사살까지 왔다.

[VTIC 채율 선배님 : 다음 달에 우리 컴백해요 문대 씨! 많은 관심 부탁합니다~]

[VTIC 신오 선배님 : (손으로 총 쏘는 이모티콘)]

이놈들은 각자 보내도 될 소식을 왜 단체 메신저에 초대해서 알리는지 모르겠다. 긁는 건가?

[예, 축하드립니다.]

나는 정석적인 답을 했다. 그러자 개 사진이나 올리던 놈에게 개인 메시지가 왔다.

[VTIC 신청려 선배님 : 정말요?]

이 새끼가 진짜.

[그럼요. 활동 중 건승하시길 바랍니다. 군대 가시면 못 뵐 게 아쉬울 뿐입니다.]

얼른 군대나 가라는 뜻이다.

약간의 딜레이 뒤에야 답이 왔다.

[음? 내가 왜요?]

뭐?

다음 메시지는 연달아 도착했다.

[난 어머님이 국가 유공자셔서 6개월만 복무합니다. 몰랐어요?]

"……."

[아, 이번에는 발표를 안 했구나. 미안해요^^ 후배님.]

[현역이죠? 잘 다녀와요.]

개X끼야.

나는 스마트폰을 끄며 다짐했다.

'이번 투어부터… 모든 스케줄은 무조건 체급 키우는 데에 써먹고 만다.'

내년에 이 새끼가 통탄의 입대를 하게 만들어주마.

그리고 마침 넷플러스에서 적절한 제안이 왔다.

"다큐멘터리요."

"네! 요새 많이 하잖아요."

바로 콘서트 투어 비하인드 다큐멘터리였다.

나는 탁자 위에 손을 올렸다. 호텔 방에 구색 맞추기 위해 둔 작은 탁자였으나, 그 앞에는 탁자만큼 거대한 카메라가 있었다.

카메라 뒤의 제작진이 말했다.

"자기소개 부탁드립니다."

"네. 안녕하세요. 테스타의 박문대입니다."

나는 카메라에 고개를 꾸벅였다. 그리고 희미한 미소와 함께 말했다.

"저는 지금… 테스타의 두 번째 콘서트 투어에 참여 중입니다."

그리고 콘서트 다큐멘터리 제작에 참여 중이기도 하지.

지금 하는 이거 말이다.

'사실 콘서트 비하인드야 많이 찍는다.'

아이돌 개개인에 대한 친근감도 주고 본인이 관람했던 콘서트의 뒷이야기가 흥미롭기도 하니까.

하지만 따로 다큐멘터리로까지 제작하는 것은 드문 일이다. 팬들만 보는 상품으로 처리한 게 아니라 일반 앞에 런칭했다는 건 고무적이다. 제작이 대중적 의미가 있을 만큼, 대중음악의 흐름에 족적을 남겼다는 뜻이니까.

'말하자면 클래스가 다른 상징 같은 거지.'

가령 VTIC은 본인들 다큐멘터리가 벌써 서너 번까지 나왔을 것이다. 그러니 이게 천상계 문턱에 노크하는 행위인 건 모두가 인정했다. 다만 모두가 좋아했느냐는 좀 다른 문제긴 했다.

―…불편하지 않겠어? 몇 달이나 계속 카메라가 붙는 거잖아.

―음, 상의하에 적절히 들어오신다고는 하시던데.

―제가 그다지 재밌는 일상을 보내지 않아 관련 내용이 흥미롭지 못할 것 같다는 우려가 들기도 합니다….

―에이, 전문가분들이 알아서 편집 잘해주실 거야~ 너무 재미에 목맬 필요 없어, 예능이 아니라 다큐멘터리잖아! 멋지게 해주실걸?

결국 다수결과 적절한 설득으로 다큐멘터리는 촬영이 들어갔고, 아직까진 별문제는 없긴 했다만.

'좀… 너무 붙는 것 같긴 한데.'

가령 이런 것 말이다.

"혹시 투어 중에 어떤 부분이 제일 불편하세요?"

"음, 아무래도 시차 적응이나 새 공연장 파악 같은… 환경적 요소죠."

"아~ 그러실 수 있을 것 같아요. 그럼 좀 더… 심정적인 부분에서는 어떠세요?"

"음, 심정적으론…."

제작진에게서 날것을 찍고 싶다는 욕망이 느껴진다.

내 내면과의 거리감을 줄이려는 시도가 카메라마다 보인다. 간단한 질문으로 긴장을 낮춘 뒤, 정제된 답변을 내놓으면 슬슬 속내가 드러나도록 방향을 트는 것이다. 자극성을 추구하는 예능 제작진과는 다른 결의 유도성이었다.

물론, 이러면 좀 더 '진솔하게 들리는' 답변을 내놓으면 그만이다.

"제가 통제하지 못한 요인으로 관객분들이 콘서트를 완전히 못 즐기신다는 게 견디기 힘들어서인 것 같아요."

나는 짧게 생각하듯이 공백을 두었다가, 다시 대답했다.

"그러니까 그게 제일 예민하고 신경이 쓰이는 것 같아요. 콘서트의 완성도."

이러면 답변자의 성격을 캐냈다는 만족감이 들겠지.

아니나 다를까, 제작진들은 고개를 끄덕이고 다음 질문으로 넘어갔다.

"그렇다면 콘서트는 테스타에게 어떤 의미인가요?"

"아무래도 가장 가까이서 팬분들을 만나는 게……."

그 후로도 다큐멘터리다운 답변을 잘 내놓았다고 생각한다. 편집본이 그럴싸할 것이다.

"감사합니다."

인터뷰는 그렇게 한 시간쯤 계속되었다. 그리고 다음 타자를 방문하기 위해 제작진이 떠나며 끝났다.

"……"

나는 침대에 누웠다.

투어 자체는 도리어 활동기보다 여유롭다. 이제 짬이 되니 투어 중엔 호텔 독실이 주어진다. 그리고 콘서트 사이엔 체력 회복을 위해 무작정 쉬는 시간이 꽤 길기 때문이다.

"조용하네."

나는 눈을 감았다. 하도 시끄러운 놈들 사이에서 몇 년 지내서 그런가, 좀 어색하기까지 했다.

"……"

쓸데없는 생각이 치고 올라오기 직전. 문득 방금 들은 제작진의 질문이 머릿속에 울렸다.

−콘서트는 테스타에게 어떤 의미인가요?

그러자 무작정 떠오르는 장면이 있다. 이번 투어의 첫 콘서트.
서울 고척돔에서 했던 아주 오랜만의 콘서트를.

−와아아아아아!!

함성. 불꽃. 열기. 그리고 순도 높은 집중.

이 거대한 심리적 고양감과 압도감만이 콘서트의 정수라면, 비대면으로 진행했던 기부 콘서트는 그냥 촬영이라 부를 수 있을 것이다. 너무 간만이라 그런지 무슨 바닷속에 들어간 것 같은 밀도가 느껴졌다.

공기가 다른 것이다.

콘서트가 회사 입장에서 좋은 수입원이라지만, 공연자의 입장에서는 무슨 초월적 공간이 따로 없었다. 제대로 해내면 부담 이상의 보답이 있다. 그리고 이 그룹은 그게 너무 오랜만이었다.

"후."

…서울부터 다큐멘터리 제작진이 안 붙어서 다행이다.

'다들 질질 짜며 귀가했으니까.'

그 꼴로는 절대 인터뷰 못 했을 것이다.

―낮처럼 파란 꿈을 꿔!! 크흡!

숙소에서 어깨동무하고 데뷔곡 부르던 놈들은 취객 그 자체였다. 방음이 안 됐으면 민원이 들어왔을 게 눈에 보인다.

'류청우가 요청을 잘 잘랐지.'

나는 짧게 리더의 공을 인정했다. 그리고 다음 W라이브 일정을 체크하며 곧장 잠이 들었다. …다음 콘서트까지 34시간 남았다는 것을 되새기면서.

'금방이야.'

미국이라 공연장은 한국보다 작지만, 그래도 콘서트라는 건 변함 없었다. 비슷한 밀도의 쾌감이 있을 것이다.

그리고 호텔 칩거의 시간과 리허설을 지나, 다시 시작된 콘서트.

[Hello LA!]
[Wooooow!]

그래. 콘서트는 여전히 특수한 경험이었고, 할 맛 났다.
다만 다큐멘터리 제작진에 대한 인상은 더 수정해야겠다.
'이놈들 과해.'
"문대 씨, 괜찮으세요?"
"…괜찮습니다."
나는 산소호흡기를 떼며 일어섰다. 그러자 카메라가 황급히 따라붙으며, 뒤에서 다른 제작진이 무언가를 급하게 쓴다. 참 의미심장하기 짝이 없었다.
'스토리 만드나?'
하지만 산소호흡기 안 쓰는 아이돌 찾는 게 더 빠를 텐데, 이걸로 '열정'을 주목해 봤자 식상하기 그지없는 그림밖에 안 나올 것이다.
'VTIC이 이미 사골 다 우려먹었다고.'
그러나 콘서트가 끝난 후, 나는 재시작된 인터뷰에서 상황을 파악했다.

"문대 씨, 교통사고 이후로 혹시 후유증을 느끼신 적 있을까요?"
"…? 교통사고…. 음, 아뇨. 전 건강합니다."

내 몸 상태에 대해 묻기 시작한 것이다.

'아, 알겠군.'

아무래도 '몸이 아프지만 최선을 다하는 완벽주의자 아이돌' 컨셉을 잡아주고 싶은 것 같았다. 다큐라고 건조하게 사실만 늘어놓지 않고 서사를 넣는 건 재밌으니, 시도는 좋다만….

'사기잖아.'

나는 현대 의학 기준으로도 완치 판정을 받은 놈이었다. 이번 앨범에 격한 동작이 많아서 근육도 늘려놓기까지 했으니 그쪽으로 스토리 잡는 건 기만이다. 나는 더할 나위 없이 튼튼하다.

'이걸로 판 깔았다간 거짓말 탐지기 쓰면 걸릴 수준이라고.'

'교통사고 이후의 불안감' 관련해서 인터뷰를 따는 것까지가 마지노선이다. 나는 약간 더 단호하게 말을 추가했다.

"심려를 끼쳐 드려서 팬분들께 얼른 좋은 모습 보여 드리고 싶은 욕심은 있었습니다만, 전 지금 완전히 건강합니다."

그러자 제작진들 사이에서 오묘한 침묵이 흘렀다. 뭐야, 이거.

"음, 문대 씨. 콘서트 중에 한계 이상으로 운신하시는 것 같았는데요."

"…제가요?"

나와 다른 콘서트에 있었나?

"예. 산소마스크도 그렇고. 멤버분들께서도 그렇게 말씀하시고요."

"멤버들이요?"

이게 무슨 소리야.

이 와중에 이 새끼들 내가 당황하는 거 잡고 희희낙락하는 중이다. 그렇게 재밌냐?

"사고 이후로 문대 씨가 전보다 더 힘들어하시는 게 보이는데, 그때마다 최대한 내색하지 않으셔서 마음이 아프시다고 해요."

"⋯⋯."

순식간에 증거 자료들이 대가리를 스치고 지나간다.

─넌⋯ 이미 후유증으로 체력이 떨어진 상태야.

─크게 다치고, 너무 오래 누워 있던 게 컨디션에 영향을 준 거겠지.

"체력적으로 부담을 느끼시는 것 같은데, 좀 더 기대줬으면 좋겠다고 하셔요."

아니, 내가 기댈 구석은 바쿠스였다.

그리고 그게 없어도 지금 멀쩡하지만, 멤버들은 계속 '바쿠스'빨'을 받던 시절의 나를 기억하며 지금과 비교하고 있던 것이다. 사실 그 전이 비현실적으로 체력이 좋았다는 건 까먹고 말이다.

그리고 내가 다짐과 달리 '바쿠스'의 빈자리에 '미션 체질'을 넣어버리며, 돌아올 수 없는 체력 전성기에 마침표를 찍어버린 것이다⋯. 게다가 시스템이 떠나며 더는 뽑기를 얻을 수 없는 상황.

'망했네.'

외통수다. 나는 침음을 참고, 간신히 입을 열었다.

"⋯멤버들이 그렇게 말했을 줄은 몰랐네요."

감동받은 거 아니니까 웃지 말아라.

하지만 그 오해는 써먹어야겠다. 나는 잠시 뜸을 들였다가 천천히 대답했다.

"제가 가장 크게 다쳤었잖아요. 그래서 멤버들이 신경을 많이 써 줬어요. 아마 이번에도 비슷한 맥락에서 나온 말 같은데… 그냥, 고 맙네요."

…반쯤은, 진심이기도 하고.

그러니 훈훈한 멤버 간 우정 스토리나 물고 부상 극복 스토리는 그 만 포기해라.

하지만 이놈들은 포기하지 않았다.

"여기!"

"무, 문대 괜찮아?"

"…그래."

'하….'

일단 백스테이지에서의 내 모습을 집요하게 찍었다. 특히 부축을 받 거나 숨을 몰아쉬는 모습을 선호하는 게, 뻔히 의도가 보였다.

'완전히 꽂혔나 본데.'

나는 몇 번 진지하게 경고를 할까 하다가, 체념했다.

'맘대로 해라.'

보니까 흥미로운 지점은 잘 잡으니 다큐멘터리 자체는 사실 기반으 로 재미나게 뽑을 것 같았다. 다만 본의 아니게 대중에게 나에 대한 왜 곡된 환상을 심어줄 것 같았으나, 뭐… 됐다.

'부상 투혼이야 흔한 비하인드지.'

그래, 이 직업이 원래 기만으로 시작해서 기만으로 끝나는 걸 수도 있지…. 돈값이나 제대로 하자.

'멤버발 후유증 루머가 전 세계로 퍼지게 생겼군….'

나는 모든 걸 포기하고 콘서트에 집중했다. 그러나 그러지 못했던 놈도 있는 모양이다.

"Stop! 그만!"

"…!"

앵콜 전 약간 긴 VCR이 나오는 시간. 갑자기 백스테이지에서 큰 소리가 나온 것이다. 그것도 우리 중 제일 안 예민한 놈의 목소리였다.

"유진이?"

"차유진이야?"

의상 갈아입고 대기 중이던 놈들이 뜻밖의 상황에 당황해서 일단 달렸다. 카메라가 쫓아와서 좀 그렇긴 했으나 어차피 계약상 필름 폐기까지 조항에 넣었다.

'상황 확인이 우선이다.'

그리고 복도를 돌자 소리가 난 장소가 보였다. 주로 근육 경련이나 관절 통증 등을 관리하는 작은 백스테이지 룸이었다. 차유진은 어깨 쪽에 긴급 관리를 받고 있었는지 패치가 붙어 있었으나, 그것보다 긴급한 사항이 있었다.

차유진은 다큐멘터리 제작진과 대치 중이었기 때문이다.

"…유진아?"

차유진은 이쪽을 돌아보긴 했으나 곧 다시 정면을 응시했다. 정확히는, 카메라맨 너머 제작진을.

"그거 하지 마세요. 저 안 좋아해요."

"네, 네. 죄송해요."

"나가요. 여기 들어오지 마요."

그리고 단호하게 제작진을 밖으로 보냈다.

"……잠시만요."

나는 나를 따라온 카메라도 일단 밖으로 보냈다. 끝까지 닫힌 방문이라도 찍으려는 게 좀 거슬렸으나, 차유진이 먼저다. 류청우가 문이 닫히는 걸 확인하자마자 마이크를 끄고 차유진에게 말했다.

"유진아. 카메라 있잖아. 할 말 있으면 콘서트 끝나고, 카메라 내려가고 해도 안 늦어."

"……"

"일단 불만이 있어도 콘서트는 하고 말하자. 우리 앵콜까지 4분… 아니, 3분밖에 안 남았어."

"…OK. 알았어요."

차유진은 썩 행복한 얼굴은 아니었으나 고개를 끄덕였다. 무대에서 컨디션 타는 놈은 아니니 앵콜은 괜찮을 것이다.

'다큐멘터리 놈들 과하다 싶더니.'

그래도 차유진이 이럴 줄은 몰랐는데 말이다. 대체 뭘 긁어서 이놈이 이렇게 반응한 건지 모르겠다. 그래도 제작진이 선은 지키는 것 같았는데.

나는 한숨을 참으며 문을 열었다. 즉시 카메라가 불쑥 들어왔다. …이번엔 나도 좀 거슬렸다. 저 열정이 원인일지도 모르겠다.

'끝나자마자 말 좀 해봐야겠군.'

하지만 이 콘서트가 끝나기도 전에 또 한 번 지랄이 났다.

예상대로 앵콜 자체는 무사히 진행되었다.

[See ya!!]

차유진은 언제 소리를 질렀냐는 듯 무대 위를 질주하며 카메라와 관객을 찾았다. 그리고 무대 뒤로 내려가는 순간까지 그 텐션을 유지했다.

'좋아.'

나는 콘서트의 여운이 빠지지 않은 머리를 가라앉혔다. 이대로 내려가서 차유진과 이야기를 한 뒤, 그걸 베이스로 회사 끼고 제작진과 다시 말 좀 해봐야겠다. 그림 뽑으려는 건 알겠지만 작작 하자고.

그러나 그럴 틈도 없이 백스테이지에서부터 카메라 들고 있던 놈들이 무대 아래로 내려오는 우리에게 따라붙었다.

'이 새끼들 정말 포기를 모르네.'

화를 내면 도리어 실제 삶과의 경계가 허물어졌다고 내심 좋아할 것이란 강력한 예감이 들었다.

"……."

차유진은 힐끗 다큐멘터리 제작진을 보았으나, 다른 말 없이 물을 건네받아 마셨다.

'진정한 것 같군.'

무대 하면서 속 좀 풀었나 보다. 나는 수건으로 목을 닦아내며 상황을 정리했다.

그때였다. 제작진이 재빨리 나에게 다가왔다. 카메라가 바짝 따라 붙었다.

"유진 씨가 굉장히 평정심을 빨리 찾으시는데… 혹시 예전 사고에서,"

"그만해요."

"…!"

차유진이 불쑥 끼어들더니 카메라를 손으로 눌렀다.

돌발 행동이었다.

"어어!"

"저 말했어요. 왜 이렇게 말 안 들어요?"

"잠깐."

이 새끼 갑자기 왜 이래?

'이러면 우리 쪽이 먼저 선 넘은 게 된다고.'

갑자기 튀어나온 액션에 숨 고르던 멤버들이 기겁하고 달라붙었다. 그러나 차유진은 꽤 오랫동안 카메라를 누르는 손을 떼지 않고 제작진을 쳐다보았다.

"유진아, 카메라 놔."

"너 지금 뭐 하는 거야!"

"잠깐만, 잠깐만요. 감독님 죄송한데 저희끼리 이야기 좀 할게요. 잠시만요."

큰세진이 겨우 상황을 끊고 제작진을 좋게 좋게 따돌린 뒤, 대기실로 직행했다.

탁.

"앉자."

"……."

차유진은 말없이 소파에 앉았다. 류청우가 운을 뗐다.

"유진아, 제작진들이 불편할 수 있지만… 그래도 일하는데 손부터 나가면 안 돼. 대화를 해야지."

"제 말 안 들었어요."

"잠시만요, 형. 차유진, 들어봐."

큰세진이 끼어들었다.

"너 〈아이돌 주식회사〉 때는 울면서도 그냥 버텼어. 우리 데뷔 초에 리얼리티 찍을 때 숙소에 카메라 쫙 깔렸을 때도 아무 말 안 했어, 맞지?"

상황의 급박함과 심각성 때문인지 평소처럼 살살 달래는 투는 아니었다.

"근데 지금 와서 이러면 사람들이 네 말이 맞고 안 맞고를 생각해 줄 것 같아? 그냥 떠서 사람이 변했다고 생각하는 거야."

"그거 달라요."

"다를 수 있지. 근데 시청자한테 안 보이면 아무 소용없다?"

"……."

"유진아, 원래 일하면서 모든 게 다 네 눈에 합리적이고 옳을 순 없어. 그게 가능하면 신이지 사람이야? 일단 카메라 손댄 건 사과 먼저 하고…."

그러나 놈의 말이 끝나기 무섭게 반발이 들어왔다.

"…아니, 이건 저 사람들이 먼저 잘못한 게 맞아. 무례했잖아."

"…!"

배세진이다.

"그건 확실히 해야 한다고 생각해. 데뷔할 때 참았으니까 지금도 참으라는 건 이상해."

"세, 세진 형."

선아현이 안절부절못하며 불렀지만, 배세진은 말을 철회하지 않았다. 대신 큰세진의 얼굴에 짧은 짜증이 스치고 지나갔다.

"형. 지금 그 이야기 할 때…. 아니, 제가 저 사람들 잘했다고 사과하라는 게 아니잖아요."

"그래, 잘 넘어가려고 하는 거겠지. 그런데 꼭 그래야 해?"

"…와, 그러니까… 후우."

"그만."

나는 손을 들었다. 그리고 관자놀이를 눌렀다.

"이런 걸로 저희끼리 말 길어질 필요 없어요. 그냥 제작진과 이야기해서 필름 빼면 되니까."

의견 갈릴 상황은 맞지만, 끝장 볼 필요도 없는 일이다. 그냥 이 순간만 조심하면 된다. 나는 모든 상황을 한마디로 정리했다.

"일하다 보면 이런 일도 있는 거잖아요."

"……."

둘은 그대로 입을 다물었다. 안 부딪히려고 기를 쓰더니 역시 안 맞는군.

'개판 될 뻔했네.'

나는 한숨을 참았다. 그리고 여전히 고개를 숙이고 있는 차유진에게 말을 던졌다.

"…넌 머리 좀 식혀라."

"……."

대답은 없었다.

나는 김래빈이 머뭇거리다가 방 안에 남는 것을 확인한 뒤, 녀석들 앞에 물을 두고 방 밖으로 나왔다.

류청우 끼고 제작진과 대화를 해볼 생각이었는데 또 카메라가 따라 붙… X발 이건 좀 작작 해야지. 나는 차유진이 누른 카메라와 카메라 감독의 상태를 걱정해 주는 류청우의 빈말을 적당히 거들다가, 본론을 꺼냈다.

"멤버들이 오늘은 좀 쉬어야 할 것 같은데, 내일 만나서 다시 이야기하시는 건 어떠세요."

"네네. 근데 정말 죄송하지만, 혹시 지금 짧게 인터뷰만 가능할까요? 내일 쉬시는 걸로 아는데, 정말 짧게 잠시만요."

"…잠시."

오, 말이 안 통한다.

'차유진이 이것 때문에 빡친 건가?'

무인 카메라가 아니라 이렇게 들러붙는 게 눈에 보이니, 파파라치 소굴에서 살던 미국 놈 입장에선 겹쳐 보여서 더 열 받을 수도 있겠다.

'그리고 제작진 입장에선 이 기회를 놓칠 수 없다는 거고.'

피로하고 감정이 흔들린 상태에서 대화하면 진솔한 답변으로 연결되기 쉬우니까. 우리가 차유진을 수습하는 모습을 보니 '야 X발 다큐고 나발이고 때려치워!'라 말하지 않을 타입이라는 각이 나오나 보지.

다행히 곧바로 총알같이 뛰어온 회사 스탭들이 끼어들어서 제작진들을 달래고 돌려보냈다.

"이러시면 저희가 정말 안 돼요, 곤란해요! 양해 부탁드립니다."

그리고 초조한 얼굴로 우리에게 물었다.

"유진 씨가 혹시 다큐 제작진과… 그, 마찰 있으셨나요??"

"좀 문제가 있는 것 같긴 한데요."

류청우는 방을 돌아보다가, 나와 눈이 마주치자 짧게 한숨을 쉬었다.

"오늘은 그냥 두죠. 머리 식히게."

"그래. 그게 맞겠다."

어차피 내일은 정말 일정이 없었다. 콘서트 끝나고 녹초가 된 놈들이 호텔 칩거하다가 다큐멘터리 코멘트나 좀 따는 게 전부였으니까. 스탭들은 긴장한 얼굴이었지만, 결국 납득하고 차유진이 방 밖에 나오는 것을 기다리기로 했다.

"지금은 너무 터치하지 않으시는 게 좋을 것 같아요."

"네, 네. 저희가 꼭 주의할게요."

어지간해선 그룹 안에서 자체 해결하거나 무던히 넘기는 놈들과 일하다 보니 스탭들도 이런 사태가 상당히 낯설고 당황스러운 것 같았다. 그래도 할 일은 제법 했다.

"여러분 얼른 들어가서 쉬세요. 두 분 나오실 때까지 저희가 기다릴게요."

"……."

그래. 어차피 내일 아침에도 바로 볼 테니, 지금은 그냥 가자. 괜히 견해 다른 놈들이 붙어 있다가 아까처럼 쓸데없는 싸움으로 번지면 손해다.

'김래빈이 붙어 있으니 괜찮겠지.'

이럴 땐 연상보단 동갑이 편할 것이다.

"들어가시죠."

"···그래."

멤버들은 좀 찝찝하다는 얼굴이었으나, 결국 수긍한 뒤에 차로 이동했다.

"무, 문자라도 보내볼까요···? 영어로요."

"음, 내일 아침에 식사하면서 천천히 얼굴 보고 대화하는 편이 좋지 않을까."

"으응···."

위로도 좋다만, 본인도 자기 행동을 생각해 볼 시간이 필요할 것이다. 나는 극히 피곤한 상태로 내 호텔방으로 복귀했다. 그리고 씻고 바로 취침했다.

"···후."

내일 아침은 차유진 입맛에 맞춰줘야겠군.

그리고 제작진들과 무슨 일이 있었는지 상세히 들을 예정이었다.

그러나 다음 날 아침. 다른 놈들이 평상시 아침 식사 집합 시간까지 다 나타나는 동안 차유진은 나오지 않았다.

"······."

"지금 9시 반 넘었죠?"

"응."

나는 입을 열었다.

"래빈아."

"예!"

"어제 차유진 어땠어."

"말이 없으며 다소 기운이 빠져 보였으나, 특별히 분노를 더 표출하진 않았습니다!"

"…그래?"

"예. 아마 현 상황은 늦잠을 자거나, 일종의 시위로 판단됩니다!"

그렇단 말이지. 나는 모자를 고쳐 썼다.

"데리고 올게요. 너도 가자."

"제가…? 아니, 넵. 알겠습니다!"

나는 오묘한 표정으로 손을 흔드는 놈들을 뒤로한 채 김래빈을 대동하고 차유진의 방으로 향했다. 그리고 당장 초인종을 눌렀다.

딩- 동.

"……."

응답이 없었다.

"차유진. 문 열어라."

여전히 없다. 아무리 이 복도 라인을 우리가 다 잡았다고 하지만 더 소리 지르긴 그랬다. 그래도 이 정도 볼륨이면 분명 들었을 텐데.

'진짜 시위하나.'

멀리 간다. 나는 한숨을 쉬고 스마트폰을 꺼내서 차유진에게 전화를 걸었다.

그러나 전화는… 걸리지 않았다.

−고객님의 전화기가 꺼져 있어….

"……."
이거… 싸한데.
"형?"
나는 한 번 더 전화를 걸어본 뒤, 상황을 인정했다.
"래빈아."
"예?"
"매니저 형 불러라."
나는 차유진의 방문을 쳐다보았다.
"차유진 방에 없는 것 같다."
"…!!"

잠시 후.
"진짜네."
호텔 직원을 대동해 열어본 차유진의 방은… 텅 비어 있었다.
'망할.'
상상도 못 한 사태였다.
'실수였나?'
이놈을 아침까지 머리 식히게 둘 게 아니라 당장 술 까고 앉아서 어르
고 달랬어야 했나? 아무리 그래도 자기가 무슨 닌자도 아니고 탈주를….
나는 혀를 씹을 뻔하다가, 간신히 매니저에게 물었다.

"혹시 간밤에 연락받으신 적 있나요."

"아뇨! 유진 씨께 연락받은 적은 없는데…!?"

회사 사람들은 거의 패닉 상태였다. 그럴 만했다. 활동 이후 처음 만나는 탈주 사례였으니까.

다만 아예 흔적 없이 증발한 건 아니었다.

[저 나가요.]

그나마 이 쪽지는 하나 남겨뒀기 때문이다. 한글로 큼직하게도 써놨다.

"유, 유진이가 마음이 많이 상했나 봐요…."

"그렇다고 이렇게 잠적하는 건 이상……. 잠깐, 혹시 납치 같은 거 아니야?"

"그랬다면 이 방이 이것보다 더 끔찍한 꼴이었을 것 같습니다. 이 바보가 제 발로 자발적으로 나간 겁니다!"

"그렇네."

그 말이 맞았다. 납치라고 하기엔 방 컨디션이 너무 좋았고 애초에 누구 침입이 쉽게 가능할 호텔도 아니었다.

다만 침착하게 보니 어떤 상황이었는지 짐작이 갔다.

"……음."

나는 방 안을 한번 돌아본 뒤, 고개를 끄덕였다.

"멀리 간 건 아니야."

"그, 그럴까…?"

"그래. 짐을 다 두고 갔어. 지갑과 휴대폰만 챙겨서 나갔는데… 충동적으로 한 건가."

자고 일어나서도 열 받으니 일단 나가 버렸을 가능성이 크지 않나, 짐작을… 그 순간, 김래빈이 번쩍 손을 들었다.

"저기, 말씀 중에 죄송하지만 제 의견을 말씀드려도 괜찮겠습니까?"

"…? 그래."

녀석은 침을 삼키더니, 약간 주저하며 말했다.

"그냥… 스케줄 없으니까 놀러 나간 것 같습니다만."

"……."

"……."

잠깐.

"그럴 수… 있겠네."

"예!"

배세진이 황급히 끼어들었다.

"하지만! 스마트폰이 꺼졌잖아…!"

"그냥 노는데 방해 안 받으려고 꺼둔 것 같습니다."

"……."

그렇지. 어차피 쉬는 날이니까 굳이 회사 허락을 안 받아도 됐다고 생각했을 확률이… 충분하다. 멤버들은 당황했다.

"마, 맞아. 그랬을 수도."

"…그런, 발상을 할 수 있다니……."

류청우가 분위기를 환기했다.

"음, 하지만 아닐 수도 있으니까, 상황을 좀 더 살펴보고 준비하자."

"오케이. 알겠습니다~ 그럼 CCTV 돌려볼까요?"

"제가 바로 확인할 테니까 여러분 일단 대기 부탁드립니다. 다른 분 오실 거예요!"

매니저가 호텔 직원을 데리고 당장 달렸다. 열심히 일하는 건 좋다만, 폭탄 떨어진 심정도 이해는 갔다. 하지만 수색 자체라면 그렇게까지 걱정할 일은 아닌 것 같았다.

"이걸로 찾을 수 있겠는데."

나는 스마트폰을 꺼내 들었다.

〈8권에서 계속〉

데뷔 못 하면
죽는 병 걸림